LE BUREAU DES AFFAIRES OCCULTES

Après un doctorat en pharmacie puis un autre en droit, Éric Fouassier s'est spécialisé dans l'histoire de la médecine et de la pharmacie, qu'il enseigne à l'université. Passionné d'énigmes et de codes secrets, il est l'auteur de plusieurs romans historiques, dont *Le Bureau des affaires occultes*, qui a été récompensé entre autres du prix Maison de la Presse 2021 et du prix Griffe noire du meilleur polar historique de l'année 2021.

ÉRIC FOUASSIER

Le Bureau des affaires occultes

1

ROMAN

ALBIN MICHEL

ISBN : 978-2-253-10772-9 – 1re publication LGF

À Pascale,
ma première lectrice,
toujours partante pour de nouvelles aventures.

« Je vous livre le secret des secrets. Les miroirs sont les portes par lesquelles la mort vient et va. »

Jean COCTEAU, *Orphée*

« J'ai peur à présent qu'au miroir n'habite l'authentique visage de mon âme, tout déchiré par les ombres et les fautes… »

Jorge Luis BORGES, *Le Miroir*

Prologue

Affronter sa peur.

Lorsqu'il a découpé la toile de tente à l'aide d'un tesson de bouteille, l'enfant croyait trouver un refuge. Il ne pouvait pas imaginer ce qui l'attendait à l'intérieur. L'escalade de la peur. Tous ces regards enfiévrés, tous ces visages effarés qui lui renvoient sa propre terreur… Maintenant il gît là, tremblant de tous ses membres, recroquevillé dans une pénombre poisseuse. Les rares chandelles disposées à l'intérieur n'ont pas pour fonction de chasser l'obscurité, mais de créer un savant jeu d'ombres et de clartés. Elles semblent flotter dans l'air, tels des papillons de flamme. À leur lueur inquiétante le jeune garçon préférerait encore le tunnel d'encre de la rue. Le noir, le néant. Tout, plutôt que ces visions d'épouvante qui l'assaillent sous la toile humide. Mais il n'ose plus bouger. Il se contente de fermer les yeux. Comme si le rideau de ses paupières constituait un rempart efficace. Suffisait à faire disparaître l'insoutenable.

Combien de temps demeure-t-il ainsi, comme pétrifié ? Une minute, une heure, un siècle ? Il n'en a pas la moindre idée. Affronter sa peur… Il s'y était préparé dans sa tête. Il se croyait suffisamment fort pour s'arracher au piège. Mais là, il ne sait plus. Il n'arrive plus à faire émerger la moindre pensée cohérente du chaos qui règne sous son crâne. Un froid glacial s'est emparé de lui. Qui lui liquéfie les os.

De très loin, comme étouffés, lui parviennent les échos de la fête. De la musique, des rires, des appels. Là, dehors, à quelques mètres à peine, il y a toute une populace insouciante. Des gens qui s'amusent, qui s'étourdissent. Mais ils pourraient tout aussi bien se trouver à des lieues de là. Ils ne comptent plus pour l'enfant. Il n'a aucun secours à espérer de leur part. Pas tant qu'il demeure prisonnier de son propre cauchemar.

Tout à l'heure, pourtant, il a cru trouver son salut dans cette foule en liesse. Il courait, pieds nus, dans la nuit. Le clapotis de ses foulées dans le caniveau à ciel ouvert faisait écho aux battements de son cœur. Ce tambour affolé sous sa cage thoracique. Il courait au hasard, sans but précis, dans des ruelles trop sombres et trop étroites. Avec juste cette courte prière pour soutenir son effort : « Mon Dieu ! Faites qu'il ne me rattrape pas ! Plutôt mourir que de retomber entre ses mains ! » Il se trouvait – même s'il l'ignorait alors – dans le faubourg qui borde la barrière de Montreuil, non loin du hameau du Petit-Charonne. Un décor de masures et de cabanes délabrées, de terrains vagues et de jardins potagers.

La poitrine en feu, les tempes palpitantes, il s'efforçait de rester dans l'ombre des façades, évitant soigneusement les espaces à découvert. De temps à autre, il se retournait pour reprendre haleine et fouillait la nuit d'un œil inquiet. Personne derrière lui. Mais il savait que le Vicaire s'était lancé à ses trousses. Il était là quelque part, dans l'obscurité. Le fugitif pouvait être sûr que l'Autre le traquerait toute la nuit s'il le fallait. Il n'avait pas d'autre choix que de continuer à courir. Y consumer ses ultimes forces.

Au bout d'une éternité, l'enfant a fini par atteindre une brèche dans la muraille entourant la grande ville. Il s'y est faufilé et a repris sa course dans ce Paris en guenilles jusqu'à l'avenue des Ormes. Une trouée plus large, avec de place en place, à mi-hauteur, la clarté vacillante d'une lanterne. À l'autre extrémité de la voie, si proches et si éloignés à la fois, il a perçu les rumeurs de la fête, les flonflons et toute une joyeuse cohue. Il n'a pas pris le temps de réfléchir. C'est à son instinct plus qu'à son jugement qu'il s'en est remis. Sa rage de vivre. Depuis qu'il avait résolu de s'arracher aux griffes du Vicaire, c'est elle qui lui dictait sa conduite. L'incitait à courir, à se cacher, à attendre ou à détaler.

Il s'est engagé dans la longue artère. S'est laissé emporter par le flot des badauds de plus en plus nombreux aux abords de la place du Trône. Il est passé sans transition de l'ombre à la lumière, de la mort à la vie. Trop de lumière, trop de vie d'un seul coup. Il s'est senti vaciller, au bord du malaise. La foire l'a absorbé, englouti. Véritable maelström de sons, d'odeurs, de couleurs. Boniments des saltimbanques, claquements secs des pipes que l'on casse, carillons cristallins des chevaux de bois. Musiques, cris, rires…

Pris de vertige, le jeune garçon a dérivé entre les baraques, les tentes et les tréteaux dressés. Désemparé, irrésolu. Incapable de discerner le moindre visage dans cette marée humaine qui lui semblait constituée d'un seul bloc. Il aurait voulu qu'une main secourable se tende, mais personne ne lui prêtait attention. Nul ne remarquait son masque hagard et ses mains maculées de boue. Il aurait voulu appeler à l'aide. Mais le vacarme de la foire l'en empêchait, l'enfouissait dans un affolant tourbillon sonore. Si au moins ce maudit tambour au fond de sa poitrine voulait bien enfin se taire !

Il chancelait toujours au milieu des fêtards indifférents, lorsqu'un mouvement de foule l'a brusquement rejeté sur le côté. Il a échoué dans un cul-de-sac étroit qui puait l'urine, entre deux théâtres de toile. Une épave rejetée par la mer. Moins que cela. Une frange d'écume impalpable.

Épuisé, découragé, il s'est laissé choir sur le pavé jonché d'ordures. Et c'est là qu'il l'a aperçu.

Un tesson de bouteille au milieu des immondices. Long, effilé.

Il y a tout de suite vu un signe du destin. Il avait besoin de s'offrir un répit. De se blottir en sécurité au fond d'une tanière afin d'envisager la suite. De prendre les bonnes décisions. Il a déchiré un bout de sa manche, enveloppé le tissu autour du morceau de verre pour improviser une poignée. Puis il a découpé la toile de tente la plus proche. Une entaille discrète, juste l'ouverture suffisante pour se faufiler au travers. Laisser derrière lui les exclamations enjouées, les applaudissements et les quolibets, toute cette liesse brouillonne qui lui donnait envie de vomir.

Comment aurait-il pu se douter ?

Comment pouvait-il imaginer qu'à l'intérieur l'attendait l'horreur absolue ? Qu'il lui faudrait affronter une hydre aux cent têtes, les multiples projections de sa propre frayeur ?

La trêve n'aura duré que le temps pour ses yeux de

s'habituer à la pénombre moite. Alors les gueules de cauchemar ont émergé du néant, lui ont sauté à la face. Des traits creusés par la flamme des bougies, tordus par l'anxiété, mais qu'il a immédiatement reconnus. C'était son propre visage, taché de sueur et de larmes, qui l'assaillait de toutes parts. Son visage reflété à l'infini, en une monstrueuse mise en abyme.

Affronter sa peur… Il s'en savait capable. Mais affronter mille peurs, mille regards éperdus, mille bouches hurlant à ses oreilles un cri sans fin, c'était au-dessus de ses forces. Il y a des limites aux tourments qu'un gamin d'une douzaine d'années peut endurer. Il a fermé les yeux, appuyé ses deux poings sur ses paupières et s'est recroquevillé sur le sol, en position fœtale. Ne plus voir, ne plus penser à rien. Se fondre dans le décor. C'était il y a tout juste un siècle. Il y a une heure, une minute…

Un gloussement incongru le force tout à coup à reprendre pied dans la réalité. Un rire de femme. Tout proche. L'enfant relève la tête. Il n'est plus seul dans la pénombre. Il perçoit des frôlements, des chuchotements et toujours ce ruissellement cristallin. Ce n'est pas une femme qui pouffe ainsi, mais plutôt une toute jeune fille. Le gamin se risque à rouvrir les yeux. Les multiples exemplaires de son visage font leur réapparition, mais leur expression s'est modifiée. Une sorte d'expectative s'est substituée à la peur, au fond des orbites innombrables.

Avec des gestes empruntés, le garçon se remet péniblement debout. Il sent son cœur qui s'emballe de nouveau contre ses côtes. Quelque chose, soudain, change autour de lui. Quelque chose de presque imperceptible.

Un déplacement d'air, peut-être encore moins que ça. Une infime variation dans l'éclairage. La flamme d'une chandelle qui se couche et se redresse.

Et brusquement la jeune fille apparaît !

Elle se matérialise à quelques pas de lui. Il distingue nettement ses boucles brunes, son minois espiègle et le fichu de laine qui couvre ses épaules. Elle n'est pas seule. Un lascar la serre de près, vêtu d'une blouse d'ouvrier ou d'artisan, la casquette à visière de cuir inclinée sur le front. Ses mains baladeuses s'accrochent aux hanches de la donzelle. Elle pouffe en se contorsionnant pour se dégager. Il la rattrape. Elle lui échappe de nouveau, se dirige droit vers l'enfant que ni elle ni son partenaire ne semblent avoir remarqué.

Lui ne comprend pas comment le couple peut encore ignorer sa présence. La jeune fille se tient à présent à moins d'un mètre de lui. Elle pointe l'index dans sa direction. « Regarde celui-là, Gustave ! Il est tout courbé. Ça t'en fait une allure ! On dirait le nain du Cirque-Olympique ! »

Mais déjà son compagnon la tire en arrière, l'enlace. L'instant d'après, ils se volatilisent… pour réapparaître presque simultanément dans le dos du garçon, avant de glisser sur ses deux flancs et de regagner enfin les limbes obscurs qui les ont engendrés.

— Attendez ! Je vous en prie, revenez !

L'exclamation lui a échappé. Il se précipite à leur poursuite… et se heurte violemment à une paroi invisible. Le choc aussi brutal qu'inattendu le cloue sur place. Ébranlé, il tend les bras et palpe tout autour de lui. Partout la même surface dure et lisse.

Un déclic se fait dans son cerveau.

Des miroirs !

Il en est littéralement cerné. Il y en a partout, devant, derrière, sur les côtés, et même suspendus au-dessus de lui. Des miroirs qui se renvoient l'un à l'autre une réalité illusoire, fragmentée, déformée. Une fantasmagorie de reflets.

Le gamin pousse un long soupir. Maintenant qu'il a élucidé le mystère de ce lieu étrange, il respire mieux. Même s'il n'entend pas y faire de vieux os. Trop déroutant, trop oppressant. Malgré la menace du Vicaire qu'il n'a pas oubliée – comment le pourrait-il ? –, il lui tarde de retrouver l'air libre. Il revient prudemment sur ses pas. À tâtons, il cherche à rejoindre l'ouverture qu'il a découpée dans la toile de tente. Mais il n'y parvient pas. Sans cesse, il se heurte aux parois vitrées où tremblent les flammes des chandelles, d'où le contemplent ses mille visages rongés à présent par une angoisse mortelle.

Après plusieurs tentatives infructueuses, il finit par se rendre à l'évidence… Il est bel et bien prisonnier du labyrinthe de glaces !

1

Il n'est de meilleure compagnie…

Après les fiévreuses journées de juillet 1830 qui avaient chassé Charles X et permis l'avènement de Louis-Philippe, roi des Français par la grâce de Dieu et la volonté nationale, Paris avait tardé à retrouver un semblant d'ordre. Dans les rues débarrassées de leurs barricades, s'étaient succédé cortèges, manifestations et défilés de toute sorte. On avait assisté pendant des semaines à ce spectacle inouï du peuple envahissant chaque jour le Palais-Royal, résidence du nouveau souverain. On entrait là comme dans un moulin. Soucieux de sa popularité, Louis-Philippe se voyait contraint de recevoir quasi sans interruption des délégations venues des quartiers de la capitale ou des villes de province. Tout au long de la journée, il distribuait force poignées de main à des visiteurs auxquels il n'aurait pas accordé un regard quelques mois plus tôt. Le soir venu, toute une foule se pressait dans les jardins et devant les grilles, réclamant sa présence au balcon et ne se retirant qu'après l'avoir entendu entonner *La Marseillaise* ou

La Parisienne. Durant toute la seconde partie de l'été, la ville s'était ainsi comportée comme une cavale rétive qui se refuse à regagner son écurie et laisse flotter sa crinière au vent en s'enivrant de brefs galops nerveux.

Puis, peu à peu, l'enthousiasme révolutionnaire était retombé. Un calme trompeur lui avait succédé. Les ouvriers et artisans parisiens avaient la gueule de bois. Passé l'euphorie d'une victoire qui leur avait été pour une large part confisquée, ils retrouvaient leur existence médiocre, marquée par la baisse des salaires et le durcissement des conditions de travail. Le trône avait changé d'occupant mais c'était bien la seule évolution notable. Plus d'un en avait pris conscience, non sans amertume. Sous les braises, le feu couvait encore. Et il ne fallait pas être grand clerc pour deviner que le moindre incident, le plus petit prétexte pouvait suffire à rallumer l'incendie.

Cependant, en cette soirée de fin d'octobre, la clémence des températures incitait plutôt à l'abandon et à la douceur de vivre. Surtout chez les quelques privilégiés qui se partageaient les faveurs du nouveau pouvoir. Le faubourg Saint-Honoré s'alanguissait au doux soleil automnal et bruissait des échos de plusieurs réceptions. Avec la Chaussée-d'Antin, c'était l'un des fiefs de cette haute bourgeoisie qui trustait les honneurs et les emplois lucratifs. L'air y était plus léger et circulait plus librement que dans les sombres ruelles du centre ; le ciel y semblait plus limpide. Derrière de hauts murs, les façades richement ornées donnaient à entrevoir, par leurs larges fenêtres, une féerie de chandelles et de lustres à pendeloques. Rien ne laissait supposer l'imminence d'un drame. Et pourtant…

Le numéro 12 de la rue de Surène, à deux pas de

l'église royale de la Madeleine, était, depuis les huit heures sonnées, le cœur d'un défilé continuel de berlines et de calèches. Les voitures s'engouffraient sous un imposant porche couvert de lierre et déposaient, dans une cour carrée agrémentée d'un bassin à jet d'eau, la fine fleur de la finance et de l'industrie. Charles-Marie Dauvergne faisait, ce soir-là, les honneurs de son hôtel récemment rénové à ses amis politiques et à ses plus importantes relations d'affaires. On comptait au bas mot sur une centaine d'invités.

Le propriétaire des lieux avait fait fortune dans le commerce en gros des épices et des drogues pharmaceutiques. Récemment, il avait investi près d'un million dans une usine installée au bord de l'Oise dont les machines fonctionnaient à l'énergie hydraulique. Il y exploitait avec succès une méthode exclusive de torréfaction des fèves de cacao, qui lui avait assuré un quasi-monopole auprès des fabricants de chocolats médicinaux.

Dauvergne avait quelque raison de se montrer fier de sa réussite. Sa prospérité était solidement assise et il venait de faire son entrée à la Chambre, à l'occasion des élections partielles qui avaient suivi l'invalidation des députés ayant refusé de prêter serment au nouveau régime. Plutôt conservateur par nature, il devait à son opportunisme plus qu'à ses convictions réelles de figurer parmi les bénéficiaires des récents bouleversements politiques. Le 29 juillet après-midi, alors que le triomphe de l'insurrection ne faisait plus guère de doute, il avait eu la présence d'esprit d'ouvrir les portes de son dépôt parisien aux émeutiers et d'y laisser installer une infirmerie de campagne. Cet unique fait d'armes, somme toute modeste mais fort habilement exploité, lui avait permis de prendre rang aux côtés des plus ardents défenseurs des libertés publiques. Il était parvenu *in extremis* à se glisser au sein de la petite coterie réunie autour des banquiers Laffitte et Casimir Perier. C'était ce groupuscule d'hommes résolus qui avait favorisé l'avènement de la branche cadette des Bourbons[1] et réussi ainsi à épargner au pays le retour de la chienlit révolutionnaire. Dans leur sillage, Dauvergne s'était hissé jusqu'aux coulisses du pouvoir. Il commençait à en tirer les premiers avantages concrets en raflant d'importantes commandes publiques, au nez et à la barbe de ses principaux concurrents.

Pour l'heure, son épouse à ses côtés, Charles-Marie Dauvergne savourait pleinement sa réussite. Il accueillait ses invités dans le vestibule et les orientait vers l'enfilade de salons surchargés de marbres et de dorures où un quatuor à cordes jouait de la musique de chambre. Là, les attendait un somptueux buffet composé par Chevet, le traiteur chic du Palais-Royal. Autour des tables, on se rassemblait par affinités. Les femmes évoquaient le début tout proche de la saison[2], les toilettes nouvelles qu'elles avaient commandées en prévision des bals et des sorties à venir ; elles échangeaient aussi, plus bas, les derniers potins sur les liaisons en cours et

1. Chef de la maison d'Orléans, Louis-Philippe était le cousin des trois souverains qui l'avaient précédé sur le trône : Louis XVI, Louis XVIII et Charles X.

2. La saison parisienne pour la belle société allait de décembre à Pâques. À partir du mois de mai, les plus fortunés se retiraient à la campagne et ne retrouvaient la capitale qu'à la fin de l'automne.

les couples qu'on avait vus récemment se former au Bois ou à l'Opéra. Les hommes, eux, commentaient l'actualité. Certains discutaient des chances de succès du crédit de trente millions voté par la Chambre pour relancer l'économie par un large recours aux subventions. D'autres s'indignaient des attaques dirigées par les légitimistes contre la famille royale qu'ils accusaient d'avoir fait assassiner le dernier prince de Condé pour capter son héritage. D'autres encore anticipaient le procès des anciens ministres de Charles X et supputaient leurs maigres chances de sauver leur tête.

En haut du grand escalier menant aux appartements privés, négligemment accoudé à la balustrade, un jeune homme pâle, à l'allure élégante bien que marquée par une fragilité propre d'ordinaire aux convalescents ou aux poitrinaires, contemplait d'un air maussade le tableau mondain qui s'offrait à sa vue. Si cela n'avait tenu qu'à lui, il se serait abstenu de paraître en public, ce soir-là. Mais son père avait insisté sur un ton qui n'admettait pas la réplique. Dauvergne nourrissait en effet un ambitieux projet pour son fils unique et comptait sur sa pleine et entière coopération. Cette réception huppée devait lui permettre d'officialiser la chose avec tout l'éclat que réclamait sa nouvelle situation.

Le projet en question comptait dix-sept printemps, répondait au doux prénom de Juliette et pesait surtout dans les quatre cent mille francs-or de dot. C'était la fille cadette d'un riche industriel normand qui ne possédait pas moins de trois filatures, entre Rouen et Elbeuf, et un portefeuille d'actions particulièrement fourni. L'alliance s'annonçait des plus fructueuses, et pas seulement en ce qui concernait les perspectives de voir se perpétuer la belle race des Dauvergne. Le tout nouveau député avait clairement laissé entendre à son rejeton qu'il avait fort intérêt à faire bonne impression.

La perspective d'avoir à tenir lieu de chevalier servant toute la soirée à une oie blanche, probablement fagotée comme une provinciale et dépourvue de conversation, n'enthousiasmait guère Lucien Dauvergne. À vingt-cinq ans, celui-ci avait tout de l'enfant gâté et menait une existence de dandy chic et bohème. Cette frivolité exaspérait M. Dauvergne père. Aussitôt après les élections, il avait signifié à Lucien qu'il était grand temps pour lui de se ranger. Dans la bouche du patriarche, cela signifiait deux choses : conclure un beau mariage et commencer à s'intéresser au cours du cacao et à la bonne marche d'une manufacture. Ces deux objectifs n'attiraient pas plus Lucien l'un que l'autre, mais son père ayant menacé de lui couper les vivres s'il se montrait indocile, il lui avait fallu s'incliner.

Il pouvait néanmoins compter sur une alliée de choix en la personne de sa mère.

Mme Dauvergne avait pour son fils des indulgences qu'un père ne peut se permettre. Au grand dam de celui-ci, elle avait toujours encouragé les velléités d'écriture de Lucien. Le jeune homme se piquait en effet de littérature. Après avoir tâté sans réel succès de la poésie, il s'était mis en tête, ces derniers temps, de subjuguer par sa plume le public des plus grandes scènes parisiennes. Il ne jurait plus que par le théâtre et, depuis qu'il avait assisté l'hiver précédent au triomphe des premières représentations d'*Hernani*, son héros se nommait Victor Hugo. Fine mouche, sa mère avait manœuvré pour convier l'écrivain à leur réception, en même temps qu'une poignée d'académiciens cacochymes en guise de respectables alibis.

Si Lucien se décida enfin à rejoindre les salons où se pressait la foule des invités, ce fut donc avec la ferme intention de planter là dès que possible sa cavalière pour réserver ses assiduités à l'auteur des *Orientales* et du *Dernier Jour d'un condamné*. Mais les événements ne se déroulèrent pas vraiment comme il l'avait prévu. Il eut tout d'abord la désagréable surprise d'apprendre que M. Hugo s'était décommandé au dernier moment. L'écrivain était victime d'un mauvais refroidissement qui le contraignait à garder la chambre plusieurs jours. Dépité, le jeune Lucien se résignait déjà à passer la pire soirée de sa courte existence, lorsque lui fut présentée la fameuse Juliette. À son grand étonnement, son margoulin de père n'avait pas si mal choisi que cela. La demoiselle ne manquait pas d'attraits. Une brunette au regard de velours, à la voix enjouée et qui professait un goût prononcé pour la poésie romantique. Très vite, sous le regard attendri de leurs parents respectifs, les jeunes gens en vinrent à échanger des vers de Lamartine et d'Alfred de Musset. Succombant au charme de la belle, Lucien en oublia presque les quatre cent mille francs qui constituaient l'unique enjeu de cette rencontre arrangée.

Les instants qui précédèrent le drame ne purent être reconstitués qu'après coup par divers témoignages. Des informations recueillies par les inspecteurs de la Sûreté, il résulta qu'au cours de la soirée, Lucien Dauvergne était monté à l'étage pour quérir, dans sa chambre, des sonnets de sa composition. Juliette, à qui il avait fini par confier qu'il écrivait lui-même des vers, avait insisté pour avoir le privilège d'en lire quelques-uns. La suite était beaucoup plus confuse. Un domestique indiqua avoir croisé le jeune homme, un peu avant dix heures, dans le corridor du second étage. On avait monté là divers meubles pour faire de la place dans les salons, ainsi qu'un imposant miroir de Venise, à cadre doré, qu'on avait simplement posé au sol et appuyé contre le mur. Un genou sur le tapis, le regard étrangement fixe, Lucien semblait se perdre dans son propre reflet. « Monsieur était à ce point absorbé qu'il n'a pas eu l'air de m'entendre lorsque je lui ai demandé s'il avait besoin de quelque chose », expliqua plus tard le valet de chambre aux policiers venus faire les premières constatations.

Ne voyant pas revenir son charmant cavalier, Juliette s'en était finalement étonnée auprès de la maîtresse de maison. Craignant une nouvelle lubie de son incorrigible progéniture, Mme Dauvergne voulut en avoir le cœur net et régler la difficulté avant que son époux ne remarque l'absence de Lucien. En atteignant le vestibule, elle croisa le domestique qui redescendait et l'interrogea. Sur ses indications, elle grimpa jusqu'au palier du second et aperçut son fils dans la position qu'on venait de lui décrire. Il n'avait pas bougé d'un pouce.

Prise d'un mauvais pressentiment, elle l'appela.

Au son de cette voix si chère, le jeune Lucien se redressa. Il se tourna vers l'extrémité du couloir opposée à celle où se tenait sa mère et agita brièvement la main à hauteur de sa tête, comme pour esquisser une sorte d'adieu. Puis il se mit à avancer d'une démarche résolue quoiqu'un peu vacillante vers la plus proche croisée, ouvrit le battant… et se jeta tranquillement la tête la première dans le vide.

Avec un cri horrifié, Mme Dauvergne se rua en avant. Lorsqu'elle atteignit la funeste fenêtre, ce fut pour découvrir le corps sans vie de son fils qui gisait, cinq mètres plus bas, dans la cour, la poitrine lacérée par le trident du dieu Neptune qui ornait le bassin. Des pages couvertes de vers voltigeaient mollement dans les airs, pareilles à une envolée de feuilles mortes.

2

Grand-Jésus

Ils étaient une dizaine à se balancer à des cordelettes. Des gros et des efflanqués. Des gris et des presque noirs. Ils voltigeaient et tournoyaient dans l'air, se frottant les uns aux autres dans une gigue macabre et obscène.

Des rats…

De gros rats empaillés, suspendus à l'extrémité d'une perche qu'un homme baladait sur son épaule en guise d'enseigne. L'individu, selon toute probabilité un vendeur de souricières et de mort-aux-rats, remontait lentement la rue Saint-Fiacre, longeant le mur d'enceinte de l'hôtel d'Uzès. Ayant dépassé celui-ci, il avisa la première entrée d'immeuble de la rue et s'y dirigea d'un pas traînant qui trahissait la fatigue accumulée tout au long de la journée.

Comme il s'apprêtait à tenter sa chance en frappant à la porte cochère, une silhouette jusqu'alors embusquée émergea de l'ombre sous son nez. Le pauvre hère sursauta et faillit laisser échapper sa collection de rongeurs.

— Passe ton chemin, le drôle !

La voix avait quelque chose de juvénile mais dégageait une autorité implacable. L'homme aux rats ne put s'empêcher de reculer d'un pas.

— En voilà des façons ! protesta-t-il d'une voix geignarde. J'suis un paisible travailleur. Tapettes et pièges en tout genre.

L'inconnu qui l'avait interpellé si rudement était un jeune homme de vingt-trois ans, en redingote grise, pantalon rayé à sous-pieds, haut-de-forme rabattu sur les yeux, une canne élégante à la main. Il avait les hanches minces et les épaules carrées. Son regard gris et acéré semblait une flamme ardente. Ses traits fins et délicats, d'une beauté singulière, presque douloureuse, pouvaient faire songer à une créature céleste qui se serait égarée ici-bas. Du moins, au premier coup d'œil. Car un examen plus attentif révélait, sous cette apparence éthérée, une dureté, une détermination aussi aiguisée que le fil d'une épée. On s'avisait alors que cet ange était de ceux qui portent un glaive et que la tension immobile perceptible dans toute sa personne l'apparentait à un fauve à l'affût.

Ce jeune homme, dont l'attitude résolue aurait impressionné les coquins les plus farouches, se nommait Valentin Verne et exerçait les fonctions d'inspecteur au deuxième bureau de la première division de la préfecture de police. Le service des mœurs.

— Dégage d'ici, je te dis ! Tu vas finir par me faire repérer !

— Ça va, ça va, maugréa le vendeur ambulant en battant en retraite. Pas la peine d'vous fiche en colère. Si on peut même p'us faire sa tournée et gagner sa vie honnêtement…

Il s'éloigna précipitamment en jetant derrière lui des regards craintifs. Ce fut seulement lorsqu'il se jugea hors d'atteinte qu'il cracha à terre et gronda dans sa barbe : « Sal'té de cogne[1] ! Toujours à s'en prendre aux pauvres gens ! » Puis il reprit sa déambulation, agitant comme un hochet sa funeste collection de cadavres.

Valentin Verne haussa les épaules, s'assura que personne n'avait prêté attention à la scène et se rencogna de nouveau dans la pénombre du porche.

Cela faisait déjà plus d'une heure qu'il était dissimulé au même endroit, épiant le commerce discret des corvettes[2] et de leurs clients. La rue Saint-Fiacre constituait en effet avec les quais, depuis le Louvre jusqu'au pont Royal, et le boulevard, entre les rues Neuve-de-Luxembourg et Duphot, l'un des lieux de ralliement favoris des pédérastes. Les prostitués ne se dissimulaient pas mais prenaient garde à ne formuler leurs propositions qu'une fois les signes de reconnaissance dûment échangés. Le manège était toujours le même. La corvette faisait mine de lire le journal sous une lanterne ou bien arpentait lentement la rue dans un sens puis dans l'autre. Un quidam solitaire, le plus souvent bien habillé, ralentissait le pas à sa hauteur. Échanges de regards. Si l'affaire était envisageable, le flâneur attardé saisissait le revers de son habit ou de sa redingote avec la main droite, le portait à la hauteur de son menton et inclinait imperceptiblement le buste. On s'était reconnu. La suite prenait la forme d'une brève négociation à voix basse. Habituellement, les

1. Policier, en argot.

2. Jeunes prostitués mâles.

deux hommes tombaient d'accord et disparaissaient dans l'un des garnis miteux de la rue.

Depuis qu'il exerçait sa surveillance, l'inspecteur Verne avait déjà assisté à une demi-douzaine de conciliabules de ce genre. L'un des couples avait même eu le temps d'expédier complètement sa petite affaire. À peine redescendu, le client avait filé en direction du boulevard Poissonnière en frôlant la cachette du policier. Pardessus coûteux, bottines de qualité, un embonpoint distingué, un visage ridé et des favoris déjà gris. Le gamin dont il venait d'acheter les faveurs et qui avait repris son attente, plus bas dans la rue, ne devait pas avoir plus de quinze ans.

Un goût amer envahit l'arrière-gorge de Valentin Verne. Pour calmer son bouillonnement intérieur, il tira une montre de la poche de son gilet et dut se concentrer pour déchiffrer l'heure dans la pénombre rendue plus dense par la tombée du soir. Six heures et demie passées. Si les renseignements de sa mouche s'avéraient exacts, celui qu'il guettait allait bientôt se montrer.

Son attente, en effet, ne tarda pas à être récompensée. Moins d'une dizaine de minutes plus tard, il sut que sa cible approchait. Il le sentit d'abord avant d'en avoir la confirmation visuelle. Ce fut comme si l'atmosphère de la rue se chargeait subitement de cette électricité qui précède les orages. Sans rien changer à leur pratique, les corvettes parurent plus nerveuses. De proche en proche, elles échangeaient des coups d'œil inquiets, se passaient la main dans les cheveux ou arrangeaient fébrilement leur col de veste. Puis, l'écho d'un pas lourd se répercuta le long des façades.

L'inspecteur Verne se pencha en avant, laissant la moitié de son visage émerger de l'embrasure voûtée où il se rencognait. Un nouveau venu, vêtu d'un vaste carrick à triple collet, venait de faire son apparition du côté de la rue des Jeûneurs et remontait lentement la chaussée en direction du boulevard. Il s'agissait d'un individu court sur pattes, tout en rondeurs, presque aussi large que haut. Un tonneau sur deux jambes. Il prenait son temps, abordant chaque prostitué. Avant de s'éloigner, il tendait systématiquement sa grosse pogne et son interlocuteur lui glissait quelque chose dans le creux de la paume. À ce train de sénateur, il lui fallut près d'un quart d'heure pour accoster tous les tapins de la rue et parcourir la distance qui le séparait du porche où se trouvait embusqué le policier.

— Les affaires ont l'air bonnes, souffla celui-ci au moment où la barrique ambulante parvenait à sa hauteur. Une jolie rente que tu te fais là, Grand-Jésus !

S'il fut surpris d'être ainsi apostrophé sur son territoire, le maquereau n'en laissa rien voir. Ses petits yeux resserrés se contentèrent de fouiller la pénombre, sous la porte cochère.

Valentin Verne fit un pas en avant pour se démasquer.

— Tu accorderas bien un court entretien à un fonctionnaire en service, dit-il. Je ferai vite. J'ai conscience que ton temps est précieux.

Le gros homme marqua cette fois de la perplexité. Sa tête pivota vivement vers les deux extrémités de la rue. On aurait dit qu'il cherchait à s'assurer que ses ouailles ne leur prêtaient pas attention ou, plus sûrement, que personne d'autre ne se dissimulait dans les environs.

Sans doute rassuré sur ce dernier point, il laissa un mince sourire éclairer sa face bouffie.

— Fonctionnaire, hein ? susurra-t-il d'une voix mielleuse. (Et ses lèvres adipeuses évoquèrent irrésistiblement à Verne deux immondes limaces gluantes.) La rue de Jérusalem[1], je présume. Mœurs ou Sûreté ?

— Police des mœurs, inspecteur Verne. J'aurais deux ou trois renseignements à te demander.

Celui que le jeune policier avait désigné du surnom de Grand-Jésus plissa les paupières avec méfiance. C'était un être faussement bonhomme, tantôt flamboyant et tantôt cauteleux, toujours fourbe et cruel.

— Verne, vous dites ? Connais pas ! Vous paraissez bien jeune. Vous êtes sans doute nouveau dans le service. Mais votre chef, le commissaire Grondin, a dû vous dire que nous avions nos petits arrangements.

— Des arrangements, tiens, tiens…

— Je ne refuse jamais de prêter mon concours aux autorités. Quand il y va des questions d'ordre, on peut se fier à Grand-Jésus. C'est que je suis un homme de principes, moi !

Tout en gardant fixé sur la canaille son regard acéré, Valentin Verne tâtonna dans son dos et repoussa le lourd battant. La porte donnait sur un passage voûté et sur une courette qui servait de remise à voitures pour l'hôtel d'Uzès. Le policier avait inspecté les lieux à son arrivée. L'endroit était désert et se prêtait parfaitement à une conversation privée.

— Entrons un instant, intima-t-il d'un ton qui

1. Ancienne voie de l'île de la Cité où se situaient alors les locaux de la préfecture de police.

n'admettait pas la réplique. Nous serons plus à l'aise pour causer à l'abri des oreilles indiscrètes.

Le rouspant[1] cessa de sourire. Son front se plissa, mais il finit par s'exécuter sans oser formuler la moindre protestation. Le passage couvert puait l'urine et le crottin de cheval. La seule lumière, chiche et grisâtre, venait de la petite cour où un chat famélique trônait au sommet d'un tas de fumier. Il fila sans demander son reste dès qu'il perçut les pas des deux hommes.

— Bon, c'est pas tout ça, grommela Grand-Jésus, j'ai mes affaires à mener. Qu'est-ce que vous attendez de moi au juste ?

Le policier fit passer sa canne sous son aisselle gauche et enfila soigneusement des gants de fin chevreau. Il répondit d'une voix affable :

— Je te l'ai dit : quelques informations tout au plus. J'ai cru comprendre par exemple que tes tantes ne faisaient pas qu'arpenter le pavé. Paraît qu'il t'arrive de livrer à domicile. Est-ce exact ?

Une lueur méfiante s'alluma au fond des yeux du souteneur. Il se ramassa sur lui-même, tel un lutteur de foire qui s'apprête à encaisser un assaut ou bien qui, au contraire, mobilise ses forces pour se jeter sur son adversaire.

— Possible, maugréa-t-il de mauvaise grâce. Tout bon commerçant doit savoir s'adapter à la demande. Mais j'vois pas où vous voulez en venir. Comme j'vous l'ai dit, le commissaire Grondin est au courant. Il sait que je suis quelqu'un à qui l'on peut se fier.

---

1. Désigne, dans l'argot de l'époque, un souteneur qui s'est fait une spécialité des pédérastes.

Valentin Verne le coupa d'un geste tranchant de la main. Son ton restait pourtant celui d'un paisible échange, entre gens du même monde.

— Oublions un peu ce cher commissaire. Après tout, nous sommes entre nous, ici. Donc, je me suis laissé dire que tu t'étais fait une spécialité de la chair tendre. Des gosses que tu te procures par le biais de l'hôpital des Enfants-Trouvés et que tu livres dans les beaux quartiers. Vrai ou pas ?

— Les gens parlent toujours trop, soupira Grand-Jésus. S'il fallait prêter attention à tous les commérages ! Je peux vous assurer que…

Il ne put achever. Le jeune inspecteur venait de lui balancer une gifle sonore qu'il n'avait pas vue venir. Le gros souteneur vacilla, davantage ébranlé par la surprise que par la douleur.

— Vous êtes fou ! protesta-t-il en portant la main à sa joue enflammée. Puisque je vous dis que je marche avec votre patron ! Je suis sous sa protection.

— Les relations du commissaire Grondin ne regardent que lui, répliqua négligemment l'inspecteur en rajustant le foulard autour de son col de chemise. Pour moi, tu n'es qu'une ordure infâme et je te conseille vivement de ne plus esquiver mes questions.

— Vous n'avez pas le droit ! C'est de l'abus de pouvoir. Je me plaindrai à…

— Le Vicaire, ça te dit quelque chose ? l'interrompit sèchement le policier.

Grand-Jésus marqua une infime hésitation. Ses yeux roulèrent dans ses orbites. Il branla du chef négativement.

— Comment qu'vous dites ? Le… Vicaire ? Jamais

entendu c'nom-là ! De toute façon, moi et la calotte, ça fait deux !

— Mauvaise réponse ! Je t'avais pourtant prévenu.

Cette fois, Valentin Verne lui décocha un violent coup de poing au niveau du foie. L'autre se plia en deux avec un couinement porcin. Le jeune homme le redressa d'un crochet à la pointe du menton. Grand-Jésus tituba en arrière et son crâne vint heurter le mur de pierre. Un autre que lui aurait été sonné pour le compte, mais sous ses allures enrobées, le maquereau était doté d'une solide carcasse et ne manquait pas de ressources. Il poussa un rugissement de rage et sortit un couteau de sous son vêtement à longues basques.

— Petite raclure ! gronda-t-il en pointant sa lame à l'horizontale. Tu vas me payer ça, tout cogne que tu es ! Je vais te sortir les boyaux de la panse !

Avec une vivacité surprenante pour un homme de sa corpulence, il se précipita sur l'inspecteur. Sans laisser paraître la moindre crainte, celui-ci esquiva l'attaque en pirouettant avec élégance sur lui-même. Dans le même mouvement, il asséna un coup sec de sa canne sur l'avant-bras de son adversaire, le contraignant à lâcher son arme. Puis, comme le gros type le dépassait, emporté par son élan, il doubla d'un second coup du revers, à la nuque.

Grand-Jésus s'affala de tout son long sur le pavé de la courette. Sans lui laisser l'opportunité de reprendre ses esprits, l'inspecteur le retourna sur le dos. En tombant, le scélérat s'était ouvert la lèvre inférieure. Du sang mêlé à de la bave lui maculait le menton. Les yeux exorbités, la bouche grande ouverte pour tenter de retrouver son souffle, il se tordait de douleur et ressemblait à une sorte de gros mérou tiré hors de l'eau.

Sans se départir de son calme apparent, Valentin Verne entreprit méthodiquement de marteler le gisant, à coups de pied et de canne, sur toute la surface du corps. Il agissait avec une froideur glacée, son beau visage demeurant impassible, comme s'il ne ressentait pas la moindre émotion.

Très rapidement, le maquereau cessa de se tortiller. De ses lèvres éclatées ne sortit plus qu'un faible gémissement de souffrance animale, confus et larmoyant, qui réclamait grâce. Le jeune policier poursuivit son matraquage en règle durant quelques minutes encore, puis il s'agenouilla au côté de sa victime. Il prit dans ses mains gantées le visage sanguinolent et fit courir son index le long du nez d'où s'échappaient de la morve et des fragments de cartilage. Puis il s'inclina encore davantage. Sa voix douce et profonde se coula jusqu'à l'oreille de Grand-Jésus :

— Un jour ou l'autre, demain, dans une semaine, un mois ou une année – peu importe ! –, il se pourrait qu'un homme se faisant appeler le Vicaire ait recours à tes services. Ce jour-là, crois-moi sur parole, tu auras tout intérêt à venir m'en rendre compte immédiatement. Inspecteur Verne, Valentin Verne. Surtout, souviens-toi bien de ce nom !

3

Un baril de poudre

Ce matin-là, Valentin Verne quitta de bonne heure l'immeuble qu'il habitait au numéro 21 de la rue du Cherche-Midi. Il y occupait un vaste appartement au troisième étage. Un logement bien trop luxueux pour un jeune homme de vingt-trois ans qui ne disposait que d'un modeste traitement d'inspecteur. Si ses collègues avaient su quel cadre de vie était le sien, ils l'auraient probablement jalousé, mais Valentin n'était pas du genre à se lier facilement. Depuis un an qu'il avait intégré le service des mœurs de la préfecture de police, aucun membre de la brigade ne s'était assez rapproché de lui pour recueillir le plus petit commencement de confidence. Au mieux, on l'ignorait ; au pire, on s'en défiait. Toutefois, en dépit de sa jeunesse, l'aspect farouche de sa personnalité lui avait épargné jusqu'ici les marques d'une plus franche hostilité.

En cette saison et à cette heure matinale, une brume d'humidité enveloppait Paris dans un cocon ouaté. Le jeune inspecteur frissonna et releva le col de sa redingote. Puis il pressa le pas en balançant sa canne avec une désinvolture qui reflétait mal son état d'esprit. La veille au soir, au moment de quitter la préfecture de police, il avait eu la surprise de se voir remettre une convocation pour le moins inattendue. Le commissaire Jules Flanchard, chef de la Sûreté, souhaitait le rencontrer le lendemain, à la première heure.

Valentin connaissait de vue ce policier à la réputation flatteuse, mais il n'avait encore jamais eu l'occasion de lui parler. Surtout, il n'avait rien à voir *a priori* avec les affaires que traitait la brigade de sûreté. Cette dernière avait été fondée sous l'Empire par l'ancien forçat Vidocq pour traquer les criminels de droit commun et combattre le milieu parisien. Depuis 1827 et le remplacement de son chef, la brigade était en cours de restructuration et le bruit courait, dans les couloirs de la préfecture, qu'elle se muait en police secrète chargée de surveiller et de traquer les adversaires politiques du nouveau régime. En quoi Valentin était-il concerné par ce type d'activités ?

À force de se poser la question, il en était venu à imaginer tout autre chose et s'était demandé si cette soudaine convocation pouvait être motivée par son comportement à l'égard de Grand-Jésus. Leur violente confrontation avait eu lieu deux jours plus tôt et si le souteneur bénéficiait réellement de protections, il avait eu largement le temps de les actionner. Mais cette explication n'était pas pleinement satisfaisante. Si sa hiérarchie entendait reprocher à Valentin sa brutalité, il aurait dû être tancé par son supérieur direct aux Mœurs, le commissaire Grondin. En quoi les débordements d'un agent de ce service concernaient-ils la Sûreté ?

Le jeune homme se perdait donc en vaines conjectures et avait presque hâte de se retrouver en face de Flanchard pour être enfin fixé. Au carrefour de la Croix-Rouge, il prit néanmoins le temps, comme à son habitude, de s'octroyer un rapide déjeuner sur le pouce. Devant l'éventaire d'un cafetier en plein air, il avala une grande tasse du breuvage rendu amer par la chicorée, ainsi qu'une rôtie au miel. L'estomac rempli, il poursuivit son chemin par la rue des Saints-Pères et rejoignit le quai Malaquais.

Le soleil commençait tout juste à percer l'épaisse couche de nuages. Sur la rive opposée, en contrebas des Tuileries et du Louvre, une lumière pâlichonne baignait le port Saint-Nicolas. Le lieu fourmillait déjà d'activité. Tout en poursuivant son chemin, Valentin suivit des yeux l'agitation des mariniers et des portefaix qui s'affairaient sur la rive boueuse, ainsi que l'embarquement des premiers passagers à bord du coche d'eau desservant Chaillot, Auteuil et Javel. Cette remontée des quais en direction de l'île de la Cité fouetta le sang du jeune inspecteur et lui fit du bien. Sa convocation était passée au second plan de ses pensées.

Le Pont-Neuf, encombré de camelots, se dessina devant lui. Il l'emprunta, se frayant un passage entre ces vendeurs à la mise grotesque qui proposaient à des passants encore clairsemés une pacotille d'objets hétéroclites, de pâtes et de cosmétiques bons à tout et propres à rien. Encore quelques dizaines de mètres et il s'engagea dans la rue de Jérusalem. La préfecture de police y occupait l'ancien hôtel des présidents du Parlement de Paris. Au second étage, il gagna les bureaux de la Sûreté où un huissier mal fagoté le pria d'attendre debout dans un sombre corridor. Il patienta là une bonne vingtaine de minutes, le temps d'assister à un défilé de mouchards, de masques et de caractères digne d'une parade de carnaval.

Quand enfin on l'introduisit dans un bureau aux peintures défraîchies, il se retrouva en présence d'un homme bien charpenté qui lui tournait le dos et contemplait le fleuve par la fenêtre. Comme l'occupant de la pièce ne semblait pas avoir remarqué sa présence, Valentin s'éclaircit intentionnellement la gorge. L'autre ne réagit pas tout de suite et demeura encore immobile une bonne minute avant de daigner pivoter sur ses talons.

Tout en contrastes, le commissaire Flanchard dégageait une sorte d'énergie bonhomme qui pouvait déconcerter ses interlocuteurs. Une crinière de lion, d'épais favoris, une stature de lutteur qui se doublait de traits un peu frustes étaient agréablement tempérés par un regard clair, un pli ironique au coin des lèvres et des gestes tout en retenue. Il prit place derrière un bureau de laque noire et ouvrit un mince dossier dont il parcourut rapidement plusieurs feuillets.

— Inspecteur Valentin Verne, dit-il finalement d'une voix traînante en relevant les yeux vers son visiteur. Si j'en crois cette note, vous avez intégré le deuxième bureau de la première division il y a un peu moins de treize mois. C'est bien cela ?

— Tout à fait exact, monsieur le commissaire.

— Et vous vous plaisez aux Mœurs ?

— Ma foi, répondit Valentin un peu désarçonné par cette entrée en matière, c'est moi-même qui ai entrepris les démarches pour être nommé dans ce service. Je serais donc malvenu de m'en plaindre aujourd'hui.

Flanchard hocha la tête et plissa les paupières comme s'il voulait se livrer à un examen plus attentif de son interlocuteur. Puis, d'un geste négligent de la main, il lui désigna un siège et le pria de s'asseoir.

— Sans vouloir offenser mon collègue Grondin, reprit-il sur un ton presque désinvolte, force est de reconnaître que sa brigade n'a pas très bonne presse. On critique le manque de discipline de ses hommes, leurs petits arrangements avec les tenancières de maison. Certains vont même jusqu'à leur reprocher des arrestations odieuses de femmes honnêtes, alors qu'on laisserait vaquer – contre quels avantages ? – des raccrocheuses qui exercent dans la rue au mépris des règles de salubrité les plus élémentaires. Je vous accorde que les médisants sont légion et qu'il ne faut pas trop prêter l'oreille aux rumeurs. Cependant, vous connaissez le dicton : il n'y a pas de fumée…

Valentin se raidit imperceptiblement. Il se demandait si de tels propos, surprenants dans la bouche d'un officier de paix, constituaient une façon d'introduire sur le tapis son agression vis-à-vis de Grand-Jésus ou s'il s'agissait pour Flanchard de le tester. Dans le doute, il choisit de ne rien dire qui puisse paraître contester ou cautionner ces propos. Mais son tempérament ombrageux le porta à se montrer incisif.

— J'ai cru comprendre que la brigade de sûreté n'était pas épargnée non plus par les attaques. Il se murmure que les filous s'y croisent en nombre et pas seulement parmi les individus en état d'arrestation.

— Touché ! s'exclama le commissaire en se laissant aller contre le dossier de son fauteuil, doigts croisés sur le ventre. Encore que les choses soient en train de changer. Le temps de M. Vidocq et de ses sbires est révolu. Il est assurément possible de faire œuvre de bonne police avec des gens parfaitement intègres.

Valentin ne se donna pas la peine d'acquiescer.

— Toujours si je me réfère aux documents que l'on m'a transmis, repartit Flanchard en tapotant son dossier, vous êtes de ces hommes-là. Un père rentier, décédé il y a quatre ans, qui vous a laissé un assez coquet héritage. Très bonne éducation. Des études de droit menées brillamment. Il est également écrit là que vous avez fréquenté l'École de pharmacie de la rue de l'Arbalète.

— De façon intermittente seulement. Je me plaisais surtout aux excursions botaniques et aux démonstrations de chimie. Mon père Hyacinthe Verne entretenait des liens d'amitié avec plusieurs professeurs de l'École. Cela m'a permis de suivre assez librement certains enseignements.

— Et je vous en fais mes compliments. Le droit, les sciences… Voilà une tête non seulement bien faite, mais aussi bien remplie. Il serait grand dommage que de tels talents demeurent sous-exploités.

— Que voulez-vous dire ?

Le commissaire dressa son index à la verticale, au-dessus de sa tête.

— On s'est avisé de vos qualités en haut lieu et j'ai reçu hier un avis de détachement vous concernant.

— De détachement ?

— Vous êtes temporairement placé sous mes ordres et intégré à la brigade de sûreté. J'ai sur les bras une affaire plutôt délicate et l'on souhaite en confier l'enquête à un inspecteur à la fois fiable, discret et qui ne puisse être soupçonné d'avoir un quelconque parti pris politique. Il faut croire que vous correspondez à cette description. Vous-même, qu'en pensez-vous ?

Valentin ne s'attendait pas le moins du monde à la tournure que prenait l'entrevue. La perspective d'être muté, même pour un temps limité, ne l'enchantait guère. Aux Mœurs, il avait tout loisir de traquer le Vicaire et n'était pas certain de pouvoir bénéficier de la même liberté à l'avenir. Cependant, si la décision de le changer de service était déjà prise, il ne servait à rien de manifester sa contrariété. Mieux valait donner l'impression d'accepter la situation de bonne grâce.

— Est-il permis d'en savoir davantage sur cette affaire délicate que vous évoquiez à l'instant ?

— Bien entendu ! Avant de sortir d'ici, vous recevrez de toute façon le rapport établi à partir des premières constatations et des témoignages recueillis sur place. En deux mots, il s'agit du décès brutal du fils d'un homme distingué, Charles-Marie Dauvergne, tout nouveau député à la Chambre. Tout porte à croire qu'il s'agit d'un suicide. Mais les circonstances en sont quelque peu troublantes et la famille elle-même réclame une enquête approfondie.

— On soupçonnerait un meurtre ?

Flanchard agita vivement la main. On aurait dit qu'il souhaitait effacer le dernier mot prononcé par Valentin.

— Non, non, je n'irais pas jusque-là. Disons seulement que cette mort échappe au sens commun et qu'il se trouvait sur place assez de monde pour que les versions les plus fantaisistes se mettent à circuler. Or, compte tenu du rang politique du père, il serait fâcheux que certains prennent la liberté de monter cette affaire en épingle. D'où la nécessité d'établir rapidement la vérité et d'éviter ainsi l'échauffement des esprits. Je n'ai pas besoin de vous rappeler à quels débordements a donné lieu la mystérieuse disparition, cet été, du prince de Condé.

Même s'il menait une existence plutôt en marge de la société, Valentin n'était pas sans avoir perçu les échos de ce récent scandale. Le vieux prince de sang royal avait été retrouvé pendu à l'espagnolette de la fenêtre de sa chambre, au château de Saint-Leu. Son testament désignant le duc d'Aumale, fils de Louis-Philippe, comme unique héritier, les partisans de Charles X s'étaient empressés d'accuser le nouveau roi d'avoir commandité l'assassinat pour faire main basse sur l'immense fortune. Un supplément d'enquête était encore en cours et, en attendant ses conclusions, les thèses du suicide et du crime maquillé se partageaient les faveurs de l'opinion[1].

— Il se dit que les légitimistes sont prêts à tout pour discréditer le nouveau pouvoir en place, fit remarquer Valentin. La branche aînée des Bourbons n'a pas supporté de se voir supplanter par ses cousins d'Orléans.

Le commissaire Flanchard contourna son bureau et retourna se planter devant la fenêtre qu'il entrouvrit. Les mains croisées dans le dos, respirant profondément, il donnait l'impression de vouloir saisir, rien qu'en la humant, l'atmosphère parisienne dans toute sa complexité, avec ses passions, ses tensions et ses luttes

---

1. Les historiens s'accordent plutôt aujourd'hui à voir dans cette mort peu banale la conséquence funeste d'un jeu érotique qui aurait mal tourné.

souterraines. Au bout d'un moment, il se retourna et poussa un long soupir.

— Si nous n'avions à nous soucier que des carlistes[1], lâcha-t-il, le maintien de l'ordre serait chose aisée. Mais le régime est encore bien fragile et les républicains n'ont toujours pas digéré l'issue des Journées de juillet. Nous savons que certains d'entre eux se sont constitués en sociétés secrètes et guettent la moindre occasion de déstabiliser le trône. On les a encore vus à l'œuvre il y a une dizaine de jours.

— J'imagine que vous faites allusion à la marche des émeutiers sur Vincennes.

— Parbleu ! Ces fous furieux souhaitent absolument obtenir la mort des ministres prisonniers. Ils sont persuadés que cela entraînera la rupture avec les soutiens de Charles X et les puissances européennes. Ce qu'ils veulent, c'est la fuite en avant, le retour de la terreur révolutionnaire. Quitte à embraser tout le royaume et à le précipiter dans une guerre perdue d'avance contre l'Europe coalisée !

Après la révolution de Juillet, quatre ministres de Charles X, dont le prince de Polignac, ancien président du Conseil, avaient été arrêtés alors qu'ils tentaient de fuir à l'étranger. Leur procès pour haute trahison devait s'ouvrir en décembre devant la Chambre des pairs. Son issue était devenue un enjeu majeur entre les différentes factions politiques du pays. Au début du mois d'octobre, la Chambre des députés, dans un souci d'apaisement,

1. Vocable utilisé par le pouvoir en place pour désigner les partisans de Charles X, dits aussi « légitimistes ».

avait voté une adresse[1] demandant au roi de présenter un projet pour abolir la peine de mort en matière politique. Il n'en avait pas fallu davantage pour soulever une tempête d'indignation dans les rangs républicains. Les plus extrémistes avaient envahi le Palais-Royal, puis gagné le fort de Vincennes pour tirer les ministres de leur cachot et les passer immédiatement par les armes. Seule l'intervention vigoureuse des gardes nationaux avait permis de mettre fin à l'émeute.

— Vous craignez donc que la mort du fils Dauvergne ne serve de prétexte à de nouveaux débordements ? demanda Valentin.

— Disons que la chose paraît à tout le moins envisageable. Tant que le procès des ministres n'a pas eu lieu, Paris est un véritable baril de poudre. On attend de nous… (Flanchard eut un mince sourire et pointa le doigt vers son interlocuteur avant de se corriger :)… j'attends de vous que vous arrachiez cette possible mèche. Allez, à présent, et montrez-vous à la hauteur de ma confiance !

---

1. Demande écrite que les corps constitués (Chambre des députés, Chambre des pairs…) pouvaient formuler à destination du roi.

4

Journal de Damien

À quoi bon coucher tout cela sur le papier ? Que puis-je espérer en faisant crisser ma plume d'oie dans le silence de cette chambre ? Où pourront bien me mener ces chemins d'encre sur la blancheur de la page ? Est-ce une issue que je cherche ? Un passage de l'ombre à la lumière ? Du néant à la vie ?

Chimères !

Il me semble parfois que je ne suis jamais sorti de cette cave, de toute cette noirceur. Parce que cette bouche de ténèbres m'a happé, m'a englouti. Parce que l'obscurité n'est pas seulement autour de moi, elle est désormais aussi en moi. Partout. Tout le temps et à jamais. Elle est devenue l'autre part de moi-même. La plus profonde. Celle qui demeure cachée. Celle à qui je dois d'avancer à tâtons même en plein soleil, semblable à un aveugle qui erre dans sa nuit perpétuelle.

Je ne relis jamais ce que j'écris. À quoi bon ? Je laisse ma main faire, les phrases ramper sur la feuille, sinueuses, pareilles à des serpents se tordant sur la neige. Je me tiens à distance. Je me contente de regarder de loin ces entrelacements de sombres reptiles. Peut-être qu'à force de patience, ils me conduiront jusqu'à ce visage que j'espère et qui me fuit, d'aussi loin que mes souvenirs remontent... Le visage de celle qui fut ma mère.

Quelquefois, au détour d'un rêve, il me semble pouvoir le saisir. Il y a tous ces petits éclats de verre, coupants, acérés, répandus autour de moi. Des centaines de fragments d'abord éparpillés puis qui s'ordonnent sous l'effet d'une force invisible, comme de la limaille de fer aimantée. Une image peu à peu se forme. Je discerne un ovale parfait, de longs cheveux qui ondulent doucement et me font penser à des algues alanguies sous la surface de l'eau. Des traits se mettent en place, mais toujours, à la fin, il manque un morceau au centre du miroir reconstitué. Au risque de me blesser, je promène la paume de mes mains sur le sol, à la recherche du fragment égaré. Peine perdue ! Et quand, en désespoir de cause, je me redresse pour tenter de superposer mon propre reflet au visage demeuré inaccessible de ma génitrice, la surface polie se brise à nouveau. Une pluie d'échardes de verre crible mon corps de mille coupures qui saignent dans le noir.

Je n'ai pas connu mes parents. Le peu que je sais à leur sujet, je l'ai appris bien plus tard, une fois devenu adulte. Un certain nombre d'indices me laissent penser que mon père était un commerçant aisé ou un rentier parisien, probablement marié à une autre femme. Ma mère, elle, travaillait comme lingère au faubourg Saint-Antoine. Elle m'a abandonné, encore nourrisson, dans le tour[1] d'un hospice parisien. Un extrait de baptême était glissé dans mes langes, où figuraient mes nom et prénom. Les sœurs de la Charité m'ont placé en nourrice, au bout d'un mois, chez des forestiers du Morvan en se contentant de leur communiquer mon seul prénom : Damien. Six lettres comme unique viatique. C'est bien peu pour se frayer un chemin dans la vie.

Misère !

Le couple qui m'a recueilli n'avait pas d'autre enfant. Une petite fille leur était née deux mois avant mon arrivée, mais l'accouchement avait été difficile. Le bébé n'avait survécu que quelques jours et la femme ne pouvait plus enfanter. Avec le recul, je crois comprendre qu'ils m'avaient pris chez eux dans un réflexe de survie, un peu comme un homme tombé à l'eau se jette sur le premier objet flottant à sa portée pour échapper à la noyade. Ils avaient ressenti la nécessité de s'opposer à la fatalité, de combler un vide affreux au sein de leur foyer, gouffre obscur qui menaçait de les engloutir. Des années après, j'ai réalisé qu'ils auraient pu nourrir des sentiments violents et contrastés à mon égard. Après tout, j'étais celui qui occupait la place de leur véritable enfant. Mais tant que je suis demeuré à leurs côtés, je n'ai jamais ressenti chez eux aucune sorte d'amertume. Ils se sont occupés de moi du mieux qu'ils le pouvaient. Et je leur dois d'avoir survécu aux vicissitudes de la petite enfance.

---

1. Guichet muni d'une boîte pivotante permettant aux mères démunies de déposer leur enfant en tout anonymat afin qu'il puisse être recueilli.

De mes huit premières années, je conserve très peu de véritables souvenirs. Plutôt des réminiscences, faites surtout de sensations qui se sont incrustées en moi. Parfois, j'ai l'impression qu'elles sont comme des aiguilles fichées dans ma chair. La sensibilité à fleur de peau. Il suffit d'un rien, d'un effleurement pour qu'elles remontent à la surface. Nous habitions un hameau en lisière de la forêt. La maison, froide en hiver, étouffante en été, sentait les copeaux de bois et le pelage humide des bêtes. Quand je cherche à me remémorer cette période, je retrouve la lumière du soleil éparpillée à travers les feuillages, un parfum de mousse et de champignon, le goût âcre du lait de chèvre, le contraste entre la douceur d'une main chaude sur ma joue et le relief des cals dus au maniement de la hache. Il me revient aussi des bribes d'une berceuse dont les paroles se sont enfuies à jamais, mais dont la mélodie susurrée d'une voix tendre me hante encore, parcellaire, irréelle, comme une persistante bouffée de tendresse.

Je ne crois pas avoir été un enfant malheureux, mais un petit être solitaire, sans doute un peu trop farouche. Les autres gamins du hameau avaient renoncé à m'apprivoiser. Ils me tenaient à l'écart de leurs jeux et je ne faisais aucun effort pour me rapprocher d'eux. Je me plaisais plutôt dans la compagnie des animaux. Domestiques ou sauvages. Longtemps après, lorsque le manque d'affection me nouait la gorge et que je convoquais ma mémoire pour vaincre le trop-plein de souffrances, l'apaisement me venait du souvenir de ces bêtes encore plus fragiles que moi. Un oisillon tombé du nid, une portée de chatons, un chevreau à peine sorti du ventre de sa mère. Oui, longtemps, je me suis raccroché à ces petites choses palpitantes et précieuses : des duvets de plumes, des boules de poils, de petites langues humides.

Illusions !

Lorsque j'écris que je n'ai gardé aucun souvenir précis de mon enfance, ce n'est pas tout à fait vrai. Je me rappelle parfaitement une certaine soirée d'été. J'étais entré dans ma huitième année. Et depuis trois mois, j'étais le seul homme à la maison. Le forestier qui m'avait accueilli sous son toit avait disparu un beau matin. C'était un paysan rude, taiseux, mais qui avait su, à sa manière, me témoigner, sinon de l'amour, du moins de la bonté. Ni lui ni sa femme n'avaient jugé utile de m'expliquer les raisons de ce départ. Mais il me suffisait de voir les larmes dans les yeux de celle que je prenais alors pour ma mère pour comprendre que le malheur avait fait irruption dans nos vies. Cette absence marquée au sceau du silence semblait confirmer la loi suprême du destin : les personnes que nous chérissons désertent tôt ou tard notre existence. C'est ainsi. Nul ne peut échapper à la malédiction.

Là encore, je n'ai appris que bien plus tard ce qui s'était passé. Nous étions en juillet 1815. Un mois jour pour jour après la défaite de Waterloo. Dans cet enthousiasme aveugle qui avait suivi l'envol de l'Aigle, mon père nourricier était parti rejoindre la Grande Armée impériale pour combattre en Belgique. Son corps était resté là-bas, dans la vaste plaine fouettée par les pluies et le vent de la défaite. Sa veuve avait écrit aux sœurs pour expliquer qu'elle ne pouvait plus subvenir à mes besoins. De toute façon, j'avais atteint l'âge où les enfants abandonnés sont généralement repris aux familles d'accueil pour être placés auprès d'un patron dont l'activité nécessite de petites mains. L'administration faisait alors procéder au retrait du collier que nous portions rivé au cou et dont la médaille mentionnait notre immatriculation sur les registres de l'Assistance, l'année de notre dépôt et la désignation de l'hospice d'origine.

Tout cela, je l'ignorais bien sûr à l'époque. En revanche, je n'ai rien oublié de cette soirée du mois de juillet 1815 et de la façon dont Il est entré dans mon existence. Il avait fait très chaud ce jour-là. L'air poissait comme de la mélasse et les insectes vibraient en tournoyant autour de nos têtes, frénétiques et avides de succion. J'avais trouvé refuge à l'intérieur de la remise aux planches disjointes, où de la poussière dansait dans les rayons du soleil déclinant. Aujourd'hui encore, il me suffit de fermer les paupières et de repenser à cette soirée pour retrouver l'odeur de foin et de pomme flétrie qui régnait dans cette resserre. Je jouais avec un gros scarabée aux reflets bleutés que je m'amusais à faire passer d'un bocal à un autre. Un appel a retenti, une voix que je n'ai pas immédiatement reconnue mais qui articulait mon nom. J'ai quitté la pièce en fermant soigneusement la porte derrière moi, sans me douter que j'emprisonnais quelque chose d'infiniment précieux dans ce local qui sentait la paille et la pomme. Quelque chose que j'allais devoir laisser derrière moi et qu'on pourrait être tenté de nommer innocence si chaque homme ne renfermait pas tout au fond de son âme, dès ses premiers pas sur cette terre, une part d'inéluctable culpabilité.

Dans l'unique pièce à vivre de la maison, la femme que j'appelais encore ma mère m'attendait en compagnie d'un inconnu. Un homme grand, au crâne dégarni, au visage en lame de couteau, tout de noir vêtu, engoncé dans une sorte de soutane de voyage. Dès mon entrée, ses petits yeux luisants se sont rivés à moi et ne m'ont plus lâché. Mais ce sont surtout ses mains qui m'ont impressionné. De longues mains blanches, fines et osseuses, avec sur le dos un réseau compliqué de veines bleues, semblables à des serpents d'eau lovés sous la peau. J'ai tout de suite senti mon cœur se glacer dans ma poitrine. C'étaient des mains redoutables, capables de vous entraîner là où vous ne vouliez pas aller, ou de vous faire des choses que vous ne supporteriez pas que l'on vous fasse. Le plus affreux, c'était de sentir confusément que cet homme sombre avait désormais prise sur moi, qu'il allait m'emmener et que je le suivrais, obéissant, même si je devais ne jamais revenir de ce voyage terrible à ses côtés.

En me voyant franchir la porte, celle qui n'était déjà plus ma mère – qui ne l'avait *jamais* été ! – a esquissé un pâle sourire et s'est tournée vers l'inconnu pour me le désigner.

— Entre, Damien, a-t-elle dit de cette voix étranglée qui, décidément, sonnait de façon insolite à mes oreilles. Approche, mon garçon. Je te présente le père… pardonnez-moi, mon père, je n'ai pas bien retenu votre nom.

L'homme en noir a souri lui aussi, dévoilant des dents jaunes et mal alignées. Et pour la première fois, j'ai entendu cette voix qui, depuis lors, ne cesse de hanter mes nuits :

— Pour l'enfant, nous en resterons simplement à monsieur le Vicaire. Cela sera bien ainsi.

5

Un mort heureux de son sort

Après avoir pris congé de Flanchard, Valentin avait récupéré le dossier Dauvergne et passé deux heures à l'éplucher dans le détail. Comme l'avait annoncé le commissaire, l'affaire se présentait sous un jour troublant. Selon les témoignages qui avaient pu être récoltés rue de Surène le soir du drame, le fils de la maison s'était jeté volontairement d'une fenêtre de l'hôtel paternel. Il avait été tué sur le coup. De prime abord, le suicide ne semblait pas faire le moindre doute. Cependant, ce qui rendait la chose peu banale, c'est que Lucien Dauvergne avait mis fin à ses jours en présence de sa mère qui s'inquiétait de son absence prolongée et était montée le chercher à l'étage. En outre, les proches du défunt et certains invités avaient tous assuré qu'aucun signe, au cours de la soirée, n'avait pu laisser augurer pareille issue funeste. Le jeune homme, au contraire, avait paru à tous d'humeur enjouée. Il avait passé tout son temps à badiner avec une jeune fille à laquelle sa famille le destinait. Les fiançailles des jeunes gens devaient d'ailleurs être annoncées pour clôturer la réception avec faste.

À lire toutes ces dépositions, on avait la désagréable impression que l'envie de se supprimer avait pris la victime comme un soudain besoin impérieux de la nature. Cette mort horrible en pleine fête avait fait à tous le même effet que la foudre s'abattant par une belle journée d'été, sous un ciel parfaitement limpide.

Un autre point avait retenu l'attention de Valentin. Il était mentionné, dans un procès-verbal établi le lendemain du décès, que la dépouille du fils Dauvergne avait été transportée à la morgue afin d'y être autopsiée. Qu'un médecin examine le cadavre pour tenter de déterminer les causes précises du trépas n'avait rien de surprenant. C'était la procédure normale en cas de mort violente, et qui se justifiait d'autant plus ici que le drame était survenu dans des circonstances sinon suspectes, du moins insolites. Non, ce qui étonna le jeune inspecteur, c'est que Charles-Marie Dauvergne ait laissé emporter le corps de son fils dans un lieu aussi sordide.

Certes, l'actuelle morgue de Paris n'avait plus rien à voir avec la basse geôle du Grand Châtelet qui en tenait lieu sous les anciens rois. Au tout début de l'Empire, elle avait été transférée dans le bâtiment à demi ruiné d'une ancienne boucherie, quai du Marché-Neuf, sur l'île de la Cité. Il n'empêche que l'endroit n'avait rien perdu de sa vocation qui était de servir de charnier officiel à la capitale. On y exposait les cadavres anonymes des noyés repêchés dans la Seine et des miséreux ramassés chaque matin dans les venelles infâmes du vieux Paris. La place traînait une vilaine réputation de laisser-aller et de malpropreté. On prétendait que les macchabées s'y entassaient dans des conditions si déplorables que les rats en grignotaient les extrémités. Quant aux employés, contraints de coucher presque aux côtés de leurs hôtes, ils évoluaient dans une atmosphère à ce point délétère que bien peu parvenaient à tenir plus d'une année. L'administration se trouvait forcée de procéder régulièrement à leur remplacement.

Compte tenu de la fortune du député Dauvergne et de sa haute position sociale, on se serait plus volontiers attendu à ce que le cadavre de son fils unique soit déposé dans une clinique et soumis à l'examen d'un grand nom de la Faculté. Opter pour la morgue, c'était privilégier la discrétion en dérogeant à son rang. Et même si le suicide faisait tache dans une famille honorable, son instinct de limier soufflait à Valentin que ce choix dissimulait sans doute autre chose. Lui qui avait accueilli l'annonce de son détachement à la Sûreté avec un certain déplaisir, il se sentit aiguillonné par la curiosité. Il se surprit à vouloir dissiper les brumes qui entouraient cette mort décidément pas ordinaire.

Après avoir quitté la préfecture de police, il remonta le quai des Orfèvres jusqu'au pont Saint-Michel et traversa la chaussée pour gagner le funèbre édifice de la morgue. Celui-ci jouxtait le parapet du petit bras de la Seine et dominait un amas de masures et de garnis louches. Devant l'entrée, un escalier menait directement à la berge et facilitait le débarquement des noyés apportés chaque matin par bateau.

Valentin actionna l'imposante cloche et attendit un moment avant qu'on ne daigne lui ouvrir. L'individu long et maigre qui finit par répondre à son appel ressemblait à un échassier. Son ample tablier de cuir, qui lui descendait jusqu'aux chevilles, était maculé de taches brunâtres dont le jeune inspecteur préféra ignorer l'origine. Lorsqu'il eut décliné son identité et sa fonction et exigé de voir le corps de Lucien Dauvergne, l'employé de la morgue lui décocha un sourire sarcastique.

— Eh ben ! grinça-t-il d'une voix de crécelle. On peut dire qu'ça nous change d'nos clients ordinaires. Voilà c'que c'est que d'héberger des gens d'la haute. Même cannés, faut qu'ils reçoivent comme si qu'ils étaient encore dans leurs beaux salons.

— Que voulez-vous dire ?

— Vous n'êtes pas notre seul visiteur ce matin. Y a déjà quelqu'un auprès d'la dépouille. Le médecin d'la famille, envoyé comme qui dirait pour rafistoler l'corps après l'autopsie.

L'un à la suite de l'autre, les deux hommes s'enfoncèrent dans la pénombre. Ils parcoururent une enfilade de couloirs où régnait une odeur pestilentielle. De part et d'autre s'ouvraient des salles lugubres dont on distinguait, du seuil, les murs couverts de salpêtre et suintants d'humidité. De grosses mouches faisaient retentir dans tout l'édifice un bourdonnement incessant et voltigeaient de façon horripilante autour de leurs crânes. D'autres bêtes, invisibles celles-là, fuyaient à leur approche, mais on percevait fort bien leurs menus piétinements et leurs couinements contrariés.

— Fichus rats ! grommela le guide de Valentin en balançant un coup de pied le long d'un mur. S'croient décidément chez eux ici !

Le jeune policier écarta le mouchoir qu'il avait

plaqué sur son nez pour se protéger des remugles de putréfaction.

— Vous n'avez pas tenté de vous en débarrasser ?

— On a beau faire, impossible ! Z'ont appris à déjouer les pièges et à repérer les appâts empoisonnés. On a bien essayé d'les faire décamper en leur fichant dans les pattes un couple de matous. Pensez-vous ! Deux ou trois nuits après, c'sont les greffiers qui s'sont fait bouffer !

L'employé s'arrêta enfin devant une porte en bois munie d'un gros verrou rouillé.

À part le battant simplement repoussé, on aurait tout à fait dit l'entrée d'une cellule. L'homme aux apparences de héron s'effaça devant l'inspecteur pour le laisser entrer.

Valentin pénétra dans une salle carrelée de faïence blanche jusqu'à mi-hauteur, médiocrement éclairée par deux soupiraux d'où coulait un jour gris. Une odeur de phénol stagnait dans l'air. Au centre, une longue table en marbre était entièrement recouverte d'un drap immaculé. La forme d'un corps allongé, raide, se dessinait sous la pièce de tissu.

Un homme qui se lavait les mains au-dessus d'un bassin d'angle se retourna à son entrée. La cinquantaine distinguée, il portait un gilet de soie à boutons nacrés, le ventre barré d'une chaîne de montre en or. Ses manches retroussées n'empêchaient pas de remarquer la finesse et la coupe irréprochable de son linge. Sa chevelure et sa courte barbe taillée en pointe étaient d'un blond cendré qui tirait sur le gris. Tout en lui exprimait la réserve et la componction : le visage grave, la charpente osseuse, la silhouette empreinte d'une certaine raideur. Seul son regard étonnamment intense et pénétrant tranchait avec cette apparence de froideur hautaine.

— Inspecteur Verne, de la brigade de sûreté, annonça Valentin en ôtant son haut-de-forme. Je suis en charge de l'enquête sur la mort du jeune Dauvergne. À qui ai-je l'honneur ?

Le praticien inclina très légèrement le buste pour rendre son salut au nouvel arrivant. Puis il essuya soigneusement ses mains et rabattit les manches de sa chemise sur ses poignets. Ayant encore pris le temps d'enfiler sa veste, il finit par tendre une main glacée au policier.

— Docteur Edmond Tusseau, se présenta-t-il à son tour. Je suis à la fois le médecin attitré des Dauvergne et un ami de la famille. Quelle terrible tragédie !

— On m'a dit que vous étiez ici pour procéder à… disons la toilette du disparu.

— L'autopsie s'est achevée fort tard, hier soir. Charles-Marie Dauvergne a insisté pour que j'intervienne personnellement avant que la dépouille ne soit rendue à la famille pour l'organisation des funérailles. Mes collègues qui s'occupent des examens *post mortem* pour le compte de la préfecture ont tendance à négliger cet aspect des choses et mieux vaut ne pas trop s'en remettre aux employés de la morgue.

— Auriez-vous par hasard eu connaissance des conclusions du rapport d'autopsie ?

— Non. Mais ce que j'ai pu constater *de visu* ce matin ne laisse subsister aucun doute sur la cause du décès.

— Qui est ?

— La rupture nette des vertèbres cervicales. Le corps

porte de nombreuses contusions, notamment au niveau du visage, ainsi que des écorchures provoquées par le gravier de la cour sur les bras et les mains. On note aussi une plaie assez nette au niveau du thorax. Avant d'atteindre le sol, Lucien a eu la poitrine déchirée par le trident d'une statue. Mais c'est bien en se brisant le cou au terme de sa chute que le malheureux s'est tué.

— Tiens, tiens, fit Valentin dont l'attention parut soudain renforcée. Une plaie à la poitrine, dites-vous ? Pourrait-on imaginer que le jeune Lucien ait été agressé avant sa chute ? Quelque chose comme frappé ou poignardé ?

Le Dr Tusseau ne put réprimer un sursaut. Ses traits exprimèrent à la fois de la surprise offusquée et de la réprobation.

— Poignardé ? Quelle étrange supposition ! Le suicide de Lucien ne fait aucun doute, vous pouvez m'en croire. Il s'est précipité dans le vide sous les yeux de sa propre mère. J'ajoute que les lacérations sur sa poitrine sont assez superficielles et correspondent sans le moindre doute possible aux trois pointes du fameux trident.

— Je disais cela à tout hasard, s'empressa de préciser Valentin. Simple déformation professionnelle. Dans mon métier, on voit tellement de choses étranges !

— Je vous crois sur parole, enchaîna le médecin en esquissant une moue contrariée. Pour être franc avec vous, c'est d'ailleurs la raison pour laquelle j'avais déconseillé au député Dauvergne de solliciter une enquête approfondie. La police a tendance à soupçonner du drame ou du mystère un peu partout. Notez que ce n'est pas un reproche : chaque profession a ses propres dadas. Or, le suicide de Lucien ne fait hélas pas le moindre doute.

— Avez-vous prêté attention à l'âge des ecchymoses ? Les contusions se doublaient-elles d'une suffusion sanguine dans le tissu cellulaire sous-jacent ?

Une lueur intriguée s'alluma dans les prunelles ardentes du Dr Tusseau. Il semblait considérer son jeune interlocuteur sous un jour nouveau.

— Si cela peut vous rassurer, j'ai examiné l'ensemble des blessures et aucune ne me paraît antérieure à la chute. Mais permettez-moi de m'étonner quelque peu. Pour un simple inspecteur, vous faites preuve de connaissances plutôt étonnantes en matière de médecine légale.

— J'ai toujours eu un goût prononcé pour l'étude et il me semble qu'un enquêteur digne de ce nom ne peut négliger certaines avancées scientifiques. J'ai eu le bonheur il y a deux ans de suivre quelques cours de toxicologie du professeur Orfila[1]. La lecture de ses *Leçons de médecine légale* m'a particulièrement marqué. Ce traité a dépassé de loin les travaux de ses plus estimés prédécesseurs, des médecins pourtant aussi remarquables que Fodéré ou Belloc.

Tout en parlant, Valentin s'était déplacé l'air de rien vers le centre de la salle. Parvenu au niveau de la table d'examen, il souleva un coin du drap mortuaire pour dévoiler la tête et le tronc du gisant.

---

1. Mathieu Orfila, professeur de médecine légale à la Faculté de Paris. Son *Traité de médecine légale* sera publié et traduit à plusieurs reprises sous la monarchie de Juillet, devenant l'ouvrage de référence en la matière.

— Mazette ! s'exclama-t-il. Voilà qui n'est pas banal.

— Quoi donc encore ?

— Avez-vous noté l'expression de son visage ?

— *Rigor mortis*, laissa tomber le Dr Tusseau en haussant les épaules avec une apparente indifférence. Comme les autres tissus, les muscles de la face se sont rigidifiés. C'est le processus normal. Si vous avez lu Orfila, il n'y a là rien qui soit de nature à vous intriguer.

Valentin ne répondit pas immédiatement. Il ne parvenait pas à détacher son regard des traits de Lucien Dauvergne. Car ce cadavre souriait !

Allongé dans cette pièce sordide, plongé dans un sommeil éternel, le défunt affichait le masque incompréhensible d'une radieuse béatitude.

6

Où l'on recueille *in extremis* d'intéressantes confidences

Après avoir quitté la morgue, Valentin se rendit à l'Hôtel-Dieu. C'était là qu'exerçait le chirurgien ayant pratiqué l'autopsie du cadavre de Lucien Dauvergne. Cette visite ne lui apporta cependant aucun élément nouveau. Le médecin légiste confirma les conclusions du Dr Tusseau : chute fatale ayant entraîné une fracture de la nuque. Selon lui, la mort était survenue sur le coup ou quasiment. Lorsque le policier insista pour connaître l'opinion de l'expert sur l'étrange sourire arboré par le défunt, celui-ci se montra plutôt embarrassé. Il concéda que ce détail l'avait d'emblée frappé et reconnut volontiers n'avoir encore jamais constaté une telle expression sur le visage d'un suicidé. De la tristesse, de la souffrance, de la peur, oui. Quelquefois même de la colère, mais jamais pareil ravissement extatique. Et sa science échouait à fournir le moindre début d'explication.

En retrouvant le fourmillement de la rue à l'heure du déjeuner, le jeune inspecteur éprouva un vif soulagement. En matière de salubrité, l'antique hôpital parisien valait à peine mieux que la morgue. Tout y était vétuste et les malades s'y entassaient dans des conditions déplorables. La plupart étaient des indigents, sans famille, qui n'en sortiraient que les pieds devant. En attendant, ils se languissaient ou pourrissaient sur place, dans les salles vieillottes de ce lieu déprimant qui s'apparentait davantage à un mouroir qu'à un véritable établissement de soins. Voilà pourquoi, en dépit des odeurs de graillon qui s'échappaient des nombreuses gargotes et des éventaires en plein air, Valentin apprécia de se retrouver à l'air libre et de ne plus respirer des remugles de chairs putrides, de soufre et d'alcool méthylique. Il lui tardait cependant de gagner la rive droite et de quitter l'atmosphère confinée de l'île de la Cité et ses venelles au décor moyenâgeux. Il allongea donc le pas et se dirigea vers le tout nouveau pont d'Arcole.

Tout en marchant, il méditait sur cette étrange affaire dont il venait d'hériter malgré lui. La mort de Lucien Dauvergne était peut-être un suicide, mais il était à présent persuadé qu'elle recelait une part de mystère. Curieux de nature, il était bien décidé à percer celui-ci rapidement.

De toute façon, il n'avait guère le choix. Boucler son enquête et donner ainsi satisfaction au commissaire Flanchard, c'était le plus sûr moyen de pouvoir reprendre au plus tôt sa traque du Vicaire. Car il était sûr d'une chose. Dans tout Paris, il était le seul être à pouvoir venir en aide à Damien, cet orphelin fragile tombé entre les mains du monstre. Car il était aussi le seul à ne pas l'avoir oublié.

Tout à ses pensées, il se frayait un passage à grandes enjambées parmi les piétons. Une foule bigarrée d'ouvriers, d'artisans, de couturières et de lavandières encombrait la chaussée, tous profitant de leur courte pause pour rejoindre l'un des nombreux estaminets du quartier. Au sein de cette cohue de gens modestes, Valentin ne passait pas inaperçu. Ses vêtements élégants, sa taille bien prise, son front large et clair et ses cheveux ondulés sur la nuque, d'un châtain clair tirant sur le blond, conféraient à toute sa personne une séduisante noblesse qu'atténuait à peine son expression empreinte de gravité. Son regard surtout marquait durablement ceux qui croisaient le feu de ses prunelles. Selon son humeur ou les circonstances, il avait en effet les yeux tour à tour gris pour impressionner ses interlocuteurs ou verts quand il s'agissait de les séduire. Plus d'une grisette interrompait sa conversation ou se détournait pour le regarder passer. Lui-même n'y prêtait pas attention. Contrairement à tous les jeunes hommes de son âge, il ne se souciait pas de plaire aux femmes. Il n'avait pas non plus conscience du charme qui se dégageait de sa trouble personnalité ni de l'attrait que sa beauté d'archange exerçait sur la plupart des représentantes du beau sexe. Seule comptait à ses yeux la mission de rédempteur qu'il s'était donnée. Et, sans même avoir à se discipliner, il se détournait spontanément de tout ce qui pouvait l'en distraire.

Une fois parvenu sur la rive droite, il laissa l'Hôtel de Ville derrière lui et emprunta la rue de la Verrerie puis la rue Saint-Honoré. L'humidité du début de la matinée s'était densifiée au-dessus de la capitale. Il ne pleuvait pas encore mais il n'était que de lever les yeux pour comprendre, devant l'amoncellement de gros nuages noirs à l'ouest, que l'averse menaçait. Elle creva au moment où Valentin atteignait les arcades du Palais-Royal. Tout à coup, il se mit à tomber des hallebardes.

Dans les cafés bondés, toutes les conversations tournaient autour du futur procès des ministres ou des tensions politiques à l'étranger. La révolution de Juillet avait donné des idées d'émancipation à d'autres peuples, ce que le ministre autrichien Metternich avait récemment commenté d'un mot fameux : « Quand Paris s'enrhume, l'Europe prend froid. » Les clients attablés commentaient les troubles qui venaient d'éclater dans quatre États germaniques et quelques cantons suisses, ainsi que les derniers soubresauts de l'affaire belge[1]. Certains évoquaient la possibilité d'une annexion de la Belgique à la France. D'autres s'écriaient que les puissances coalisées de 1815 ne laisseraient pas faire et que toute initiative de cette sorte conduirait nécessairement à la guerre. Tous semblaient avoir leur idée sur la manière dont le gouvernement devait manœuvrer au milieu des écueils et chacun se prenait pour un petit Talleyrand.

Valentin s'était lui aussi réfugié dans l'un de ces établissements pour éviter l'ondée. Saisissant l'occasion, il décida d'apaiser sa faim et commanda une omelette aux cèpes accompagnée d'un pichet de vin de Brie. Le plat lui fut apporté par un gamin pâlichon d'une

1. Dès le 25 août 1830, les Belges s'étaient révoltés contre la tutelle hollandaise et avaient proclamé unilatéralement leur indépendance le 4 octobre.

huitaine d'années. Le pauvre n'avait que la peau sur les os et lorgnait le contenu de l'assiette en salivant d'envie. On aurait dit un chat famélique guettant une souris hors de sa portée.

— Tu as l'air d'avoir sacrément faim, remarqua Valentin. Cette omelette te tente ?

Le garçon se tortilla sur place, son regard allait maintenant de l'assiette au visage du policier, en un va-et-vient où se lisaient les affres d'un douloureux dilemme. Valentin en fut tout attendri. Lui qui était d'un naturel plutôt taciturne et éprouvait toujours une certaine réticence à entrer en contact avec ses semblables, il ne nourrissait pas du tout les mêmes préventions à l'égard des enfants. Non seulement il savait spontanément comment leur parler, mais il parvenait toujours à s'attirer leur sympathie.

— Eh bien ! dit-il avec gentillesse. Assieds-toi donc puisque tu en meurs d'envie !

Joignant le geste à la parole, il écarta le coin de la table pour inviter l'enfant à le rejoindre sur son banc. Celui-ci était tenté, mais quelque chose le retenait encore.

— Tu n'as pas peur de moi, au moins ?

Piqué au vif, le mioche se redressa de toute sa hauteur et bomba son torse maigrelet.

— Non, m'sieur ! Jamais d'la vie !

Mais, démentant aussitôt son ton fanfaron, son œil inquiet se tourna en direction du comptoir derrière lequel se tenait le propriétaire du café.

— Je vois ce que c'est, dit Valentin en tapotant l'assise du banc à ses côtés. Pose-toi là et remplis-toi la panse tranquillement. Je m'occupe du reste.

Lorsque le gamin se fut enfin décidé à s'installer, l'inspecteur agita le bras en l'air pour attirer l'attention du patron. L'homme, un sanguin aux oreilles en chou-fleur et au nez épaté, se méprit sur son geste et, avisant le môme qui se recroquevillait sur son banc, il se rua, furibard, pour débarrasser son élégant client de l'importun.

— Dis donc, morpion, qu'est-ce qui te prend d'importuner nos hôtes ! Allez, ouste ! Lève tes fesses de là ou je te promets une belle raclée que t'es pas prêt de t'asseoir de nouveau !

Avant qu'il ne puisse mettre sa menace à exécution, Valentin lui barra le passage de sa canne. Il affichait un sourire que venait démentir la soudaine crispation des muscles de sa mâchoire.

— Je crains qu'il n'y ait erreur, mon brave. Cet enfant est mon invité.

Le cabaretier ouvrit de grands yeux ronds.

— Le limaçon, votre… votre invité ?

— Parfaitement ! Il se trouve que j'ai horreur de manger seul. Le garçon me tiendra compagnie.

— Ça par exemple ! s'exclama le grand rougeaud en se grattant le crâne, perplexe. Mais c'est que c'te feignasse a un service à assurer. Dame ! Faut bien s'occuper des autres clients !

— Eh bien, disons que je vous loue ses services exclusifs pour la demi-heure à venir. Tenez ! Payez-vous ! Je pense que ça devrait suffire pour que vous m'apportiez en plus une seconde omelette.

Il sortit deux pièces de cinq francs de sa poche et les fit sonner sur la table. Le patron s'en saisit prestement et assura que, pour ce prix-là, il était prêt à se passer d'aide pour le restant de la journée. À peine avait-il tourné les talons que son jeune employé se précipita sur l'omelette comme s'il n'avait rien mangé depuis la veille.

En le voyant engloutir avec voracité les premières bouchées, Valentin se détendit et une émotion joyeuse l'envahit. Il se laissa aller voluptueusement en arrière contre le mur, les mains croisées derrière la nuque.

— Prends garde quand même à ne pas t'étouffer, l'avorton ! dit-il avec un sourire amusé. Je ne voudrais pas avoir ta mort sur la conscience !

Quand il quitta l'établissement un peu plus tard, l'averse avait cessé. Il reprit la rue Saint-Honoré et la suivit jusqu'à la monumentale église de la Madeleine. L'édifice encore inachevé laissait apercevoir, à travers ses échafaudages, l'imposante colonnade corinthienne de ses façades latérales. L'ensemble n'était pas sans rappeler les fameux thermes de Dioclétien et s'apparentait à une vaine tentative de faire revivre la Rome antique en plein Paris. Valentin ne put s'empêcher de songer que les sommes englouties dans l'opération auraient été plus utilement employées à assainir les quartiers défavorisés du centre, là où s'entassaient les plus pauvres et où de sordides prédateurs n'avaient que l'embarras du choix pour cibler leurs proies innocentes.

À l'opposé, les beaux hôtels du faubourg Saint-Honoré affichaient pour la plupart une élégance discrète, révélatrice d'une assurance bourgeoise solidement établie. Seules quelques demeures faisaient exception. Leur opulence clinquante trahissait une volonté de paraître un peu trop ostentatoire, synonyme en général d'une fortune récemment acquise. La résidence des Dauvergne, avec son porche monumental, les frises et mascarons de sa façade et son bassin de Neptune atrocement baroque, appartenait à cette seconde catégorie.

On fit attendre Valentin dans un salon dont la chaleur étouffante était entretenue par un calorifère à bouches invisibles. Les fenêtres ornées de rideaux de damas donnaient sur un vaste jardin agrémenté d'élégantes charmilles. Les murs étaient tendus de soie couleur parme, le parquet recouvert d'épais tapis turcs. Le marbre de la cheminée et des statues se reflétait dans le bois précieux d'admirables buffets Boulle. Une horloge en bronze doré, de belles dimensions, trônait sur une console. Tout ce luxe créait une atmosphère confite et vaguement écœurante. Dans cet univers conçu pour la galerie, l'irruption du drame avait dû faire l'effet d'une brutale salve d'artillerie.

Le député Charles-Marie Dauvergne portait le deuil avec juste ce qu'il convenait d'élégance recherchée. Son teint bistre et les poches sous ses yeux trahissaient le manque de sommeil. Il salua son visiteur d'une brève inclination de la tête.

— Le préfet de police Girod de l'Ain, qui est de mes familiers, m'a assuré qu'il veillerait à ce que l'enquête sur la mort de Lucien soit confiée à l'un de ses meilleurs éléments. Surtout, ne prenez pas ma remarque en mauvaise part, mais vous me paraissez bien jeune.

— Il faut croire que mes supérieurs ne se sont pas arrêtés à cette circonstance, répliqua Valentin en ôtant son chapeau pour saluer à son tour. Mais permettez-moi, avant toute chose, monsieur le député, de compatir au grand malheur qui vient de frapper si douloureusement une famille des plus honorables.

Dauvergne sembla apprécier cette entrée en matière. Il se fit plus aimable.

— Je ne doute pas que le choix de votre hiérarchie soit parfaitement justifié, dit-il en désignant un fauteuil à Valentin, tout en prenant lui-même place sur un canapé Louis XVI. Peut-être a-t-on d'ailleurs estimé, non sans un certain à-propos, qu'un enquêteur de l'âge de mon fils serait mieux à même de percer les raisons de… disons de son terrible geste.

— N'avez-vous, vous-même, aucune idée de ce qui a pu le pousser à attenter à sa vie ?

Une grimace tragique déforma les traits fatigués du grand bourgeois.

— Pas la moindre ! s'exclama-t-il d'une voix qui dérapa dans les aigus. C'est d'ailleurs pour tenter de comprendre comment il a pu en arriver à une telle extrémité que j'ai insisté pour que la police se livre – en toute discrétion, cela va sans dire – à quelques investigations. Lucien était mon seul fils, celui qui devait reprendre mon entreprise. J'ai besoin de découvrir les motifs qui l'ont conduit à commettre pareille folie.

— Je suis passé ce matin à la morgue et j'ai rencontré le médecin qui a examiné le corps de votre enfant. D'après ses constatations, le suicide paraît clairement établi.

— Je n'en ai jamais douté, voyons ! Là n'est pas la question ! Ce que je veux que vous découvriez, c'est ce qui a pu inciter un garçon brillant, sain et plein d'avenir, à se supprimer.

— Il existe toutes sortes de motifs qu'un fils peut préférer dissimuler à son père.

— À quoi pensez-vous ?

— Déception amoureuse, dette de jeu… que sais-je encore ?

— Cela m'étonnerait fort. Lucien était un jeune homme sérieux dont nous allions précisément annoncer les fiançailles le soir de sa disparition. Quoi qu'il en soit, j'entends que vous ne négligiez aucune piste. Je veux savoir si quelqu'un est responsable de sa mort. Si tel est le cas, celui ou celle qui a poussé mon fils au désespoir devra payer pour sa faute.

Valentin se rembrunit. Il n'aimait pas le ton d'autorité que son interlocuteur venait d'adopter. Dauvergne lui avait parlé comme s'il n'était qu'un vulgaire employé à sa botte. Mais ce qui le heurtait encore plus, c'était que le parlementaire ne semblait pas envisager un seul instant que cette façon de faire puisse lui déplaire. Donner des directives à un représentant des forces de l'ordre lui paraissait la chose la plus naturelle du monde.

— Malheureusement, dans ce genre de situation, se fit-il un malin plaisir de rappeler, la justice des hommes s'avère impuissante.

Le député se leva, signifiant par là que l'entretien touchait déjà à sa fin. Lorsqu'il reprit la parole, sa voix laissait percer, cette fois, un désagréable mélange de morgue et de colère.

— Il y a bien des façons de rendre justice sur cette terre. Croyez-moi, la mort de Lucien ne restera pas impunie !

Lorsque les deux hommes regagnèrent le vestibule,

la pluie s'était remise à tomber avec violence. Elle cinglait les fenêtres dans un vacarme de cataracte. Valentin songea non sans une pointe de dépit que, faute d'avoir pris ses précautions, il allait ruiner sa belle tenue. C'est alors qu'il avisa, auprès d'une croisée, une jeune fille de seize ou dix-sept ans qui s'absorbait dans la contemplation des trombes d'eau. Une silhouette boulotte, un visage sensible et mélancolique.

— Ma fille, Félicienne, le seul enfant qu'il me reste désormais, la présenta Dauvergne en lui faisant signe d'approcher. Que faites-vous là, ma douce ?

— J'ai su par Gustave qu'un policier vous rendait visite, père. J'ai pensé qu'avec ce déluge, il aurait peut-être besoin d'une protection.

En se tournant vers eux, elle avait démasqué un grand parapluie noir qu'elle tenait serré contre sa poitrine. Dauvergne lui adressa un sourire attendri.

— Quelle délicieuse attention ! Vous imaginez, cher monsieur, de quelle sollicitude je puis fort heureusement être entouré en ce cruel moment… Mais qu'avez-vous, mon enfant ? Approchez donc ! Monsieur l'inspecteur ne va tout de même pas vous passer les poucettes[1] !

L'adolescente venait de marquer une hésitation après avoir fait quelques pas dans leur direction. À la remarque de son père, elle rougit de confusion, s'empressa de les rejoindre et tendit le parapluie à Valentin en baissant pudiquement les paupières.

Au moment où leurs doigts se frôlèrent sur le

1. Ancêtre des menottes, cet objet métallique permettait de bloquer ensemble les deux pouces d'un malfaiteur.

manche, il tressaillit et dut faire appel à tout son sang-froid pour ne pas trahir sa surprise. La dénommée Félicienne venait en effet de lui glisser, au creux de la paume, un billet soigneusement replié.

7

Aux *Faisans couronnés*

N'écoutez pas ce qu'ils vous diront. Ils ne savent pas qui était vraiment Lucien. J'étais sa seule véritable confidente. Nous étions naguère encore si complices ! Mais ces derniers temps, il avait beaucoup changé. Il s'était mis à fréquenter toute une coterie de jeunes gens qui se réunissent dans un cabaret à l'enseigne des Faisans couronnés. *Si vous cherchez le responsable de sa mort, c'est là que vous le trouverez.*

Félicienne Dauvergne

Valentin abaissa le message qu'il venait de relire pour la énième fois. De l'autre côté de la rue, la façade du café lui apparaissait des plus vétustes. Une méchante enseigne de fer-blanc surmontée d'un quinquet. On y avait barbouillé deux volatiles d'espèce mal déterminée, au chef surmonté d'une couronne ridiculement prétentieuse. Des murs de torchis, lépreux, maculés de boue et de noir de fumée. Une porte basse et deux larges fenêtres à croisillons, dont les carreaux de verre, en cul-de-bouteille, ne laissaient rien deviner de l'intérieur.

L'établissement se dressait au pied de la montagne Sainte-Geneviève, au carrefour de la rue d'Arras et de la rue Traversine. Le quartier sentait le chou et le crottin de cheval. On y croisait des étudiants à la mise négligée, des vendeurs ambulants : rémouleur, marchande des quatre-saisons, porteur d'eau. Valentin avait rejoint l'endroit peu de temps après l'ouverture du café. Il s'était posté dans l'embrasure d'une porte, à une trentaine de mètres de son objectif, de façon à pouvoir observer discrètement les allées et venues sans risquer d'être repéré.

À partir de dix heures, le cabaret avait reçu ses premiers clients. Des artisans pour la plupart, se ménageant une pause au milieu de leur matinée de labeur. Rien de bien intéressant à première vue, mais le jeune inspecteur était résolu à prendre ses repères avant de se présenter à la porte de l'établissement. Il lui fallait déterminer quel genre de clientèle fréquentait le lieu et si quelque danger pouvait le menacer à l'intérieur.

La veille au soir, Valentin avait longuement repensé à ses démarches de la journée, tiraillé entre plusieurs sentiments contradictoires. Il ne pouvait le nier, les circonstances particulières du trépas du fils Dauvergne, de même que le sourire énigmatique de son cadavre ou les petites cachotteries de sa sœur, excitaient sa curiosité. Il y avait là un mystère, comme un défi à son intelligence qu'il aurait pris plaisir à relever dans d'autres circonstances. Cependant, ses échanges avec Charles-Marie Dauvergne avaient quelque peu refroidi son ardeur. Il ne faisait pas le moindre doute que le député avait sollicité une enquête de police dans le seul but d'assouvir une vengeance personnelle. Et cette façon d'agir déplaisait à Valentin. Cela l'insupportait même au plus haut point. Au moment de se coucher, il était bien décidé à renoncer. Le lendemain, il irait trouver le commissaire Flanchard à la première heure et demanderait sa réintégration aux Mœurs. Les caprices d'un riche parvenu ne méritaient pas qu'il lui sacrifie sa recherche du Vicaire. S'il voulait secourir Damien, il n'avait pas d'autre choix que de débusquer la bête immonde.

Il en était là de ses résolutions lorsque, tout près de sombrer dans le sommeil, une image s'était imposée à son esprit et avait suffi à le faire changer d'avis. Il avait simplement revu en pensée le visage poupin de Félicienne Dauvergne. À l'instant où l'adolescente lui avait glissé furtivement son billet dans la main, il avait cru lire au fond de ses yeux une insondable détresse accompagnée d'une supplique déchirante. Et c'était uniquement pour répondre à cet appel muet qu'il avait rejoint, au réveil, le café à l'enseigne des *Faisans couronnés*.

À présent, l'heure du déjeuner approchait. Les passants se faisaient plus nombreux. Une marchande de friture avait installé son éventaire non loin du seuil où se tenait embusqué Valentin. À portée de sa main gauche, s'élevait un monticule de morceaux de pain, tandis qu'à sa droite, sur un réchaud surmonté d'une poêle, grésillait un mélange appétissant de saucisses, de boudins, de côtelettes de porc et de tranches de lard. Pour deux ou trois sous, le petit peuple du quartier pouvait acheter de quoi se restaurer sur le pouce. En raison de l'attroupement qui s'était formé, Valentin ne pouvait plus contrôler efficacement les entrées et sorties du cabaret. Ce fut ce qui le décida à franchir le seuil de l'établissement. De toute façon, c'était le coup de feu. Compte tenu de l'affluence à l'intérieur, personne ne lui prêterait attention.

Il s'installa à l'une des rares tables demeurées libres, optant pour celle qui lui permettrait d'embrasser l'ensemble de la salle. Une serveuse plutôt accorte et peu farouche vint prendre sa commande. Elle dut trouver à son goût ce jeune homme renfermé puisque, en apportant son plat, elle lui décocha une œillade espiègle à laquelle il se garda bien de réagir. Déçue, l'effrontée afficha une moue boudeuse et se détourna en haussant ostensiblement les épaules. Faisant mine alors de se plonger dans la lecture d'un numéro de la *Revue des Deux Mondes*, Valentin entama son repas sans pourtant rien perdre de ce qui se passait autour de lui.

Un regard moins avisé que le sien n'aurait sans doute rien remarqué d'étrange. Après tout, le café des *Faisans couronnés* ressemblait à première vue à quantité d'autres établissements parisiens de ce genre. Clientèle d'habitués, pitance médiocre mais abondante, valse des pichets et joyeuses invectives. Mais Valentin possédait une sorte de sixième sens qui l'alertait aussitôt qu'il se produisait un fait singulier dans son environnement immédiat ou qu'un danger le guettait quelque part. Depuis qu'il était entré dans la police, ce don lui avait permis de se sortir de bien des situations délicates. Son instinct professionnel ne le trompait jamais. Aussi ne tarda-t-il pas à surprendre un curieux manège impliquant le propriétaire des lieux.

Tout en surveillant son personnel, l'homme se balançait mollement sur une chaise, à l'entrée de la cuisine d'où provenaient une odeur de ragoût et des bruits de casseroles. Il saluait chaque nouvel arrivant d'un large sourire mais laissait à ses employés le soin de se charger de celui-ci. Toutefois, Valentin constata que certains clients, entrés seuls dans l'estaminet, ou parfois à deux mais jamais davantage, jetaient un coup d'œil circonspect alentour avant de se diriger droit vers le cabaretier. Les hommes échangeaient une rapide poignée de main. Le tenancier lorgnait alors le creux de sa paume, hochait la tête d'un air satisfait. Il quittait sa chaise et entraînait son ou ses compagnons jusqu'à une porte verrouillée donnant probablement sur une seconde salle, à l'arrière de l'immeuble. Après s'être effacé pour les laisser entrer, il refermait à clé, s'en revenait tranquillement retrouver sa chaise et reprenait son balancement comme si de rien n'était.

En l'espace d'un peu moins d'une heure, Valentin avait assisté cinq fois à cette même scène et sept individus avaient emprunté la mystérieuse porte. Tous des bourgeois ou des étudiants, à en juger par leurs vêtements. Le dernier à s'être présenté avait semblé vaguement familier à l'inspecteur. Un tout jeune homme qui n'avait sans doute pas encore atteint les vingt ans. Valentin était presque certain d'avoir déjà vu quelque part cette silhouette fluette et nerveuse, ce large front intelligent et ce regard plein de fièvre. Il fouilla dans sa mémoire. Le nom lui revint seulement une fois son repas achevé, alors que le café se vidait progressivement de ses clients. Galois. Évariste Galois. Un garçon exalté, remarquablement doué pour les mathématiques. Il avait fait paraître au printemps précédent, dans le *Bulletin général et universel des annonces et des nouvelles scientifiques* du baron de Férussac, un travail consacré aux équations modulaires. L'article était un peu brouillon mais regorgeait d'idées brillantes. Peu après, Valentin avait rencontré son auteur lors d'une séance de l'Académie des sciences où Galois avait manqué de peu l'attribution du grand prix de mathématiques. Les deux jeunes gens n'avaient échangé que quelques mots à la sortie de l'amphithéâtre, mais Valentin estimait tenir là une opportunité d'engager la conversation et de tenter d'en savoir plus sur ce qui se tramait à l'enseigne des *Faisans couronnés*. Cependant, à présent que le service touchait à sa fin, il ne pouvait demeurer sur place sans risquer d'attirer l'attention. Il jugea donc plus prudent de quitter les lieux et d'attendre, dans la rue, la sortie de Galois.

Il n'eut pas à patienter longtemps. Au bout d'une vingtaine de minutes, le jeune mathématicien réapparut à la porte du café. Seul, comme il était arrivé. Valentin en fut soulagé. Il avait craint, un moment, que Galois ne ressorte accompagné, ce qui aurait compromis son plan. Comme sa cible s'était éloignée déjà d'une vingtaine de pas, il s'élança dans sa direction et la héla :

— Excusez-moi !... Monsieur Galois ? Évariste Galois ? C'est bien vous, je ne me trompe pas ?

L'autre se retourna et examina Valentin.

— Nous nous connaissons, monsieur ? Pardonnez-moi, mais je ne vous remets pas.

Le ton était sympathique, sans la moindre trace de méfiance.

— Mon nom ne vous dira rien. Nous nous sommes croisés à l'Académie des sciences. Je vous avais fait part de mon admiration pour vos travaux consacrés à la résolution algébrique des équations.

— Vraiment ? fit le jeune mathématicien, visiblement

flatté mais dont l'embarras crevait les yeux. Je crois en effet me souvenir... Vous dites : l'Académie des sciences... Auriez-vous l'obligeance de me rappeler votre nom ?

— Verne. Valentin Verne. Je suis moi-même davantage féru de chimie et de minéralogie, mais tout ce qui se rattache aux sciences fondamentales me passionne.

— Mais bien sûr ! Valentin Verne ! s'exclama Évariste Galois en se frappant le front. Où avais-je donc la tête ? C'est un plaisir de vous revoir !

L'inspecteur se retint de sourire. C'était en fait la première fois qu'il communiquait son nom à Galois. Manifestement, celui-ci n'avait pas conservé le moindre souvenir de leur brève rencontre, mais n'osait l'admettre, de crainte de vexer son interlocuteur.

— Veuillez me pardonner d'avoir pris la liberté de vous accoster ainsi en pleine rue, mais j'ai constaté que vous sortiez des *Faisans couronnés*. Je pensais y retrouver mon ami Lucien Dauvergne pour déjeuner, mais je ne l'ai pas vu et je me demandais si par le plus grand des hasards vous le connaîtriez.

— Lucien ? Mais comment donc ! se réjouit le mathématicien, tout heureux de voir leur échange prendre une autre orientation. Nous sommes un petit groupe d'amis, dont Lucien Dauvergne fait partie, qui nous retrouvons régulièrement dans ce café. Mais je dois dire que ça fait bien deux semaines que nous ne l'avons plus vu à nos réunions.

— Y a-t-il une raison précise à cela ?

— Des bêtises ! Vous savez comment sont les hommes dès qu'ils discutent politique. Les esprits s'échauffent facilement. Un mot en entraîne un autre.

Le ton monte et on dépasse rapidement les bornes. Ce sont des fâcheries qui ne durent pas.

À cet instant, un porteur d'eau passa dans la rue, faisant tintinnabuler ses gobelets contre les ferrures de ses seaux. Valentin attrapa son vis-à-vis par le bras et l'attira à lui pour lui éviter d'être bousculé ou éclaboussé.

— Vous voulez dire que Lucien s'est disputé avec l'un d'entre vous ? demanda-t-il en époussetant la manche du jeune homme.

— Disputé est un bien grand mot. Disons plutôt qu'il s'est accroché avec Fauvet-Dumesnil, le journaliste de *La Tribune*. L'homme aime volontiers provoquer et n'hésite pas à vider ses querelles sur le pré. C'est un redoutable duelliste. Quant à Lucien, il est de ces esprits exaltés un peu trop prompts à réagir.

— Sur quoi leur différend portait-il ?

— Une bêtise, je vous l'ai dit. À propos de la question belge. Dauvergne soutenait les patriotes belges qui prônent l'annexion de leur pays à la France. Selon lui, c'est l'occasion pour notre nation d'affirmer sa grandeur retrouvée et de prendre sa revanche sur 1815. Fauvet-Dumesnil, pour sa part, considère une telle option comme puérile et déraisonnable. À ses yeux, l'annexion serait synonyme d'embrasement de toute l'Europe et nous renverrait quinze ans en arrière.

— On ne peut lui donner tout à fait tort. Aux dernières nouvelles, le tsar Nicolas mobiliserait une armée sur la frontière de Pologne pour pouvoir parer à toute éventualité.

Évariste Galois haussa les épaules.

— Je dois dire que je n'entends pas grand-chose à ces subtilités diplomatiques. À mon humble avis, nous ne devrions pas nous mêler des affaires de nos voisins. Nous avons encore trop à accomplir pour faire triompher sur notre propre sol l'esprit de Juillet. (Il porta l'extrémité de ses doigts à son front pour gratifier Valentin d'un salut désinvolte.) Maintenant, cher monsieur Verne, si vous voulez bien m'excuser, je vais devoir vous quitter. Si je n'ai pas réintégré le collège du Plessis dans la demi-heure, on risque de me chasser de l'École normale.

— À vous entendre, on croirait que vous faites l'école buissonnière.

Le jeune mathématicien adressa un clin d'œil espiègle à Valentin.

— Vous ne croyez pas si bien dire, monsieur, dit-il avec un brin de provocation dans la voix. Non content d'avoir empêché ses élèves de se joindre aux insurgés lors des Trois Glorieuses, l'infâme Guigniaut[1] leur dénie toute voix au chapitre pour discuter du futur règlement de l'École. C'est agir en despote et à rebours du cours de l'Histoire, vous en conviendrez. Pour l'avoir affirmé un peu trop haut, j'ai été tout bonnement consigné par ce suppôt d'ancien régime. Qu'importe ! Je suis passé maître dans l'art de faire le mur. Cependant il ne faudrait pas que je manque l'appel de l'après-midi.

Sur ces mots, il s'éloigna d'une démarche sautillante de farfadet.

1. Premier directeur de l'École normale, devenue autonome au lendemain de la révolution de Juillet. Durant celle-ci, il fit verrouiller les portes de l'établissement pour éviter que ses élèves ne rejoignent les polytechniciens sur les barricades, mais fit preuve d'opportunisme en prêtant ensuite allégeance au nouveau régime.

Valentin le suivit des yeux jusqu'à le voir disparaître au coin de la rue d'Arras. Alors seulement, il ouvrit son poing droit et contempla l'objet qu'il venait subrepticement de dérober dans la poche du jeune mathématicien. Il s'agissait d'un menu imprimé, savamment plié de façon à servir de signe de reconnaissance. L'inspecteur songea aux fameux assignats que les Vendéens de 1793 manipulaient pour faire apparaître les mots « la mort de la République ». Dans le cas présent, le message était plus court, mais tout aussi explicite. L'en-tête mentionnant le nom du café se trouvait en effet coupé en deux et l'on pouvait juste lire : « sans couronnes ». Tout à fait le genre de profession de foi qu'on s'attendait à saisir sur une personne suspectée de conspiration républicaine.

Décidément, l'affaire Dauvergne s'annonçait plus complexe que prévu et Valentin commençait à se demander, non sans une certaine appréhension, jusqu'où risquaient de l'entraîner ses obscurs méandres.

8

L'officine Pelletier

Après avoir quitté Évariste Galois, Valentin fit le tour de ses indicateurs dans le Quartier latin. Il tenait à les avertir qu'il serait moins présent sur le terrain dans les prochains jours mais qu'il restait joignable à la préfecture de police si jamais ils apprenaient quoi que ce soit au sujet du Vicaire.

Sa tournée achevée, il se trouvait en chemin vers son appartement et descendait la rue Jacob en direction de l'hôpital de la Charité, quand six heures sonnèrent au clocher de l'église Saint-Germain-des-Prés. La nuit tombait déjà. Projetées sur la chaussée, deux flaques de couleurs vives signalaient au chaland l'emplacement de la pharmacie Pelletier.

Parvenu à la hauteur de l'officine, le policier contempla, songeur, les deux superbes bocaux de verre en forme de poire, emplis de liquide coloré, qui trônaient dans la vitrine. Quelle merveilleuse science que la chimie ! Le bichromate de potassium permettait d'obtenir un rouge éclatant ; le sulfate de nickel, un vert intense. Mais on pouvait aussi recourir au sulfate de cuivre additionné d'ammoniaque qui donnait un bleu céleste ou au chromate de sodium pour un jaune chaleureux. En alliant les ressources de leur art et l'éclairage au gaz de leurs boutiques, les pharmaciens avaient inventé l'enseigne lumineuse. Ce que peu de personnes savaient, c'est que l'installation de ces bocaux en vitrine poursuivait un autre but commercial encore plus subtil. Leur disposition dépendait en effet du sens d'ouverture de la porte. Lorsqu'un chaland pénétrait dans l'officine, son visage se superposait au bocal de couleur froide, ce qui lui conférait une mine cadavérique. Au contraire, lorsqu'il s'apprêtait à sortir de la boutique, son reflet se teintait de couleur chaude et semblait resplendir de santé. L'effet bénéfique sur la psychologie du client était garanti !

Valentin traversa la chaussée d'un pas incertain et poussa la porte de la pharmacie. Le carillon tintinnabula son chapelet de notes cristallines. Une odeur douceâtre de plantes séchées, de teinture de benjoin et de pommade à l'arnica flatta les narines du jeune homme et le ramena plusieurs années en arrière lorsqu'il passait, adolescent, le plus clair de ses journées en ce lieu pour s'initier à la botanique et se livrer à ses premières expériences de chimie. Il sentit monter en lui une bouffée de nostalgie. Son regard erra sur les rayonnages où les pots de pharmacie et les bocaux de verre alignaient leurs inscriptions latines, si mystérieuses pour le profane. Il s'attarda sur un grand vase à thériaque qui trônait en hauteur et dont la riche décoration florale était typique des ateliers de Lunéville. Il admira aussi le bas-relief ornant le comptoir-ordonnancier. On y voyait Hygie, la déesse de la santé, verser de l'huile sur la flamme de la vie et ressusciter un grenadier desséché autour duquel s'enroulait le serpent d'Esculape. Ce décor si familier, teinté de symbolisme savant, lui faisait revivre les temps insouciants où son père l'entourait encore de ses soins et comptait l'élever au rang d'éminent scientifique. Valentin ne retrouvait jamais cet endroit sans un léger pincement au cœur.

Près de la caisse, l'un des élèves pharmaciens était occupé à délivrer de l'eau de Cologne et des sachets de sulfate de magnésie à une bonne en tablier. Valentin le salua de deux doigts portés au rebord de son haut-de-forme.

— Le grand homme est-il visible ? demanda-t-il en se glissant derrière le comptoir.

— Il vient de rentrer de l'École et travaille au laboratoire. Il a demandé à ne pas être dérangé. Mais pour vous, monsieur Valentin, sa porte n'est jamais close, vous le savez bien !

« Le grand homme »... Il n'y avait aucune ironie dans cette appellation. Elle témoignait à la fois de l'admiration et de l'attachement du jeune inspecteur pour celui qui lui avait transmis le goût de la recherche scientifique. Joseph Pelletier n'était pas un vulgaire potard. Professeur à l'École de pharmacie, membre du Conseil de salubrité de Paris, chevalier de la Légion d'honneur, il faisait partie de ces pionniers qui, grâce aux récents progrès de la chimie extractive, étaient parvenus à isoler les principes actifs de plantes utilisées de longue date en thérapeutique sous forme d'extraits bruts. On lui devait notamment la découverte de l'émétine, de la strychnine, de la colchicine et de la caféine. Il pouvait même être considéré à juste titre comme un bienfaiteur de l'humanité depuis qu'avec son confrère Caventou, il avait mis au point l'extraction de la quinine, traitement quasi miraculeux des fièvres intermittentes. Depuis, le savant avait fondé une manufacture à Neuilly pour exploiter à grande échelle et avec un succès croissant ses découvertes les plus prometteuses. Cependant, en dépit de ses nombreuses activités, il n'avait jamais abandonné la direction de la pharmacie paternelle. C'était d'ailleurs dans l'arrière-boutique de cette officine familiale qu'il avait mené la plupart de ses travaux scientifiques.

Lorsque Valentin le rejoignit dans son laboratoire, Joseph Pelletier, en gilet et les manches de chemise retroussées, réglait la température d'un bain-marie dans lequel plongeait une cucurbite de cuivre munie d'un chapiteau et d'un serpentin de verre. Âgé d'une quarantaine d'années et bien que frappé par le deuil récent de son épouse, l'éminent savant conservait en toutes circonstances un air de tranquille sérénité. Il affichait une vague ressemblance avec Chateaubriand, mais un Chateaubriand assagi à la chevelure disciplinée et aux tourments apaisés.

— Le retour de l'enfant prodigue ! s'exclama-t-il avec chaleur en ouvrant grand les bras à son visiteur. Je commençais à croire que tu avais oublié le chemin pour venir jusqu'ici. Cela fait près de deux mois que l'on ne t'a pas vu !

— J'ai là une liste de réactifs qui me font défaut et, plutôt que d'envoyer un coursier les quérir, je me suis dit que c'était l'occasion de vous saluer.

Pelletier serra affectueusement le jeune homme contre sa poitrine. Puis, le tenant par les coudes, il fit un pas en arrière et le dévisagea avec une sollicitude teintée d'inquiétude.

— Et tu as fort bien fait ! Je suis heureux de te voir, mais du diable si tu n'as pas encore maigri ! Tes affaires de police ne te laissent donc pas le temps de te nourrir convenablement ? Ton pauvre père aurait été affligé de voir ces joues creuses et ce teint de déterré !

Joseph Pelletier avait été le plus fidèle ami du père de Valentin. Hyacinthe Verne et lui s'étaient connus sur les bancs du lycée. Partageant une fascination sans bornes pour le progrès scientifique et possédant le même caractère généreux, les deux camarades avaient noué de solides liens que le temps et les aléas de l'existence n'avaient pu éroder. Lorsque Valentin avait, à son tour, manifesté de l'intérêt pour la chimie et les sciences naturelles, Hyacinthe Verne l'avait fort logiquement confié aux bons soins de son ami. Entre quinze et dix-neuf ans, l'adolescent avait fréquenté plusieurs après-midi par semaine l'officine de la rue Jacob, secondant Pelletier dans ses recherches sur les alcaloïdes. Ce dernier songeait même à lui proposer un poste de confiance au sein de la manufacture qu'il avait créée pour développer son sulfate de quinine. Mais, au printemps 1826, le décès soudain de Hyacinthe Verne, victime d'un accident de fiacre, avait bouleversé toutes ces perspectives.

Valentin avait sombré durant quelques mois dans un chagrin proche de la dépression. Joseph Pelletier l'avait alors encouragé à entreprendre un long voyage autour du monde afin de se distraire l'esprit. Après tout, ne venait-il pas d'hériter d'une assez coquette fortune qui le dispensait dorénavant d'avoir à gagner sa vie ? Mais le jeune homme n'avait pas donné suite à cette suggestion. Il n'était sorti de sa prostration morbide que pour annoncer à ses rares familiers qu'il abandonnait ses études entreprises en vue d'intégrer l'École polytechnique. Au grand dam de Joseph Pelletier, qui se sentait le devoir moral de veiller sur le fils de son ami défunt, il avait pris la décision déroutante de passer sa licence de droit pour entrer ensuite dans la police. Qui plus est dans le service des mœurs qui traînait alors la plus lamentable des réputations. Rien n'avait pu le faire changer d'avis et, la mort dans l'âme, Pelletier avait vu s'éloigner celui qu'il considérait comme le plus brillant élève qui soit jamais passé dans son laboratoire.

— Tu aurais dû me prévenir que tu venais, reprit le professeur de pharmacie sur un ton d'amical reproche. J'aurais pris mes dispositions pour me libérer et nous aurions dîné ensemble. Malheureusement, j'ai promis à ma fille et mon gendre de les accompagner ce soir à l'Opéra.

Valentin chérissait son ancien maître et n'aurait voulu pour rien au monde lui causer la moindre contrariété. C'est pourquoi il ne prit pas la peine de répliquer. À quoi cela pourrait-il bien servir de lui dire qu'il ressentait désormais un certain malaise à franchir le seuil de l'officine ? À quoi bon expliquer que leur complicité savante d'autrefois lui apparaissait dérisoire ? Qu'est-ce que ce brave professeur Pelletier gagnerait en apprenant que son élève considérait leurs studieuses recherches comme une perte de temps, la futile distraction de doux idéalistes ? Rien de bon, rien en tout cas qui vaille qu'on piétine ses souvenirs attendris.

Quatre ans plus tôt, en prenant connaissance des divers papiers laissés par son père, Valentin avait eu l'impression qu'un monde rassurant mais factice s'écroulait brusquement autour de lui. Il avait cru s'éveiller d'un trop long sommeil, bercé de songes illusoires. Il avait pris conscience que tous les efforts déployés par les scientifiques du monde entier pour améliorer le sort des hommes étaient voués à l'échec. Un seul combat valait la peine d'être mené, celui, âpre et souterrain, qu'il convenait d'entreprendre contre le mal absolu qui rongeait le cœur de l'humanité. Du moins celui de certains hommes qui se complaisaient dans la fange et l'obscurité, là où désormais Valentin s'employait à les traquer sans relâche. Entrer dans la police lui était alors apparu comme le plus sûr moyen de mener cette tâche à bien. Mais il avait vite compris que personne ne pourrait l'épauler dans sa lutte. Aucun de ses supposés collègues n'était animé de la même rage intérieure, ne se sentait investi comme lui d'une mission quasi mystique.

Plus tard dans la soirée, l'inspecteur quitta l'officine de son ancien mentor, son paquet de produits chimiques soigneusement enveloppé et calé sous le bras. Il lui tardait à présent de rejoindre son confortable appartement de la rue du Cherche-Midi. Il s'y était fait aménager une pièce secrète qui lui tenait lieu à la fois de cabinet de curiosités et de laboratoire. Là, dès qu'il en avait le loisir, il s'adonnait à diverses recherches touchant à la toxicologie, à la détection de toutes sortes de falsifications, à l'identification des personnes. La science ne représentait plus désormais à ses yeux qu'un outil, encore insuffisamment efficace, dans sa lutte solitaire contre le crime.

Tout à ses pensées, Valentin ne remarqua pas la haute silhouette engoncée dans un long manteau, un chapeau à larges bords rabattu sur les yeux, qui lui emboîta le pas en claudiquant. Pourtant, s'il s'était retourné au moment où l'inconnu passait sous la clarté d'un réverbère, il n'aurait pas manqué d'être frappé par l'expression cruelle de son visage et la lueur meurtrière au fond de ses prunelles. Il aurait compris alors instantanément que, de chasseur, il était en passe de devenir gibier.

9

Journal de Damien

Qu'est-ce que j'ai fait de mal ?

Je me suis posé la question des centaines, des milliers de fois. Sans jamais trouver de réponse. Pourtant il faut bien qu'il y ait une explication quelque part. Les choses n'arrivent pas comme ça sans raison. Je me suis demandé quelle faute j'avais commise qui puisse justifier le silence et les ténèbres, ce gouffre sans fond qui m'a englouti. Qu'est-ce que j'avais bien pu faire de mal pour mériter cette odeur de moisi, cette humidité renfermée, ces barreaux, cette crasse, la faim et la soif, la peur, les coups… et aussi *cela* ? Le reste, *tout* le reste.

Au tout début, j'ai pensé que j'avais dû Le fâcher, dire ou faire quelque chose qui Lui avait déplu. Dans ma tête, j'ai repassé les étapes de notre voyage, du Morvan aux portes de la grande ville. En cherchant à me persuader que tout s'était noué là, sur la route, dès les premiers moments passés ensemble. Je m'accrochais à un fol espoir. Je voulais me persuader que si je comprenais la nature de ma faute, je pourrais me faire pardonner, Le convaincre de ne plus me tourmenter. C'était juste vain et pitoyable. Mais quand on a seulement huit ans, comment peut-on croire à l'existence du mal absolu ? Je ne dis pas lui résister ou le combattre, mais seulement contempler en face sa sinistre gueule d'épouvante. La faute devait être mienne, parce que c'était la seule façon d'accepter que les choses soient ce qu'elles sont, l'unique issue pour ne pas sombrer dans la folie.

Qu'est-ce que j'ai bien pu faire de mal ?

Je me suis revu des dizaines et des dizaines de fois ce premier matin où nous avons quitté la maison de la forêt. Ma mère d'adoption se tenait sur le seuil, les yeux humides. Je revois ses mains entortillées dans les plis de son tablier, le poignant geste d'adieu qu'elle s'est enfin décidée à faire, juste avant que nous ne disparaissions au premier tournant du chemin. Au même moment, le Vicaire a posé son bras autour de mon cou et je me souviens d'une pesanteur inattendue qui s'est abattue sur moi. Sur l'instant, je n'y ai pas prêté davantage attention. Je songeais à tout ce que je laissais derrière moi, à cette femme aimante et à ce décor familier que je ne reverrais plus. Je m'efforçais de retenir mes larmes. Parce qu'un grand garçon, ça ne pleure pas. « Il faudra être courageux, Damien. Courageux et obéissant. » Elle m'avait répété cela en me berçant pour m'endormir, la veille au soir. Je n'avais pas voulu coucher dans mon lit et elle avait accepté de me prendre auprès d'elle. Ses cheveux lâchés sentaient le feu de bois et sa peau, une odeur douceâtre de transpiration. En songeant à tout cela qui m'était enlevé, les larmes me montaient aux yeux.

Et je devais prendre sur moi pour les empêcher de couler sur mes joues. Alors, je n'ai pas vraiment pris garde à la dureté de cette poigne sur mon épaule.

Oh, comme j'aurais dû !

Il nous a fallu six jours pour atteindre notre destination. Un bourg tristounet aux portes de Paris. Le Vicaire m'avait peut-être dit le nom, mais je ne l'ai pas retenu. Six jours, c'est à la fois long et court quand on s'efforce d'en revivre chaque instant, d'y trouver une justification à l'insoutenable.

Nous allions à pied, le plus souvent sans parler. Mon guide était un taiseux, mais Il montrait de la sollicitude à mon égard. Régulièrement, Il consentait à lâcher quelques mots pour savoir si j'étais fatigué et si j'avais besoin de souffler un peu. Chaque fois que nous croisions un paysan sur sa carriole, Il lui offrait sa bénédiction et lui demandait de nous avancer sur notre route. Nous étions au plus beau de l'été. Les journées étaient chaudes, les nuits douces et parfumées. Quand nous faisions halte à l'ombre d'un bosquet, le Vicaire m'écoutait raconter ma vie avec mes parents d'adoption ou me regardait jouer en silence. J'étais fier de Lui montrer tout ce que le forestier m'avait enseigné : comment construire un barrage pour dévier un ruisseau, fabriquer un sifflet avec une tige de sureau, capturer un papillon sans lui faire de mal. Je me souviens que mon adresse L'avait impressionné. Il avait voulu savoir si je prenais du plaisir à capturer ainsi de petites bêtes fragiles. Ce n'est que bien plus tard que je me suis souvenu de la drôle de lueur dans son regard, cette fois-là. Mais sur le coup, Il n'avait pas l'air de trouver que c'était mal de s'amuser ainsi. Bien au contraire ! Il m'encourageait d'un sourire à chaque fois que je Lui ramenais un nouveau spécimen.

Au fil des jours, je commençais à m'habituer à sa présence silencieuse à mes côtés. Nous mangions, à midi, près des cours d'eau et le soir dans des fermes où l'on se serrait autour de la table familiale pour nous accueillir. Et, j'ai beau fouiller ma mémoire, je ne parviens pas à me rappeler le moindre incident, le moindre geste ou la moindre parole qui ait pu Le mettre en colère contre moi.

Peut-être est-ce autre chose ?

Il m'a fallu des semaines, des mois même pour enfin commencer à comprendre. Entrevoir la raison profonde de mon calvaire. Je n'avais rien fait de mal. Cela n'avait pas été nécessaire, parce que le mal c'était moi. Mes véritables parents l'avaient pressenti et c'est pourquoi ils m'avaient abandonné. Ils m'avaient chassé de leur existence comme on se débarrasse d'un animal nuisible ou malade. C'était moi qui traînais le malheur dans mon sillage. Tout s'expliquait : le rejet à la naissance, l'hospice, la disparition de mon père nourricier, l'arrachement brutal à l'enfance, sa venue à Lui, l'enfermement et la souffrance. Il fallait que je paye pour tout ce mal qui était en moi et dont j'avais jusqu'alors ignoré l'existence. Dieu m'avait remis entre ses mains pour que j'expie la seule faute dont je me reconnaissais coupable. Celle d'exister.

Le dernier jour, nous avons marché jusqu'à la nuit. Plus nous approchions de la grande ville, plus il y avait de voitures et de monde sur la route. Mais, sans que je comprenne bien pourquoi, le Vicaire avait renoncé à solliciter la moindre assistance. Après toutes ces lieues parcourues à pied, mes petites jambes avaient pourtant du mal à me porter. J'étais épuisé et cela nous contraignait à faire de nombreuses haltes. Il n'en semblait pas contrarié outre mesure. À la moindre plainte, Il m'accordait sans rechigner quelques instants de repos. Mais si je Lui suggérais d'arrêter une charrette, Il répondait invariablement que nous n'étions plus très loin et qu'il fallait faire un dernier effort.

À ce rythme-là, nous sommes parvenus à destination bien après la tombée du jour. J'avais faim et soif. J'étais brisé de fatigue, tous les muscles endoloris. C'est à peine si j'ai distingué les silhouettes trapues de quelques masures dans l'obscurité. À notre passage, des chiens ont tiré sur leurs chaînes et se sont mis à aboyer furieusement. Mais personne n'a montré le bout de son nez. Les habitants étaient déjà tous couchés et nul n'a remarqué notre arrivée.

La maison se dressait un peu à l'écart du bourg. Elle était entourée d'un jardinet clos de murs, dont la végétation était laissée à l'abandon. Le Vicaire a tiré un trousseau de clés de la poche de sa soutane. Il a ouvert la grille et m'a laissé passer devant Lui en souriant. « Tu vois, je te l'avais dit que nous finirions par arriver. Bienvenue à la maison, mon garçon. » Il a ensuite de nouveau verrouillé la grille avec soin. Même chose avec la porte d'entrée.

À l'intérieur, ça sentait le renfermé et le vieux. Je me suis laissé tomber sur la première chaise à ma portée. Le Vicaire a allumé une lampe, puis Il est sorti tirer de l'eau du puits. Quand Il est revenu, je somnolais déjà, la tête dans les bras. Il m'a réveillé en me secouant doucement l'épaule. Sur la table devant moi, il y avait une assiette avec trois belles tranches de jambon, des biscuits, des prunes et un grand verre d'eau rougie de vin. Il a dit que j'allais pouvoir dormir tout mon saoul, mais que je devais d'abord reprendre des forces. Ensuite, Il s'est assis en face de moi, de l'autre côté de la table. Il n'a pas partagé mon repas. Il se contentait de me regarder manger et boire en souriant. L'unique lampe de la pièce dessinait des ombres mouvantes sur son visage et faisait danser deux braises incandescentes au fond de ses yeux.

J'ai été pris soudain de vertige.

Tout s'est mis à tourner autour de moi.

J'ai fermé les yeux pour tenter d'arrêter la ronde endiablée. Mes paupières sont devenues lourdes, lourdes. Je ne parvenais plus à les soulever. Et brusquement je me suis senti glisser sur le côté. La chaise a basculé avec moi. J'ai sombré dans le néant.

Quand je me suis réveillé, j'étais totalement nu. On m'avait dépouillé de tous mes habits et noué autour du cou une petite croix en bois, au bout d'un lacet de cuir. L'obscurité était totale, mais j'ai compris tout de suite que je n'étais pas dans une chambre.

À cause de l'odeur…

Un remugle d'humus et de pourriture. Une puanteur de sépulcre.

À tâtons, j'ai exploré l'espace autour de moi. Je reposais sur un bat-flanc, une simple planche de bois rivée à une paroi de moellons. Il y avait aussi une couverture roulée en boule, qui sentait le moisi. Je me suis redressé pour m'asseoir. De nouveau, j'ai été pris de nausées et j'ai dû me contraindre à l'immobilité le temps que la tempête s'apaise sous mon crâne. Sous mes pieds nus, je sentais un sol de terre battue. Froid. Compact. Peu à peu, mes yeux se sont accoutumés à la nuit qui m'enveloppait. La gorge serrée, j'ai contemplé pour la première fois l'intérieur de la cave.

D'épais murs de pierres, un soupirail en hauteur, occulté par des planches solidement clouées à l'extérieur. Au sommet d'une volée de marches, une porte en bois renforcée de ferrures, avec une serrure imposante. Quelques caisses, un épi avec des bouteilles vides.

Et la cage…

Elle était constituée de barreaux d'acier et scellée dans le sol.

Les mêmes dimensions que la niche d'un gros chien.

À sa vue, une main glacée m'a étreint le cœur. Je ne sais pas pourquoi, j'ai tout de suite su qu'Il allait m'y enfermer. Une terreur hérissée de griffes et de crocs a fondu sur moi. J'ai voulu hurler, mais le cri n'a pas franchi mon gosier noué par la peur. Je me suis recroquevillé sur ma planche et, tout en tremblotant des pieds à la tête, je me suis mis à sangloter durant des heures et des heures. Pareil à un petit enfant perdu.

Ainsi passa le premier jour et le Vicaire ne se montra pas.

Au matin du deuxième jour, Il a franchi la porte et m'a tendu une écuelle d'eau et un bol rempli d'une bouillie infâme. Malgré la soif qui me tenaillait, j'ai tenté de Lui mordre la main.

Mais j'étais bien trop faible pour Le surprendre. Il a esquivé mon attaque et m'a frappé violemment. D'abord à coups de poing, puis à coups de pied. Il s'est acharné sur moi. Sans colère apparente mais patiemment, méticuleusement, sans prononcer la moindre parole. Quand j'ai cessé de geindre et de me tortiller sur le sol, Il m'a traîné par les pieds jusqu'à la cage et m'a bouclé à l'intérieur.

Le troisième et le quatrième jour, je suis resté enfermé là. Je ne pouvais ni m'asseoir ni m'allonger complètement. Le Vicaire laissait ma pitance à l'extérieur de la cage. Je devais attraper le gruau avec les mains et tendre ma langue à travers les barreaux pour laper l'eau dans l'écuelle. Pire qu'un chien.

Le cinquième jour, le Vicaire m'a enfin libéré du carcan de métal. Il avait apporté un seau et une brosse et Il m'a ordonné de nettoyer l'intérieur de la cage que j'avais souillé de mes déjections. Cette fois, je Lui ai obéi docilement et Il m'a regardé faire avec une expression d'intense satisfaction. Quand j'eus terminé, Il m'a soulevé le menton de sa longue main pâle et m'a flatté la nuque, comme Il aurait fait d'un fidèle compagnon à quatre pattes. « C'est bien, ça. Je suis content de toi. Tu es un bon garçon. » Le son sirupeux de sa voix m'a juste donné envie de vomir.

C'est le dixième jour seulement qu'Il s'est comporté avec moi autrement qu'avec un chien. C'était ce dont Il mourait d'envie depuis qu'Il m'avait pris dans ses filets. Et ce jour-là, oh oui, ce jour-là, j'ai regretté de ne pas être juste ça… Un chien.

Son chien.

Son chien plutôt que sa chose.

10

Nouvelles confidences

Il bruinait.

Un temps de circonstance. La petite pluie serrée et infinie recouvrait le cimetière du Père-Lachaise d'un voile de mélancolie. Autour de la fosse où quatre croque-morts s'employaient à descendre le cercueil de Lucien Dauvergne, se recueillait une assemblée nombreuse et muette, sous une forêt de parapluies.

Rien que du beau monde, en grande tenue de deuil. La famille et les proches au premier rang. Mme Dauvergne frôlant la pâmoison, accrochée au bras de son époux pour ne pas se donner en spectacle en s'écroulant sous le poids du chagrin. Derrière le couple et comme effacée par eux, la silhouette ingrate de leur fille, Félicienne. Les sanglots que l'adolescente contenait à grand-peine derrière son mouchoir de batiste faisaient tressauter le haut de son corps. Au second plan, se tenaient les relations professionnelles et politiques du député. Valentin reconnut le Dr Tusseau à sa barbe en pointe et à sa silhouette osseuse. D'autres visages appartenaient à des célébrités de la bonne société parisienne. Il y avait là notamment le préfet de la Seine, une demi-douzaine de parlementaires, les banquiers Dominique André et Émile Pereire, ou encore l'un des ténors du barreau, l'avocat Antoine-Brutus Grisselanges.

Le jeune policier se tenait quant à lui en retrait de tout ce beau monde, adossé à un mausolée de marbre. L'espace d'un instant, son regard quitta la cérémonie d'inhumation pour errer sur les stèles et les caveaux alentour. L'enchevêtrement de la pierre et du végétal, sous le terne crachin de l'automne, éveillait en lui de mornes pensées. Ces tombeaux enfouis sous les feuilles, aux épitaphes souvent grandiloquentes célébrant la gloire ou la beauté, lui faisaient songer à une prestigieuse cité des temps anciens, désormais ruinée et disparaissant peu à peu sous le linceul de la végétation. Cette nécropole aux apparences de jardin anglais symbolisait à ses yeux le combat dérisoire et perdu d'avance que les hommes s'entêtaient à livrer pour apprivoiser la mort.

Un mouvement bienvenu s'amorça parmi la foule en deuil, qui l'arracha à sa méditation morose. Les fossoyeurs avaient achevé de descendre le cercueil et l'assemblée s'apprêtait à défiler, goupillon à la main, devant la fosse avant de présenter ses condoléances aux parents du défunt. Félicienne Dauvergne était demeurée en arrière, figée dans son chagrin. Valentin en profita pour s'approcher discrètement d'elle et se débrouilla pour attirer son attention.

— Mademoiselle, souffla-t-il suffisamment bas pour n'être entendu que de la jeune fille, je suis allé aux *Faisans couronnés*. J'ai besoin de vous dire quelques mots. Maintenant !

L'adolescente au visage rond prit un air affolé. Ses paupières battirent frénétiquement comme les ailes d'un papillon se heurtant à une vitre. Elle jeta un regard inquiet du côté de son père qui venait d'ôter ses gants pour répondre aux salutations des membres de l'assistance.

— Ce ne sera pas long, reprit Valentin d'un ton qui se voulait à la fois rassurant et suffisamment insistant. Mais si vous voulez que je découvre la vérité au sujet de la mort de votre frère, il va falloir encore m'aider.

Félicienne ne répondit pas mais se laissa entraîner un peu à l'écart des gens qui faisaient la queue devant le vase à eau bénite. Les gouttes de pluie frappaient le couvercle du cercueil qui rendait un son atrocement creux et lugubre. Ce tambourinement monotone leur permit d'échanger en toute discrétion.

— Que voulez-vous ? s'enquit Félicienne d'une petite voix. Mon père n'aimerait pas que je vous parle de Lucien. Il aurait trop peur que sa réputation n'en soit écornée.

— C'est pour cela que vous m'avez glissé ce message en cachette ? Mais d'abord, qu'est-ce qui vous fait croire que la mort de Lucien est en rapport avec les gens qu'il fréquentait dans ce café ?

— Vous y êtes vraiment allé ?

— Il y a deux jours, oui. J'ai tout lieu de penser que des républicains s'y rencontrent en secret. Peut-être des extrémistes qui n'auraient pas accepté la dissolution de la Société des amis du peuple[1]. Vous étiez au courant ?

1. Association républicaine fondée lors des Trois Glorieuses, hostile à Louis-Philippe. Suspectée de fomenter des émeutes contre le nouveau régime, elle fut interdite le 2 octobre 1830.

Félicienne marqua une courte hésitation et fit comme si elle n'avait pas entendu la question.

— Lucien a toujours été un doux rêveur. Il avait en horreur tout ce qui touchait au commerce et à la finance. Il haïssait ce qu'il appelait l'esprit mesquin de la bourgeoisie. Cela provoquait la fureur de notre père qui lui reprochait son ingratitude et de cracher dans la soupe qui le nourrissait.

— Ils se disputaient souvent ?

— Quand Lucien était plus jeune, oui. Mais depuis qu'il avait atteint sa majorité, mon frère avait, disons, pris ses distances avec le cocon familial. Il louait une chambre rue d'Angoulême et s'était mis à écrire de la poésie et du théâtre. Sans ce drame affreux, il aurait pu devenir un très grand artiste !

En prononçant ces derniers mots, elle ne put retenir un sanglot étranglé.

— Vous n'avez pas répondu à ma question, insista Valentin. Pourquoi m'avez-vous écrit que le responsable de sa mort est à chercher parmi les habitués des *Faisans couronnés* ?

— J'aimais beaucoup mon frère, mais force est de reconnaître que la constance n'était pas sa qualité première. Son caractère passionné le conduisait à s'enflammer un peu trop aisément. Ces derniers temps, il s'était pris d'enthousiasme pour les idées républicaines. Il prétendait que la haute bourgeoisie avait confisqué au peuple la révolution de Juillet. À l'entendre, il était urgent d'agir pour contraindre le gouvernement à adopter des réformes libérales. J'étais la seule à qui il se confiait, mais son exaltation m'inquiétait un peu. C'est pour me rassurer qu'il m'a dit qu'il n'était pas le seul à penser ainsi. En le poussant un peu, j'ai réussi à lui faire avouer qu'il avait rejoint une sorte de confrérie secrète qui tenait ses réunions dans ce fameux café.

— Tout ça ne me dit pas pourquoi vous pensez que ces hommes peuvent être responsables de son décès.

La jeune fille tourna la tête en direction de ses parents et Valentin la vit soudain blêmir. Il pivota dans la même direction et constata que Charles-Marie Dauvergne avait les yeux fixés sur eux. Il continuait de serrer les mains de ses amis et connaissances, mais ne répondait plus à leurs messages de consolation que par de brefs hochements de tête. Sur son visage, le chagrin avait fait place à une intense contrariété.

— Nous ne pouvons continuer à faire ainsi des messes basses, dit précipitamment Félicienne. Tout ce que je peux vous dire, c'est que Lucien avait beaucoup changé ces derniers temps. Pas seulement à cause des idées nouvelles qu'on lui avait mises dans la tête. Je… je crois qu'il était malade des nerfs. Depuis de nombreuses semaines, il était pris de soudaines faiblesses.

— Vous pensez que cela peut avoir un lien avec sa mort ?

— Je ne suis pas médecin, mais comment ne pas faire le rapprochement ? Surtout qu'il y a encore plus troublant. Il y a une dizaine de jours, nous fêtions mon anniversaire. Pour l'occasion, Lucien était venu dîner et coucher à la maison. Et il s'est passé une chose très étrange…

— Quoi donc ? fit Valentin sans chercher à masquer son impatience.

— Cette nuit-là, j'ai été réveillée par des bruits de pas devant la porte de ma chambre. C'était Lucien. On aurait dit qu'il était victime d'une crise de somnambulisme. Il marchait les yeux grands ouverts, mais était incapable ni de me voir ni de m'entendre.

— Qu'avez-vous fait ?

— Rien du tout. J'avais bien trop peur d'aggraver son mal en tentant de le sortir de cet étrange état. J'allais me décider à appeler à l'aide lorsqu'il a fini par regagner sa chambre. Comme il semblait, le lendemain matin, avoir retrouvé un état normal, je n'ai osé en parler à personne. Depuis sa mort affreuse, je ne cesse de m'en faire le reproche.

Valentin eut pitié de la fragile adolescente aux paupières gonflées. Lui qui montrait d'ordinaire si peu d'empathie envers ses semblables, il ressentit le besoin d'adresser à Félicienne quelques mots de réconfort.

— Vous ne pouvez vous en vouloir, dit-il d'une voix apaisante. Nul n'aurait pu prévoir une issue aussi funeste. Mais vous avez bien fait de m'accorder votre confiance. Si je parviens à faire toute la lumière sur les circonstances du décès de votre frère, c'est en grande partie à vous que je le devrai.

L'enterrement touchait à sa fin. Déjà les gens s'éloignaient en direction de la sortie où les attendaient leurs voitures, pressant le pas pour éviter la pluie qui redoublait. Il ne restait plus que la proche famille autour de la tombe. Le policier sortit sa montre gousset. Il avait encore le temps de rechercher l'adresse exacte de la chambre louée par Lucien Dauvergne rue d'Angoulême – détail qui ne figurait pas dans le dossier – et d'y faire une rapide visite d'inspection.

Il descendait l'allée bordée de caveaux lorsqu'il avisa une femme tout de noir vêtue, qui semblait avoir assisté à la cérémonie en se tenant volontairement à l'écart. Plutôt jeune, plutôt jolie aussi pour autant que Valentin put en juger malgré le capuchon de sa grande cape rabattu sur son visage. Elle se tenait à une vingtaine de mètres de la fosse, près d'un autre tombeau, à regarder les fossoyeurs empoigner leurs pelles et jeter les premières mottes de terre sur le cercueil. Ses doigts crispés malmenaient en le tordant nerveusement un mouchoir bordé de dentelle.

Intrigué, Valentin la dépassa sans s'attarder. Puis, un peu plus bas dans l'allée, il se glissa derrière une cabane à outils d'où il pouvait guetter l'inconnue. Lorsque celle-ci se décida enfin à partir du cimetière, il n'y avait plus que les employés à s'affairer autour de la dernière demeure de Lucien Dauvergne. Même la famille endeuillée avait fini par quitter les lieux. On aurait dit que la femme solitaire avait tenu à demeurer la dernière sur place, comme pour se ménager un ultime tête-à-tête avec le disparu.

Au sortir du cimetière, Valentin lui emboîta discrètement le pas. Qui était-elle ? Quelles avaient été ses relations avec Lucien Dauvergne ? Pouvait-elle lui être d'une quelconque utilité dans son enquête ? Tandis qu'il la suivait à distance pour ne pas se faire repérer, les questions se bousculaient dans sa tête. Si au début il avait accueilli avec un brin d'agacement son rattachement provisoire à la Sûreté, il ne pouvait se cacher que désormais l'affaire Dauvergne avait réussi à accaparer son esprit. Il y avait trop de détails intrigants dans ce dossier. Une défenestration sous les yeux d'une mère, en pleine fête, sans motif apparent. Un cadavre au sourire béat. Une société secrète… et maintenant une mystérieuse inconnue, apparemment proche du défunt, mais dont personne n'avait évoqué l'existence jusqu'ici. Cela faisait autant de bonnes raisons de se piquer au jeu.

Tout en continuant sa filature, Valentin détaillait celle qui le précédait. À en juger par sa démarche et son allure, il lui donnait entre vingt et vingt-cinq ans. Ses vêtements sombres témoignaient d'une certaine recherche, mais ne provenaient pas d'un grand faiseur. Difficile de la situer exactement sur l'échelle sociale. Ce n'était assurément pas une ouvrière ni une employée, mais pas non plus une femme de la bonne société. Les tissus étaient d'une qualité médiocre, la coupe plutôt quelconque et ses chaussures semblaient éculées, ce qui la contraignait à contourner les flaques d'eau sur la chaussée aux pavés disjoints. De plus, aucun équipage ne l'attendait aux portes du Père-Lachaise et, malgré la pluie désormais battante, elle n'avait pas fait signe aux deux fiacres libres qui avaient croisé sa route.

L'un derrière l'autre, ils entrèrent dans Paris par la barrière d'Aunay, longèrent la prison pour femmes de la Petite Roquette, traversèrent le canal Saint-Martin et remontèrent jusqu'au boulevard du Temple. Le mauvais temps avait fait fuir la populace qui se pressait d'ordinaire en ce lieu, dans une ambiance de fête et de plaisir, de la fin de l'après-midi jusque tard dans la nuit. Le long des allées plantées d'arbres qui bordaient la chaussée, la plupart des baraques des bateleurs avaient leur volet clos. Leurs enseignes bariolées faisaient grise mine sous la pluie et des toiles de tente claquaient tristement dans le vent. La jeune femme continuait d'avancer d'un bon pas. Elle se dirigeait droit vers le fronton des petits théâtres.

Valentin pressa le pas pour se rapprocher d'elle. Lorsqu'il la vit aller vers l'entrée des artistes de l'ancien théâtre des Acrobates, dirigé par la célèbre Mme Saqui[1], il se décida à l'intercepter.

— Pardonnez-moi de vous accoster aussi cavalièrement, mademoiselle, dit-il en la retenant par le bras. Mais pourriez-vous m'accorder quelques instants ?

La jeune inconnue se retourna vivement. Pour mieux le distinguer, elle releva le bord de sa capuche, dévoilant le visage d'une piquante brunette.

— Laissez-moi deviner, dit-elle en le regardant par en dessous. Je parie que vous êtes comme tous les autres. Vous n'avez qu'une seule idée en tête.

— Peut-on savoir laquelle ? demanda Valentin, convaincu qu'elle devait se méprendre sur ses véritables intentions et s'imaginer avoir affaire à un vulgaire séducteur.

Mais les paroles qu'elle prononça alors avec un charmant sourire le désarçonnèrent totalement :

— M'assassiner, voyons ! Quoi d'autre ?

1. Célèbre danseuse de corde et acrobate qui connut la gloire sous le Premier Empire avant de se reconvertir en directrice de théâtre.

11

Des pas dans le brouillard

— Une véritable hécatombe ! Depuis le début de l'année, j'ai fait le compte exact. J'ai été poignardée cent trente-cinq fois, j'ai subi deux cent cinquante-six empoisonnements et l'on m'a séduite ou enlevée à cinq cent vingt-neuf reprises[1]. Alors, pensez bien, quand vous m'avez accostée à la porte des Acrobates, j'ai cru que vous étiez un de ces auteurs qui ne songent qu'à me voir expirer sur les planches pour les beaux yeux de Thalie[2].

Elle s'appelait Aglaé Marceau et venait d'atteindre ses vingt-deux printemps. Elle était comédienne et sa beauté pétillante lui permettait de jouer les jeunes premières dans de courts intermèdes dramatiques qui alternaient avec les numéros de pantomime et d'acrobatie,

1. Le mélodrame sanglant faisait alors la réputation des théâtres du boulevard du Temple, rebaptisé, pour cette raison, boulevard du Crime par les journalistes.

2. Muse de la comédie dans la mythologie grecque.

spécialités du théâtre de Mme Saqui. Au cours des douze derniers mois, le jeune Dauvergne s'était mis à fréquenter assidûment les salles du boulevard du Temple et avait fait de la jeune femme, dont le jeu l'avait charmé, sa muse attitrée.

— Il assistait aux représentations quasiment un soir sur deux, expliqua-t-elle tout en soufflant délicatement sur sa tasse de chocolat, attablée avec l'inspecteur dans un café en face des théâtres. Je le trouvais attachant avec ses airs de fanfaron, alors qu'il sortait visiblement des jupes de sa mère et n'avait encore jamais connu de femme. Il prétendait que j'étais trop bonne actrice pour me cantonner aux mélodrames et aux vaudevilles du boulevard. À l'entendre, je méritais de triompher sur la scène du théâtre des Variétés ou du Théâtre-Français. Son ambition était de m'écrire un grand rôle dans une pièce qui éclipserait tous les chefs-d'œuvre de ses devanciers. Et il faut reconnaître qu'il y mettait du sien. Il passait la plupart de ses nuits, cloîtré dans sa chambre, à noircir des pages et des pages !

— Vous dites cela avec ironie, remarqua Valentin.

— Son opinion sur mon prétendu talent et sa certitude de surpasser Scribe ou Hugo prouvent qu'il n'avait pas plus de jugement sur l'art dramatique que sur la façon de se comporter avec les femmes. Mais enfin, il m'attendrissait à force de maladresse et de naïveté. C'était le genre d'homme à manquer un rendez-vous pour s'être endormi sur son manuscrit et à vous ensevelir ensuite sous les roses, pendant des jours et des jours, pour se faire pardonner !

Valentin hésita avant de poser la question suivante. Il ne voulait pas se montrer trop direct, ni heurter la sensibilité de son interlocutrice, mais son manque d'expérience avec les femmes faisait qu'il se sentait mal à l'aise. Il avait beau chercher dans sa tête, il n'arrivait pas à trouver la bonne formulation. En désespoir de cause, il finit par demander tout à trac :

— Vous l'aimiez ?

La jolie comédienne reposa sa tasse. Une ombre fugitive voila son regard. Il se dégageait de toute sa personne un charme mutin et une énergie sympathique. Pas la moindre once de mièvrerie sur son visage spirituel, au menton résolu et aux grands yeux couleur de châtaigne dorée.

— Si vous désirez savoir s'il avait fait de moi sa maîtresse, la réponse est non, dit-elle finalement en fixant l'inspecteur droit dans les yeux. Pour tout dire, je crois que la chose ne lui aurait point déplu. Mais comment peut-on tomber amoureuse d'un homme qu'on a davantage envie de materner que de coucher dans son lit ? Il était plus un frère pour moi qu'un possible amant. Sa mort si soudaine m'a causé beaucoup de peine.

Pour masquer son embarras, l'inspecteur toussota dans sa main.

— C'est ce qu'il m'a semblé tout à l'heure, à l'enterrement.

— Ah ! Vous y étiez ?

Valentin confirma d'un hochement de tête. Lorsqu'il s'était présenté un peu plus tôt à la jeune femme comme le policier en charge d'enquêter sur le décès de Lucien Dauvergne, il s'était abstenu de lui dire qu'il l'avait suivie depuis le cimetière.

— Pourquoi êtes-vous demeurée à l'écart ?

— J'ai pensé que Lucien aurait aimé que je sois

présente. Mais franchement, vous croyez que j'aurais été à ma place au milieu de tout ce beau linge ?

Elle disait cela sans dépit, comme une évidence qu'il était inutile de déplorer. Presque malgré lui, Valentin se prit à la considérer avec un intérêt nouveau. C'était une drôle de petite personne qui alliait la franchise, la fermeté de caractère et des formes joliment dessinées, sans pour autant se donner ces airs de coquetterie affectée si fréquents chez les danseuses ou les comédiennes.

Elle doit faire de l'effet à bien des hommes. Pas étonnant que le jeune Dauvergne se soit senti pousser des ailes !

— La sœur de Lucien prétend qu'il avait beaucoup changé depuis quelque temps. Elle a fait allusion à une éventuelle atteinte nerveuse, voire à des crises de somnambulisme. Vous aviez remarqué quelque chose de semblable ?

— Vous voulez dire, une sorte de maladie ? Non, je n'irais pas jusque-là. Cependant, je dois reconnaître que, ces dernières semaines, Lucien n'était plus tout à fait le même. Il affirmait qu'un auteur digne de ce nom ne peut se désintéresser de la bonne marche de son pays. Lui que j'avais connu jusqu'alors si léger, il était devenu taciturne et sentencieux. Il déclarait vouloir concevoir une œuvre susceptible d'édifier les foules et de ranimer la flamme de Juillet. Il n'avait plus que des grands mots à la bouche : fraternité, égalité, universalité, éducation, émancipation, révolution… Avez-vous déjà remarqué combien les mots se finissant en *-té* et en *-tion* ont le singulier pouvoir de faire tourner les têtes ?

Valentin s'abstint de tout commentaire et poursuivit le fil de sa pensée :

— Une idée de ce qui avait pu entraîner une telle métamorphose ?

— Certaines lectures lui auront chamboulé l'esprit. Quand j'ai rencontré Lucien, l'hiver dernier, il avait toujours le nez enfoui dans un recueil de vers, mais ces derniers temps, il s'était mis à lire la presse d'opposition et ne se séparait plus d'un bouquin dont il citait par cœur des passages entiers. J'ai oublié le titre, mais son auteur, c'est ce fameux révolutionnaire qui s'est fait percer dans sa baignoire.

— *Les Chaînes de l'esclavage* de Marat ?

— C'est ça, oui. Lucien prétendait que rien n'avait vraiment changé depuis, que le peuple n'avait toujours pas brisé ses chaînes et qu'il était grand temps de lui ouvrir les yeux.

Avant de la quitter, Valentin obtint encore de la comédienne l'adresse exacte de Dauvergne, rue d'Angoulême, ainsi qu'un double de la clé. Il se rendit aussitôt sur place, n'ayant guère que le boulevard à traverser.

En fait d'appartement, le rejeton du député Dauvergne n'occupait qu'une modeste chambre mansardée et chichement meublée, tout en haut d'un immeuble vétuste. Il était évident que le riche bourgeois n'avait pas dû voir d'un bon œil le virage pris par son garçon et qu'il lui avait au moins en partie coupé les vivres.

La fouille en règle de cet espace restreint prit moins d'une heure à l'inspecteur. Maigre récolte en vérité. Des brouillons en pagaille, couverts de vers médiocres, plusieurs exemplaires de *La Tribune* et du *National*[1] et, dissimulé dans la doublure décousue d'une redingote, le

1. Journaux républicains de l'époque.

même savant pliage que celui pioché l'avant-veille dans la poche d'Évariste Galois. À un détail près : à l'envers du menu, la feuille une fois dépliée, apparaissait une ligne tracée à la plume. L'écriture était la même que celle des poèmes. On pouvait y lire ces mots : « Trois coups brefs, deux coups plus lentement. »

En retrouvant la rue, Valentin constata que le soir était déjà tombé. Avec la chute de la température, l'air humide se condensait en un épais brouillard que les lampadaires teintaient d'un jaune pisseux. Le policier distinguait à peine la chaussée sur laquelle il marchait, mais il connaissait trop bien la ville pour s'en inquiéter. Il décida de couper droit à travers le faubourg Saint-Antoine.

Tout en progressant, il s'abandonnait au flot de ses pensées. Sa conversation avec Félicienne Dauvergne et les confidences d'Aglaé Marceau avaient conforté sa conviction que la disparition de Lucien trouvait son origine dans sa récente conversion aux idéaux républicains et son brusque changement de caractère. Ces événements étaient trop rapprochés pour n'y voir qu'une simple coïncidence. Restait à découvrir comment cette prise de conscience politique avait pu, en l'espace de quelques semaines, conduire au suicide un homme jeune à qui l'avenir ouvrait grand les bras. Et pour cela, il ne faisait plus aucun doute que Valentin devait prendre le risque d'infiltrer le mystérieux cénacle qui se réunissait aux *Faisans couronnés*.

Tout en songeant au meilleur moyen de parvenir à ses fins, l'inspecteur avait atteint le quartier Sainte-Avoie et son lacis de venelles fangeuses, de ruelles putrides et de culs-de-sac suffocants. Là, dans ce Paris obscur et insalubre, se terrait une faune vouée à la plus misérable des existences : orphelins, ouvriers sans emploi, prostituées clandestines rongées par la syphilis, truands de bas étage… C'était dans ce marécage urbain que, quatre ans plus tôt, Hyacinthe Verne avait perdu la trace du Vicaire.

En évoquant la mémoire de son père disparu, Valentin sentit une main glacée étreindre son cœur. L'enterrement de Lucien Dauvergne n'avait pu que réveiller en lui de sombres souvenirs. Les seules obsèques auxquelles il avait assisté jusqu'alors étaient précisément celles de son père vénéré. Il se remémorait l'atroce douleur qui l'avait foudroyé à l'époque. Tout avait été si soudain. Du jour au lendemain, son existence avait basculé dans le drame. Hyacinthe Verne avait été renversé sur un quai de la Seine par un fiacre dont l'attelage s'était emballé. Touché à la tête, il était mort presque sur le coup. Quelques jours plus tard, alors que Valentin mettait en ordre les papiers du défunt, il était tombé sur un dossier rangé dans le tiroir secret d'un secrétaire. Son contenu l'avait bouleversé. C'était comme si un voile se déchirait brusquement devant ses yeux. Comme si le Mal avait trouvé le moyen de forcer les barrières dérisoires élevées pour le tenir à l'écart. Tout était détaillé là, sur ces pages noircies par l'écriture élégante de son père. Valentin put y lire l'histoire atroce de Damien, cet enfant abandonné tombé entre les griffes du monstre. Il apprit que son père, sans jamais lui en avoir rien dit, avait entrepris de traquer le Vicaire durant sept longues années. Qu'il y avait consacré sans relâche toute son énergie, y dépensant des efforts et des sommes considérables. Cet acharnement lui avait permis de découvrir plusieurs tanières du monstre, mais il était toujours arrivé trop tard. Et il avait fini par perdre sa trace dans le grouillement du Paris populaire.

En découvrant le parcours du Vicaire, semé de meurtres sordides, Valentin était passé du chagrin à l'accablement. Il s'était enfermé dans une morne rumination dont il avait bien failli ne jamais émerger. Seule la volonté de poursuivre l'œuvre de son père avait réussi à l'arracher à sa prostration. Au fond de lui s'était ancrée la conviction qu'il lui appartenait de prendre la relève. Il était persuadé que lui seul désormais pouvait venir en aide à Damien. Seule la mort du Vicaire pourrait arracher l'enfant à sa nuit perpétuelle.

Neuf coups sonnèrent au clocher d'une église. Le son, étrangement assourdi par l'épaisse couche ouatée qui envahissait les ruelles, tira Valentin de ses pensées. Il réalisa que depuis plusieurs minutes il avait omis de s'orienter, avançant au hasard en raclant les façades des maisons de l'extrémité de sa canne. Il fit halte pour tenter de se repérer. Derrière lui, assez proche, il crut entendre l'écho d'un pas qui s'interrompait avec un léger décalage. Il attendit sans bouger, dans le plus complet silence. Aucun autre bruit ne lui parvint. Sans doute avait-il été trompé par quelque phénomène de résonnance dû au brouillard.

Dans l'impossibilité de lire les plaques des rues, il résolut de s'en remettre à son instinct pour continuer son chemin. Après tout, il lui suffisait de suivre la légère pente des rues pour rejoindre les quais de la Seine. De là, il lui serait aisé de prendre des repères et de gagner son domicile sur la rive gauche. Fort de cette décision, il reprit sa marche laborieuse dans la purée de pois.

Cependant, quelques centaines de mètres plus loin, il s'arrêta de nouveau. Le même son que tout à l'heure avait fait écho à ses propres pas. On aurait dit que quelqu'un le suivait à distance, calquant sa démarche sur la sienne. Il tendit l'oreille. Plus rien. Rien que ce silence cotonneux, presque palpable, qui éteignait les rumeurs habituelles de la ville. *Suis-je victime de mon imagination ?* Valentin connaissait bien la sinistre réputation du quartier. On y déplorait toutes les semaines de nombreux actes violents, engendrés par cette misère qui gangrenait les âmes. Vols, agressions, règlements de comptes… Dans la mesure où presque toutes les victimes appartenaient au peuple des miséreux ou à la truanderie, les autorités fermaient plus ou moins les yeux. On se contentait d'organiser, de temps en temps, des descentes de police dans les taudis. Ces opérations permettaient de rafler des filles en situation irrégulière, d'appréhender des vagabonds, des orphelins ou, dans le meilleur des cas, quelque forçat en rupture de ban.

Ne percevant plus aucun bruit suspect ni aucun mouvement dans le brouillard, Valentin se décida à reprendre sa marche. Mais il évitait à présent de laisser ses pensées vagabonder et se concentrait sur son environnement. Ce fut ce qui lui permit, une poignée de minutes plus tard, de déceler un son infime qu'il n'aurait probablement pas remarqué si ses sens n'avaient pas été en alerte. Cette fois, il était certain d'avoir entendu le raclement d'une semelle sur le pavé. Et pour le coup, ce ne pouvait pas être l'écho, car le son métallique évoquait ces chaussures renforcées utilisées par certains estropiés de naissance. Le doute n'était plus permis : il y avait bien quelqu'un derrière lui. De plus, l'inconnu s'était rapproché depuis la fois précédente. Au son, Valentin estima qu'il se situait à moins d'une dizaine de mètres de lui.

Sans crier gare, il fit demi-tour et rebroussa rapidement chemin sur une distance équivalente. Personne ! Soit l'autre avait eu le temps de se dissimuler dans une encoignure, soit Valentin l'avait frôlé dans cette mélasse malsaine sans le repérer. Agacé et troublé, il tourna plusieurs fois sur lui-même avant de se résoudre à reprendre la direction de la Seine en allongeant le pas. Pendant quelques minutes, il eut l'illusion que celui qui le pistait avait renoncé, car plus aucun signe ne vint trahir sa présence. Insensiblement, Valentin se détendit. Encore deux ou trois ruelles et il aurait rejoint les quais. Là, tout danger serait écarté.

Il commençait à se reprocher de s'être alarmé pour pas grand-chose, lorsqu'un choc léger aussitôt suivi d'un juron étouffé s'éleva sur ses talons. Le cœur battant, il pivota vivement et tenta de percer en vain l'épais rideau duveteux. De dépit, il finit par appeler :

— Il y a quelqu'un ?

Dans l'instant, il comprit son erreur. Le son de sa voix permettait à son mystérieux suiveur – quel qu'il soit et quelles que soient ses intentions – de le localiser. Avant même d'avoir capté un brusque mouvement sur sa gauche, son instinct lui dicta de se plaquer contre la façade la plus proche. Ce réflexe lui sauva sans doute la vie. Un objet contondant lui frôla le crâne et s'abattit violemment à la jonction de son cou et de son épaule. Étourdi, le flanc gauche paralysé, l'inspecteur sut qu'il lui fallait réagir avec promptitude.

Surmontant sa vive douleur, il fit jouer la virole de

sa canne et en dégagea une fine lame d'acier. Bras en position de tierce, il s'élança en avant dans la direction approximative où l'élan avait dû emporter son agresseur. Puis, à trois reprises, il se fendit en avant, lançant plusieurs estocades à l'aveugle. Au dernier assaut, sa pointe rencontra en bout de course une certaine résistance. Il joua alors du poignet pour gagner en allonge. Une plainte déchirante se fit aussitôt entendre. L'instant d'après, des pas claudicants s'éloignaient dans le brouillard.

Trop mal en point pour se lancer dans une poursuite incertaine, Valentin se laissa tomber à genoux sur le pavé gras. Sa nuque l'élançait et des étoiles clignotaient devant ses yeux. Il s'efforça de respirer profondément pour maîtriser les battements précipités de son cœur. Peu à peu, la douleur qui engourdissait tout son flanc gauche se calma. Il ramena alors vers son visage la lame de sa canne-épée.

Sur une longueur de deux pouces, son extrémité acérée se teintait d'une éclatante couleur écarlate.

12

Dans la gueule du loup

Ce ne fut pas sans appréhension que Valentin s'approcha du tenancier des *Faisans couronnés*. Comme lors de sa première venue et en dépit de l'heure matinale, le cabaret était bondé. Son propriétaire trônait sur son siège favori, à l'entrée de la cuisine, dans des odeurs de graillon. La pipe au bec, il se balançait mollement, en équilibre sur les pieds arrière de sa chaise.

La veille au soir, après l'attaque dont il avait été victime, l'inspecteur avait soigné sa blessure – un vilain hématome en forme d'œuf de pigeon au-dessus de la clavicule – tout en songeant à la tournure récente des événements et au meilleur moyen de poursuivre son enquête.

Plus il y réfléchissait, plus cette agression dans le brouillard lui paraissait louche. S'il s'était agi d'un vulgaire grinchisseur[1] croyant s'en prendre à un bourgeois attardé, l'individu l'aurait d'abord menacé pour

1. Voleur, en argot de l'époque.

lui dérober sa bourse. Il n'aurait usé de la force que pour vaincre une éventuelle résistance. Au lieu de cela, son mystérieux assaillant avait mis la brume à profit pour se rapprocher au plus près et avait tenté de l'estourbir d'emblée. Vu la violence du coup, si Valentin ne s'était pas écarté au dernier moment, il aurait eu le crâne fracassé. Non, décidément, ce n'était pas un simple vol, mais bel et bien une tentative d'assassinat !

Ses premières investigations pouvaient-elles en être la cause ? Avaient-elles suscité assez d'inquiétude pour que quelqu'un ose s'en prendre directement à un représentant de l'ordre ? Valentin avait du mal à y croire. Il n'en était qu'au tout début de son enquête et n'avait recueilli que quelques témoignages dont aucun n'était véritablement déterminant. Mais pour quelle autre raison s'en serait-on pris à lui ? Quoi qu'il en soit, son seul début de piste concernait les agissements de ces républicains qui tenaient leurs réunions secrètes au café des *Faisans couronnés*. Il n'avait donc pas d'autre choix que de retourner là-bas et de tenter d'en apprendre davantage sur ce qui se tramait dans l'arrière-salle de l'estaminet. En dépit du risque potentiel, l'abord frontal lui avait semblé la meilleure façon de procéder.

Fort de cette résolution arrêtée la veille, le jeune policier vint se planter devant le cabaretier. Celui-ci était occupé à se curer les ongles avec la pointe d'un couteau de cuisine. Il s'interrompit, essuya sa lame sous son bras et examina son vis-à-vis par en dessous. Son nez rubicond et sa trogne parcourue de veines violacées disaient assez qu'il ne se contentait pas de vendre sa vinasse mais ne dédaignait pas d'y goûter plus souvent qu'à son tour.

— C'est-y qu'vous désirez quelque chose, mon beau monsieur ?

Son haleine empestait l'alcool et la pourriture de dents abîmées. Valentin s'abstint de répondre, mais, reproduisant la scène à laquelle il avait assisté trois jours plus tôt, il ouvrit son poing pour dévoiler le menu plié de façon à faire apparaître les mots « sans couronnes ».

Sésame, ouvre-toi. C'est l'instant de vérité. Impossible de reculer.

Le tenancier battit deux fois des paupières avant de hocher la tête d'un air entendu.

— C'est bon, rangez ça, grogna-t-il. Z'êtes pas un habitué, n'ce pas ? J'ai la mémoire des têtes et un visage d'ange comme le vôtre, sûr que j'l'aurais pas oublié.

— Je suis un ami de Lucien Dauvergne. C'est lui qui m'a parlé des réunions dans l'arrière-salle. Il voulait m'introduire auprès de ces messieurs.

— Pas de nom, bon sang ! cracha le propriétaire entre ses dents, en jetant un regard contrarié à la ronde pour s'assurer qu'aucun client n'avait pu les entendre. Sinon à quoi ça sert, foutredieu, qu'on se mette d'accord sur un signe de reconnaissance ?

Valentin prit une mine contrite et emboîta docilement le pas au rustaud qui avait quitté sa chaise pour le guider jusqu'à la porte donnant sur l'arrière. Tirant une grosse clé de sous son tablier, le patron du café fit jouer la serrure et s'effaça pour inviter son hôte à entrer. En lui adressant un clin d'œil complice, il murmura sur son passage :

— La dernière pièce à droite, au fond du couloir.

Puis il referma la porte sur les talons de l'inspecteur. La serrure joua de nouveau, avec un claquement sec.

Un premier obstacle de franchi ! Mais c'est maintenant que les choses sérieuses commencent. Mon petit Valentin, il va te falloir jouer serré.

Quand il s'était inquiété du plus sûr moyen de s'introduire dans la place, le jeune policier avait fini par conclure qu'il n'avait pas d'autre choix que d'y aller au culot. Après tout, si les anciens camarades de Lucien étaient obligés d'avoir recours à un signe convenu à l'avance, c'est que ceux qui se présentaient à ces fameuses réunions secrètes ne se connaissaient pas tous entre eux. Rien d'étonnant à cela. Depuis la dissolution de la Société des amis du peuple, de nombreux rapports de police faisaient état de tentatives plus moins anarchiques de constituer une organisation républicaine occulte. Faute de coordination, ces cercles secrets, véritables îlots insurrectionnels en puissance, se faisaient concurrence et chacun cherchait à prendre la tête du mouvement en s'imposant aux autres par le nombre de ses recrues. De ce fait, beaucoup commettaient des imprudences qui facilitaient grandement la surveillance des services de la préfecture de police. Seule la mansuétude de l'actuel pouvoir en place expliquait que les principaux agitateurs n'aient pas déjà été placés sous les barreaux.

Le couloir dans lequel Valentin venait de pénétrer était un espace puant et privé de lumière. Des graffitis à demi effacés recouvraient la peinture écaillée des murs. Quatre portes se détachaient dans l'ombre, se faisant face deux à deux. L'inspecteur gagna celle que lui avait indiquée le cabaretier. Il plaqua son oreille contre le battant. Un brouhaha de voix lui parvint, mais il ne réussit à saisir au vol que quelques mots décousus, dépourvus de sens.

Sachant très bien qu'il n'aurait droit qu'à une seule tentative, il décida de s'en remettre à la naïveté et à l'amateurisme de feu Lucien Dauvergne. Les poètes, somme toute, font rarement de bons révolutionnaires. Retenant sa respiration, il toqua à la porte en respectant la séquence de coups que le garçon avait commis la maladresse de noter par écrit. Trois coups rapides, puis deux autres plus espacés.

Les voix se turent aussitôt. Une chaise racla le parquet. Des pas s'approchèrent sans hâte de la porte. Un loquet fut relevé. Le battant s'écarta et la flamme d'un quinquet vint chercher le visage de Valentin dans la pénombre.

— Entre donc, camarade. Tu n'as rien manqué. Nous venons à peine de commencer.

En même temps que la voix engageante retentissait, une main se posait sur l'épaule de l'inspecteur et l'incitait à franchir le seuil. Le porteur de lampe arborait un sourire fraternel. Il n'avait pas vingt ans et son apparence présentait ce caractère débraillé qui suffit à tout œil un tant soit peu exercé pour identifier à coup sûr un étudiant du Quartier latin.

Quittant l'obscurité du corridor, Valentin dut plisser les paupières pour pouvoir inspecter les lieux. Il se trouvait dans une sorte de salon au mobilier dépouillé. L'unique fenêtre était occultée de l'intérieur par des rideaux sombres. Le policier reporta rapidement son attention sur les autres occupants de la pièce. Ils étaient une douzaine assis autour d'une longue table au plateau encombré de bouteilles, de verres, de feuilles, de plumes et d'encriers. Trois lampes fumantes accusaient les reliefs de leurs visages, découpant des arêtes vives, réservant des creux d'obscurité.

— Avance donc, fit un homme aux allures de dandy qui siégeait au centre de la table. Que l'on te voie un peu mieux.

Valentin s'exécuta. Tout en pénétrant dans la clarté des lampes, il examina encore plus attentivement les traits et les vêtements de ceux qui lui faisaient face. Deux ou trois ouvriers en blouse, des étudiants dont certains en uniforme de polytechnicien et quatre bourgeois en habit.

L'inspecteur réalisa qu'il connaissait au moins deux d'entre eux. Le premier était maître Antoine-Brutus Grisselanges, l'avocat aux idées libérales bien connues, qu'il avait déjà aperçu, la veille, à l'enterrement du fils Dauvergne. Le second se nommait Étienne Arago. Dramaturge, il dirigeait avec un certain succès le théâtre du Vaudeville, mais il ne pouvait rivaliser en célébrité avec son frère aîné François. Éminent astronome et physicien, celui-ci était membre de l'Académie des sciences et venait d'être élu en septembre conseiller général de la Seine. Les deux frères étaient eux aussi de fervents républicains et Valentin ne fut pas étonné de retrouver l'un d'entre eux au sein d'une telle assemblée.

Curieusement, ce n'était pas l'une de ces deux figures parisiennes qui présidait la séance, mais l'homme à la mise élégante – redingote de laine rouge, cravate retenue par une épingle en or – qui se trouvait assis entre eux. Un visage aux traits volontaires, un nez aquilin, une fine moustache brune soigneusement taillée. Il caressait distraitement, du bout des doigts, le manche d'une sonnette de métal posée devant lui.

— Nous ne te connaissons pas, fit-il remarquer sur

un ton neutre. Comment t'appelles-tu et quel est ton état ?

Valentin fut tenté de fournir un faux nom, mais il se rappela juste à temps qu'il avait commis l'erreur de décliner sa véritable identité à Évariste Galois lorsqu'il avait abordé celui-ci à la sortie du café. Le jeune mathématicien n'était pas présent à la réunion, mais rien ne disait qu'ils ne seraient pas amenés à se croiser à nouveau si l'enquête du policier le conduisait à assister à d'autres séances du même genre. Mieux valait s'en tenir à une demi-vérité.

— Je me nomme Valentin Verne et je suis commis aux écritures.

— Aucun des membres ici présents n'a demandé à ce que l'adhésion d'un nouveau candidat soit portée à l'ordre du jour de la section. Qui t'envoie à nous ?

— J'étais un ami de Lucien Dauvergne, répondit Valentin avec une feinte assurance. (Puis il ajouta, se souvenant que le père du suicidé possédait une fabrique dans l'Oise :) C'est lui qui m'a convaincu de quitter Senlis dont je suis originaire pour me joindre à vous.

— As-tu été instruit du premier de nos principes auquel il te faut adhérer sans réserve pour prétendre être des nôtres ?

— Lucien m'a longuement parlé des idéaux républicains que vous défendez. Je les partage tous avec enthousiasme.

— Tu professes donc que le peuple, seul, est souverain et que le premier devoir de tout gouvernement est d'établir cette souveraineté en fait comme en droit ?

— Je le proclame haut et fort.

Les trois hommes au centre de la table échangèrent un regard entendu.

— Dauvergne est mort, fit néanmoins remarquer l'avocat Grisselanges en se tournant de nouveau vers l'inspecteur. Qu'est-ce qui nous prouve que tu dis la vérité et que tu n'es pas un mouchard ?

— Comment serais-je là s'il ne m'avait pas parlé de vos réunions ? Le malheureux devait proposer prochainement ma candidature. J'ai pensé que, par fidélité envers sa mémoire, je devais me présenter à vous. Mais si vous ne me faites pas confiance, mieux vaut que je me retire immédiatement.

Arago se pencha alors vers le président de séance, rapidement imité par Grisselanges. Les trois hommes échangèrent quelques mots à voix basse. Puis l'homme à l'habit rouge s'adressa de nouveau à Valentin sur le même ton posé :

— Notre secrétaire (coup de tête en direction de Grisselanges) souligne à juste titre que le règlement de notre société prévoit, pour des raisons évidentes de sécurité, que tout candidat doit être parrainé par un membre en exercice. Or, le suicide de notre regretté camarade le prive de cette qualité. Cependant, notre trésorier (nouveau mouvement du menton, cette fois en direction d'Arago) objecte avec non moins de pertinence que tu possèdes nos codes de reconnaissance, ce qui tendrait à accréditer tes propos. Nous avons donc décidé de soumettre ton adhésion au vote de la présente assemblée.

Valentin parcourut du regard la douzaine de visages qui lui faisaient face.

— Messieurs, dit-il avec un brin de gravité, je m'en

remets à votre décision. Quelle qu'elle soit, croyez bien qu'elle ne changera en rien l'ardeur de mes convictions.

— De tels propos t'honorent, citoyen, commenta le président de séance en agitant sa sonnette. Nous allons à présent te demander de te retirer. Tu attendras dans le couloir l'issue du vote. Si au moins deux membres s'opposent à ton adhésion, celle-ci sera rejetée.

Sur un geste de sa main, le même étudiant qu'auparavant se leva pour ouvrir la porte et lança un bref appel. Contrairement à ce que Valentin imaginait, ce ne fut pas le tenancier qui le rejoignit sur le seuil, mais un grand échalas au poil rouge et à la face criblée de taches de son. L'inspecteur suivit le nouveau venu dans le couloir.

Le rouquin alla quérir un escabeau dans la pièce d'en face et l'offrit sans un mot à Valentin. Puis il accrocha son quinquet à un clou, croisa les bras sur sa poitrine et s'adossa au mur pour patienter.

— Vous pensez qu'ils en ont pour longtemps ? demanda Valentin, juste histoire de lier conversation.

Mais son gardien ne se donna même pas la peine de répondre. Visage fermé, il se contenta de lâcher un grognement dont la signification était rien moins qu'évidente. Puis il sortit de la poche de son gilet une guimbarde et se mit à tirer de son instrument une suite de notes plaintives.

Cependant son indifférence n'était qu'apparente, car Valentin ne tarda pas à remarquer que l'autre lui jetait de temps à autre des coups d'œil appuyés, détournant vivement la tête chaque fois que leurs regards risquaient de se croiser.

Leur attente ne dura guère. Moins de dix minutes après sa sortie, Valentin fut rappelé dans la salle de réunion. Tous les membres de l'assistance s'étaient levés pour accueillir l'annonce des résultats du vote. L'inspecteur nota avec soulagement que la plupart d'entre eux lui adressaient des sourires engageants. Seul l'avocat Grisselanges arborait une expression quelque peu renfrognée.

Le président de séance agita sa sonnette et annonça d'une voix solennelle :

— Citoyen Verne, les membres de la section du Renouveau jacobin, assemblés ce jour en séance régulière, ont décidé à l'unanimité moins une voix de vous admettre en leur sein. Soyez le bienvenu parmi nous. Après avoir reçu les félicitations de vos camarades, je vous invite à prendre place à nos côtés.

S'ensuivirent des échanges de poignées de main, des accolades fraternelles et de rapides présentations. Valentin apprit ainsi que l'homme à l'habit rouge qui dirigeait la section n'était autre que Fauvet-Dumesnil, ce journaliste avec qui, selon Évariste Galois, le jeune Dauvergne avait eu des mots quelques semaines avant son suicide. Il fallait absolument que l'inspecteur en apprenne davantage sur cette fameuse altercation. Mais il allait devoir faire preuve de patience s'il ne voulait pas éveiller les soupçons. Être parvenu à se faire accepter aussi facilement était déjà inespéré. Il faudrait davantage de temps pour déterminer s'il avait juste affaire à des idéalistes inoffensifs ou au contraire à de dangereux extrémistes.

Le premier point de l'ordre du jour lui fournit toutefois un début de réponse. La section du Renouveau jacobin devait se prononcer sur les divers moyens à employer pour influencer l'opinion et obtenir la tête des anciens ministres de Charles X dont le procès devait se tenir devant la Chambre des pairs avant la fin de l'année. Les membres de l'assemblée convinrent assez vite que les réunions publiques et les campagnes de presse ne suffiraient pas. Il fallait maintenir le gouvernement sous pression. Pour ce faire, il fut décidé d'entretenir l'agitation dans les quartiers populaires et de procéder à des démonstrations de force quasi journalières sous les fenêtres du palais du Luxembourg.

Cette première question réglée, on s'apprêtait à passer au rapport du trésorier de la section, lorsque l'escogriffe roux fit sa réapparition. Cette fois, il portait un plateau chargé de bouteilles de vin et de victuailles. Ayant procédé au ravitaillement de l'assistance, il vint se pencher à l'oreille du président. À mesure qu'il l'écoutait, Fauvet-Dumesnil prenait un air sombre qui n'augurait rien de bon.

Lorsqu'il se redressa, le serveur du café ne put s'empêcher de glisser une œillade hargneuse vers Valentin. Ce dernier n'eut pas le temps de s'interroger sur ce que cette manifestation d'hostilité signifiait exactement, car Fauvet-Dumesnil reprenait la parole en s'adressant à lui :

— Valentin Verne… c'est bien le nom que tu nous as donné, n'est-ce pas ?

— Je n'en ai point d'autre.

— Et tu nous as bien dit que tu étais commis aux écritures, du côté de Senlis ?

Un mauvais pressentiment s'empara de Valentin qui se contenta d'approuver d'un hochement de tête. Autour de lui, les autres membres de la section, intrigués par le brusque changement d'attitude de leur chef, s'agitaient sur leur chaise. Des regards pleins d'expectative allaient du jeune inspecteur au journaliste en habit rouge.

— Figure-toi, reprit ce dernier d'une voix calme et bien timbrée, que Théodule (il désigna du menton le serveur rouquin) t'a bien examiné tout à l'heure, dans le couloir. Il est certain de te reconnaître et tient des propos fort curieux à ton sujet. Selon lui, tu ressembles comme deux gouttes d'eau au Valentin Verne qui a inspecté, il y a environ trois mois, la maison où sa sœur exerce en qualité de sous-maîtresse. Mais ce Verne-là n'avait rien d'un scribouillard. Il était inspecteur au deuxième bureau de la première division de la préfecture de police. As-tu quelque chose à répliquer à cela ? Ou devons-nous considérer que la chose est entendue ?

Valentin renonça à finasser. Le pistolet de demi-arçon que Fauvet-Dumesnil braquait sur sa poitrine suffit à le convaincre que toute dénégation serait d'avance vouée à l'échec.

13

De Charybde en Scylla

Valentin se laissa faire lorsque les plus enragés des républicains se précipitèrent sur lui pour le maîtriser. Il avait lu dans les yeux de Fauvet-Dumesnil que celui-ci n'hésiterait pas à tirer au moindre signe de résistance. De toute façon, ses adversaires étaient trop nombreux pour qu'il puisse leur échapper. Mieux valait faire profil bas en espérant qu'une occasion de se tirer de ce mauvais pas se présenterait tôt ou tard.

Il s'ensuivit un moment d'intense confusion. Certains membres de la section, essentiellement des étudiants ulcérés d'apprendre qu'un policier avait tenté de les tromper, vociféraient après Valentin et le frappaient violemment, tandis que d'autres républicains lui attachaient les mains derrière le dos et le bâillonnaient à l'aide d'un foulard. Il fallut toute l'autorité de Fauvet-Dumesnil pour ramener un semblant de calme :

— Cessez un peu ce raffut ! Vous allez finir par attirer l'attention de la clientèle. Descendons plutôt ce mouchard à la cave. Là, nous pourrons statuer sur son sort en toute tranquillité.

Le ton de commandement employé suffit à apaiser momentanément les ardeurs des plus excités. Aussitôt, deux membres de la section du Renouveau jacobin saisirent l'inspecteur sous les aisselles et l'entraînèrent hors de la pièce. Précédée par Fauvet-Dumesnil et Grisselanges, la petite troupe emprunta l'une des portes ouvrant sur le couloir pour descendre un escalier plutôt raide qui s'enfonçait sous les fondations de l'immeuble. Au bas des marches, ils franchirent une solide porte en bois et pénétrèrent dans un espace de dimensions modestes, en grande partie occupé par des barriques de vin. Un sol de terre battue, des murs rongés par le salpêtre. Aucun soupirail, aucune aération.

Une odeur de terre et d'humidité imprégna les narines de Valentin. Celui-ci vacilla et ses jambes faillirent se dérober sous lui. Son estomac faisait des vagues. Sa tête tournait. Cette cave plongée dans la pénombre avait tout du tombeau. Et l'inspecteur dut faire un formidable effort sur lui-même pour surmonter sa défaillance. À la préfecture, nul n'était au courant de sa tentative d'infiltration du cercle républicain. La veille au soir, il s'était contenté de rédiger un court rapport destiné au commissaire Flanchard, où il faisait état de l'appartenance de Lucien Dauvergne à une société secrète républicaine tenant ses réunions au café des *Faisans couronnés*. Cela déclencherait peut-être une enquête sur place s'il venait à disparaître, mais c'était bien trop peu pour espérer le moindre secours à court terme. Dans l'immédiat, il ne pouvait compter que sur ses propres ressources pour éviter le pire et échapper à la vindicte d'adversaires métamorphosés en bourreaux. Cette certitude lui fit passer une suée froide dans le dos. Entravé comme il l'était, serré de près par ces hommes résolus dans un réduit exigu ne possédant qu'une unique issue, il ne s'accordait pas la moindre chance.

Il était entièrement à leur merci !

Les deux étudiants qui le maintenaient le firent asseoir sur une chaise bancale, à l'assise de paille défoncée. Ils demeurèrent de part et d'autre, une main le plaquant à l'épaule. Fauvet-Dumesnil vint se placer face à lui, derrière une table encombrée de caisses et de bonbonnes vides. Valentin nota qu'un petit nombre de républicains, au rang desquels figurait Étienne Arago, avaient profité du changement de salle pour s'éclipser. Sans doute ne tenaient-ils pas plus que cela à être mêlés à ce qui allait suivre. Ce constat ne fut pas pour le rassurer.

— Ôtez-lui son bâillon ! ordonna le journaliste de *La Tribune*. Nous avons quelques questions à poser à ce valet du pouvoir avant de décider du châtiment qu'il mérite.

— J'ignorais que je me trouvais face à un tribunal, ironisa Valentin quand on l'eut débarrassé du foulard qui entravait sa bouche. À moins que vos idéaux républicains ne s'accommodent d'une notion de la justice toute relative.

— Vous êtes venu ici nous espionner, cracha l'avocat Grisselanges. Vous méritez le sort que l'on réserve aux traîtres de tous temps et en tous lieux.

L'inspecteur releva le passage au vouvoiement. Mauvais signe, ça.

— Une plaidoirie qui vaut tous les réquisitoires, cher maître, ironisa-t-il. Si vous le permettez, je me passerai de votre éloquence et plaiderai moi-même ma cause.

Grisselanges tordit les lèvres. Une lueur mauvaise brillait dans ses yeux. Face à lui, Valentin affectait un calme et un détachement qu'il était en réalité bien loin de ressentir. Mais, dans la situation critique qui était la sienne, il avait conscience qu'il lui fallait gagner du temps et ne pouvait compter que sur son esprit pour tenter de déstabiliser ses adversaires.

— Comment la police a-t-elle eu vent de nos activités ? demanda Fauvet-Dumesnil. Et qu'espériez-vous découvrir en noyautant notre organisation ?

— Les « sans couronnes »…, dit Valentin avec un mince sourire. Je suppose que vous étiez fiers de votre petite trouvaille. Je ne sais qui d'entre vous a eu l'idée de ce subtil pliage, mais à votre place je m'inquiéterais. Prendre pour exemple les pratiques de la défunte armée catholique et royale de Vendée, quand on se proclame les héritiers de Danton et de Robespierre, c'est quelque peu fâcheux.

Des grondements de protestation parcoururent le groupe des républicains. Seul leur chef à l'habit rouge semblait demeurer indifférent aux provocations du policier.

— Vous n'avez pas répondu à mes questions, fit-il remarquer froidement.

Valentin réfléchissait à toute vitesse. Il ne lui restait plus qu'un atout dans son jeu. Il décida de l'abattre sans plus attendre.

— Je comprends que ma présence parmi vous soit

un sujet de préoccupation. Car après tout, j'ai pu fournir à votre cerbère le signe qu'il attendait, frapper à votre porte le signal convenu. Sans cela, je n'aurais pas eu le plaisir de pouvoir tous vous dévisager les yeux dans les yeux.

Ces dernières paroles provoquèrent un léger remous parmi les membres du Renouveau jacobin, mais Grisselanges l'apaisa d'un geste tranchant de la main.

— Si vous pensez nous impressionner, vous vous trompez. Vos menaces à peine voilées ne nous font ni chaud ni froid. Un mort oublie tout, les visages et les noms.

— Si vous me tuez, vous ne saurez jamais comment j'ai obtenu ces renseignements, ni surtout par qui.

— Vous prétendriez qu'il y a un autre traître parmi nous ? questionna Fauvet-Dumesnil.

Valentin haussa les épaules sans se départir de sa feinte amabilité.

— C'est vous qui l'avez dit et je vous laisse la responsabilité du terme employé.

Le groupe fit entendre, cette fois, des murmures perturbés.

— Tout cela, c'est du vent ! s'exclama Grisselanges en promenant un regard lourd de reproche sur ses camarades. Ne voyez-vous pas que ce misérable cherche juste à jeter le trouble parmi nous ? Il est prêt à tout pour sauver sa peau !

— Il dit pourtant vrai, fit remarquer l'un des étudiants en uniforme de polytechnicien. Il possédait tous nos codes. Il faut bien que quelqu'un les lui ait transmis !

— Pas nécessairement ! riposta l'avocat. Après le

suicide de Dauvergne, la police a pu découvrir des papiers compromettants dans ses affaires. On ne prend jamais assez de précautions. Débarrassons-nous sur-le-champ de ce mouchard !

Valentin risqua une dernière flèche :

— Et qui vous dit que je suis venu seul ? Au moment où je vous parle, la police est peut-être déjà en train de boucler toutes les issues des *Faisans couronnés*.

L'avocat parut ébranlé, mais Fauvet-Dumesnil réagit, lui, avec sang-froid et lucidité.

— Cela, au moins, est facile à vérifier. (Il fit signe au dénommé Théodule, le serveur roux qui les avait suivis dans la cave.) Remonte là-haut et jette un coup d'œil dehors. Si vraiment nous sommes encerclés, tu devrais vite t'en apercevoir.

Pendant quelques minutes, Valentin demeura assis sur sa chaise, entouré par le silence hostile des républicains. En dépit de la sérénité qu'il s'efforçait d'afficher, son cœur battait la chamade. Il avait fait preuve d'une terrible imprudence en venant seul ici. Le court répit qu'il venait de gagner ne faisait que reculer le moment d'en payer le prix.

Comme pour confirmer ses craintes, la porte se rouvrit et Théodule vint rassurer ses comparses. Tout était calme dans la rue. Pas la moindre présence suspecte. Une onde de soulagement parcourut les rangs de la petite assemblée.

L'avocat Grisselanges ricana et pointa l'index sur l'inspecteur.

— Je vous l'avais bien dit. Cette canaille se moque de nous. Supprimons ce sale espion !

Fauvet-Dumesnil fit signe à Valentin de se lever.

Sa voix gardait ce timbre glacé qui en imposait bien davantage que les outrances du ténor du barreau.

— La décision revient à l'ensemble de la section. Que ceux qui votent pour la liquidation immédiate lèvent la main.

Les membres du Renouveau jacobin s'exécutèrent avec une belle unanimité. Fauvet-Dumesnil hocha lentement la tête.

— Voilà qui a le mérite de la clarté, constata-t-il. Qu'on lui remette son bâillon et qu'on l'étrangle à l'aide d'un garrot. Nous attendrons que la nuit soit tombée pour sortir son corps dans une barrique.

Deux étudiants et un ouvrier se précipitaient déjà pour appliquer la sentence fatale. Perdu pour perdu, Valentin bandait ses muscles afin d'opposer une ultime résistance qu'il savait vouée à l'échec, lorsqu'une voix juvénile mais autoritaire s'éleva soudain :

— Attendez, mes amis ! La République s'honore de ses héros et de ses martyrs, mais elle ne tolère point les assassins !

Tous les regards se tournèrent vers le seuil de la cave où Évariste Galois venait de faire son apparition. En retrait derrière lui, Valentin crut distinguer le visage d'Étienne Arago.

— Qui parle d'assassinat ? gronda Grisselanges. Est-ce toi, Galois ? Ce policier s'est infiltré dans nos rangs pour nous perdre. La section vient de se prononcer sur son sort. Il n'y a pas à revenir là-dessus. Il mérite le châtiment réservé aux mouchards.

Le fougueux mathématicien fit plusieurs pas en avant de façon à se placer aux côtés de Valentin. Puis, plutôt que de répondre directement à l'avocat, il s'adressa aux autres membres de l'assistance en les balayant du regard.

— Et moi je proclame que cette mort salirait nos idéaux ! Ne voyez-vous pas, mes frères, qu'en exécutant de sang-froid cet homme sans défense, nous nous rabaisserions au rang de ceux que nous prétendons combattre ? Nous luttons contre l'arbitraire et voulons instaurer davantage de justice et de fraternité dans ce pays. Peut-on atteindre un tel objectif par le crime ?

— La mort d'un traître n'est pas un crime ! riposta Grisselanges.

— Trahir, c'est manquer à la parole donnée à ses frères. Si j'en crois ce qu'on vient de me rapporter, cet homme est un simple policier. Il n'a fait qu'obéir aux ordres reçus. Je répète que le tuer alors qu'il est à notre merci serait un assassinat.

La force de conviction du jeune homme commençait à ébranler les consciences de ses camarades. Les étudiants surtout, qui avaient fait montre jusqu'ici de la plus grande hostilité à l'égard du prisonnier, opinaient du chef pour approuver les propos de leur compagnon.

Fauvet-Dumesnil sentit le vent tourner et réagit avant que la situation ne lui échappe totalement :

— Nous t'entendons bien, Galois. Mais que préconises-tu ? Il est évident que si nous relâchons cet homme, il s'empressera de tous nous dénoncer. Nous serons poursuivis et arrêtés. Le pouvoir sera trop content de décapiter notre mouvement.

— Tout ce que je dis, fit le mathématicien en écartant les mains pour signifier qu'il n'avait pas de réponse à la question posée, c'est que tout sang ignominieusement versé retomberait sur nos têtes et desservirait notre cause.

Quelques voix s'élevèrent dans la pénombre pour abonder dans ce sens. Le journaliste les fit taire d'un geste de la main. Un sourire cruel se dessinait sous sa fine moustache.

— Si je vous entends bien, dit-il, c'est l'exécution qui vous gêne. Alors, j'ai peut-être une solution. En proclamant faussement son adhésion à notre idéal républicain, cet homme nous a gravement offensés. Il doit nous en rendre raison. S'il nous donne sa parole d'honneur de garder le silence sur ce qu'il a vu et entendu sous ce toit, je suis prêt à lui rendre sa liberté. Mais je lui donne rendez-vous sur le pré, demain, à l'aube.

— Un duel ?

— Exactement ! Voici ce que je propose : pour que nul ne s'inquiète de la soudaine disparition de ce policier, nous le laisserons libre de ses mouvements, à condition toutefois qu'il promette de ne point nous dénoncer. Toi, Galois, tu ne le quitteras pas d'une semelle jusqu'à demain pour veiller à ce qu'il respecte sa parole. C'est toi également qui le mèneras sur le lieu du duel où tu lui serviras de témoin. Ainsi donc point de crime ! Ton protégé m'affrontera à armes égales et notre différend se réglera selon les codes de l'honneur. Cela vous convient-il ?

Évariste Galois s'inclina vers Valentin et lui glissa à l'oreille :

— Acceptez. C'est votre seule chance de sortir d'ici vivant.

14

Mortels miroirs

Quelques instants plus tard, Valentin, de nouveau libre, arpentait la chaussée parisienne en compagnie de son sauveur. Il respirait à pleins poumons l'air froid du matin, encore abasourdi de la façon quasi miraculeuse dont il était sorti indemne de cette affreuse cave.

— Comment vous remercier ? souffla-t-il à Évariste Galois. Sans votre intervention, j'étais perdu.

— Je crains malheureusement de ne vous avoir gagné qu'un piètre répit. Fauvet-Dumesnil est un redoutable manieur de pistolet. Sans doute l'un des meilleurs de Paris. Pour être tout à fait franc avec vous, il n'a encore jamais perdu le moindre duel.

Mais Valentin était trop heureux de s'être tiré d'un si mauvais pas pour se projeter déjà au lendemain. Il se contenta d'adresser un sourire empreint de reconnaissance à son compagnon.

— Je suppose, dit-il, que c'est Étienne Arago qui vous a averti du guêpier dans lequel je m'étais fourré.

Ce que je comprends moins, c'est ce qui vous a poussé à voler aussitôt à mon secours.

Le jeune mathématicien haussa les épaules.

— Vous ne pensiez tout de même pas que j'étais naïf au point de ne pas m'étonner d'être abordé en pleine rue par un soi-disant ami de Lucien Dauvergne. Un ami dont il ne m'avait jamais parlé ni même cité le nom. Ma méfiance n'a fait que croître lorsque j'ai constaté, un peu plus tard dans la journée, que mon insigne des « sans couronnes » avait disparu. Vous m'aviez parlé de l'Académie des sciences. Aussi ai-je consulté les archives de cette noble société pour voir si j'y trouvais votre trace.

— Et quel fut le résultat de vos recherches ?

— Un certain Valentin Verne, inspecteur de police et correspondant de l'Académie, a présenté en juin dernier une communication sur la présence systématique d'ecchymoses sous-pleurales ou sous-péricardiques dans les décès par suffocation. En creusant un peu, j'ai découvert que le même Verne avait été associé, il y a quatre ans, aux expériences chimiques du fameux professeur Pelletier.

— Cela ne me dit toujours pas pourquoi vous êtes intervenu en ma faveur.

— Mes convictions politiques me portent vers un idéal de fraternité. Or, comment pourrais-je ne pas me sentir proche d'un honnête homme, quel que soit son état par ailleurs, qui se pique de sciences ? Je ne suis pas de ces extrémistes qui vouent aux gémonies tous les serviteurs actuels du pouvoir. La République ne pourra se passer de policiers, autant qu'ils soient savants !

— Eh bien ! s'exclama allégrement Valentin. Je ne peux que louer cette généreuse ouverture d'esprit. Sans votre vibrant plaidoyer, vos amis m'auraient promptement expédié dans l'autre monde.

Les deux hommes avaient gagné la rue d'Enfer. Il était près de onze heures du matin. Derrière les grilles du parc du Luxembourg, des pans de brume dérivaient mollement entre les arbres dépouillés de leurs feuilles. Le chant des oiseaux était couvert par le fracas métallique des voitures qui brinquebalaient sur les pavés boueux, menaçant à chaque instant d'éclabousser les deux marcheurs.

— Depuis que le gouvernement a ordonné la dissolution de la Société des amis du peuple, expliqua Galois, nous sommes devenus méfiants. Nous soupçonnons le pouvoir de vouloir museler l'opposition républicaine. Et, pour les plus vindicatifs d'entre nous, les gens de police ne sont que les valets de l'oppression.

— C'est aussi votre avis ?

— Disons que je n'ai aucune confiance dans la caste fortunée qui s'est imposée après les Journées de juillet, ni dans ce roi qui se donne de fausses allures de bourgeois. Si le peuple ne fait pas entendre sa voix avec force, vous verrez que la répression s'abattra sur lui comme aux heures les plus sombres de notre histoire.

— Pourtant, vous reconnaîtrez avec moi que, jusqu'ici, Louis-Philippe s'est montré plutôt tolérant avec ses opposants. La liberté de la presse a été rétablie, les manifestations ne sont dispersées qu'en cas de violences avérées.

Évariste Galois décocha un sourire malicieux à son contradicteur.

— Mais dans le même temps, remarqua-t-il ironiquement, on transforme les inspecteurs de police en espions.

— Je vous assure que vous vous méprenez. Je ne me suis intéressé aux activités de votre petite société clandestine qu'à cause de Lucien Dauvergne. Mes chefs m'ont chargé d'enquêter sur son décès suspect.

— Je croyais qu'il était établi que le malheureux s'était donné la mort.

— C'est ce que tout porte à croire en effet. Mais certains détails troublants – dont vous m'excuserez de ne point faire état – méritent des éclaircissements.

— Eh bien ! fit le mathématicien, la mine soudain plus sombre. Si ce que vous dites est vrai, je crains que vous n'ayez mis votre vie en péril pour pas grand-chose. Je puis vous assurer que le Renouveau jacobin n'a rien à voir avec cette mort. Nous avons parmi nous quelques exaltés, mais c'est par la réforme des institutions que nous voulons établir le pouvoir du peuple. Comme vous l'avez vu, Fauvet-Dumesnil lui-même a renoncé à commettre un crime dès lors que je suis parvenu à le convaincre que votre exécution en constituerait un.

— Encore une fois, vous avez droit à toute ma reconnaissance.

Le jeune Galois prit un air contrarié.

— Hélas, vous voici malgré tout engagé dans une bien mauvaise affaire. Ce duel…

— Ce duel attendra demain ! le coupa gaiement Valentin, en même temps qu'il lui adressait une bourrade amicale dans le dos. Pour l'heure, je suis bien vivant et je vous propose de fêter cela chez moi autour d'une bouteille de vin de Champagne !

Les deux hommes poursuivirent leur chemin, dans un Paris humide et figé par le froid, jusqu'à la rue du Cherche-Midi. Ils allaient s'engouffrer sous le porche élégant du numéro 21 lorsqu'une voix impérieuse retentit derrière eux :

— Inspecteur Verne ! Inspecteur Verne, je vous prie !

Valentin se retourna. Un fiacre dont le cocher se tenait à sa place, prêt à fouetter l'attelage, stationnait de l'autre côté de la rue. Par la portière entrouverte, un homme se penchait en faisant de grands signes de la main.

— Par exemple ! Si je m'attendais à le voir là !

— De qui s'agit-il ? s'enquit Galois.

— Mon supérieur direct, le commissaire Flanchard. J'ignore ce qu'il me veut, mais je ne peux me permettre de l'ignorer. Il se douterait qu'il se passe quelque chose d'anormal.

Le mathématicien se mordit les lèvres. Il parut hésiter sur la conduite à suivre, mais finit par hocher la tête en signe d'acquiescement.

— C'est bon, concéda-t-il, allez-y ! Mais souvenez-vous que je me suis porté garant pour vous. Vous avez promis de garder le silence et d'être présent demain sur le lieu du duel.

— Ne craignez rien, j'y serai. Vous pourrez passer me prendre ici à l'aube. Je me tiendrai à votre entière disposition. Mon appartement occupe tout le troisième étage.

Les deux hommes échangèrent une solide poignée de main pour sceller leur entente et Valentin s'empressa de traverser la chaussée. Le commissaire Flanchard l'accueillit plutôt fraîchement :

— Voilà près d'une heure que je lanterne devant votre porte par ce froid de canard. Je me demandais où diantre vous aviez pu passer. À voir votre allure dépenaillée, on jurerait que vous avez été faire la noce !

La mésaventure que Valentin venait de vivre dans la cave des *Faisans couronnés* avait mis à mal son habituelle élégance vestimentaire. Sa cravate était en partie dénouée, sa redingote maculée de taches et le bas de son pantalon déchiré. Surtout, sa pommette gonflée et sa lèvre coupée portaient encore témoignage des coups reçus. S'il n'avait tenu qu'à lui, il se serait octroyé *illico* un bon bain chaud et un verre d'armagnac en guise de remontant.

— La noce ? Reconnaissez alors que la mariée devait être une sacrée mégère !

— Allons ! fit le commissaire en laissant un sourire éclairer sa face léonine. Montez, Verne ! Vous me raconterez ça en route. Je vous emmène chez le préfet de police. Il a souhaité nous recevoir tous les deux ensemble.

Le chef de la police parisienne ne payait guère de mine. Avec son habit terne, son teint jaune, son nez fuyant et ses joues flasques, Amédée Girod de l'Ain ressemblait à un pasteur anglican en délicatesse avec son transit intestinal. Il fit asseoir ses deux subalternes dans un bureau austère, au décor strictement fonctionnel.

— Je vous ai convoqués, messieurs, au sujet de cette triste affaire Dauvergne. Le père de la victime est un ami de longue date. La mort de son fils unique le laisse, vous vous en doutez, inconsolable. Il a insisté auprès de moi pour qu'une enquête minutieuse soit menée afin d'éclaircir les circonstances du drame. Au début, j'ai accepté de le satisfaire, davantage par compassion qu'autre chose. Le suicide ne semblait faire aucun doute.

Le commissaire Flanchard approuva gravement :

— Les témoignages recueillis vont en effet tous dans ce sens.

— En parcourant le dossier que vous m'avez transmis, commissaire, reprit le préfet en désignant un épais portefeuille de maroquin brun posé sur un secrétaire, un détail a cependant retenu mon attention. Il s'agit de ce miroir devant lequel le jeune Dauvergne aurait stationné de longues minutes juste avant de se défenestrer.

— Plusieurs personnes ont attesté de la chose, confirma prudemment Flanchard.

— Je trouve pour le moins curieux qu'un jeune homme assez désespéré pour mettre fin à ses jours sous les yeux de sa propre mère prenne le temps de se mirer dans une glace, comme s'il s'était apprêté pour un rendez-vous galant. Pas vous, commissaire ?

— Le fait est assez singulier. L'inspecteur Verne ici présent m'a remis hier un nouveau rapport qui souligne d'autres détails troublants, même s'il paraît jusqu'ici délicat d'en tirer la moindre conclusion.

— J'en prendrai connaissance avec grand intérêt. En attendant, je suis navré de vous apprendre que cette affaire s'annonce bien plus tortueuse que prévu.

Le préfet de police repoussa sa chaise et se mit à arpenter son bureau, les mains croisées derrière le dos. Son front plissé traduisait une profonde contrariété.

— Figurez-vous, messieurs, que nous avons, depuis hier soir, à déplorer un nouveau trépas encore plus étrange. Le sieur Tirancourt, voyageur de commerce et bonapartiste notoire, s'est donné la mort dans une maison galante proche du Palais-Royal. L'individu semble avoir été pris d'un brusque coup de folie, alors qu'il se trouvait en compagnie d'une… disons d'une hôtesse de la maison. Il a fracassé toutes les glaces de la chambre à l'aide d'un chandelier avant de menacer sa compagne avec un pistolet. En entendant les hurlements de la fille, des employés se sont précipités et ont enfoncé la porte que le forcené avait bouclée. À l'instant où ils faisaient irruption dans la pièce, celui-ci a retourné son arme contre lui et s'est tiré une balle dans la poitrine. La mort n'a toutefois pas été immédiate et l'homme a eu le temps de murmurer quelques mots avant de pousser son dernier soupir.

— Et qu'a-t-il dit ?

— C'est là que réside toute l'étrangeté du drame. Ce Tirancourt aurait prononcé la phrase suivante : « Ce sont les miroirs qui m'ont obligé. »

— Les miroirs ? répéta Valentin, cachant mal son scepticisme.

— Trois personnes différentes ont affirmé avoir entendu la même chose. Vous comprenez maintenant pourquoi je suis tenté de faire le rapprochement avec le suicide de Lucien Dauvergne.

— Il ne s'agit peut-être que d'une coïncidence, hasarda le commissaire Flanchard. Vous avez indiqué vous-même que ce Tirancourt semblait ne pas avoir toute sa tête. Il aura dit n'importe quoi !

— Il est des coïncidences fâcheuses, commissaire Flanchard ! Mon ami, le député Dauvergne, m'a confié que son fils s'était récemment converti aux idéaux républicains. Quant à Tirancourt, Michel de son prénom, c'était un ancien officier du tyran corse, soupçonné de jouer les agitateurs dans le milieu des demi-soldes[1]. Je n'aime pas ça, Flanchard. Je n'aime pas ça du tout !

— Qu'attendez-vous de nous, monsieur ? demanda le commissaire avec déférence. Nous sommes entièrement à vos ordres.

— Il faut savoir si ces deux morts violentes, aussi rapprochées, ne cachent pas quelque tentative de déstabilisation. Je n'ai pas besoin de vous dire combien le contexte politique est délicat. Ce matin, M. Laffitte s'est vu confier le soin de constituer un nouveau gouvernement. En chargeant de cette tâche le plus libéral de ses partisans, le roi cherche visiblement à désarmer l'opposition républicaine. La première décision de Laffitte a d'ailleurs été de procéder à la nomination du pair de France chargé d'instruire l'affaire des ministres emprisonnés à Vincennes. Le vicomte Alphonse de Champagnac, un homme modéré, a été désigné pour cette fonction. Il s'agit de rassurer le peuple en lui donnant des gages que le procès se tiendra bien avant la fin de l'année. D'ici là, le calme doit régner dans la capitale. Il n'est pas question qu'une spectaculaire vague de suicides déferle sur les opposants au régime. Toute la politique d'apaisement voulue par Louis-Philippe risquerait d'être mise en échec.

— Si je vous suis bien, monsieur le préfet, il serait souhaitable que l'enquête de l'inspecteur Verne conclue officiellement que ces deux suicides sont bien… des

1. Officiers du Premier Empire placés en position de non-activité sous la Restauration.

suicides. Mais que si par extraordinaire il s'agissait d'autre chose, nous y mettions le holà. En toute discrétion, cela va de soi.

Girod de l'Ain frotta ses mains l'une sur l'autre et ses lèvres se retroussèrent sur ses dents, en un étirement laborieux qui devait lui tenir lieu de sourire.

— Je vois que nous nous sommes parfaitement compris, Flanchard. Et n'oubliez pas de me tenir régulièrement informé des progrès de l'enquête. Quant à vous, inspecteur... (le préfet se tourna vers Valentin et tiqua en remarquant pour la première fois son visage tuméfié), vous avez carte blanche pour mener toutes les investigations que vous jugerez nécessaires. Ne ménagez ni vos efforts ni votre temps, mais tirez-moi au clair cette histoire abracadabrante de miroirs.

15

Journal de Damien

J'étais en proie à une intense confusion. Des choses pointues, acérées, brûlantes et voraces me harcelaient sans répit. La peur et la souffrance physique, bien sûr. Mais pas seulement. La colère, l'abattement, la solitude et la honte aussi. Il s'en est fallu de bien peu que je ne sombre dans la folie. Ce qui m'a sauvé, c'était de n'être qu'un enfant. Je n'avais pas les mots pour exprimer toute l'horreur de ce qui m'arrivait, pour penser avec justesse ce cauchemar dans lequel j'avais basculé. C'est ce qu'il y a de plus déroutant, je trouve. Quand le pire reste enfermé au plus secret de votre cœur, parce que vous ne savez pas comment l'extirper sous forme d'une parole sensée ou même seulement audible. Vous n'avez alors pas d'autre choix que de l'enkyster au plus profond de vous-même. Vous vous construisez un espace intérieur où vous enfermez mentalement tout ce qui vous effraie, tout ce qui vous dégoûte et vous fait du mal. C'est comme si, dans votre esprit, vous creusiez une seconde cave. Et c'est là que vous reléguez la Bête immonde. Vous L'y emprisonnez à son tour et vous Lui refusez l'accès à vos autres territoires.

La plupart du temps, je me tenais blotti là, dans ces espaces préservés. Je parvenais à y cultiver l'illusion d'être un garçon comme les autres. Je rêvassais en suivant des yeux la progression des lignes que le soleil dessinait sur le sol après s'être glissé entre les planches du soupirail. Je jouais aux osselets avec des morceaux de charbon. Ou bien je chantonnais dans ma tête les comptines dont la femme du forestier avait bercé ma petite enfance. Bien sûr, à l'époque, je n'avais pas vraiment conscience que je m'étais construit un cocon protecteur dans la tête. J'étais incapable de penser les choses ainsi. Je n'avais que huit ans. Un môme. C'est seulement bien plus tard que j'ai compris ce qui s'était joué dans cette cave sinistre. J'ai mis le doigt sur ce qui m'avait permis de tenir le coup, de résister à l'enfermement et à *tout* ce qui allait avec.

Même si je n'avais pas vraiment conscience des barrières que mon cerveau avait dressées pour me protéger de Lui, je m'en remettais à mon instinct de survie. Deux fois par jour, c'est lui qui vidait mon regard de toute expression. Cela se répétait à chaque fois que le Vicaire me descendait à manger. Tout simplement parce qu'Il n'aurait pas supporté de savoir que j'avais trouvé une façon d'échapper à son emprise. Oui, cette pensée-là, au moins, avait fini par émerger dans mon crâne. *Il ne doit pas découvrir le secret de ta cachette.* C'était devenu ma hantise. Pendant des semaines, des mois, j'ai tremblé à l'idée de ce que je deviendrais s'Il parvenait à en forcer l'entrée. Jusqu'au jour où j'ai compris qu'Il n'avait pas ce pouvoir. Parce qu'Il ne me regardait pas comme un être humain, mais juste comme une proie. Il pouvait me battre, faire de moi l'objet de son plaisir abject mais Il était incapable de me suivre dans les intimes replis de mes pensées. Lorsque j'ai compris ça, j'ai su qu'Il ne parviendrait pas à me briser. Il y avait en moi un noyau irréductible qui résisterait à tous les sévices. Je pouvais rester tapi à l'intérieur en attendant le moment propice. Tôt ou tard, l'occasion se présenterait.

Le temps… C'était devenu une notion sans réelle consistance. Quelque chose dont on sait qu'elle existe, mais qu'on a renoncé à apprivoiser. Presque tous les prisonniers trouvent pourtant le moyen de garder la notion du temps. En général, pour peu qu'ils puissent suivre l'alternance des jours et des nuits, ils se débrouillent pour tracer des bâtons sur les murs de leur cellule. Mais ce sont des adultes qui savent combien le temps est précieux parce qu'il est ce qui les rattache à leur existence d'avant. Coupez ce fil et vous devenez pareil à une feuille morte tombée à la surface d'un ruisseau et ballottée de-ci de-là, au gré du courant.

Huit ans… je n'avais pas eu la présence d'esprit de marquer tout de suite les jours sur les parois de la cave. Lorsque l'idée m'est venue la première fois, il était déjà trop tard. J'ignorais depuis combien de temps j'étais retenu captif. Cela a suffi à me dissuader. Par la suite, j'ai quand même fait plusieurs tentatives. Mais je finissais toujours par me dire : « À quoi bon ? » À quoi cela servait-il de tenir un compte des jours tronqué ? C'était idiot. Ça ne rimait à rien. Alors je laissais tomber. Et puis, au bout d'un certain temps, je m'y remettais. En oubliant de marquer un jour sur quatre.

Lorsque Mam'zelle Louise a soudain fait irruption

dans mon existence, brisant l'enfer de la solitude, il y avait trois cent douze encoches sur la paroi de la cave, dissimulées sous mon bat-flanc.

Mam'zelle Louise… sans elle, il est probable que j'aurais fini par tourner en rond dans cette enclave protégée, tout au fond de mon crâne. Après tout, il y avait peut-être un dieu distrait, perché tout là-haut dans les cieux, et qui avait fini par porter son regard de mon côté. Il me l'avait envoyée tel un ange gardien modeste mais efficace et puissamment réconfortant.

Elle a fait son apparition dans la cave, un beau matin, à mon réveil. Sur le coup, je n'en ai pas cru mes yeux. Le Vicaire mis à part, c'était le premier être vivant que je voyais depuis que j'avais pénétré dans cette maison maudite.

J'avais passé une mauvaise nuit. À cause du froid mordant qui régnait dans la pièce en sous-sol et des cauchemars qui ne me laissaient guère de répit. Le cerveau encore embrumé, les membres ankylosés, j'ai émergé lentement du sommeil. Une clarté faible et diffuse teintait de gris tout l'espace autour de moi. Péniblement, je me suis redressé sur mon séant et j'ai laissé glisser mes pieds nus jusqu'au sol de terre battue. J'avais l'impression d'avoir cent ans. Et la tentation de rester couché me taraudait, même si je savais qu'Il n'aimait pas ça et m'infligerait une bonne correction s'Il me trouvait allongé sur mon bat-flanc en m'apportant ma pitance du matin. C'était un coup à réintégrer la cage de fer jusqu'au soir. J'en avais fait la cruelle expérience quelques mois plus tôt, alors que l'humidité ambiante m'avait filé une fièvre de cheval et qu'Il m'avait surpris à grelotter sur ma couchette. Il m'avait sacrément secoué cette fois-là. Mais quand Il m'avait tiré de la cage, juste après la tombée de la nuit, Il m'avait laissé une couverture plus épaisse. Je m'étais dit alors qu'à sa façon – si particulière, ignoble et cruelle et dégénérée – Il tenait quand même un peu à moi.

Ce matin-là, la tête dans les mains, figé sur ma planche de bois, j'avais la nausée en me remémorant cette pensée. Je me dégoûtais et j'étais usé, fatigué. Après tout, peut-être qu'il valait mieux en finir une bonne fois pour toutes. Ne plus se lever, provoquer sa colère pour qu'Il frappe juste un peu trop fort. Endurer la souffrance jusqu'au point de non-retour…

Et c'est là, à ce moment précis où j'allais renoncer à lutter, que j'ai remarqué Mam'zelle Louise.

Elle se tenait à moins de deux mètres, perchée sur une caisse. Tout en m'observant de ses petits yeux de jais, elle se peignait d'une patte bien léchée et laissait sa longue queue brune se balancer gentiment dans le vide. Une souris ou plutôt une musaraigne. Soudain, elle interrompit son mouvement. Avec son museau pointu, ses fines moustaches et ses petites oreilles, elle semblait désormais étudier la densité de l'air qui nous séparait. Et cela sans jamais cesser de me fixer, comme si j'étais vraiment la chose la plus incroyable qu'il lui ait été donné de voir de toute son existence de petite bête curieuse et rusée.

Lentement, très lentement, j'ai tendu ma main vers elle. Elle était trop loin pour que je l'atteigne. Ce n'était d'ailleurs pas mon intention. Je voulais juste voir quelle serait sa réaction. Au premier mouvement qu'elle a perçu, elle a tressailli mais est demeurée sur place. Comme je ne voulais surtout pas l'effaroucher, j'ai continué d'avancer la main, millimètre par millimètre.

Elle a gardé ses yeux rivés sur moi et sa queue, qui s'était immobilisée durant quelques secondes, a repris son tranquille mouvement de balancier.

Je sais que ça peut paraître idiot, mais une joie profonde m'a envahi. Je sentais qu'avec du temps et de la patience, nous pouvions nous apprivoiser l'un l'autre… Ça tombait plutôt bien…

Du temps, j'en avais à revendre.

16

Lazzis et carton-pâte

Depuis son entretien avec l'inspecteur, Aglaé Marceau ne parvenait pas à oublier son visage d'ange. Elle avait été charmée par la pureté de ses traits et son allure distinguée, mais surtout troublée par l'aura ténébreuse qui nimbait toute sa personne. Il y avait en lui quelque chose de glacé, d'inquiétant et aussi d'enfoui qui repoussait tout autant qu'il attirait. Aglaé aurait beaucoup aimé le revoir pour tenter de percer le mystère de cette double personnalité. En même temps, elle se reprochait cette curiosité qui, dans ses éclairs de lucidité, lui apparaissait pour ce qu'elle était : une façon pitoyable de justifier l'attirance physique qu'elle avait ressentie dès les premiers instants où elle s'était retrouvée assise en tête à tête avec le séduisant policier.

Ma pauvre fille, c'est bien la peine de se prétendre une émule de Claire Démar[1] *si c'est pour t'enticher du premier godelureau venu !*

---

1. Cette journaliste et écrivaine (1799-1833) est l'une des

Et, tout en se morigénant, Aglaé ne pouvait s'empêcher d'imaginer ce qu'elle ressentirait si le troublant éphèbe venait à la prendre un jour dans ses bras. Cela la changerait à coup sûr des baisers volés et des tripotages éhontés auxquels se livraient régulièrement, profitant de l'exiguïté des coulisses, ses partenaires masculins – et pas uniquement les jeunes premiers.

Ce soir-là, son agacement touchait à son comble. Celui dont les mains s'étaient attardées dans les plis de son corsage n'était autre que le mari de Mme Saqui, la propriétaire du théâtre dont elle avait intégré la troupe huit mois plus tôt. Celui-là, pas question de l'éconduire d'une claque bien sentie ou d'un coup de pied dans le tibia ! Et pourtant ce n'était pas l'envie qui lui manquait. Pour s'en débarrasser, elle n'avait rien trouvé de mieux que de le menacer des foudres de son fiancé, un sémillant inspecteur de la Sûreté au bras long qui pourrait, d'un simple claquement de doigts, faire fermer la salle de spectacle. Le sieur Saqui avait précipitamment battu en retraite. S'il y avait bien une chose qu'il redoutait en ce bas monde, hormis les colères homériques de sa maîtresse femme, c'était le spectre de la faillite. Une paire de tétons, si ronds et fermes soient-ils, ne valait pas une salle comble et une recette généreuse. Ceci dit, le barbon n'avait guère apprécié la rebuffade et il s'était promis de surveiller d'un peu plus près les

---

pionnières du mouvement féministe qui se développe au début de la monarchie de Juillet. Dans son *Appel d'une femme au peuple sur l'affranchissement de la femme*, elle se livre en 1833, peu avant son suicide, à une critique radicale du mariage qu'elle dénonce comme une forme de prostitution légale.

fréquentations de la jeune actrice. Si la pimbêche s'était moquée de lui, il la renverrait avec pertes et fracas. On verrait bien si elle continuerait de jouer les mijaurées une fois jetée à la rue !

Ignorant ce qui se tramait dans la tête de son employeur, Aglaé aurait dû savourer pleinement sa facile victoire. Il n'en fut rien. La spontanéité avec laquelle elle s'était inventé une histoire d'amour avec son bel inspecteur prouvait à quel point celui-ci occupait ses pensées. *Son* inspecteur ? Non, vraiment, il fallait qu'elle se reprenne ! Qu'avait-il de si extraordinaire, ce blondinet, pour qu'elle se soit toquée de lui à ce point ? Depuis la veille, il ne se passait pas une heure sans qu'elle plonge dans une douce rêverie en évoquant tantôt le vert de ses yeux, tantôt l'ourlet de ses lèvres. Il était grand temps de passer à autre chose, d'abord parce qu'il était fort probable qu'elle ne le reverrait jamais, ensuite parce qu'elle avait une tâche à accomplir qui requérait toute sa concentration.

Résolue à ne plus se laisser distraire, elle colla son oreille à la porte derrière laquelle elle patientait depuis quelques minutes. Lorsqu'elle jugea qu'elle pouvait enfin passer à l'action, elle manœuvra avec précaution la poignée et franchit le seuil sur la pointe des pieds. La pièce était apparemment éclairée par un unique bougeoir. La flamme vacillante dessinait des ombres mouvantes sur les murs et réveillait les vieux ors des reliures sur les étagères d'une imposante bibliothèque. Aglaé s'empara de la chandelle et entreprit d'examiner les ouvrages sagement alignés. Tandis qu'elle pointait du doigt les titres les uns après les autres, son visage expressif trahissait tour à tour la curiosité, l'impatience et, de manière plus accentuée à mesure que le temps s'écoulait, une terrible angoisse.

Enfin, elle eut un léger sursaut et ouvrit d'une main fébrile la porte vitrée. Sa main tâtonna à l'aveuglette dans la pénombre du meuble. Un déclic sonore se fit entendre, tandis que plusieurs dos reliés pivotaient simultanément, dévoilant un compartiment secret. Aglaé s'empara alors d'une liasse de feuillets. Un seul coup d'œil lui permit de s'assurer qu'il s'agissait bien des papiers qu'elle cherchait. La preuve accablante de la conspiration ourdie dans le but d'assassiner le roi et de déclencher une guerre meurtrière contre les grandes puissances européennes.

— Tu avais vu juste, ma fille ! s'exclama-t-elle en déposant sa découverte sur un petit guéridon pour l'examiner plus à son aise. Voilà une formidable monnaie d'échange pour tirer ton vieux père de la geôle où ses ennemis l'ont jeté si ignominieusement !

Sans plus attendre, elle se plongea dans la lecture des documents.

À peine venait-elle de s'atteler à la tâche, que la porte se rouvrit sans bruit dans son dos. Un individu louche, portant sur sa triste face toute la noirceur de son âme, fit son apparition.

Vêtu d'une redingote rapiécée, le chapeau de guingois, la cravate à la propreté douteuse nouée haut sur le cou, il portait un bandeau sombre sur son œil gauche et son menton en galoche s'ornait d'une barbe de trois jours. Son apparence sinistre aurait suffi à épouvanter les plus intrépides. Mais que dire du long couteau dont la lame nue brillait dans sa main ?

Levant exagérément les pieds, tel un héron

précautionneux, l'homme entreprit de se rapprocher en silence de la jeune femme trop absorbée dans sa lecture pour réaliser le danger mortel qui la menaçait. Sa progression inexorable semblait personnifier le destin en marche. Lorsqu'il fut arrivé juste derrière sa future victime, son bras armé monta au-dessus de sa tête avec une lenteur exaspérante.

Ce fut à ce moment précis qu'une voix pleine de gouaille se fit entendre dans la salle :

— Dis donc, le surineur[1], tu vas te décider à la planter, ta lame, ou bien t'as besoin qu'on t'aide ?

— Taisez donc vos becs, la volaille !

Le borgne au couteau suspendit son geste et releva son bandeau pour toiser d'un œil furibard la populace du poulailler qui venait de l'interrompre au moment fatidique, gâchant par là même tous ses effets dramatiques. Déjà, au parterre, la claque déclenchait une contre-offensive sous forme de huées à destination des perturbateurs et d'une salve d'applaudissements pour encourager les deux acteurs à reprendre leur scène. Il n'en fallut pas davantage pour que le public se scinde en deux, les camps adverses s'affrontant à grand renfort d'insultes et de quolibets. Des papiers gras roulés en boule et des trognons de pommes cuites pleuvaient dans la salle, du haut de la soupente obscure qui tenait lieu de paradis.

Faute de sentir s'abattre sur elle le coup fatal qui lui permettrait d'exprimer toute sa science de l'agonie, Aglaé cessa de faire semblant de lire et reporta son

---

1. Homme qui se sert d'un surin, autrement dit un couteau, en argot de l'époque.

attention sur les premiers rangs de spectateurs. Aussitôt son cœur fit un bond dans sa poitrine. Le beau visage de l'inspecteur Verne se détachait là, juste en contrebas, dans la pénombre qui enveloppait les fauteuils d'orchestre. Bravant l'huile des lampes qui dégouttait du lustre, il était venu s'installer au plus près de la scène pour assister à la représentation.

Frémissante d'excitation, Aglaé eut la certitude qu'il n'était venu là que pour elle. Oubliant alors toutes ses bonnes résolutions, avec l'impatience d'une adolescente à la veille de son premier bal, elle se retourna vers son partenaire et l'interpella d'un ton chagrin :

— On ne va tout de même pas y passer la nuit ! Tu te décides à le donner, ce coup de poignard, oui ou non ?

Au grand dam de l'auteur embusqué dans les coulisses et de M. Saqui qui s'arrachait les cheveux en imaginant les commentaires des critiques le lendemain, dans les gazettes, un gigantesque éclat de rire s'empara instantanément de toute la salle. Et le mélodrame censé tirer des larmes aux habitués les plus blasés du boulevard prit dès lors, jusqu'au tomber de rideau, des allures de comédie burlesque.

— Les représentations sont-elles toujours aussi agitées ?

À la fin de la pièce, Valentin s'était frayé un chemin jusqu'aux loges des artistes, tirant parti de sa qualité de membre de la Sûreté. Il y avait rejoint une Aglaé rouge de confusion à la suite du fiasco du spectacle, mais qui avait vite récupéré son allant lorsque l'inspecteur lui avait proposé de prolonger la soirée en sa compagnie. Les deux jeunes gens s'étaient retrouvés *Chez Bertrand*, un marchand de vin de la rue du Faubourg-du-Temple où figurants et seconds rôles avaient leurs habitudes. Attablés devant deux chopes de bière, ils devisaient dans la fumée bleue des pipes et les hoquets soufrés du vieux calorifère.

— Oh, ce soir ce n'était rien ! s'exclama Aglaé, forcée de se pencher vers son compagnon pour dominer le tumulte du café bondé. Auparavant, je jouais au Petit Lazari. Là-bas, le spectacle est autant dans la salle que sur les planches. C'est le rendez-vous des ouvriers et des gamins des faubourgs. Les gens du peuple, quoi ! On y mange durant les spectacles et il n'est pas rare que les détritus et les reliefs des repas terminent sur la scène.

Elle regretta presque aussitôt sa franchise.

Quelle idiote ! Dis-lui tout de suite que tu n'es qu'une petite comédienne sans envergure jouant dans des théâtres de second plan. Ah oui, vraiment, quelle gourde ! Il va te prendre pour une pauvre fille dépourvue de talent et d'ambition, et tu l'auras bien mérité.

Mais Valentin était loin de nourrir de telles pensées. La proximité de la jeune femme le troublait et il ne s'était pas attendu à ressentir pareille gêne. À chaque fois que celle-ci s'inclinait vers lui, il humait son parfum aux notes fleuries et détournait son regard pour ne pas le laisser s'égarer dans l'échancrure de son corsage où se devinait une délicieuse poitrine tout en rondeurs.

Après avoir quitté le commissaire Flanchard et le préfet de police, puis achevé ses préparatifs pour le duel du lendemain, il n'avait pu se résoudre à passer dans la solitude ce qui serait peut-être son ultime soirée sur cette terre. Il voulait éviter de ruminer et avait cherché comment distraire ses pensées de l'échéance fatidique.

C'est alors qu'il avait songé à la jeune actrice rencontrée la veille. Quitte à risquer sa vie à l'aube face à Fauvet-Dumesnil, autant rompre avec ses habitudes monacales et s'offrir une agréable soirée au théâtre. C'est seulement à la fin de la pièce qu'il avait envisagé de proposer à Aglaé de partager son souper. Cela sans la moindre arrière-pensée car, contrairement à la plupart des jeunes gens de son âge, Valentin ne cherchait pas à s'attirer les faveurs du beau sexe. Les femmes le laissaient en général indifférent. Cependant, à mesure que la soirée avançait, son malaise grandissait. Il était en effet à la fois sensible au charme espiègle de la comédienne et terriblement conscient de son incapacité à se lancer dans un jeu de séduction.

— Votre talent mériterait, certes, de s'épanouir sur des scènes plus prestigieuses, dit-il en réaction à sa remarque précédente. Lucien Dauvergne ne vous jugeait-il pas digne d'un plus grand répertoire ?

— Lucien était resté un enfant toujours prompt à s'enthousiasmer. Mais, comme je vous l'ai dit lors de notre première rencontre, la lubie du théâtre lui était déjà un peu passée. Et c'est à une autre qu'il s'était mis à offrir des bouquets de roses.

Valentin réagit avec une franchise toute spontanée.

— Voilà qui est impardonnable de sa part ! Je gage que vous n'aviez rien à envier à la nouvelle élue.

Bien que ravie du compliment, Aglaé s'efforça de n'en rien laisser voir. Elle n'avait pas du tout envie de passer pour une écervelée à qui quelques mots joliment tournés suffisent à faire perdre la tête. Et encore moins pour une dévergondée qui s'entiche du premier joli cœur venu. Pourtant, au fond d'elle-même, force lui était de reconnaître que l'inspecteur ne la laissait pas insensible. En dépit de son apparente froideur et de son regard parfois si dur, il y avait en lui une sorte de souffrance cachée. C'était cela qui lui conférait un air ombrageux et faisait naître ce pli d'amertume à la commissure de ses lèvres. D'où venait cette douleur ? Et comment expliquer le désir impérieux qu'elle ressentait de la dissiper, comme la brise chasse les nuages ? En avait-elle seulement le pouvoir ?

Le front plissé, Aglaé se mordillait le bout du pouce tout en s'abîmant dans ses pensées, lorsqu'elle prit conscience que son vis-à-vis la fixait avec insistance, comme s'il attendait une réponse de sa part. Elle s'ébroua et interrogea, vaguement confuse :

— Pardonnez-moi, vous m'avez posé une question ?

— Je vous demandais qui était la personne dont ce grand bêta de Lucien s'était entiché au point d'oser vous délaisser.

— Le nom de Mme de Mirande vous est-il familier ?

Valentin chercha dans sa mémoire, mais finit par secouer la tête.

— Non. De qui s'agit-il ?

— Une femme des plus distinguées installée à Paris depuis l'an dernier. Elle habite un hôtel particulier rue Saint-Guillaume où elle tient, chaque jeudi, un salon fort prisé. Il est de bon ton d'y être reçu et encore davantage d'y être remarqué. On y croise des écrivains, des peintres, des musiciens, mais aussi des journalistes et des hommes politiques.

— À tendances plutôt républicaines, je suppose.

— Vous dites cela à cause des convictions de Lucien ? Détrompez-vous ! Le salon de Mme de Mirande est sans doute le seul endroit dans Paris où vous pourrez voir se côtoyer en bonne intelligence orléanistes, légitimistes, républicains et même bonapartistes. C'est là, semble-t-il, une des nombreuses qualités que possède l'intéressée : pouvoir rassembler autour de sa personne tout ce que la capitale compte de talents, sans distinction aucune de fortune, d'origine sociale ou d'opinions politiques.

— Une hôtesse qui ne doit manquer ni d'intelligence ni de charme, commenta l'inspecteur, songeur. Je me demande à quoi la dame peut ressembler. Une beauté envoûtante, je suppose.

Cette hypothèse raviva la blessure d'amour-propre que Lucien Dauvergne avait infligée à la jeune comédienne. Son sang vif ne fit qu'un tour et elle réagit un peu trop vivement.

— Ainsi, vous aussi, s'exclama-t-elle, de l'agacement dans les yeux, alors qu'il y a une minute à peine vous ignoriez tout de son existence, vous mourez d'envie de rencontrer cette femme ! Mais c'est de la diablerie !

Désarçonnée par le brusque mouvement d'humeur de sa compagne, Valentin tenta de battre en retraite :

— Mais pas du tout ! Je vous assure que…

— Inutile de vous justifier ! l'interrompit Aglaé en affichant cette fois une moue boudeuse. Je comprends très bien qu'une grande dame habitant le faubourg Saint-Germain et fréquentant la bonne société présente bien plus d'attraits à vos yeux qu'une modeste comédienne du boulevard.

Valentin ne comprenait pas en quoi ce qu'il avait dit pouvait justifier pareille réaction mais, la sentant irritée au point de se lever pour quitter la table, il se risqua à poser sa main sur la sienne. Elle ne retira pas ses doigts.

— Quelle mouche vous a donc piquée ? s'enquit-il d'un ton qu'il voulait apaisant. Nous sommes là tranquillement assis en train de discuter comme le feraient de bons amis et voilà que vous vous enflammez pour un rien. Je n'ai que faire de cette Mme de Mirande, je vous assure.

— Ce n'est pas l'impression que vous donniez il y a un instant à peine.

— Vous êtes un drôle de petit animal, savez-vous ? D'abord enjouée et charmante, puis l'instant d'après transformée en furie, toutes griffes dehors. J'ignore ce que j'ai pu faire pour vous fâcher ainsi, mais croyez que j'en suis navré. Et je vous prie de me pardonner si je me suis montré maladroit.

Aglaé se mordit l'intérieur des joues. Le policier avait l'air sincèrement désolé et arborait une mine contrite qui le rendait terriblement touchant. Avec ses yeux vert tendre et son visage de jeune dieu grec, il devait multiplier les conquêtes féminines. C'était pourtant auprès d'elle qu'il avait choisi de passer sa soirée. Et elle, pauvre bécasse, voilà qu'elle le rembarrait pour une peccadille ! Pour un peu, elle se serait giflée !

— Vous n'avez rien à vous reprocher, dit-elle, paupières baissées. C'est moi qui ai sottement réagi. Je suis toujours un peu nerveuse après la dernière représentation de la journée.

— Je serais d'autant plus chagriné de vous avoir contrariée, reprit Valentin avec un fragile sourire, que, si le sort m'est contraire, vous serez peut-être la dernière femme avec laquelle il me sera donné d'échanger quelques phrases en ce monde.

La main d'Aglaé se crispa sous les doigts du jeune homme. Son visage se creusa d'une expression d'incompréhension en même temps qu'un mauvais pressentiment s'insinuait en elle.

— Que voulez-vous dire ?

— Je dois me battre en duel demain à l'aube. Mon adversaire, si j'en crois la rumeur publique, est un excellent tireur. Vous voyez : Mme de Mirande ne s'inscrit nulle part dans mon avenir qui pourrait – je le crains – se trouver d'ici peu drastiquement écourté.

Pendant qu'il parlait, Aglaé avait ouvert de grands yeux effarés. Elle ne s'était donc pas trompée en devinant sur ce beau visage l'ombre d'une terrible fatalité. Lentement, elle retira sa main et murmura comme pour elle-même :

— Mon Dieu ! Que les hommes sont bêtes !

17

La mort en face

Une clarté encore timide filtrait à travers les troncs des arbres et teintait la pénombre en bleu. De part et d'autre de l'allée recouverte de givre, le bois de Vincennes dressait ses grands chênes comme autant de spectres esquissés à la pointe sèche. La sente débouchait sur une clairière circulaire. Là, une berline attendait, la robe des quatre chevaux d'attelage fumant dans l'air glacé du petit matin. Un homme engoncé dans un long carrick à double collet, le chef couvert d'un élégant chapeau haut de forme, faisait les cent pas à côté de la portière. Il caressait nerveusement sa fine moustache, lançait, à intervalles réguliers, des coups d'œil contrariés en direction de l'allée et exhalait un soupir excédé qui se transformait en nuage de buée aussitôt franchie la barrière des lèvres.

Une voix mielleuse sortit de la voiture :

— Je vous assure, mon cher ami, que vous feriez mieux d'attendre avec nous à l'intérieur. Il fait un froid de canard et vous risquez d'attraper mal. Ce serait ballot, reconnaissez-le. Qui plus est, ce n'est pas ça qui fera arriver votre adversaire plus tôt.

— Déjà près d'un quart d'heure de retard ! C'est intolérable ! Nous étions bien convenus que la rencontre aurait lieu à sept heures, Grisselanges ?

— Mais absolument ! J'ai moi-même réglé tous les détails de l'affrontement avec le petit Galois. Notre jeune camarade s'est porté garant de la présence de ce suppôt de la préfecture.

— Mais visiblement pas de sa ponctualité ! gronda l'homme au carrick, qui n'était autre que Fauvet-Dumesnil. Espérons que nous n'ayons pas à regretter d'avoir fait confiance à ce policier.

La grosse tête couperosée de maître Grisselanges, encore bouffie de sommeil, apparut à la portière de la berline.

— Ça, mon cher, dit l'avocat avec une trace de dépit dans la voix, vous ne pourrez vous en prendre qu'à vous. Si vous m'aviez écouté, nous aurions réglé le sort de ce sale mouchard aux *Faisans couronnés*, pendant qu'il se trouvait à notre merci. Qui vous dit qu'il a tenu parole et ne nous a pas déjà dénoncés à ses supérieurs ?

— Galois devait précisément le tenir à l'œil pour éviter toute mauvaise surprise, répliqua le journaliste agacé, en cessant d'arpenter le sol durci par le froid. Et puis je me targue de savoir juger n'importe quel individu au premier regard. Ce Valentin Verne n'est pas homme à manquer à sa parole ni à se dérober face au danger. Je suis convaincu qu'il viendra. Et vous pouvez d'ores et déjà le considérer comme mort.

— Si vous êtes si sûr de votre fait, pourquoi vous mettre martel en tête pour quelques minutes de retard ?

— C'est une question de principe. On ne fait pas attendre celui qui va vous expédier outre-tombe, à moins d'être le dernier des butors… Mais, tenez ! On dirait que ce sont enfin eux.

Un fringant cabriolet, capote fermée, remontait l'allée au petit trot. Les cliquetis de l'attelage semblaient rythmer le balancement des chevaux environnés de vapeur. Il s'agissait de bêtes racées au port de tête altier, aux attaches déliées. Des danseuses dans la brume. L'apparition avait quelque chose d'aérien et de fantomatique.

Pendant que les nouveaux arrivants rangeaient leur voiture à l'opposé de la clairière, deux hommes descendirent de la grosse berline sombre et se joignirent à Armand Fauvet-Dumesnil pour former un comité d'accueil réprobateur. L'individu qui avait patienté à l'abri en compagnie de Grisselanges arborait des bésicles à monture d'écaille et portait une trousse qui révélait sa profession de chirurgien. Alignés en rang d'oignons, les trois hommes observèrent en silence les nouveaux venus qui se dirigeaient vers eux.

En tête, foulant à grandes enjambées l'herbe figée par le givre, venait Valentin Verne. Le policier ne dérogeait pas à sa distinction habituelle. Il portait un chapeau pelucheux à bords évasés relevés sur les côtés et une ample cape aux reflets moirés. Coincé sous son bras gauche se devinait un coffret plat en loupe d'orme. Derrière lui, Évariste Galois sautillait pour se maintenir dans son sillage, tout en écartant les bras avec fatalisme comme pour signifier qu'il n'était en rien responsable de leur retard.

— Voilà près de vingt minutes que nous vous

attendons ! protesta Fauvet-Dumesnil, l'œil sombre. Je ne vous fais pas mes compliments, messieurs ! Les duels ne sont que tolérés et nous avons tout intérêt à en avoir terminé avant que le jour ne soit complètement levé.

— Nous n'y sommes pour rien, plaida Galois. Le fiacre qui devait nous prendre au domicile de l'inspecteur Verne nous a fait faux bond.

Valentin souleva son couvre-chef pour saluer ses vis-à-vis avec solennité.

— Navré de vous avoir fait lanterner, messieurs. Mais j'ai dû me rabattre en toute hâte sur le cabriolet de mon voisin, le professeur Dupuytren[1], et pour cela tirer cet excellent homme de son lit. Je crains qu'il ne m'ait pris pour un fou furieux et, n'eût été son amitié pour mon défunt père, il m'aurait probablement fait chasser par ses gens.

— Nous nous sommes gelés à faire le pied de grue en patientant jusqu'à ce que vous daigniez vous montrer, intervint Grisselanges d'un ton mordant. Et je trouve vos explications bien légères en considération d'une affaire qui touche à l'honneur et réclame par là même d'être traitée avec l'attention la plus extrême.

Comme dans la cave des *Faisans couronnés*, l'hostilité de l'avocat crevait les yeux.

Valentin choisit de répliquer en privilégiant l'ironie :

— Je crains, cher maître, qu'il ne me soit pas possible de vous offrir réparation pour cet insigne affront. À moins que le barreau ne consente à prendre son tour après la presse d'opinion. (Il s'inclina alors en direction

1. Célèbre anatomiste de l'Hôtel-Dieu, sans doute le plus grand chirurgien de l'époque.

de Fauvet-Dumesnil.) Et que votre ami ici présent ne m'en accorde l'opportunité en se laissant obligeamment trucider au préalable. Je crains toutefois que cela n'entre point dans ses intentions.

— Ce ton désinvolte n'est pas de mise ! fulmina l'avocat. On verra si vous ferez toujours le malin avec une balle en plomb dans la poitrine !

Valentin ignora l'invective et préféra se tourner vers son adversaire du jour devant lequel il s'inclina légèrement.

— Plus sérieusement, monsieur, si cette attente dans le froid vous semble de nature à fausser l'équité de la rencontre, je suis tout à fait prêt à remettre celle-ci quand bon vous semblera.

Cette fois, Fauvet-Dumesnil saisit Grisselanges par la manche pour l'empêcher de riposter. Autant sa nervosité était à son comble lorsqu'il pestait après les retardataires, autant il semblait avoir retrouvé tout son calme depuis l'apparition de ceux-ci dans la clairière. Son visage émacié laissait percevoir la résolution d'un homme sûr de son fait. Une lueur meurtrière brillait dans ses prunelles de duelliste chevronné.

— C'est tout à votre honneur d'en faire la proposition, dit-il en rendant son salut au policier. Mais le règlement de notre différend n'a déjà que trop tardé. Passons immédiatement aux choses sérieuses.

À cet instant, Valentin dégagea le coffret en bois qu'il serrait contre son flanc et le présenta au journaliste, à plat sur ses avant-bras.

— J'avoue tout ignorer des usages en la matière. Cependant je me suis dit que puisque vous vous considériez comme l'offensé et aviez en cette qualité décidé du choix des armes, vous m'accorderiez peut-être de combattre avec ces pistolets qui me viennent d'un père que je vénérais.

Il avança les bras de façon à permettre à Fauvet-Dumesnil de faire jouer les deux petites clés en cuivre du coffret. Celui-ci dut s'y reprendre à plusieurs fois et s'égratigna même légèrement le pouce gauche tant les mécanismes des serrures étaient grippés. Lorsqu'il releva enfin le couvercle, il découvrit, sur une garniture de velours vert, deux magnifiques pistolets de duel signés Lassence Rongé. D'une longueur de près de quarante centimètres, ces armes en imposaient. Elles possédaient une crosse et un fût en noyer sculpté, des canons octogonaux à pans rayés, poinçonnés de Liège, et des chiens gravés de rinceaux feuillagés. De nombreux accessoires complétaient la panoplie : poire à poudre, baguettes de nettoyage, maillet, démonte-cheminée, moule à balles...

— Mes compliments ! commenta Fauvet-Dumesnil après avoir porté l'écorchure de son doigt à ses lèvres. Ce sont là des ustensiles de mort tout à fait splendides. Il est juste désolant pour vous qu'ils aient si peu servi, du moins si j'en juge par la vétusté de leur écrin. Eh bien, soit ! Puisqu'il vous plaît de succomber ainsi, utilisons les armes de feu votre père. Nous les ferons vérifier par nos deux témoins. Puis chacun d'eux chargera un des pistolets que nous nous partagerons au hasard. Cela vous convient-il ?

Valentin ayant acquiescé, Grisselanges et Galois s'éloignèrent avec le coffret jusqu'à la berline. Tandis qu'ils examinaient et préparaient les armes, le chirurgien récupéra les chapeaux, manteau, cape et vestes des deux duellistes. En raison du froid vif, ces derniers conservèrent leurs gilets brodés, Valentin se contentant de desserrer sa large cravate pour respirer plus à son aise.

Le tirage au sort ayant favorisé le journaliste de *La Tribune*, celui-ci put choisir librement son arme. Puis, tandis qu'Évariste Galois s'approchait de Valentin avec le coffret, Grisselanges rappela d'une voix forte les règles de l'affrontement :

— Messieurs, quand vous serez prêts, vous viendrez vous placer dos à dos devant moi. Je compterai alors lentement jusqu'à dix. Chacun de vous s'éloignera à chaque fois d'un pas. À la fin du décompte et seulement à ce moment-là, vous pourrez vous retourner et faire feu à volonté. Le combat s'arrêtera au premier sang.

Un sourire mauvais accompagna cette dernière phrase. Il ne faisait aucun doute que, dans l'esprit de l'avocat, la dextérité de Fauvet-Dumesnil ne pouvait déboucher que sur une unique issue : la mort foudroyante de son adversaire.

Évariste Galois ne devait pas être loin de penser la même chose. Tandis qu'il présentait l'écrin ouvert à Valentin, ses yeux papillotaient d'inquiétude et il ne put s'empêcher de lui glisser un ultime conseil :

— À vingt pas, Fauvet-Dumesnil ferait mouche dans une pièce de vingt sous. Votre seule chance est de faire feu avant lui et de le blesser suffisamment pour l'empêcher de tirer à son tour. Dieu vous garde !

Valentin remercia chaleureusement le jeune scientifique. Ils s'étaient retrouvés aux environs de cinq heures et le peu de temps passé ensemble avait néanmoins permis de confirmer qu'ils partageaient les mêmes affinités. Nul doute que s'ils s'étaient rencontrés dans d'autres circonstances, ils auraient pu nouer de solides liens d'amitié. Galois notamment, qui la veille encore était tout heureux d'avoir pu tirer l'inspecteur des griffes de ses camarades, se reprochait à présent d'avoir consenti à prêter son concours à ce duel inégal. Il ne s'agissait à ses yeux que d'un assassinat déguisé en affaire d'honneur. Et la mort de l'inspecteur serait d'autant plus vaine que, selon lui, les membres du Renouveau jacobin n'avaient absolument rien à voir avec la mort de Lucien Dauvergne. Il avait proposé à Valentin d'intercéder auprès de Fauvet-Dumesnil pour faire entendre raison à ce dernier, mais le policier était convaincu que c'était peine perdue et il avait fini par l'en dissuader. À présent, de toute façon, il n'était plus question de reculer. Il fallait aller jusqu'au bout.

Tandis que le chirurgien disposait sur la banquette de la berline de la charpie, des bandages et les instruments nécessaires pour dispenser ses soins à un éventuel blessé, les quatre autres protagonistes gagnèrent lentement le centre de la clairière.

Sans être un tireur exécrable, Valentin était loin de disposer des facultés de son adversaire dans ce domaine. Il aurait été bien plus à l'aise si l'affrontement s'était déroulé à l'épée, ayant toujours cultivé un certain goût pour l'escrime, ce noble exercice où les combattants doivent lutter au corps à corps, où la mort se donne ou se reçoit les yeux dans les yeux et non de loin, de façon basse et vulgaire. Le pistolet de duel pesait étonnamment au bout de son bras, le long de sa cuisse. Jamais encore il n'avait eu l'occasion de manier une arme à feu aussi imposante. Ayant fait l'acquisition du coffret la veille, en fin d'après-midi, peu avant de se rendre au théâtre, il n'avait même pas pris la peine de s'entraîner avec. La réputation de duelliste de Fauvet-Dumesnil lui avait semblé rendre la chose totalement inutile et son désir d'oublier l'épreuve fatidique en compagnie de la jolie Aglaé avait achevé de l'en détourner. Mais à présent, tandis que son rival et lui armaient le chien de leur pistolet et venaient se placer dos à dos dans l'attente des commandements de Grisselanges, il se demandait s'il n'avait pas fait preuve d'un excès de confiance ou bien d'une impardonnable légèreté. Les deux d'ailleurs revenaient au même et se traduiraient par le même résultat : son cadavre couché sur l'herbe et son sang répandu sur la blancheur du givre.

L'avocat commença à compter et les deux antagonistes s'éloignèrent l'un de l'autre. Au chiffre « dix », tous deux firent un dernier pas, pivotèrent sur place et se présentèrent de profil, effaçant la poitrine pour offrir la plus petite cible possible. Valentin ne put s'empêcher de tressaillir. La distance qui le séparait du journaliste lui semblait incroyablement faible. Il avait l'impression glaçante de pouvoir percevoir la moindre crispation sur son visage.

Tout en pointant son arme en avant, il risqua un coup d'œil sur le côté. Évariste Galois s'agitait et trépignait sur place. Il lut sur ses lèvres que le mathématicien l'incitait à tirer. De nouveau, il reporta toute son attention sur son adversaire. Curieusement, Fauvet-Dumesnil ne paraissait pas lui non plus pressé de faire feu. Le canon de son arme vacillait, comme si le journaliste hésitait sur la partie du corps à viser. Valentin respira profondément, puis bloqua l'air dans sa poitrine et prit tout son temps pour être certain de ne pas rater son coup.

Son doigt commençait seulement à se crisper sur la détente lorsque Fauvet-Dumesnil se décida enfin à tirer.

La détonation retentit avec un claquement sec. L'écho sembla se répercuter longuement dans l'air glacé. Valentin ferma les paupières. Un voile rouge s'abattit sur lui.

18

Une visite inattendue

Le concierge du 21 de la rue du Cherche-Midi était aux aguets. Aussitôt qu'il entendit le fracas métallique des roues du cabriolet sur les pavés, il se précipita pour ouvrir en grand les deux vantaux de la porte cochère. Valentin venait à peine de serrer le frein de la voiture que l'homme le rejoignait, tenant sa casquette à deux mains, dans une attitude penaude.

— Je suis bien aise de voir revenir monsieur Verne si tôt. Pour ça oui ! C'est que je n'ai pas pu faire autrement que de lui obéir. Elle menait un tel tapage. J'ai cru qu'elle allait ameuter tous les habitants de l'immeuble et des environs. Une vraie furie ! Autrement, bien sûr, je ne lui aurais jamais ouvert. Pensez ! Je sais combien monsieur tient à sa tranquillité.

Valentin sauta à bas du cabriolet et s'approcha du bonhomme qui roulait de grands yeux affolés.

— Du diable si je comprends quoi que ce soit à ce que vous racontez, père Mathurin ! Quel tapage ? Quelle furie ? Reprenez vos esprits et dites-moi clairement ce qu'il s'est passé.

— Mais c'est cette femme ! Une véritable tornade, monsieur Verne ! Et pourtant vous me connaissez. Je n'ai pas pour habitude de me laisser impressionner par le premier venu. Mais cette femme, cette femme… une véritable diablesse ! Tantôt à vous faire des mignardises et des cajoleries, tantôt à pousser les hauts cris. Un tourbillon, monsieur. Je ne savais plus où j'en étais. Vraiment, je vous assure. Je ne sais pas comment elle s'y est prise, mais à un moment donné, je n'ai pas vu d'autre moyen de m'en dépêtrer que de lui donner les clés.

— Sincèrement, père Mathurin, dit Valentin, mi-agacé par les explications confuses du concierge, mi-amusé par sa mine déconfite, je ne saisis pas un traître mot de ce que vous me racontez. Si vous repreniez tout depuis le début, calmement…

Le concierge se mit à tordre frénétiquement sa casquette, tout en évitant de croiser le regard de l'inspecteur.

— C'est une jeune femme, brune, mince, plutôt mignonne. Elle a débarqué ici sur les coups de huit heures. Réclamant de voir monsieur dc toute urgence. Je lui ai répondu que vous n'y étiez pas, mais que vous comptiez rentrer de bonne heure. Rapport à ce que je vous avais entendu dire au professeur Dupuytren que vous lui ramèneriez sa voiture dans la matinée. C'est alors qu'elle m'a demandé de lui ouvrir l'appartement pour pouvoir vous attendre. Comme vous l'imaginez, j'ai commencé par refuser. Je lui ai fait remarquer que je ne la connaissais pas et qu'il était inconvenant que je la laisse entrer chez vous en votre absence.

— Mais vous avez quand même fini par céder et lui donner mes clés.

— Oh, monsieur Verne ! Si vous saviez comme je m'en veux ! Je ne sais pas comment elle s'y est prise. Tout est allé si vite, tout était si embrouillé ! Elle était là à me faire des mines et des menaces. Disant qu'elle était une cousine de monsieur arrivée de province, que monsieur serait bien fâché d'apprendre que je l'avais rejetée à la rue. Vraiment, je ne savais plus comment m'en dépatouiller.

Cette fois, Valentin fronça les sourcils. Un pli soucieux apparut sur son front. Cette histoire de cousine brusquement sortie de nulle part ne lui disait rien de bon.

— Et je suppose que cette jeune personne est repartie depuis un bon moment.

— Mais pas du tout ! Elle attend toujours monsieur chez lui.

Pestant dans la barbe qu'il n'avait pas, Valentin s'élança aussitôt en direction de la cage d'escalier.

— Vous ne pouviez pas le dire plus tôt, père Mathurin ! (Puis, au seuil de l'immeuble, pris d'une soudaine inspiration, il demanda sans même prendre le temps de se retourner :) Au fait, cette jeune furie, elle vous a dit son nom ?

— Juste son prénom. Votre cousine Aglaé, qu'elle m'a dit qu'elle s'appelait.

Valentin était déjà dans l'escalier, gravissant les marches quatre à quatre. L'inquiétude qu'avait fait naître l'annonce d'une présence étrangère dans son antre avait en un instant laissé place à un ravissement étonné. La veille au soir, après avoir appris qu'il devait se battre en duel, Aglaé Marceau l'avait plus ou moins boudé tout le restant du dîner et les deux jeunes gens s'étaient séparés, non pas fâchés, mais bêtement contrariés, avec chacun la sensation d'avoir en partie gâché ce qui aurait pu être un agréable moment partagé à deux.

Or, cette soirée n'avait fait pourtant que confirmer l'attrait que Valentin avait ressenti envers la jeune comédienne dès leur première rencontre. Bien que la jeune femme dispose d'indéniables atouts physiques, il ne s'agissait pas d'une attirance amoureuse. Il y avait chez elle quelque chose de pimenté, une liberté d'esprit qui tenait presque de l'effronterie mais que Valentin trouvait tout à fait plaisante. Elle avait passé une bonne partie du repas à lui faire part de son engouement pour le mouvement qui, avec le soutien de la presse redevenue libre, s'amorçait en faveur de l'émancipation des femmes. Elle vouait un véritable culte à Olympe de Gouges, lisait George Sand et s'emballait pour la place désormais conquise par ses consœurs dans certains arts comme la peinture[1] et la littérature. Son tempérament frondeur et son franc-parler avaient d'abord désarçonné Valentin, puis l'avaient séduit. La pensée que cette jeune femme si farouchement éprise de son indépendance avait tremblé pour lui au point de se précipiter ce matin à son domicile pour connaître l'issue du duel

1. Sous la monarchie de Juillet, un peintre sur cinq est une femme, et elles sont médaillées dans les salons dans les mêmes proportions que les hommes.

prenait l'inspecteur de court mais n'était pas vraiment pour lui déplaire.

Mais au fait, comment connaissait-elle mon adresse ?

Ce fut avec cette question en tête qu'il pénétra silencieusement dans son appartement. Une capeline gisait abandonnée sur un fauteuil de l'entrée et la porte du fumoir-bibliothèque se trouvait légèrement entrouverte. Valentin dirigea ses pas de ce côté. Le battant pivota sans un bruit. Les volets étaient encore fermés, plongeant la pièce dans une demi-pénombre. Tournant le dos au seuil, une femme en robe d'organdi, les épaules prises dans un châle en mousseline brodée, passait en revue les titres des ouvrages sagement alignés sur les rayonnages.

— Ma cousine de province, rien de moins que ça ! Ma foi, vous ne manquez point d'audace !

Valentin s'était avancé jusqu'au milieu du salon sur la pointe des pieds, avant d'interpeller sa visiteuse d'une voix claironnante. La jeune femme sursauta et se retourna d'un bloc en portant une main à sa poitrine.

— Vous ! C'est vous ! s'exclama Aglaé Marceau, une lueur incrédule traversant ses jolis yeux d'un brun doré. Mon Dieu, comme vous m'avez fait peur ! Surgir par surprise dans le dos des gens ! (Puis, prenant soudain pleinement conscience de la situation, elle laissa un sourire s'épanouir sur ses lèvres et rapprocha ses deux mains l'une de l'autre, comme si elle s'apprêtait à applaudir.) Mais alors, puisque vous voilà ici tout entier devant moi, cela signifie que votre duel…

L'inspecteur eut un geste désinvolte de la main.

— … appartient désormais au passé, compléta-t-il en affectant un ton détaché. Je n'en dirais pas autant pour mon adversaire qui mettra quelques jours, sinon quelques semaines, à se remettre d'une vilaine égratignure que je lui ai faite au bras droit.

La comédienne fronça les sourcils, affichant un air farouche.

— Tant pis pour lui ! trancha-t-elle fougueusement. On n'a pas idée de provoquer les honnêtes gens en duel ! Nous ne sommes plus au Moyen Âge, tout de même !

Valentin se dirigea vers une console et choisit un mince cigare dans un coffret en marqueterie. Il prit le temps d'en humer l'arôme en passant le cylindre sous ses narines, avant de reprendre la parole :

— Je vous sais gré du souci que vous semblez prendre de moi, ma chère, mais ceci ne me dit pas ce que vous faites chez moi ce matin, ni comment vous vous êtes procuré mon adresse.

Contre toute attente, Aglaé ne marqua pas le moindre signe de confusion. Les mains sur les hanches, solidement campée en face de lui, elle le toisait, plissant son petit nez joliment retroussé. Ses yeux flamboyaient.

— Parce que vous croyez que vous pouvez annoncer comme ça, entre la poire et le fromage, que vous projetez de vous battre en duel contre une sommité dans l'art d'assassiner son prochain et qu'on peut, après pareille déclaration, faire comme si de rien n'était ! Figurez-vous, mon petit monsieur, qu'on n'a pas fermé l'œil de la nuit en songeant au drame qui allait se jouer ce matin. Et qu'on s'est précipitée aux premières lueurs rue de Jérusalem pour tenter d'empêcher cette folie.

— Vous prétendez que vous vous êtes déplacée dès potron-minet à la préfecture de police ?

— Le moyen de faire autrement ? Il fallait bien que je vous mette la main dessus si je voulais vous dissuader de poser votre tête sur le billot ! Et je n'avais que cette unique ressource.

— Mais comment avez-vous fait pour persuader le fonctionnaire de garde de vous fournir mon adresse ? C'est strictement contraire au règlement. Ne me dites pas que vous avez joué là-bas aussi la comédie de la cousine Aglaé !

— Avais-je vraiment le choix ? minauda-t-elle. Il me fallait bien convaincre le planton de me laisser entrer. (Elle marqua une courte hésitation avant de poursuivre.) Mais quand je me suis retrouvée en face de votre supérieur, je me suis dit qu'une simple cousine, ça ne suffirait pas à le convaincre.

— Vous avez vu le commissaire Flanchard ? Qu'est-ce que vous êtes allée lui raconter ?

— Je ne m'attendais pas à ce qu'on me mène jusqu'à un commissaire. Alors je… j'ai improvisé. Je lui ai dit que j'étais votre nouvelle maîtresse, que nous avions fait… disons, connaissance – rue de Jérusalem, un euphémisme biblique me semblait s'imposer – cette nuit, dans une loge des Italiens, que vous m'aviez laissé un billet pour savoir où vous retrouver ce matin mais que je l'avais par mégarde égaré.

— Et vous avez réussi à lui faire gober une histoire aussi abracadabrante !

— Ah ça ! se récria la jeune femme en faisant

semblant d'être vexée. Vous pouvez bien vous fâcher pour la belle réputation que je vous ai faite, mais je ne vous permets pas de mettre en doute mes talents d'actrice.

Valentin rit et leva les mains en signe de reddition.

— C'est bon, c'est bon. Moi qui donnais l'image d'un triste sire, je vais dorénavant passer pour un affreux satyre auprès de mes collègues.

— N'exagérez tout de même pas, dit Aglaé en s'installant tranquillement dans une bergère, apparemment aussi à l'aise que si elle recevait dans son propre salon. Et racontez-moi plutôt comment vous avez fait pour sortir indemne de votre rencontre avec la terreur des duellistes.

Malgré lui, Valentin fut sensible à la note admirative qui perçait dans cette sollicitation. Mais pas une seule seconde la tentation de tromper la jeune femme ne l'effleura.

— Au risque de vous décevoir, chère Aglaé, ma victoire n'a rien d'héroïque. Elle ne doit rien à des talents de tireur demeurés jusque-là cachés, ni même à l'intervention de la divine providence. Pour dire les choses comme elles sont et sans tergiverser, j'ai triché.

— Triché ? s'étonna Aglaé, interloquée. Mais comment peut-on tricher lors d'un duel au pistolet ? Car je suppose que votre adversaire et vous étiez accompagnés de témoins, garants du bon déroulement de l'affrontement.

Valentin hocha la tête, tout en allumant son cigare à la flamme d'une lampe à huile.

— Des témoins qui n'y ont vu que du feu. Et croyez-moi, je n'en tire aucune gloriole. Si les devoirs de ma fonction ne m'avaient pas interdit de risquer ma vie bêtement, je n'aurais jamais failli ainsi à l'honneur. Mais il est des intérêts supérieurs devant lesquels tout doit s'incliner. La fin alors justifie les moyens.

— Mais quels moyens ? interrogea avidement Aglaé chez qui la curiosité l'emportait pour l'heure sur les considérations morales. Allez-vous me dire à la fin comment vous avez fait pour éviter le tir meurtrier de votre adversaire ?

— La réponse tient dans le contenu de cette fiole, répondit Valentin en sortant un petit flacon de la poche de son gilet.

— Qu'est-ce que c'est ?

— Il s'agit d'une substance très toxique issue d'une plante originaire d'Afrique, la noix vomique. Elle a été extraite pour la première fois en 1818 par le professeur Pelletier de l'École de pharmacie de Paris qui lui a donné le nom de strychnine.

— Quel est son effet ?

— C'est une drogue qui agit sur le système nerveux. Elle présenterait un intérêt thérapeutique pour augmenter la capacité respiratoire et exacerber les sens. À dose plus élevée, en revanche, elle provoque des spasmes musculaires qui peuvent conduire, en cas de quantité létale, à des convulsions, un arrêt cardiaque, puis la mort par asphyxie. Dans le cas de Fauvet-Dumesnil, je me suis contenté d'une dose qui a entraîné des désordres musculaires lui interdisant toute visée correcte.

— C'était malgré tout très téméraire, remarqua Aglaé en lui faisant les gros yeux comme à un enfant turbulent. Imaginez que sa balle ait quand même atteint un organe sensible…

— C'était un risque à prendre. J'ai eu très peu de temps pour me préparer à ce duel et, comme je vous l'ai dit, je ne pouvais pas m'en remettre à mes piètres capacités en tir.

— Vous avez quand même touché votre rival.

— Au bras quand je visais l'épaule, c'est vous dire !

Aglaé frissonna d'une peur rétrospective. Puis, s'avisant que Valentin ne lui avait pas encore tout dit, elle questionna à nouveau :

— Et cette drogue si redoutable, comment avez-vous pu l'administrer à votre adversaire sans que ni lui ni aucune des personnes assistant à la rencontre ne le remarque ?

— Je dois dire que lorsque l'idée de la strychnine m'est venue, j'ai buté un bon moment sur cette difficulté. Et puis j'ai fini par trouver.

— Cessez ce jeu des demi-révélations, voulez-vous ? Dites-moi une bonne fois pour toutes comment vous avez procédé.

— Un coffret à pistolets dont j'ai trafiqué les serrures. Une aiguille creuse remplie de drogue s'y trouvait dissimulée de sorte que toute personne forçant sur l'une des clés ne puisse faire autrement que de s'inoculer elle-même le poison. Le plus délicat était de parvenir à ce que ce soient les armes que j'avais moi-même apportées qui servent pour le duel. Là, il m'a fallu copier vos talents de comédienne et mentir effrontément. Il faut croire que je suis assez doué puisque finalement tout s'est déroulé comme je l'avais imaginé.

À cet instant, on entendit les cloches de l'église Saint-Sulpice, toute proche, sonner neuf heures. Aglaé se leva brusquement.

— Déjà si tard ! s'exclama-t-elle en remettant de l'ordre dans sa toilette. Je vais devoir vous quitter, mais je pars rassurée maintenant que je vous sais sain et sauf.

Valentin ne put cacher sa déception.

— Pourquoi si vite ? Je n'ai rien avalé depuis ce matin. Puisque vous êtes venue jusque-là, je m'étais dit que nous pourrions déjeuner ensemble.

— Ce sera peut-être pour une autre fois, répliqua Aglaé avec un sourire à la fois mutin et enjôleur. Mais aujourd'hui, c'est impossible. Nous donnons une nouvelle pièce chez Mme Saqui à partir de mardi prochain et les répétitions commencent aujourd'hui. Je dois être absolument au théâtre pour dix heures.

Demeuré seul, Valentin s'abîma un moment dans ses pensées. C'était la première fois de sa vie qu'il ressentait de telles affinités avec une femme, sans doute parce que c'était aussi la première fois qu'une femme ne restait pas subjuguée par la perfection de ses traits, mais lui témoignait un intérêt plus profond. *La cousine Aglaé ! Sa toute nouvelle maîtresse !* Quel drôle de petit être était-ce là, qui mentait comme un arracheur de dents, prenait des initiatives qu'un homme n'aurait même pas osé imaginer, et qui possédait le minois le plus spirituel et le plus effronté qu'il lui ait été donné de voir ?

Lorsqu'il se surprit à sourire bêtement aux anges, Valentin décida de se secouer. Ce n'était pas pour perdre son temps en vaines songeries qu'il s'était donné tant de mal pour échapper aux balles meurtrières de Fauvet-Dumesnil ! À présent que ses échanges avec Évariste Galois l'avaient convaincu que *Les Faisans couronnés* et la section du Renouveau jacobin constituaient une fausse piste, il était grand temps de reprendre l'affaire à zéro. Peut-être en fouinant du côté de Tirancourt, ce bonapartiste dont l'avait entretenu le préfet de police. Qu'avait-il dit déjà, cet énergumène, après avoir brisé tous ces miroirs et juste avant de se tirer une balle dans la tête ? « Ce sont les miroirs qui m'ont obligé. » Il est vrai que le fait était troublant, même si, en soi, il ne signifiait pas grand-chose.

Tout en réfléchissant, Valentin se rapprocha de la bibliothèque devant lequel il avait surpris Aglaé quelques instants plus tôt. Sans avoir à chercher, il repéra immédiatement un exemplaire des *Essais* de Montaigne qu'il fit basculer vers l'avant. Un déclic se fit entendre et tout un pan de rayonnages pivota en grinçant, dévoilant une issue secrète.

Franchissant le passage, Valentin déboucha dans une pièce aveugle d'une vingtaine de mètres carrés. C'était son refuge, un endroit connu de lui seul où il avait remisé une bonne part de ce qui constituait son existence passée. Une large table en occupait le centre, sur laquelle s'entassaient des réchauds, des creusets, des cornues, des éprouvettes et des ballons de verre, tout un attirail scientifique qui formait un laboratoire de chimiste que n'aurait pas renié le grand Pelletier lui-même. Au fond, plusieurs étagères supportaient de petits animaux naturalisés, diverses collections de minéraux, de fossiles et d'insectes, et des bocaux remplis de formol dans lesquels flottaient d'étranges amas carnés ou gélatineux. Aux murs, des reproductions de plantes médicinales ainsi que des cadres présentant des papillons de formes et de couleurs variées complétaient ce cabinet de curiosités vaguement inquiétant.

Valentin rangea la fiole de strychnine parmi d'autres

flacons parfaitement alignés sur la table. Puis il se dirigea vers un secrétaire où il conservait, rangés avec un soin maniaque, tous ses dossiers importants. L'abattant à peine ouvert, il lui suffit d'un seul regard pour constater que les documents n'étaient plus exactement dans la position où ils se trouvaient encore la veille au soir.

Quelqu'un s'était introduit dans la pièce secrète et avait fouillé ses papiers.

19

Père et fils

Valentin dormit mal cette nuit-là. Il se réveilla plusieurs fois ruisselant de sueur, oppressé, avec l'impression de suffoquer. Au bout d'un moment, n'y tenant plus, il s'extirpa de son lit et gagna le salon où il tenta de trouver un dérivatif à son insomnie dans la lecture d'un traité de matière médicale. Mais il ne parvenait pas à fixer son attention. Les lignes de caractères dansaient devant ses yeux. Le sens des phrases lui échappait. Il ne supportait tout simplement pas l'idée qu'un intrus avait violé le secret de sa pièce secrète. C'était comme si on lui avait arraché une part intime de lui-même.

Il finit par laisser choir l'ouvrage sur ses genoux, un doigt encore glissé entre les pages, et s'abandonna contre le dossier de son fauteuil. Peu à peu, une forme d'engourdissement le gagna et un souvenir déjà ancien vint effleurer la surface de sa conscience.

C'était l'été, il avait à peine quinze ans. Hyacinthe Verne s'était absenté depuis trois jours pour se rendre au chevet d'une lointaine parente à la santé chancelante.

Il avait laissé Valentin à la garde d'une vieille servante prénommée Ernestine qui s'occupait seule de son intérieur et faisait office à la fois de bonne, de cuisinière et de mère de substitution. La brave femme se montrait aux petits soins pour l'adolescent solitaire mais échouait à le distraire de son morne ennui.

À vrai dire, il entrait une part de bouderie dans le vague à l'âme du garçon. Celui-ci aurait préféré de loin accompagner son père dans son déplacement en province plutôt que de demeurer sans lui à Paris. Il avait fait des pieds et des mains pour obtenir gain de cause, mais Hyacinthe Verne n'avait pas cédé. À l'entendre, sa cousine était une vieille fille acariâtre qui ne supportait ni les enfants ni le bruit. Elle pouvait même parfois se montrer odieuse et seule la douzaine de chats qui l'entouraient trouvait grâce à ses yeux. En fils obéissant, Valentin avait fini par baisser pavillon mais, depuis, il s'en mordait les doigts. Le grand appartement de la rue du Cherche-Midi lui semblait bien austère sans la présence bienveillante de son père. Sa condition d'enfant unique, privé de présence maternelle, qu'il supportait d'ordinaire plutôt bien, lui pesait. Même les lectures savantes auxquelles il s'adonnait avec un plaisir étonnant pour un garçon de son âge ne suffisaient pas à combler son vide affectif.

Cet après-midi-là, il ne parvenait décidément pas à fixer son intérêt sur une activité au-delà de quelques minutes. Il avait bien joué quelques coups de billard ou tenté de résoudre un problème d'échecs que son père lui avait soumis avant son départ, mais tous ces dérivatifs lui semblaient au fond insipides. Il déambulait de pièce en pièce, désœuvré, pestant contre le soleil écrasant qui rendait l'atmosphère étouffante et presque irrespirable. Tout l'agaçait. L'odeur écœurante de la cire des parquets, le bourdonnement entêté des mouches contre les vitres, la chanson fredonnée avec insouciance par Ernestine qui s'affairait en cuisine à préparer de la confiture de fraises…

Ses pas avaient fini par le conduire devant la chambre de son père. Il avait été surpris de constater que la clé se trouvait dans la serrure. Il était libre en effet d'aller et venir à sa guise dans l'appartement, mais cette pièce était le domaine privé de son père. Jamais celui-ci ne l'avait autorisé à en franchir le seuil et, même si aucune interdiction formelle n'avait été énoncée, Valentin avait compris tout seul que la chambre était un territoire réservé à l'usage de son unique occupant. D'ailleurs, en temps ordinaire, son père en verrouillait soigneusement l'accès.

En constatant la présence de la clé sur la porte, l'adolescent avait senti un frisson d'excitation le parcourir des pieds à la tête. L'attrait de l'interdit lui titillait le cerveau. Pour rien au monde il n'aurait voulu inspirer la moindre contrariété à son père adoré, mais après tout si celui-ci n'en savait rien comment pourrait-il s'en offusquer ?

En tendant l'oreille pour s'assurer qu'Ernestine ne bougeait pas de sa cuisine, Valentin s'était rapproché de l'huis, le cœur battant soudain à tout rompre contre ses côtes. En touchant la clé, il n'avait pu empêcher ses doigts de trembler, comme si le métal était chauffé à blanc et avait le pouvoir de le brûler au moindre contact.

Mais il n'en avait rien été.

La clé avait tourné sans difficulté dans la serrure. La

porte avait pivoté en silence sur ses gonds. Valentin avait jeté un regard par-dessus son épaule, hésitant soudain à faire le pas décisif, souhaitant presque voir apparaître la servante au bout du corridor pour ne pas avoir à franchir la frontière invisible. Mais rien ni personne n'était venu l'empêcher de commettre l'irréparable.

Les volets étaient clos, plongeant la pièce dans la pénombre. De la poussière en suspension jouait dans les minces rayons de soleil qui filtraient à travers les fentes du bois. Un parfum douceâtre qui rappelait celui de l'encens emplissait tout l'espace. Valentin avait refermé la porte derrière lui et risqué quelques premiers pas timides dans la chambre. Le bois des meubles luisait faiblement dans la semi-obscurité. On devinait un grand lit à baldaquin, une armoire, une coiffeuse avec un miroir et des ustensiles de toilette, une table et aussi un prie-Dieu surmonté d'une bible.

Valentin s'était approché de la table où il avait repéré un chandelier à deux branches. Un briquet Fumade était posé juste à côté. L'adolescent avait saisi la boîte à double compartiment. Du premier, il avait extrait une allumette soufrée qu'il avait ensuite plongée dans le flacon rempli d'acide sulfurique trouvé dans le second. La flamme avait aussitôt jailli. Fragile et vacillante. Une fois les deux chandelles allumées, Valentin avait empoigné le bougeoir en argent et l'avait élevé à hauteur de sa tête pour repousser les ombres de la pièce.

Et c'est là qu'il l'avait vu pour la première fois.

Juste au-dessus du prie-Dieu. À l'endroit sur le mur où l'on se serait plutôt attendu à voir suspendu un crucifix ou une représentation de la Vierge.

C'était le tableau d'une splendide femme blonde,

en pied, dans une robe de soirée au drapé vaporeux et aux guipures crémeuses. Le modèle était représenté de trois quarts, la tête légèrement inclinée vers l'épaule, dans une attitude à la fois naturelle et empreinte d'un charme indéfinissable. La mystérieuse inconnue était vraiment belle, très belle, rayonnante d'une douceur angélique. Dans l'éclairage mouvant des bougies, ce portrait à peine plus petit que nature prenait des allures d'apparition fantomatique. Et Valentin s'était retrouvé, sous l'effet de cette image miraculeuse, en plein songe, en pleine féerie.

C'était une voix familière dans son dos qui, au bout d'un temps impossible à déterminer, l'avait brutalement arraché à sa sidération :

— Que fais-tu là, Valentin ?

De surprise et d'effroi, l'adolescent avait failli laisser échapper son flambeau. Hyacinthe Verne se tenait dans l'encadrement de la porte. Il portait encore ses vêtements de voyage. Sa silhouette se découpant à contre-jour, il était rigoureusement impossible de lire l'expression de son visage.

Valentin avait cru que son cœur allait exploser dans sa poitrine. La soudaine présence de son père l'avait figé sur place. Il savait que ce qu'il avait fait était mal. En pénétrant dans cette chambre, il avait abusé de la liberté qui lui avait toujours été octroyée. Il avait trahi la confiance de l'être qu'il chérissait le plus en ce monde. D'avance, il acceptait les reproches et appelait presque de ses vœux un juste châtiment.

— Je vous demande pardon, père, avait-il articulé d'une voix mal assurée où transparaissait sa contrition sincère.

Hyacinthe Verne s'était rapproché et son visage avait peu à peu émergé de l'ombre. Étrangement, ses traits n'exprimaient nulle colère mais plutôt une sourde inquiétude. Et quand il s'était décidé à parler, il l'avait fait avec une douceur déroutante :

— Pourquoi t'excuser ? Quelle faute crois-tu avoir commise, mon garçon ?

Valentin s'attendait tellement à subir les foudres paternelles que cette attitude l'avait dérouté. Il n'avait pas répondu immédiatement. Son incompréhension s'était encore accrue lorsqu'il avait vu un sourire attendri s'épanouir sur les lèvres de son père, désormais proche à le toucher.

— Je... je n'aurais pas dû pénétrer dans votre chambre sans votre permission.

Le sourire s'était teinté de mélancolie. La voix était restée étonnamment suave.

— T'en ai-je jamais interdit l'entrée ? Non, n'est-ce pas ? Alors pourquoi aurais-tu à te reprocher quoi que ce soit ? Tu es partout chez toi dans cet appartement. (Il marqua une pause, puis prit Valentin par l'épaule et l'invita à se retourner vers le tableau. Lui-même se tint à ses côtés, les yeux levés vers le portrait.) À dire vrai, si quelqu'un ici a quelque chose à se faire pardonner, c'est plutôt moi. Voilà des années déjà que j'aurais dû te faire entrer ici pour que tu la voies. C'est idiot, mais quelque chose me retenait toujours au dernier moment. Une réticence inexplicable. Mais aujourd'hui, je suis heureux de pouvoir te la présenter. Elle est belle, n'est-ce pas ?

Tout en parlant, Hyacinthe Verne fixait intensément l'énigmatique femme blonde. Quelque songe ou souvenir devait agiter son âme, car de fugaces frémissements animaient ses traits éclairés par la flamme des bougies et sa main se crispait à intervalles rapprochés sur l'épaule de son fils.

Troublé par cette charge émotive si perceptible, Valentin avait hoché la tête.

— On dirait un ange, avait-il fini par murmurer.

Hyacinthe Verne s'était tourné vers son fils, comme saisi par la pertinence de la remarque. Son regard était allé du tableau à Valentin, tandis qu'une expression bouleversée, presque douloureuse, se peignait sur son visage.

— Tu lui ressembles beaucoup, tu sais. Si Dieu avait permis qu'elle soit encore parmi nous, je suis sûr que vous vous seriez merveilleusement entendus. Elle aurait su te transmettre sa joie de vivre et cette gaieté qui enchantait tous ceux qui l'approchaient. Il me semble parfois que je te fais une existence bien terne, si peu conforme à ce qu'un garçon de ton âge est en droit d'espérer.

— Pourquoi dites-vous cela ? protesta Valentin. Vous êtes le plus attentionné des pères.

— Le penses-tu vraiment ? Ah, mon enfant, tu ne peux pas savoir le plaisir que tu me fais ! Je me dis si souvent que ma Clarisse aurait su s'y prendre tellement mieux que moi pour t'élever. Elle avait le don d'illuminer par sa seule présence les lieux où elle se trouvait. Clarisse…

Valentin reporta son attention sur le portrait. Son père était si perturbé qu'il ne lui avait même pas encore dit qui était précisément la jeune femme. Mais l'adolescent, par pudeur, n'osait pas lui poser la question directement. Il avait tenté de s'y prendre autrement :

— Pourquoi parlez-vous d'elle au passé ? Est-elle… morte ?

Valentin ne devait jamais oublier le voile de tristesse qui s'était abattu à ce moment précis sur son père. Son regard s'était comme brusquement éteint. Il avait à peine desserré les lèvres pour répondre :

— Elle a succombé durant l'accouchement. Les médecins ont tout tenté pour la sauver, mais ils n'ont rien pu faire. Nul homme sur cette terre ne peut empêcher un ange de prendre son envol.

Puis, comme s'il voulait chasser les images de ce passé douloureux qui l'assaillaient, Hyacinthe Verne s'était ébroué et avait entraîné Valentin hors de la chambre. Il avait hâte, prétendait-il avec un enthousiasme qui sonnait faux, de montrer à son fils la lunette astronomique qu'il lui avait rapportée en cadeau pour fêter son retour.

Suite à cet épisode, le veuf inconsolé avait compris que Valentin avait besoin de s'ouvrir au monde extérieur. Il ne pouvait le garder comme sous une cloche dans cet appartement où lui-même vivait dans le souvenir d'un bonheur à jamais enfui. Dès le lendemain, il avait pour la première fois conduit l'adolescent chez son ami le professeur Pelletier. Auprès de ce dernier, Valentin n'avait pas seulement trouvé un maître et un exemple à suivre. Il avait rapidement partagé la vie de toute la maisonnée, déjeunant tous les jours à la table familiale. Et chaque soir, quand il rentrait rue du Cherche-Midi, Hyacinthe Verne se réjouissait de l'entendre évoquer la belle complicité qui l'unissait aux propres enfants du grand savant.

Plus jamais, du vivant de son père, Valentin n'avait

franchi le seuil de sa chambre. Il n'avait plus eu le loisir de contempler encore le fascinant portrait. Ce n'était qu'au décès d'Hyacinthe Verne qu'il avait revu le tableau et l'avait décroché pour l'installer dans son tout nouveau cabinet secret. À présent, la seule pensée qu'un étranger ou une étrangère s'était permis de souiller la toile de son regard faisait monter en lui un terrible ressentiment.

20

Monsieur V.

Conformément aux indications reçues, Valentin se glissa sous les branches retombantes des saules bordant l'étang de Saint-Mandé, puis il longea la rive jusqu'à rejoindre le ru de la Pissotte. Là, dans un berceau végétal baigné de lumière froide, un homme engoncé dans une pelisse et coiffé d'un magnifique chapeau de paille profitait d'une des dernières belles journées d'automne. Assis sur un pliant, il s'adonnait aux plaisirs de la pêche à la ligne. Sa tête, dont les cheveux blonds et bouclés dépassaient de son couvre-chef, semblait directement rivée à ses larges épaules.

— Il ne fait pas un peu trop froid pour taquiner le goujon ? demanda l'inspecteur. J'espère au moins que ça mord un peu.

Le pêcheur pivota sur son siège. C'était un homme d'une bonne cinquantaine d'années, d'une constitution solide et massive. Son visage ovale laissait deviner de la détermination au niveau du menton allongé et du nez aquilin, mais aussi de la malice dans des yeux gris en perpétuel mouvement. Il arborait une cicatrice à la lèvre supérieure et un anneau d'or à l'une de ses oreilles percées.

— C'est vous, Verne ? Vous êtes en retard. Cela ne vous ressemble pas.

— Le coche de Vincennes a heurté la charrette d'un maraîcher à la barrière du Trône, se justifia Valentin. La marchandise s'est répandue sur la chaussée et il a fallu dégager la route avant de pouvoir continuer. Qu'importe ! Quand vous m'avez dit de vous rejoindre ici plutôt qu'à votre fabrique, je ne m'attendais pas à vous retrouver une canne à pêche à la main.

— Vous trouvez que je n'ai pas la tête de l'emploi ? interrogea son interlocuteur, un sourire amusé au coin des lèvres.

— Disons que ce n'est pas l'image que l'on retient de vous à la lecture de vos *Mémoires*. Et puis je croyais que vous étiez accaparé par la fabrication de ce fameux papier infalsifiable que vous avez récemment mis au point.

L'homme au chapeau de paille releva sa ligne et effectua un nouveau lancer sur sa gauche. Le fil siffla dans l'air et le bouchon de liège vint atterrir à la surface de l'étang, près d'une grosse souche moussue, à un endroit où l'onde semblait plus noire et plus profonde.

— Pêcher me détend et m'aide à ne pas trop perdre la main, expliqua-t-il en élargissant son sourire qui devint presque carnassier. Attraper du poisson, ce n'est guère différent de la traque du gibier ou du cravatage de malfrat. L'important, c'est de bien s'imprégner des habitudes de sa proie. Tenez, par exemple ! Vous voyez cette souche de peuplier. C'est la tanière d'une vieille connaissance qui se calfeutre là pour guetter les ablettes et autres goujons. Un sandre magnifique ! Près d'un mètre de long ! Tôt ou tard, vous pouvez m'en croire, il finira par mordre à mon hameçon.

— Je n'en doute pas, dit Valentin. Toutefois, si j'ai demandé à vous voir, ce n'est pas pour disserter sur l'art d'appâter ou sur le maniement de l'épuisette. J'ai besoin de vos lumières dans un tout autre domaine.

L'homme laissa entendre un gros rire un peu vulgaire. Il déposa sa canne à pêche au pied de son pliant, se claqua les cuisses des deux mains et se leva en s'étirant voluptueusement.

« Pataud comme un ours, mais malin comme un singe », songea Valentin qui, depuis qu'il connaissait l'individu, avait toujours éprouvé des sentiments partagés à son égard. Fasciné par son astuce et son incroyable capacité à se sortir à son avantage des pires situations, tout autant qu'indisposé par ses manières canailles et son fond de filouterie.

— Un besoin même urgent, ai-je cru comprendre, dit l'homme en entraînant Valentin par le bras. Venez, marchons un peu jusqu'à cette pelouse, là-bas. Nous pourrons y causer à l'abri des oreilles indiscrètes.

— Vous êtes toujours placé sous surveillance policière ?

— Plus que jamais ! Ce matin, ils sont deux à traîner derrière mes basques. Il y en a un là-bas, planqué derrière ces gros buissons de lierre et d'épine-vinette. Il n'a pas cessé de nous observer à la lunette depuis que vous êtes arrivé. Quant à l'autre, il doit être posté aux environs de la fabrique, des fois que je fausserais compagnie à son collègue.

Bras dessus bras dessous, les deux hommes avaient

rejoint un vaste espace herbu d'où ils pouvaient aisément se préserver de toute tentative d'espionnage.

— Le nom de Tirancourt vous est-il familier ? interrogea Valentin de but en blanc.

— Tirancourt, ce forcené qui a cru opportun de repeindre de son sang la chambre d'un bordel de la rue d'Anglade ?

— Je vois que vous vous tenez toujours parfaitement informé.

— Que voulez-vous, l'information est un placement comme un autre. Mais d'excellent rendement. Peu la possèdent et nombreux sont ceux qui la recherchent. Pour en revenir à votre Tirancourt, il y a malheureusement peu à en dire. Un demi-solde sans envergure. Se donnant des grands airs pour impressionner les dames, mais sans véritable entrée auprès des ténors du bonapartisme. Du menu fretin.

L'inspecteur encaissa la déception sans broncher. Si ce diable d'homme n'avait pas davantage d'informations dans sa besace au sujet de Tirancourt, il y avait fort à parier que cette piste-là mènerait elle aussi à une impasse. Il changea donc son fusil d'épaule.

— Et que pouvez-vous me dire au sujet d'une certaine Mme de Mirande qui tiendrait salon tous les jeudis dans un hôtel de la rue Saint-Guillaume ?

— Alors là, pardon, mais nous n'évoluons plus dans le même monde ! Votre Mme de Mirande donne le *la* dans le concert de tous ceux qui comptent à Paris en matière d'art, d'esthétisme, de morale, de philosophie… j'en passe et des meilleurs. Pour faire bref, c'est en partie dans son salon que se font et se défont aujourd'hui toutes les réputations. Ceci dit, si l'on remonte à la source, cette nouvelle pythie sort à peu de chose près de la même fange que le sieur Tirancourt… Mme de Mirande… La particule relève de l'ornementation. Quant au Mirande, il est de pure fantaisie. Cette personne – fort séduisante au demeurant – est née Émilie Chapelle, il y a une petite trentaine d'années environ. Avec les femmes, comme vous le savez, il est toujours délicat de se montrer précis sur les dates. Son père tenait un relais de poste sur la route de Poitiers.

— Comment est-elle parvenue à se hisser au rang qu'elle occupe aujourd'hui ?

— Ne vous faites pas plus naïf que vous ne l'êtes. La méthode est vieille comme le monde. C'est vous dire si elle est éprouvée ! Comment se hausse-t-on dans la société quand Dame Nature vous a généreusement nanti d'un physique des plus avantageux et doté de suffisamment d'esprit pour ne pas gâcher ce pécule qui ne demande qu'à fructifier ?

— Ce serait donc une vulgaire courtisane ?

— Je n'irais pas jusque-là. Disons simplement qu'elle a su s'attacher de philanthropiques protecteurs et s'en débarrasser à temps, à chaque fois, comme les mouches changent de coche.

— Vous avez des noms ?

— Le dernier en date est le Dr Edmond Tusseau qui lui a présenté quelques-uns de ses patients les plus huppés. Parmi ceux-ci, elle a jeté son dévolu sur le vicomte Alphonse de Champagnac. C'est ce dernier qui règle les factures de la rue Saint-Guillaume. L'hôtel particulier lui appartient, soit dit en passant.

Cette fois, Valentin eut l'intuition qu'il tenait quelque chose. Les deux noms sonnaient familièrement à ses oreilles. Tusseau était le médecin de famille des Dauvergne, le praticien qu'il avait rencontré à la morgue, près de la dépouille du jeune Lucien. Quant au vicomte de Champagnac, il n'était autre que le pair de France récemment nommé pour instruire l'affaire des anciens ministres de Charles X. Il y avait là, à l'évidence, matière à creuser. Décidément, il avait été bien inspiré de faire le déplacement à Saint-Mandé pour s'en remettre aux indéniables compétences du plus improbable des pêcheurs à la ligne.

Il faillit en rester là et prendre congé de son vis-à-vis, mais la sensation de viol éprouvée trois jours plus tôt en constatant qu'on avait pénétré sa pièce secrète le conduisit à formuler une nouvelle demande :

— Puis-je solliciter de vous un service, sans lien *a priori* avec le reste ?

— Allons, pas de manières entre nous ! Je vous l'ai déjà dit lorsque nous nous sommes rencontrés pour la première fois, il y a un an, à votre arrivée rue de Jérusalem : vous me plaisez. J'ai tout de suite senti en vous l'âme d'un policier – que dis-je ? d'un justicier. Et je prétends m'y connaître en hommes ! Dites-moi ce que je peux faire pour vous être agréable.

Valentin marqua une courte hésitation, mais il finit par se lancer :

— Il s'agit d'une dénommée Aglaé Marceau. Elle exerce comme comédienne dans la troupe de Mme Saqui. J'aimerais que vous vous renseigniez discrètement sur elle. Son pedigree, ses habitudes, ses fréquentations… Vous voyez le genre.

L'homme au chapeau de paille gloussa en frottant l'anneau d'or rivé à son oreille droite.

— Et comment que je vois ! Ah, jeunesse ! Je me disais aussi que c'était bizarre qu'on ne vous voie jamais avec une belle fille au bras. Joli garçon comme vous l'êtes ! Vrai ! À présent, je peux bien vous le dire : j'en étais venu à me demander si vous n'étiez pas un peu tante sur les bords. Allons ! C'est bon. Vous pouvez considérer la chose faite. On vous dira si la demoiselle est fidèle ou si elle fait la bête à deux dos quand le vôtre est tourné.

Les insinuations graveleuses de son compagnon insupportèrent Valentin, mais il prit sur lui pour n'en laisser rien voir. L'individu représentait une ressource irremplaçable et il tenait à le ménager. Bien lui en prit, car l'autre changea tout à coup de sujet.

— C'est drôle que vous m'ayez contacté, dit-il, le visage empreint d'une soudaine gravité. Je m'apprêtais en effet à faire de même. Vous m'avez devancé de quelques heures à peine. Je me souviens que vous m'avez confié un jour être à la recherche d'un malfaisant surnommé le Vicaire. Eh bien ! Vous ne risquiez pas de mettre la main dessus. L'individu avait quitté Paris ces trois dernières années. Je viens cependant d'apprendre, de source sûre, qu'il a tout juste regagné la capitale. (Il sortit un billet chiffonné de la poche de sa pelisse et le tendit à Valentin.) Voilà l'adresse du taudis où il se terre dans le quartier Saint-Merri. Je ne sais pas si l'homme vous intéresse toujours autant, mais au cas où…

Le jeune policier en oublia tout ce qui avait précédé. L'émotion qui l'avait envahi lorsque l'autre avait prononcé le nom du Vicaire était telle qu'il dut empêcher sa main de trembler à l'instant de saisir le bout de papier.

— Un dernier mot en forme d'avertissement, reprit l'ancien fonctionnaire en fixant Valentin droit dans les yeux. J'ai appris également qu'on s'intéresse de près à vous dans les bas-fonds, ces temps derniers. On se renseigne, on interroge de-ci de-là. J'ignore encore qui est derrière ce cirque, mais ça ne sent pas bon du tout. Je serais vous, je surveillerais drôlement mes arrières ces prochains jours.

Quelques instants plus tard, après avoir salué son compagnon, un Valentin chamboulé s'éloignait à grands pas de l'étang en direction du centre de Saint-Mandé. Il espérait pouvoir y louer une voiture pour regagner au plus vite Paris. Avant de franchir un rideau d'arbres, il se retourna brièvement. L'homme au chapeau de paille avait repris sa place sur son pliant. Bien peu auraient su reconnaître, sous l'apparence paisible de ce pêcheur anonyme, le forçat qui s'était évadé plusieurs fois des bagnes de Brest et de Toulon, l'ancien chef de la brigade de sûreté qui signait ses notes de services « monsieur V. ».

V pour Vidocq.

21

Journal de Damien

Mam'zelle Louise me rendait visite désormais tous les jours. Elle faisait preuve d'une étonnante régularité, passant me voir systématiquement en début d'après-midi. J'avais réussi à l'amadouer en lui donnant des fragments de nourriture prélevés sur la maigre pitance que le Vicaire m'accordait deux fois par jour. Comme Celui-ci assistait à tous mes repas, prenant un plaisir sadique à me voir laper le contenu de mon écuelle, je devais ruser pour soustraire de petits morceaux sans qu'Il s'en aperçoive. Je faisais semblant de tousser, de m'étrangler ou bien je conservais la dernière bouchée contre ma joue jusqu'à ce qu'Il quitte la cave. Je tremblais à la pensée qu'Il puisse surprendre mon petit manège. Je devinais qu'Il détesterait ça, savoir que j'avais désormais de la compagnie dans la cave. Il me voulait *tout entier* à Lui.

Pour cela, Il m'avait patiemment dressé. Les premiers temps, tous les prétextes étaient bons pour m'enfermer dans la cage et m'infliger des sévices :

un ordre auquel j'avais tardé à obéir, des yeux que je n'avais pas baissés assez rapidement, le seau d'aisance que je n'avais pas assez bien récuré… Je pleurais, je suppliais, mais cela ne faisait qu'exacerber sa colère. Alors j'avais appris à souffrir en silence. Au tout début, j'ai cherché dans la cave quelque chose qui puisse me servir d'arme pour me défendre. Mais il n'y avait rien. De toute façon, je n'étais qu'un jeune enfant. Le Vicaire était beaucoup plus fort que moi. Alors, peu à peu, j'ai renoncé à Lui résister. Je n'ai plus fait qu'obéir.

Mais j'en étais venu à haïr son visage émacié, ses petits yeux cruels, son haleine fétide qui puait en permanence l'oignon et le girofle. Je vomissais ses fines mains blanches qui alternaient gifles et caresses. La nuit, je rêvais que je les déchiquetais à belles dents, comme un chien redevenu sauvage. Mais le jour j'acceptais sans plus piper mot tout ce qu'elles m'offraient : nourriture, douleur et plaisir immonde. Je me dégoûtais. C'est à ce moment-là que j'ai cherché à deviner ce que j'avais fait de mal pour mériter pareil sort, avant de comprendre que la faute ne pouvait venir que de moi. Que j'étais marqué par l'esprit du Mal depuis ma naissance. Lui, Il n'était que le bourreau en charge de me châtier.

Avec le recul, ça paraît insensé toutes ces pensées morbides qui m'assaillaient jour et nuit. Après tout, je n'étais qu'une victime innocente. Mais à l'intérieur, j'étais brisé en mille morceaux. La terreur m'empêchait de réfléchir normalement. J'en étais venu à trembler constamment, à rester sur le qui-vive en Le guettant du coin de l'œil chaque fois qu'Il s'attardait dans la cave, à avoir peur de mon ombre quand je me retrouvais seul. Mais son comportement a commencé à se modifier. Peu à peu, les punitions se sont espacées. Il avait atteint son but. J'étais devenu tout à fait docile. Mes larmes s'étaient taries. Je ne suppliais plus. À quoi bon ?

J'y ai gagné davantage de confort. Il m'a redonné mes vêtements et mes souliers. Il m'a fourni des couvertures, un broc et une cuvette et même une toupie en bois. Tout cela – qui n'était rien, qui était tout –, je ne voulais pas le perdre. Alors j'ai gardé le secret au sujet de Mam'zelle Louise.

Mais sa venue a tout changé. Les murs de la cave m'étouffaient. J'avais l'impression qu'ils allaient finir par m'écraser, que j'allais terminer enterré vivant dans cet endroit obscur qui sentait le renfermé. Mam'zelle Louise m'a permis d'échapper à cette folie qui me grignotait lentement mais inexorablement le cerveau. Pour la première fois depuis des mois, j'avais un but. Quelque chose me poussait à me lever le matin. Tandis que, chaque jour, j'attendais impatiemment l'apparition de cet ange à quatre pattes, le temps reprenait sa place concrète. Il s'écoulait à nouveau. Oui, j'avais un but ! Enfin ! Je voulais apprivoiser ma visiteuse, faire en sorte qu'elle devienne une compagne fidèle.

Jour après jour, je m'y suis employé, trompant la vigilance du Vicaire. Mam'zelle Louise m'a d'abord laissé l'approcher, lui donner à manger dans le creux de ma main, mais il m'a fallu encore des semaines et une infinie patience pour que je puisse la caresser sans l'effrayer. Le jour où c'est arrivé, j'ai cru que mon cœur allait exploser. J'avais réussi ! Depuis mon arrivée dans cette prison sordide, c'était la première fois que je parvenais à quelque chose. Je me suis mis en tête de faire encore mieux. En enduisant la toupie de nourriture, j'ai appris à Mam'zelle Louise à sauter dessus lorsque je la faisais tournoyer, puis à me la rapporter en la poussant du bout du museau.

C'est ainsi que nous sommes devenus amis. La musaraigne semblait douée d'une remarquable intelligence pour une si petite bestiole. Elle avait compris d'elle-même qu'il valait mieux ne pas se faire voir de mon geôlier et venait me retrouver à heure fixe. Chaque fois en début d'après-midi. C'était le seul moment où le Vicaire ne descendait jamais dans la cave et où je pouvais relâcher cette tension qui, sinon, m'épuisait les nerfs. Au fil du temps, j'en avais déduit qu'Il devait être adepte de la sieste. Il m'avait fallu des mois et des mois pour parvenir à cette conclusion. Mais Mam'zelle Louise semblait l'avoir compris d'emblée, comme guidée par un instinct cent fois plus efficace que toutes mes facultés réunies. Dès le troisième jour, elle avait choisi ce moment de la journée pour me visiter et n'en avait plus changé.

Cette présence à mes côtés, apparemment si insignifiante, m'arracha à la nuit destructrice dans laquelle j'avais sombré et qui était bien près de m'engloutir. Mam'zelle Louise n'était pas seulement une compagne de jeu. Elle était devenue ma confidente. Je lui rapportais mon histoire, mes peurs, mes doutes, mon dégoût de toutes ces *saletés* que le Vicaire m'obligeait à faire ou à supporter. En lui parlant, j'apprenais à mettre des mots sur ce qui m'arrivait. Je me libérais de ce carcan de culpabilité qui faussait ma juste vision des choses. Je n'étais pas responsable de ce qui m'arrivait. En aucune façon ! Le Mal n'était pas en moi. Le Mal, c'était Lui, le Vicaire. Et on est en droit de combattre le Mal par le Mal.

Je ne sais pas comment Il a compris que quelque chose avait changé. Je crois que, malgré toutes les précautions que je prenais, Il est parvenu à le lire sur ma figure, au fond de mes yeux. Je n'étais plus *sa chose*. Alors, Il s'est mis à me surveiller encore plus étroitement. La terreur est revenue en moi. À chaque visite de Mam'zelle Louise, je mourais d'angoisse à la pensée qu'Il puisse nous surprendre. Je n'osais imaginer la colère que cela déclencherait en Lui. Et à force d'y songer, un peu comme un aimant attire la limaille de fer, le pire a fini par arriver.

Ce jour-là, Mam'zelle Louise et moi expérimentions un nouveau jeu. Je la prenais dans le creux de ma paume droite. Bras tendus à l'horizontale, je laissais mon amie se glisser sous ma manche. Elle cheminait jusqu'à mon épaule, faisait le tour du col et s'engouffrait dans l'autre manche pour ressurgir dans la main opposée. Au passage, ses pattes minuscules me chatouillaient délicieusement, mais je me retenais de rire trop fort pour ne pas attirer l'attention.

Peine perdue !

La porte de la cave a brusquement claqué, repoussée brutalement contre le mur. La flamme d'une lampe m'a aveuglé.

— Petite vermine ! Je me doutais bien que tu me cachais quelque chose ! Pourquoi ricanes-tu comme ça ?

Le Vicaire avait surgi en hurlant. Ses yeux hallucinés

semblaient jeter des éclairs. Sa bouche était tordue en un rictus mauvais et de la bave luisait aux commissures de ses lèvres. Il a posé son quinquet sur une caisse, s'est jeté violemment sur moi et m'a précipité à terre. C'est à cet instant précis qu'Il a aperçu Mam'zelle Louise.

— Saleté de souris ! Tu vas voir un peu si je t'attrape !

Il a voulu abattre sur elle sa longue main aux veines sinueuses, mais la musaraigne a été trop prompte pour Lui. En quelques bonds, elle a gagné un coin sombre de la cave où elle a disparu. Après avoir tenté vainement de la rattraper, le Vicaire est revenu vers moi, dépité. Ses narines palpitaient de rage. Sa voix frémissait quand Il s'est mis à m'injurier tout en me bourrant de coups de pied. Je me suis recroquevillé et j'ai laissé passer l'orage. Avec, dans la tête, une pensée unique qui m'aidait à supporter la souffrance : « Elle s'est échappée. Elle est indemne. Il n'a pas réussi à lui faire du mal. »

Pauvre idiot !

Quand Il en a eu assez de me frapper, le Vicaire m'a traîné sur le sol et m'a cadenassé dans la cage de métal. Puis Il a repris sa lampe et m'a laissé seul, pantelant dans le noir. Mon corps n'était plus qu'une immense plaie. J'avais un goût de sang dans la bouche et deux dents qui branlaient dans leurs alvéoles. Mais tout cela ne comptait pas. Mam'zelle Louise Lui avait échappé. En dépit de la douleur qui irradiait de partout, je ressentais une joie profonde à la pensée qu'une si petite bête avait tenu en échec Celui que j'avais toujours vu comme un démon tout-puissant.

Mais cette satisfaction a été de courte durée. Quelques minutes plus tard, le Vicaire a fait sa réapparition. Sous mon regard horrifié, Il a disposé tout autour de la cage une demi-douzaine de pièges à rongeur. Puis Il a placé sur chacun d'eux un morceau de fromage en guise d'appât.

— Tu croyais peut-être que j'allais laisser un animal nuisible pénétrer impunément dans la maison d'un homme de Dieu ? Détrompe-toi, mon garçon ! Car il est écrit dans le Lévitique : « Je vous résisterai aussi avec fureur et je vous châtierai sept fois plus pour vos péchés. »

Puis, sans plus rien ajouter, Il a de nouveau quitté la cave.

Comment dépeindre le désespoir qui s'est alors abattu sur moi ? Même aujourd'hui, les mots me manquent pour décrire l'effondrement qui fut le mien. Brisé par la douleur, réduit à l'impuissance par l'enfermement, j'avais l'impression que le sort s'acharnait sur moi. Une fois encore, les ténèbres et la folie menaçaient de m'engloutir. Car j'étais certain d'une chose : les liens qui m'unissaient désormais à Mam'zelle Louise étaient trop étroits et trop forts pour qu'elle disparaisse du jour ou lendemain. La peur qu'elle avait dû éprouver lorsque le Vicaire avait foncé sur elle ne suffirait pas à la dissuader de revenir. Je n'avais aucun moyen de l'en décourager, aucun moyen de l'empêcher d'approcher de ces morceaux de fromage si appétissants. Chaque heure, chaque minute, chaque seconde qui passait me rapprochait de l'issue inéluctable. C'était à hurler.

Et le temps s'est égrené. Inexorablement. Je n'ai pas

fermé l'œil de la nuit, adressant des prières à Dieu pour qu'il daigne épargner mon amie. J'avais au creux des paumes la petite croix de bois que le Vicaire m'avait passée autour du cou, le tout premier jour de ma claustration. Je sentais sous mes doigts les aspérités que mes dents y avaient laissées, lorsque la Bête répugnante me déchirait les chairs en faisant de moi à sa guise. Je suppliais le Seigneur de m'accorder juste cela : une minuscule vie en échange de toute ma souffrance.

Mais il ne m'a pas entendu.

Le lendemain, en début d'après-midi, avec une ponctualité d'amie fidèle, Mam'zelle Louise a surgi dans mon champ de vision. Elle est sortie de la pénombre pour suivre les minces rayons de soleil qui se glissaient par les planches mal jointes du soupirail. J'en aurais pleuré. À environ un mètre de la cage, elle s'est brusquement arrêtée. Ses longues moustaches ont frissonné et elle a relevé son fin museau, humant la délicieuse odeur de fromage qui tranchait sur l'atmosphère confinée de la cave.

J'ai tendu les bras hors de ma prison d'acier. Je les ai agités désespérément en criant de toutes mes forces pour tenter de lui faire peur. Mam'zelle Louise s'est bornée à me regarder en se peignant le sommet du crâne à l'aide d'une patte. Exactement comme la première fois où je l'avais vue. Puis, tranquillement, elle a repris son trottinement jusqu'au piège le plus proche. J'ai fermé les yeux. Il y a eu un claquement sec. Quand je les ai rouverts, la malheureuse petite bête avait une de ses pattes coincée dans la souricière. Elle couinait lamentablement. Son cœur palpitait à toute vitesse sous le poil de son minuscule poitrail. Et moi j'étais là, à la regarder, sans pouvoir rien faire. Aussi vain et inutile que si je n'existais pas.

Mes cris avaient dû alerter le Vicaire, car Il n'a pas tardé à faire son apparition. Un sourire malsain s'est épanoui sur ses lèvres lorsqu'Il a aperçu la pauvre musaraigne prisonnière d'un des pièges. Lentement, Il s'est agenouillé et, avec d'infinies précautions pour ne pas qu'elle Lui échappe à nouveau, Il a libéré Mam'zelle Louise du crochet de fer. Puis Il s'est redressé, triomphant, en la brandissant par la queue.

— « Et j'exercerai sur eux de grandes punitions, les châtiant avec fureur, déclama-t-il alors. Et ils sauront que je suis l'Éternel quand je leur ferai sentir ma vengeance. »

— Pitié ! ai-je supplié. Je vous en prie, ne lui faites pas de mal. Je ferai ce que vous voudrez si vous la laissez en vie.

Il s'est tourné vers moi. Une lueur vicieuse venait de s'allumer au fond de ses prunelles.

— Ce que je veux ? Vraiment ? Et si je te prenais au mot, mon garçon ? (Sans lâcher sa proie, Il s'est approché de la cage pour en libérer le cadenas.) Sors de là. Allons, presse-toi un peu !

J'ai rampé par l'étroite ouverture aussi vite que je le pouvais. Mes côtes me faisaient encore souffrir le martyre, mais s'il y avait une toute petite chance de sauver Mam'zelle Louise, je ne voulais pas la laisser échapper en lambinant.

— Puisque tu me l'as demandé si gentiment, a repris le Vicaire d'une voix à la fois basse et rauque qui ressemblait à un râle, je ne vais pas tuer cet animal. Mais il faut que tu sois tout à fait conscient que ces rongeurs sont porteurs de toutes sortes de maladies. On ne peut les laisser aller et venir dans un foyer sans s'exposer à de graves périls. C'est pourquoi des mesures draconiennes doivent être appliquées.

— Je vous en supplie, ne lui faites pas de mal ! ai-je répété sans pouvoir détourner mon regard du petit être inerte qui pendait au bout de son poing.

— Es-tu sourd, mon garçon ? Je t'ai déjà dit que je n'y toucherais pas. (De nouveau, cet affreux sourire malsain sur ses lèvres.) Non, c'est toi qui vas t'en charger !

Il a déposé Mam'zelle Louise sur le sol de terre battue et ne l'a lâchée qu'après s'être assuré qu'elle n'avait plus la force de s'enfuir.

— Écrase-la ! a-t-Il ordonné sèchement en se relevant.

J'ai cru avoir mal entendu. J'ai secoué désespérément la tête en larmoyant.

— Non ! Pas ça ! C'est juste une pauvre musaraigne.

— C'est la dernière fois que je répète. Écrase-la, mon garçon. *Maintenant !*

Son regard étréci devenait de plus en plus sombre. Et son visage était comme un ciel avant l'orage. J'ai compris, dans un atroce éclair de lucidité, que tout ce que j'avais enduré jusqu'alors n'était rien à côté de ce qu'il adviendrait si je ne Lui obéissais pas.

Alors, je l'ai fait.

J'étais parfaitement conscient de la blessure cruelle que je m'infligeais à moi-même. Désormais les cauchemars de mes longues nuits solitaires résonneraient sans fin de ce craquement sinistre, celui des os délicats de Mam'zelle Louise brisés sous mon soulier.

Mais je l'ai fait.

Parce que j'avais besoin de temps. Parce que je devais gagner en force et en rapidité. Pour pouvoir Le tenir un jour, à mon tour, à ma merci.

Il me fallait *survivre*.

22

L'antre du mal

Avec le crépuscule, la pénombre s'épaississait rapidement dans la ruelle. Cependant la maison biscornue, de l'autre côté du passage au sol de terre battue, demeurait encore parfaitement visible.

Depuis presque trois heures, Valentin ne la quittait pas des yeux. Une façade délabrée, au revêtement de chaux qui s'en allait par plaques et laissait apparaître les madriers encastrés dans les murs. Le rez-de-chaussée abritait l'échoppe d'un cordonnier. Un volet occultait la devanture et des planches étaient clouées en travers de la porte. Les deux étages étaient occupés par des appartements apparemment inhabités. Le bois des fenêtres donnait l'impression d'être à moitié pourri et plusieurs carreaux étaient brisés. Il devait y avoir aussi un jardinet ou une courette à l'arrière de la baraque. On distinguait l'amorce d'une allée étroite sur le côté. Une allée envahie d'herbes folles. Personne ne passait plus par là depuis des années. D'ailleurs, le bâtiment tout entier paraissait à l'abandon. Depuis qu'il avait entamé sa surveillance, le policier n'avait décelé aucun mouvement ni aucun bruit en provenance de celui-ci. Il aurait pu en conclure qu'il était arrivé trop tard, que l'oiseau s'était envolé, mais il s'en garda bien. La longue quête menée précédemment par son père et le récit qu'il en avait laissé lui avaient appris à se méfier des ruses du Vicaire. Il était préférable de ne pas se fier à une première et unique impression. Il lui fallait demeurer prudent et ne pas foncer tête la première en terrain inconnu.

C'était précisément pour avoir tout le temps de repérer les lieux que Valentin avait gagné discrètement le quartier Saint-Merri dès la fin de l'après-midi. Pour mettre toutes les chances de son côté, il avait abandonné ses habits chic et adopté la tenue commune des ouvriers : pantalon informe, blouse serrée à la taille par un large ceinturon et casquette inclinée sur l'oreille. Cela lui avait permis de passer inaperçu dans ce quartier sordide qui comptait parmi les plus anciens et les plus pauvres de Paris. Là se côtoyaient, dans une promiscuité malsaine, tous ceux que la dureté du temps rejetait en marge de la société. Les difficultés économiques s'accumulaient en effet depuis deux ans et n'avaient fait que s'accroître depuis la révolution de Juillet. En dépit des ateliers municipaux de secours[1] lancés dès la fin de l'été, nombre d'ouvriers manufacturiers se retrouvaient sur le pavé, sans emploi. Quant aux artisans et à la main-d'œuvre des petits ateliers, confrontés à la concurrence

1. Voués pour l'essentiel à des travaux de terrassement, ces ateliers prônés par le préfet de la Seine Odilon Barrot visaient à occuper les chômeurs mais ils s'avérèrent nettement insuffisants et n'employèrent pas plus de trois mille personnes.

nouvelle des fabriques, ils voyaient leurs revenus fondre comme neige au soleil. Les tarifs à façon des couturières et des lingères avaient ainsi diminué de plus de moitié en quelques années. Nombreux étaient celles et ceux qui, même en trimant douze ou treize heures par jour, n'arrivaient plus à nourrir leur famille ni à se loger convenablement. C'étaient tous ces laissés-pour-compte, ces déçus du nouveau régime qui peuplaient les habitations insalubres du vieux Paris moyenâgeux.

Lorsqu'il avait pénétré dans le lacis des venelles tortueuses qui constituait le quartier Saint-Merri, Valentin avait été frappé par le peu de monde qu'il croisait. D'ordinaire cela grouillait à toute heure du jour : chômeurs vivant d'expédients, ivrognes cuvant sous un porche, estropiés – vrais ou faux – mendiant pour survivre, filles en maraude, bandes de gamins livrés à eux-mêmes… Il lui avait fallu un certain temps avant de se rendre compte que l'on était samedi et que tous ceux qui pouvaient encore se le permettre avaient déjà gagné la Courtille, au-delà du mur des Fermiers généraux, au pied du village de Belleville. Là prospéraient de nombreuses guinguettes où l'on pouvait danser, manger et s'enivrer pour pas cher : *Les Écureuils* du fameux Desnoyez, *Les Amis des dames*, *La Goguette*, chez Dormois… Tous ces établissements établis hors les murs étaient exemptés d'octroi et le mauvais vin y coulait à flots. Pour dix sous, on obtenait son litre et un oubli de soi bien éphémère. Le petit peuple s'y mêlait volontiers aux soldats en virée et aux bourgeois de la classe moyenne venus là s'encanailler. La fête durait toute la nuit et se prolongeait durant toute la journée du dimanche. Il n'était pas rare qu'un ménage d'ouvriers, abrutis par le dur labeur de la semaine, y dépense presque toute sa paye. Certains allaient même jusqu'à acheter chez le pharmacien du « dormant », mystérieuse composition aux vertus sédatives, pour assommer leurs enfants tout le dimanche et pouvoir ainsi s'enivrer à loisir[1].

L'adresse qui figurait sur le billet confié par Vidocq avait obligé Valentin à s'aventurer assez profondément dans ce cloaque, réceptacle de toutes les misères de la capitale. Tout en progressant dans les ruelles boueuses, encombrées de détritus et de déjections animales aussi bien qu'humaines, il n'avait pu s'empêcher de songer à l'agression dont il avait été victime quelques jours auparavant, dans le quartier voisin de Sainte-Avoie. En définitive, même s'il ne l'avait pas fait intentionnellement, c'était une bonne chose qu'il se soit déplacé dans ce labyrinthe nauséabond précisément un samedi. Le calme inhabituel des lieux lui permettrait de déceler plus facilement une éventuelle menace.

Cette pensée venait à peine de lui traverser le cerveau qu'une frêle silhouette l'avait surpris en surgissant d'une encoignure. Il n'avait pas eu le temps d'avoir peur. L'apparition n'avait rien de menaçant. Bien au contraire ! C'était une enfant d'allure chétive, vêtue de haillons et portant aux pieds, en dépit de l'approche de la mauvaise saison, de simples sandales enveloppées de chiffons. Elle avait l'air épuisée, les cheveux sales et emmêlés, la peau presque livide. Ses veines bleues saillaient aux tempes et ses yeux étaient cernés de gris. Elle avait accroché l'inspecteur par la manche et lui

1. L'anecdote est rigoureusement authentique.

offrait un pauvre sourire sans joie. Il lui manquait deux dents sur le devant.

— De jolies fleurs pour ta promise, mon gars ? avait-t-elle proposé en désignant un panier avec des bouquets de chrysanthèmes et de camélias.

— Merci, mais je n'ai pas de fiancée, avait répondu Valentin en dégageant doucement son bras.

— Pour offrir à ta mère alors ? Tu as l'air d'un bon garçon et je te laisse mon plus beau bouquet pour huit liards seulement. Qu'est-ce que c'est, deux misérables sous ?

Dans d'autres circonstances, Valentin aurait pris le temps de chercher quelques pièces dans ses poches. Mais il lui tardait d'atteindre l'antre du Vicaire. Aussi avait-il répondu un peu sèchement :

— Ma mère est morte ! Je n'ai absolument personne à qui offrir des fleurs.

Cachés derrière la frange rebelle, les yeux sombres s'étaient soudain allumés, comme doués d'une vie propre. La voix avait glissé dans les graves, plus chaude et plus caressante :

— Comme c'est triste ! Un beau garçon comme toi ! Tu dois être en manque d'affection et je serais bien mauvaise fille de te laisser aller comme ça. Pour trente sous, tu peux venir te réchauffer dans mes appartements privés.

Tout en lui adressant une œillade suggestive, elle avait roulé ses jupes et dévoilé jusqu'à mi-cuisse des jambes maigrelettes et crasseuses. En la regardant mieux, Valentin s'était avisé qu'elle était sans doute un peu plus âgée que ce qu'il avait cru tout d'abord. Treize, quatorze ans peut-être. Sa maigreur et sa petite taille l'avaient trompé.

Plutôt que de rabrouer la malheureuse et de passer son chemin, l'inspecteur n'avait pu résister à la détresse qui se lisait derrière cette provocation factice. Il avait eu pitié d'elle. Tout en se reprochant son imprudence, il avait saisi la main de l'adolescente, lui faisant lâcher ses jupes. Puis il avait sorti sa bourse et en avait vidé le contenu dans la petite paume marquée par les durillons.

Devant le nombre des pièces, la fille avait ouvert de grands yeux émerveillés.

— Béni soit le Seigneur ! s'était-elle écriée, proche de l'extase. Il m'a tout de bon envoyé un ange de son paradis !

Valentin avait eu toutes les difficultés du monde à s'en débarrasser. C'était bien la peine de se déguiser pour passer *incognito*, si c'était ensuite pour se faire remarquer à la première occasion ! Dans un quartier comme celui-ci, les nouvelles se répandaient à la vitesse d'une traînée de poudre. Un ouvrier riche comme Crésus, rien de tel pour éveiller les soupçons ou exciter la cupidité des malfrats ! Il avait alors pressé le pas pour atteindre au plus vite son objectif, mais le visage de la petite marchande de fleurs ne l'avait plus quitté. Après tout, c'était pour venir en aide à cette enfance déshéritée qu'il avait entrepris sa quête et, maintenant qu'il touchait au but, rien ne pouvait plus l'arrêter.

Valentin s'ébroua pour chasser l'image de la pauvre gosse. Il reporta son attention sur la maison du cordonnier et sur les bicoques alentour qui menaçaient de s'effondrer et où les familles s'entassaient les unes sur les autres. Décidément, en dépit des années, le Vicaire n'avait pas changé ses habitudes. C'était toujours dans la fange la plus abjecte qu'il se complaisait, là où il lui était si facile de trouver de nouvelles victimes. Mais cette fois, cela ne lui porterait pas chance.

Quelque part dans le quartier, un clocher sonna la demie de onze heures. Il était plus que temps de débusquer la bête malfaisante.

L'inspecteur s'assura que le poignard dissimulé contre sa cheville coulissait aisément dans sa gaine. Précaution superflue car il avait pris soin de la graisser avant de quitter son appartement. Puis il sortit de sous sa blouse un pistolet de voyage à silex et double canon en table. L'arme présentait l'avantage d'être de dimensions réduites – moins d'une vingtaine de centimètres – et d'un maniement aisé tout en offrant à son détenteur la possibilité de tirer deux coups sans avoir à réarmer. Valentin vérifia que le pistolet était convenablement chargé avant de le glisser dans sa ceinture, à portée de main. Il ne pouvait s'empêcher d'éprouver l'excitation du fauve prêt à fondre sur sa proie. Cela faisait des années qu'il attendait ce moment.

Quand il quitta le taudis à demi ruiné qui lui avait servi de poste d'observation, les ténèbres de la nuit flottaient déjà dans l'air. L'éclairage au gaz, apparu l'année précédente, n'avait été installé que dans les artères huppées de la capitale. Ici, dans le vieux Paris, on ne pouvait compter que sur les réverbères à huile, mais ceux qui n'étaient pas cassés restaient souvent inutilisés, faute d'une vigilance suffisante des autorités d'arrondissement chargées de veiller à leur allumage. Cette pénombre continuelle dès la nuit tombante exacerbait le sentiment d'insécurité mais pour une fois le jeune inspecteur ne s'en plaignait pas. À condition de demeurer dans les zones d'ombre, nul ne pourrait le voir approcher.

Après avoir réfléchi à la meilleure façon de procéder, Valentin avait renoncé à l'attaque frontale et choisi de pénétrer dans la baraque en se glissant par-derrière. Il fallait à tout prix éviter que le Vicaire, se sentant acculé, ne s'en prenne à son ou ses prisonniers. Car de cela, Valentin ne doutait pas. En effectuant son retour dans la capitale, le monstre n'avait pas pu renoncer à son vice. Si les informateurs de Vidocq ne s'étaient pas trompés, le Vicaire n'était sans doute pas seul à occuper les lieux. Il avait apporté avec lui ses *petits animaux de compagnie.*

En prenant garde à ne pas déraper sur la bouillie d'immondices qui tenait lieu de chaussée, Valentin franchit en deux bonds la ruelle et se glissa dans l'allée latérale envahie par les mauvaises herbes. La bise nocturne s'était levée et froissait les tiges sèches, animant l'obscurité d'une rumeur vaguement inquiétante. L'inspecteur progressa dans l'ombre d'une palissade et se retrouva, comme il l'avait imaginé, dans une petite cour. Un puits moussu en occupait le centre et une remise vétuste, au toit crevé, aux ouvertures crachant des ronces, s'adossait au mur du fond.

Valentin plissa les paupières et inspecta la façade arrière de la baraque. Au rez-de-chaussée, une des fenêtres avait tous ses carreaux fracassés. La porte d'entrée idéale !

Tout doucement, sans faire le moindre bruit, l'inspecteur se glissa jusque-là et se hissa à la force des bras. À l'intérieur, cela sentait le moisi et l'humidité. On distinguait un vieux poêle à bois dans un coin, une table maculée de taches et des casseroles accrochées au mur. Le policier se rapprocha du poêle, ouvrit la trappe et farfouilla à l'intérieur. Sous une épaisse couche de cendres, il y avait des morceaux de charbon et certains étaient encore tièdes. La demeure avait beau sembler inhabitée, quelqu'un y avait fait du feu la veille ou l'avant-veille au plus tard.

Tendu, les sens aux aguets, Valentin se redressa et se mit à écouter de toutes ses oreilles. Le mugissement du vent, dehors, ne lui permit pas d'entendre tout de suite le bruit. Mais, à force de se concentrer, il finit par percevoir un raclement léger. Comme si quelqu'un traînait une chaise sur le sol ou déplaçait un objet lourd. Cela semblait venir de l'avant de la maison, du côté de l'atelier de cordonnerie.

Précautionneusement, Valentin saisit son pistolet et en arma les chiens, les enveloppant de son autre paume pour étouffer les deux déclics. Il se déplaça alors jusqu'à la porte et gagna un couloir plongé dans une obscurité totale. Faire de la lumière, c'était prendre le risque d'être repéré. Mais avancer sans rien y voir, dans une maison inconnue pouvant receler bien des pièges, cela ne valait guère mieux. Après une courte hésitation, le jeune policier se décida à allumer un rat-de-cave[1]. Des ombres inquiétantes se mirent à danser sur les murs.

Il y avait là une amorce d'escalier montant dans les étages et quatre portes. L'escalier s'interrompait à mi-hauteur, les marches ayant été rongées par l'humidité. Les portes étaient toutes closes. Valentin attendit, indécis. Subitement, il avait l'impression que la bise faisait

1. Sorte de mèche trempée de résine et servant à s'éclairer.

un bruit d'enfer en soulevant les tuiles, que ce vacarme emplissait tout l'espace. Et puis, tout bas, à peine perceptible, le frôlement se fit entendre à nouveau. Cela provenait bien du devant, de la porte située sur sa droite pour être précis. Et c'était comme la matérialisation d'une menace sourde, la confirmation de ce qu'il avait toujours su au fond de lui. Le Vicaire n'était pas une proie comme les autres. Il ne se laisserait pas aussi facilement surprendre.

Masquant son lumignon de sa main armée, Valentin reprit sa progression. Il s'arrêta juste derrière la porte et bloqua sa respiration. Collant son oreille au chambranle, il perçut plus nettement le bruit. Impossible de dire à quoi cela correspondait, mais il y avait bien quelqu'un, là derrière, en train de s'activer à une mystérieuse besogne.

En priant pour que le mécanisme ne couine pas, l'inspecteur pesa sur la poignée. Celle-ci s'abaissa pouce par pouce sans laisser entendre le plus petit gémissement. Quand elle arriva en butée, Valentin poussa très légèrement pour s'assurer que la porte n'était pas verrouillée. Le battant s'écarta librement. Alors, respirant un bon coup, le jeune homme donna une violente bourrade et se précipita à l'intérieur, son pistolet braqué droit devant lui.

Il n'y avait personne dans la pièce !

L'endroit devait servir d'arrière-boutique et d'atelier à l'artisan qui occupait autrefois les lieux. On y distinguait des copeaux de bois sur un tapis effiloché, des râteliers vides, des outils cassés ou rouillés, tout un bric-à-brac inutilisable et sans valeur.

Donnant sur le côté de la maison opposé à celui par lequel il était entré, Valentin distingua une fenêtre étroite. En faisant battre son volet, le vent d'automne engendrait ce bruit lancinant qui avait capté son attention. D'un coup, l'excitation qui habitait le jeune inspecteur depuis qu'il avait quitté son affût retomba. La certitude qu'il était arrivé trop tard lui succéda.

Il était sur le point de quitter la pièce pour fouiller le reste de la masure, plus d'ailleurs par acquit de conscience qu'autre chose, lorsque son cœur bondit soudain dans sa poitrine. Par tous les démons de l'enfer ! Dire qu'il avait failli passer à côté !

Un tapis ? Dans un atelier ?

L'instant d'après, il se penchait vers le sol, soulevait un coin du tapis usé jusqu'à la trame.

Le rectangle d'une trappe se dessina dans la clarté vacillante du rat-de-cave.

Aussitôt, les nerfs de Valentin se tendirent de nouveau à l'extrême. Avec d'infinies précautions, il attrapa l'anneau qui permettait de soulever la trappe et le tira à lui. Un puits d'obscurité. Des marches inégales qui s'enfonçaient dans les entrailles de la maison.

Il entama sa descente sur le qui-vive, son arme braquée vers le bas. Au fur et à mesure qu'il plongeait dans le noir, tenant sa lampe en arrière loin de son corps, une odeur terreuse pénétrait ses narines. Désagréable. Suffocante. L'espace d'un instant, cette puanteur de tombeau le fit vaciller, mais il parvint vite à se reprendre.

En bas des marches, il se heurta à une porte qui grinça méchamment lorsqu'il la repoussa. La première chose qu'il remarqua, ce furent les arceaux en ogive d'une voûte qui devait remonter au Moyen Âge.

Puis, tout de suite après, il vit la cage. Avec de larges barreaux d'acier. Massive et lugubre.

Le corps de l'enfant, lui, reposait sur une litière, tout contre le mur du fond. Il était entièrement nu. Ses beaux cheveux blonds masquaient en grande partie son visage. De sa gorge tranchée, un flot de sang s'était échappé. Il formait à présent une nappe sombre autour du crucifix qu'un lacet de cuir retenait sur la maigre poitrine.

Une simple croix de bois creusée de toutes petites aspérités.

— Damien, laissa échapper Valentin d'une voix blanche.

Pourtant, avant même de s'être approché du cadavre et d'avoir écarté les mèches soyeuses, il savait avec la plus absolue certitude qu'il ne pouvait s'agir de lui.

23

Le singulier Dr Tusseau

Il fallut deux journées entières à Valentin pour se remettre de son expédition du quartier Saint-Merri. Le temps pour lui de ressasser son échec et d'admettre que le Vicaire lui avait filé entre les doigts, comme il avait déjà réussi à le faire à plusieurs reprises dans le passé, lorsque c'était son propre père, Hyacinthe Verne, qui menait la traque. Pourtant, cette fois, cela s'était joué à pas grand-chose. En interrogeant le voisinage, l'inspecteur avait appris qu'un vieil homme avait habité la masure durant quelques semaines avant de disparaître brusquement deux jours plus tôt. Les gens s'étaient imaginé qu'il s'agissait d'un artisan qui projetait de rouvrir l'atelier, mais ils n'en savaient pas davantage. L'inconnu vivait reclus et ne s'était lié avec personne dans les environs. Une fouille plus approfondie des lieux n'avait livré aucun indice susceptible de lancer le policier sur une nouvelle piste. Quant au cadavre de l'enfant que le monstre avait sacrifié au moment de s'enfuir, rien ne permettait de l'identifier. Il s'agissait, selon toute vraisemblance, d'un gosse ramassé dans la rue et dont nul ne s'alarmerait de la disparition.

Comment le Vicaire avait-il su que le secret de sa tanière était éventé ? Cette question, surtout, avait taraudé Valentin. Mais, faute de mieux, il avait fini par se faire à l'idée que les informateurs de Vidocq avaient dû manquer de discrétion. Toujours aux aguets, le prédateur avait déjoué leur surveillance et décidé, juste à temps, de changer de territoire de chasse.

Dépité, Valentin s'était finalement consolé en se disant qu'il avait laissé passer une belle opportunité, mais que le temps jouait en sa faveur. Peu à peu, le filet se resserrait. Si le Vicaire demeurait dans la capitale, il finirait par retrouver sa piste. Sa dernière victime prouvait qu'il était incapable de renoncer à ses penchants pervers et criminels. Tôt ou tard, il commettrait une erreur fatale. Tout ce qu'il fallait, c'était se montrer patient et être là au bon moment. Et lorsque Valentin l'aurait mis définitivement hors d'état de nuire, il pourrait enfin permettre à Damien d'échapper à l'emprise du Mal.

En attendant, le jeune inspecteur n'avait pas eu d'autre choix que de revenir à son enquête sur la mort de Lucien Dauvergne et celle, peut-être liée, du dénommé Tirancourt. Le commissaire Flanchard et le préfet de police s'étaient montrés suffisamment clairs quelques jours plus tôt : ils voulaient des résultats rapides, susceptibles de désamorcer d'éventuelles rumeurs sur la suppression d'opposants au nouveau régime. Or, depuis sa discussion avec Vidocq, Valentin disposait de trois noms qui pouvaient peut-être l'aider à dénouer les fils de cette ténébreuse affaire de folie, de mort et de miroirs : le vicomte de Champagnac, Émilie de Mirande et le Dr Edmond Tusseau.

Trois noms comme autant de brins sur lesquels tirer pour voir un peu ce qui viendrait.

Il décida de commencer par celui qui lui semblait le plus accessible et se rendit rue de Surène, à l'hôtel particulier des Dauvergne. Là, il renonça à solliciter une entrevue auprès du propriétaire des lieux. Quelque chose lui disait que Charles-Marie Dauvergne n'était sans doute pas le bon interlocuteur. Le député était moins préoccupé de justice que de vengeance. Il ne faisait guère de doute que si une vérité dérangeante finissait par émerger, il ferait tout pour l'étouffer. Non, il lui fallait s'adresser à une personne qui chérissait le malheureux Lucien et qui lui parlerait sans la moindre arrière-pensée.

Ce fut la raison pour laquelle il se posta sur le trottoir en face de l'hôtel, de façon à surveiller efficacement les entrées et les sorties. Quand, au milieu de la matinée, il repéra une jeune servante qui quittait les lieux avec une corbeille à provisions, il lui emboîta le pas et attendit d'avoir atteint le pâté de maisons suivant pour l'aborder. La domestique se montra d'abord réticente, mais quand il eut appuyé sa demande d'une pièce de cinq francs, elle consentit à lui apporter son concours. Valentin retourna alors rue de Surène où il patienta en faisant les cent pas et en réfléchissant aux autres options qui s'offraient à lui en cas d'échec. Mais lorsque la servante revint des commissions, son panier débordant de victuailles, il ne s'écoula pas plus d'un quart d'heure avant que la grille de l'hôtel ne s'ouvre à nouveau pour laisser le passage à Félicienne Dauvergne. La jeune fille était seule. Une fois dans la rue, elle balaya du regard les alentours, ne put manquer de repérer Valentin posté non loin de là, mais fit comme si de rien n'était et s'éloigna en direction de la rue d'Anjou.

Valentin se mit à la suivre à distance.

L'un derrière l'autre, ils remontèrent l'artère bordée de propriétés élégantes et de beaux immeubles édifiés à la fin du siècle précédent et sous l'Empire. À un moment donné, l'inspecteur fut tenté d'aborder Félicienne en pleine rue et se rapprocha d'elle, mais d'un signe discret de la main, elle lui fit comprendre qu'elle avait autre chose en tête et qu'il devait se montrer patient. Ils atteignirent ainsi le square Louis-XVI et la chapelle expiatoire élevée là en mémoire du monarque décapité et de la reine Marie-Antoinette. Contournant le monument, ils traversèrent la cour d'honneur plantée de cyprès et ornée de cénotaphes dédiés aux gardes suisses massacrés en 1792, lors de l'arrestation du roi. L'endroit était apparemment désert. Sans marquer la moindre hésitation, la jeune Félicienne se dirigea d'un pas rapide vers l'une des deux galeries de cloître qui encadraient le portique donnant accès à la chapelle proprement dite. Ce fut là que Valentin la rejoignit.

— Je vous sais gré d'avoir répondu aussi vite à mon message, dit-il après avoir salué l'adolescente. Mais je craignais qu'on ne vous laisse pas sortir seule.

La jeune fille rougit.

— D'ordinaire, je ne quitte jamais la maison sans être accompagnée. Mais depuis la mort affreuse de Lucien, père et mère ne sont plus tout à fait eux-mêmes. Il m'a suffi de prétexter le désir de me recueillir à l'église en son souvenir. Personne ne m'a posé de question. Ici, nous pourrons parler en toute tranquillité, sans risque d'être vus ou dérangés.

— Vous êtes décidément une personne pleine de ressources, commenta Valentin, ayant en tête le billet qu'elle lui avait si habilement glissé dans la main, lors de sa première venue rue de Surène.

— Pourquoi étiez-vous si pressé de me parler ? l'interrogea Félicienne en s'efforçant de réprimer une certaine impatience. Vous avez découvert ce qui a pu pousser Lucien à mettre fin à ses jours ?

— J'aurais aimé pouvoir vous répondre par l'affirmative. Malheureusement, pour le moment, j'en suis encore réduit à reconstituer ses faits et gestes lors des semaines qui ont précédé son trépas. Je m'intéresse notamment aux personnes qui auraient pu le côtoyer durant cette période. Lors de notre précédent entretien, vous m'aviez confié que votre frère avait les nerfs fragiles et semblait souffrir de somnambulisme. Savez-vous s'il avait consulté un médecin à ce sujet ?

— J'imagine que vous songez au Dr Tusseau.

— C'est naturel, non ? N'est-il pas votre médecin de famille ?

— Oh ! Pas depuis très longtemps. C'est justement Lucien qui l'avait présenté à père. Il vantait l'aspect novateur de ses méthodes thérapeutiques. Ce qui est sûr, c'est que l'homme possède un étonnant pouvoir de séduction. Même père, qui n'a pourtant pas l'enthousiasme facile, s'est rapidement entiché de lui.

Valentin crut déceler de la réticence dans la voix de son interlocutrice.

— Je me trompe ou vous ne partagez pas l'engouement général ?

Félicienne se renfrogna. Sa crispation faisait ressortir l'aspect poupin de son visage. Tout à coup, elle parut incroyablement vulnérable à Valentin. Il n'avait plus devant lui cette jeune fille décidée, prête à défier les interdits de sa caste pour l'aider à progresser dans son enquête, mais une adolescente fragile et déboussolée, qui sortait à peine de l'enfance.

— Je n'aime pas la façon dont ce médecin s'est imposé sous notre toit, ni l'emprise qu'il exerçait sur mon frère et qui s'est reportée sur mes parents. À cause de lui, je suis séparée de ma mère au moment où nous avons le plus besoin l'une de l'autre.

— Comment cela ?

— La mort brutale de Lucien, et surtout les circonstances insupportables dans lesquelles elle est survenue, ont profondément affecté maman. Or, je vous l'ai dit, le Dr Tusseau a gagné la confiance de mon père. Il l'a convaincu de lui faire prendre du repos dans une clinique qu'il possède au Val d'Aulnay.

— Vous n'avez pas pu aller la voir là-bas ?

— Si, bien sûr ! Père m'y a emmenée il y a trois jours. Mais c'est un endroit singulier qui m'a laissé une drôle d'impression. Les visites y sont limitées en durée comme en fréquence. En outre, les patients sont gardés dans un isolement strict. Ils ne se côtoient pas et prennent leurs repas uniquement dans leur chambre… L'atmosphère qui règne entre ces murs est vraiment étrange.

Un déclic se fit dans le cerveau de Valentin. Ce n'était encore qu'une intuition confuse, mais il sentit qu'il y avait là quelque chose à creuser.

— Vous disiez que Lucien parlait des méthodes

originales de traitement du Dr Tusseau. Avez-vous une idée de ce qu'il entendait par là ?

— Pas vraiment. À l'époque, je n'y prêtais pas particulièrement attention. Tout ce que je sais, c'est qu'il a décidé de soigner mère par une cure de sommeil. D'ailleurs, quand nous sommes allés la voir l'autre jour, elle était comme embrumée. J'avais l'impression qu'elle n'était pas vraiment présente avec nous et j'ai détesté cela.

— Savez-vous si votre frère a lui aussi été traité dans cette fameuse clinique ? Pour ses crises de somnambulisme, par exemple ?

— Je l'ignore, mais depuis qu'il avait quitté le toit familial, Lucien s'était renfermé. Il ne se confiait plus à moi aussi spontanément. Il est donc possible qu'il ait séjourné dans cet établissement sans rien en dire. Pourquoi cette question ?

— Pour rien. Encore une fois, je cherche à mieux cerner ce qu'il a pu faire de son temps dans les journées qui ont précédé sa mort... Une dernière chose à présent : le nom de Michel Tirancourt vous évoque-t-il quelque chose ?

— Non, je ne vois pas, répondit Félicienne après un effort visible de concentration. De qui s'agit-il ? Était-ce une connaissance de Lucien ?

— Pour le moment, rien ne le laisse supposer. Mais sait-on jamais ? (Il marqua un temps avant de poursuivre.) Pourriez-vous me rendre un grand service, Félicienne ?

Un pâle sourire étira les lèvres de la jeune fille.

— Ne vous ai-je pas déjà montré que c'était le cas ?

— Je suppose que vous retournerez voir votre mère

dans les prochains jours. Pouvez-vous profiter de cette visite pour découvrir si votre frère a séjourné dans cette fameuse clinique ? Et aussi ce Michel Tirancourt ? Vous pourriez interroger discrètement le personnel. Il doit y avoir aussi un registre où sont consignés les noms des patients. Si vous découvrez quelque chose d'intéressant, vous pourrez me le faire savoir à cette adresse.

Il lui glissa un billet dans la paume de la main.

— Comptez sur moi, je ferai de mon mieux, dit Félicienne en hochant la tête avec gravité. À présent, pardonnez-moi, mais je vais devoir rentrer. Si je reste trop longtemps absente, père va finir par s'inquiéter.

Elle lui tendit la main et il l'effleura de ses lèvres, percevant le frémissement qui la parcourait tout entière. Puis il resta immobile et songeur, à regarder s'éloigner entre les rangées de cyprès cette petite silhouette boulotte mais à la démarche étonnamment résolue.

24

Où l'on s'entretient des récentes découvertes en chimie

La voix profonde de l'orateur s'éteignit dans l'amphithéâtre de l'École de pharmacie. Un jour gris pénétrait par les fenêtres qui donnaient sur l'étroite rue de l'Arbalète, mais une sorte de feu sacré brillait dans les regards de l'assistance. Tous les élèves se levèrent dans un même élan d'enthousiasme et applaudirent chaleureusement le professeur Pelletier dont l'exposé, comme à l'accoutumée, s'était révélé à la fois clair et brillant.

Affectant un air modeste, l'intéressé tempéra le débordement de ses ouailles d'un geste de la main. Puis il regarda, non sans ressentir la satisfaction du devoir accompli, s'écouler à l'extérieur de la salle le flot des redingotes noires et grises. S'il avait réussi à transmettre sa passion de la chimie à seulement deux ou trois de ces jeunes gens, il n'aurait pas gaspillé son temps.

Il ne restait plus qu'une demi-douzaine d'élèves dans la salle lorsqu'il remarqua la présence de Valentin qui se tenait adossé au mur, tout près du seuil. Tandis qu'il lui adressait de loin un petit salut, son ancien disciple se mit à mimer des applaudissements silencieux.

— Mes compliments, monsieur, dit le jeune policier en venant lui serrer la main, une fois la salle vidée de ses derniers occupants. Je n'ai entendu que la fin de votre cours, mais vos explications m'ont paru lumineuses. Et je vois que vos enseignements sont toujours suivis avec autant d'assiduité. La relève est-elle assurée ?

— Valentin ! Quel plaisir de te voir ! s'enthousiasma le savant en rejetant sur son épaule l'extrémité de sa chausse cramoisie bordée de trois rangs d'hermine. Mais pour ce qui est de la relève, tu es bien placé pour savoir que le plus doué de mes élèves a, hélas, tourné le dos à la pharmacie.

— C'est pourtant l'élève qui vient aujourd'hui trouver son maître pour pouvoir bénéficier, une fois encore, de ses lumières. Auriez-vous quelques instants à m'accorder ?

— Pour toi, toujours, voyons ! Mais si tu le veux bien, accompagne-moi jusqu'au vestiaire où je m'en vais ôter cette pesante robe professorale, nous parlerons tout en marchant. Il se trouve que je dois donner lecture, cet après-midi même, d'un important mémoire sur les diverses falsifications de la gelée de groseille au conseil de salubrité de Paris. Or, je n'en ai pas encore tout à fait achevé la rédaction.

Valentin ne put retenir un sourire. Depuis qu'il le fréquentait, le cher grand homme était toujours accaparé par ses multiples travaux et les différentes fonctions officielles qu'il exerçait dans nombre de sociétés savantes. Tout en se plaignant de ne plus le voir assez souvent, il n'avait jamais plus de quelques minutes à consacrer à son ancien protégé.

— J'ignorais que la gelée de groseille soit un sujet à ce point primordial, remarqua celui-ci avec un brin d'ironie.

— Eh bien, détrompe-toi ! En cas de maladie, les pauvres l'utilisent souvent comme boisson bienfaisante délayée dans de l'eau, ou bien comme aliment journalier pour leur progéniture. Or, la gelée falsifiée qu'ils se procurent en raison de son moindre coût est dépourvue de toute valeur nutritive.

— Je retrouve bien là votre souci du bien public.

— Tu ne crois pas si bien dire. Il faut dénoncer ce fléau car il existe en outre différentes sortes de fraude. J'en ai identifié deux principales. La première consiste à utiliser tout simplement de la pectine colorée par du jus de betterave, aromatisée avec du sirop de framboise et solidifiée avec de la gélatine. La seconde se rencontre plutôt dans les provinces de l'Ouest. Elle emploie un varech vulgaire pour la consistance, la rose trémière pour la couleur, l'acide tartrique et le glucose pour le goût… Mais je me laisse emporter par mon sujet. Tu disais que tu venais en quelque sorte me consulter…

Le visage de l'inspecteur se rembrunit.

— Il s'agit d'une affaire plutôt délicate dont je m'occupe actuellement. Je me demandais si vous aviez connaissance, parmi les nombreuses substances naturelles qui ont été isolées ces dernières années, d'une drogue qui pourrait annihiler la volonté et entraîner de graves anomalies du comportement.

— De quel type, ces anomalies ? demanda Joseph Pelletier.

— Eh bien, provoquer par exemple des crises de somnambulisme ou des accès de folie, voire pousser les personnes intoxiquées au suicide.

L'éminent professeur leva les yeux au ciel puis posa un regard effaré sur son jeune compagnon.

— Mon pauvre garçon ! Toi qui avais l'étoffe d'un grand chimiste, voilà à quoi tu en es réduit : confronter ton intelligence aux crimes les plus sordides !

— Je vous en prie, nous n'allons pas reprendre les vaines discussions qui nous ont opposés il y a quatre ans, lorsque j'ai décidé d'entrer dans la police. Vous et moi avons simplement choisi de combattre le mal sur des terrains différents. Pour l'heure, je croyais que votre temps était compté et j'ai absolument besoin que vous éclairiez ma lanterne.

— Pardonne-moi, Valentin, fit le savant en posant une main affectueuse sur l'épaule de l'inspecteur. Mais tu sais que je ne peux m'empêcher de me faire du souci à ton sujet. Voyons… tu disais une drogue susceptible de priver un homme de son libre arbitre ?

— C'est cela même.

— Voyons un peu… Ce que tu évoques fait immédiatement penser aux plantes de la famille des solanacées vireuses. En particulier celles que l'on appelle « les trois diaboliques » et que tu connais forcément.

— La belladone, le datura et la jusquiame, récita Valentin en hochant la tête. Elles doivent leur surnom au fait que les sorcières étaient réputées les utiliser pour convoquer le diable à leur sabbat. Je sais qu'elles sont toutes les trois toxiques et potentiellement mortelles.

— Excellent ! Je constate que tu n'as rien perdu de tes connaissances en botanique. La jusquiame a été ainsi appelée « belle endormeuse » car elle altère la perception de la réalité et peut induire, en potion, un sommeil dont on ne se relève pas. Mais les deux autres sont encore plus redoutables et font l'objet à l'heure actuelle de nombreuses études. La chimie extractive et analytique nous a permis de progresser dans la connaissance de leurs différents principes actifs. Il s'agit, pour l'essentiel, d'alcaloïdes très puissants.

— Je me doutais que je frappais à la bonne porte en venant vous voir.

Pelletier ne fut pas insensible au compliment et interrompit son déshabillage pour poursuivre son exposé. Tout en devisant, les deux hommes étaient en effet parvenus au vestiaire du corps enseignant qui jouxtait la salle des Actes de l'École. Par la porte ouverte, on distinguait les boiseries vernies et les tableaux représentant les maîtres apothicaires de jadis. En contemplant ces portraits solennels, Valentin ne put s'empêcher de songer que les pharmaciens d'aujourd'hui étaient bien les dignes héritiers de ceux que les anciens monarques avaient érigés en gardiens des poisons.

— Prenons à présent la belladone, poursuivait le professeur Pelletier. Vauquelin en a isolé le principal composant sous l'Empire, un alcaloïde qu'un pharmacien d'outre-Rhin a nommé atropine il y a quelques années, par référence au nom de la Parque qui était censée couper le fil de la vie. En cas d'intoxication, cette substance entraîne de l'anxiété, des vertiges, mais aussi des hallucinations et des crises convulsives. Peuvent s'ensuivre un coma calme et la mort par paralysie cardio-respiratoire. Le datura, quant à lui, renferme également de l'atropine, mais aussi d'autres alcaloïdes en grandes quantités qui n'ont pu être encore isolés sous une forme pure. Ces drogues, là encore, provoquent un état confusionnel et des hallucinations angoissantes. Certains chimistes prussiens auraient progressé davantage que nous dans l'extraction de ces composés. J'ai lu récemment la communication de l'un d'entre eux à l'Académie royale de Prusse. Il prétend que les personnes intoxiquées par ces drogues encore mal identifiées pourraient se retrouver dans un état second suivi d'un effacement de la mémoire[1].

— Très intéressant, fit Valentin en se frottant pensivement le menton. Pensez-vous qu'il soit possible de droguer quelqu'un à son insu et à l'insu de son entourage avec ce type de composés ?

Le savant secoua la tête négativement.

— Cela paraît fort peu probable. Principalement à cause des crises hallucinatoires qu'ils provoquent et qui ne peuvent passer inaperçues, quand bien même le sujet lui-même n'en garderait pas trace. En outre, tu ne parlais pas seulement d'accès de folie mais aussi de crises de somnambulisme. Rien de tel n'a été décrit avec les alcaloïdes des solanacées.

— Je vois. Il n'existerait donc pas à l'heure actuelle de drogue capable de priver un homme de volonté et de provoquer, à son insu, tantôt une forme de sommeil éveillé et tantôt des délires furieux ?

— Pas à ma connaissance en tout cas.

Valentin fit la moue. Lorsque Félicienne avait

---

1. La scopolamine, principal alcaloïde du datura, ne sera isolée par Schmidt qu'en 1892 ; elle a été, depuis, utilisée comme drogue de soumission dans des affaires d'escroquerie ou de viol.

évoqué les méthodes originales du Dr Tusseau, il avait imaginé que le médecin avait pu recourir à certaines substances aux effets délétères. Mais si l'éminent professeur Pelletier lui-même admettait son incapacité à identifier lesdites substances, il semblait bien qu'il lui faille abandonner cette théorie.

De retour à son domicile, le jeune inspecteur trouva sur la console de l'entrée le courrier déposé par son concierge. Il y avait deux lettres qu'il emporta dans le fumoir-bibliothèque. La première dégageait une discrète odeur de chèvrefeuille. Tandis qu'il l'ouvrait, Valentin sentit monter en lui de l'appréhension et son regard se porta presque malgré lui vers les rayonnages dissimulant la fameuse porte dérobée.

Son instinct ne l'avait pas trompé. La missive émanait d'Aglaé Marceau qui lui disait son désir de le revoir et l'invitait à venir assister à l'une des premières représentations de sa nouvelle pièce. Un billet d'entrée à son nom pour le lendemain soir se trouvait joint à la lettre. Le jeune homme se mordit les lèvres. Son expédition nocturne dans l'antre du Vicaire et ses récentes investigations au sujet du Dr Tusseau avaient fait passer la jolie actrice au second plan de ses pensées. Mais il n'avait pu oublier le terrible soupçon qui s'était emparé de lui après avoir découvert que son cabinet secret avait été fouillé. Ce jour-là, lorsqu'il avait quitté son appartement à l'aube pour se rendre à son duel avec Fauvet-Dumesnil, ses affaires étaient parfaitement en ordre. Il y avait veillé. Aglaé avait profité de son absence pour s'introduire chez lui. Qui d'autre qu'elle avait pu procéder à cette fouille en règle ? Quel but poursuivait-elle ? Avait-elle seulement cédé à sa curiosité de femme ou obéissait-elle à un motif moins avouable ? Et parce que ces questions demeuraient pour l'heure sans réponse et qu'il sentait bien que l'éventuelle trahison de la jeune femme déclenchait en lui une émotion qu'il était incapable de contenir, il préféra ne plus y penser et décida, bien qu'il lui en coûte, d'ignorer l'invitation.

La seconde lettre ne portait que son nom, sans aucune mention d'adresse. Il s'agissait d'un court billet fermé à la cire mais non cacheté. Tandis qu'il parcourait rapidement les quelques lignes tracées d'une écriture malhabile, le cœur de Valentin faillit faire un bond dans sa poitrine.

Si vous en avez toujours après le Vicaire, sachez qu'il est désormais aux abois. Le mot a été passé dans toutes les bandes de Paris. Personne ne lui viendra plus en aide. Un contact fiable a promis de me livrer des informations capitales demain soir. Le rendez-vous est fixé à onze heures, à l'entrée du chantier de l'île Louviers. Soyez-y sans faute.

Monsieur V.

25

La clinique du Val d'Aulnay

Le lendemain, plutôt que de tourner bêtement en rond en attendant l'heure de se rendre au rendez-vous fixé par Vidocq, Valentin décida d'occuper sa journée par un déplacement au Val d'Aulnay. Délaissant ses souliers vernis, sa redingote et son haut-de-forme, il enfila des bottes de cavalier en cuir souple, une culotte de daim, une confortable veste de chasse en velours noir et se munit d'une profonde musette où il entassa tout ce qui pouvait s'avérer utile à son expédition, à commencer par son pistolet à double canon. Puis, satisfait de l'allure de gentilhomme campagnard que lui renvoya la glace de l'entrée, il quitta son appartement et prit l'un des coucous[1] qui stationnaient à la barrière d'Enfer pour rejoindre Châtenay. De là, il choisit de gagner à pied le

1. Coches collectifs pouvant transporter jusqu'à dix passagers et qui permettaient, le dimanche, aux familles bourgeoises de gagner la proche campagne à Saint-Cloud, Meudon, Chaville, Montfermeil, Enghien, Antony, Sceaux…

hameau d'Aulnay, niché au creux du vallon où serpentait le ru du même nom.

Le temps plutôt clément des jours précédents s'était maintenu. Il faisait bon marcher dans la campagne aux senteurs acides. Ses pas faisaient bruisser le tapis de feuilles mortes et Valentin retrouvait les plaisantes sensations de son enfance passée à arpenter les forêts. L'automne était de loin sa saison préférée, qui alliait beauté et fragilité et s'accordait si bien aux plis de son âme tourmentée.

Au moment où le policier atteignait les premières maisons, la cloche de la chapelle fit écho aux tintements d'un marteau sur une enclume, emplissant l'air d'une vibration de bronze. Valentin dirigea ses pas vers la place du hameau où la forge rougeoyante grondait tel un molosse au bout de sa laisse. Le forgeron, colosse débonnaire dont le torse puissant disparaissait sous un épais tablier de cuir, martelait une pièce d'attelage. Il interrompit son ouvrage quand il vit ce jeune homme souriant, aux allures de dandy, venir à lui.

— Bien le bonjour, l'ami, l'aborda Valentin d'un ton enjoué. Vous allez sans doute pouvoir me renseigner. Je suis à la recherche d'un établissement de convalescence que l'on m'a dit se situer par ici.

L'artisan essuya la sueur de son front d'un revers de main et dévisagea le nouveau venu avec circonspection.

— C'est-y que vous viendriez rendre visite à l'un de vos proches ? demanda-t-il en fronçant ses épais sourcils.

— Pas exactement. On m'a recommandé cet endroit pour son calme et son isolement. Ma vieille tante se remet d'une vilaine pneumonie et je me disais qu'il serait peut-être profitable pour elle de quitter l'atmosphère confinée de la capitale. Rien de tel que le bon air pour se refaire une santé. Mais je voulais me rendre compte par moi-même avant de me décider.

Valentin avait mis au point son petit laïus durant le trajet en coche, lorsqu'il avait envisagé d'interroger un peu le voisinage avant de gagner la clinique du Dr Tusseau. En l'entendant, le forgeron laissa transparaître une certaine réticence.

— Ça, pour être isolé, c'est isolé, maugréa-t-il. Quant à savoir si votre parente s'y trouvera bien, c'est une autre histoire…

— Que voulez-vous dire ?

— Ma foi, je ne voudrais pas que vous preniez en mauvaise part mes propos. Il y a tellement de médisances de par le monde. Ce que je m'en vais vous dire, c'est juste parce que vous avez une bonne tête et que je ne voudrais pas que vous confiiez madame votre tante à n'importe qui.

Valentin cacha sa satisfaction. Il avait frappé du premier coup à la bonne porte. Restait maintenant à faire parler l'homme sans éveiller sa méfiance par des questions trop précises.

— Cette clinique a donc une si fâcheuse réputation ? Ce n'est pourtant pas ce que je m'étais laissé dire.

— Attention ! fit le colosse, soudain soucieux de ne pas paraître s'aventurer sur un terrain qui n'était pas le sien. Je ne vous cause pas des soins qu'on peut y recevoir. C'est juste qu'un endroit comme ça, moi, ça me filerait le bourdon plutôt que de m'aider à aller mieux.

— Et pourquoi donc ?

— Si vous poussez jusque là-bas, vous vous ferez

votre propre idée. Mais moi, on m'enlèvera pas de la tête que ça ressemble davantage à une prison qu'à autre chose. Et puis ces gens ont de drôles de manières.

— Vous m'intriguez. Quelles gens ? Et qu'est-ce que vous appelez « de drôles de manières » ?

— C'est un médecin de Paris qui a racheté la propriété, il y a de ça trois ans. Pas plus tôt installé, il a fait arracher les haies vives et tout clôturer de hauts murs. Et puis, jour et nuit, plusieurs molosses, des bêtes hautes comme des veaux, gardent les grilles. Y en a même qui prétendent qu'y aurait des pièges à loup dans le parc. Des loups par ici ? Non mais j'vous demande un peu !

— Ce médecin, vous-même, vous l'avez déjà rencontré ?

— Jamais de la vie ! Pas plus d'ailleurs que les employés ou les pensionnaires. Tout ce petit monde vit entre soi. C'est pas des façons de sauvages, ça ? Tenez ! La seule personne qui entretient des contacts avec l'extérieur, c'est un infirme en charge du ravitaillement. Un sourd-muet, c'est vous dire ! Non, vraiment, un drôle d'endroit, je vous assure.

— Eh bien ! On peut dire que j'ai eu de la chance de tomber sur vous avant de mettre les pieds là-bas. Vous accepterez bien un petit quelque chose en dédommagement.

En voyant Valentin mettre la main à son gousset, le forgeron agita ses grosses mains velues en signe de dénégation et battit précipitamment en retraite. Il empoigna de nouveau ses pinces et son marteau, puis reprit son ouvrage en frappant de plus belle. On aurait dit qu'il regrettait soudain d'en avoir trop dit. L'inspecteur comprit qu'il valait mieux ne pas insister.

— Il ne me reste plus qu'à me rendre compte par moi-même, ajouta-t-il d'un ton faussement léger. Si vous aviez encore l'amabilité de m'indiquer le chemin…

— Passé le petit bois, vous atteindrez un calvaire à une fourche du chemin. Là, il vous faudra prendre la branche de gauche et suivre le cours du ruisseau. La clinique se dresse sur l'autre versant de la combe.

Les indications du colosse à la langue bien pendue s'avérèrent particulièrement précises et Valentin n'eut aucun mal à rejoindre l'institution du Dr Tusseau. Sa curiosité était exacerbée par les renseignements glanés à la forge. Tant de précautions pour se garder d'éventuels intrus ou de la curiosité des villageois, cela semblait disproportionné pour simplement garantir la tranquillité des pensionnaires. En revanche, si l'établissement dissimulait quelque activité moins avouable, cela se justifiait plus aisément. Le policier commençait à se dire qu'il était cette fois sur une piste prometteuse et il brûlait d'en apprendre davantage sur les pratiques du bon docteur.

La vaste propriété nichait dans un repli de terrain, à l'écart de tout passage. Conformément aux indications du forgeron d'Aulnay, un mur d'enceinte la ceinturait entièrement. Valentin constata qu'il atteignait près de trois mètres de haut à certains endroits et que son faîte se hérissait de pointes de fer acérées. Un tel ouvrage non seulement prémunissait contre toute tentative d'intrusion, mais évitait aussi les regards indiscrets. Le jeune inspecteur entreprit d'en faire le tour pour constater que la seule ouverture sur l'extérieur était la grille d'entrée ouvrant sur le chemin du vallon. Lorsqu'il s'en approcha, des aboiements sonores et agressifs retentirent, troublant la quiétude bucolique du lieu. Valentin n'eut que le temps de se rejeter à l'abri d'un buisson avant de voir surgir deux dogues farouches à la gueule écumante, l'œil féroce. Les bêtes vinrent se heurter au portail, tournant sur elles-mêmes, se dressant sur leurs pattes arrière et faisant crisser leurs griffes sur le métal. Quelque part derrière elles, un appel bref retentit et les deux molosses s'en retournèrent en jappant.

« Charmant comité d'accueil, mais il en faut plus pour me décourager », songea Valentin en quittant son abri. Il rebroussa chemin et gagna l'arrière de la propriété. Là, un toit d'ardoise aux contours compliqués et aux multiples pignons dépassait du mur d'enceinte. Aux beaux jours, il devait être masqué par les frondaisons du parc, mais aujourd'hui, à condition de prendre de la hauteur, il semblait possible de pouvoir observer la clinique à distance.

Fort de cette constatation, l'inspecteur entreprit de gravir le versant boisé de la combe. Le chant d'un oiseau invisible accompagnait de ses trilles sa lente progression. Une brise légère lui apportait un agréable parfum de mousse et, agitant la ramée automnale, faisait pleuvoir tout autour de lui les dernières pièces d'or de la saison. En d'autres circonstances, Valentin se serait volontiers attardé à contempler ce tableau charmant, empreint d'une douce mélancolie, mais son instinct de chasseur balayait tout le reste. Une petite voix lui murmurait à l'oreille qu'il n'avait pas fait pour rien le déplacement jusqu'à Aulnay.

Parvenu à mi-pente, il se retourna. Entre les arbres dépouillés de leur feuillage, à travers l'entrelacs des branches, il bénéficiait d'une vue plongeante sur le parc et la gentilhommière où le Dr Tusseau avait installé sa clinique. Le bâtiment s'élevait en bordure d'un étang où, brisant le reflet des ajoncs et la surface lisse de l'eau, plusieurs cygnes glissaient en silence.

Valentin reporta son attention sur l'escalier de pierre blanche qui menait à la porte d'entrée. Un élégant tilbury stationnait au pied des marches. Le policier sortit de sa musette une longue-vue de marine qu'il déplia et braqua sur la voiture. Pas de doute, à en juger par l'équipement luxueux et le caractère racé des deux chevaux d'attelage, il s'agissait d'un véhicule de prix que seul un grand seigneur ou un homme particulièrement fortuné pouvait s'offrir. Remontant sa lunette, Valentin inspecta la façade. Les volets étaient ouverts au rez-de-chaussée et des barreaux défendaient quasiment toutes les fenêtres des deux étages. Ici ou là, il était possible de distinguer de vagues silhouettes qui allaient et venaient derrière les rideaux de voile blanc.

Valentin décida de prendre son mal en patience. Tôt ou tard, quelqu'un finirait bien par se montrer et il pouvait demeurer là, en observation, toute la journée ou tout au moins jusqu'à l'heure d'attraper le dernier coche pour Paris. Il s'assit donc sur un tas de feuilles mortes, cala confortablement son dos contre le tronc d'un noyer et sortit une flasque en argent de la poche de sa veste. La rasade de vieil armagnac diffusa une chaleur réconfortante jusqu'au creux de son ventre.

Et maintenant, cher docteur Tusseau, voyons un peu ce qui justifie que vous transformiez votre clinique en fort retranché !

Pour en avoir un petit aperçu, il n'eut pas besoin d'attendre jusqu'au soir. Pour commencer, il remarqua qu'un gardien accompagné d'un chien en laisse effectuait des rondes régulières dans le parc. Puis il nota que le personnel devait être nourri et sans doute logé sur place, car nul ne quitta la propriété à l'heure du déjeuner. Enfin, alors que le soleil amorçait son déclin – un coup d'œil à sa montre de gousset lui apprit qu'il était près de quatre heures –, la porte d'entrée s'ouvrit sur un personnage en redingote marron glacé. Valentin braqua sa lunette sur le visage osseux et la barbe en pointe du propriétaire des lieux. Le doute n'était pas permis. Il s'agissait bien du médecin qu'il avait rencontré à la morgue, auprès du cadavre de Lucien Dauvergne, et qu'il avait revu ensuite à l'enterrement de ce dernier. Visiblement, le praticien était en pleine discussion avec quelqu'un qui se trouvait encore à l'intérieur du bâtiment. L'instant d'après, le battant de la porte s'écarta davantage et deux nouvelles personnes se matérialisèrent au sommet du perron.

Vivement intéressé, Valentin ajusta la mise au point de son instrument afin d'obtenir une meilleure netteté. La créature auprès de laquelle le Dr Tusseau faisait visiblement assaut de courtoisie était une femme d'une trentaine d'années. Un visage empreint d'une beauté altière, une magnifique chevelure auburn roulée en anglaises qui tombaient avec grâce sur ses épaules. Sous une pèlerine en mousseline brodée, la superbe apparition portait une robe d'organdi, à décolleté bateau et manches à gigot, qui aurait mieux convenu à une sortie sur les Champs-Élysées qu'à une escapade champêtre. Tout en causant avec le médecin, elle faisait montre d'une vive animation.

Le troisième personnage, lui, se tenait en retrait.

Un homme en habit noir, avec cape et chapeau haut de forme. Il ne prenait aucune part à la conversation et semblait s'en désintéresser, comme s'il se trouvait plongé dans de lointaines pensées. Pourtant, lorsque sa compagne lui adressa un signe discret après avoir donné sa main à baiser au Dr Tusseau, il réagit immédiatement et la devança dans l'escalier. Mais il s'exécuta d'une démarche singulière, à la fois raide et saccadée. Sa façon d'aider la femme à s'installer dans le tilbury semblait tout aussi malhabile et hésitante. Puis il contourna lentement la voiture pour venir prendre place à ses côtés. L'espace d'un moment, lorsqu'il se pencha pour desserrer le frein et attraper les rênes, son visage se tourna du côté de Valentin. L'inspecteur reçut alors un véritable choc. Il comprit aussitôt pourquoi l'inconnu lui avait paru si emprunté.

Ses yeux écarquillés présentaient une étrange fixité, presque dérangeante. On aurait dit le regard absent d'un dormeur éveillé.

26

Quatre contre un

Avec la tombée de la nuit, de gros nuages lourds s'étaient accumulés au-dessus de Paris. Un vent humide s'était levé et balayait la surface du fleuve. Valentin dépassa le couvent des Célestins et laissa derrière lui les bâtiments de l'Arsenal où, malgré l'heure tardive, régnait encore un semblant d'activité. Face à lui, la masse sombre de l'île Louviers se détachait nettement sur l'enroulement lustré des eaux de la Seine. Depuis une vingtaine d'années, l'endroit servait de chantier de bois à brûler. Les bâtiments y étaient fort peu nombreux. Un bureau destiné à l'administration du chantier, à la pointe occidentale de l'île, un petit entrepôt et les ruines d'une ancienne manufacture de boutons réquisitionnée sous la Terreur pour fabriquer des armes et, depuis, tombée à l'abandon. Pour le reste, rien qui puisse éveiller l'intérêt de qui que ce soit : quelques peupliers, de maigres broussailles et des rochers. La nuit, après le départ des ouvriers et des portefaix, le lieu devenait totalement désert.

L'endroit idéal pour un rendez-vous discret… ou bien pour un guet-apens.

En ramenant contre lui les pans de sa cape pour se protéger de la fraîcheur nocturne, Valentin s'engagea sur le pont de Grammont qui enjambait le bras du Mail. L'ouvrage reliait l'île au quai Morland, sur la rive droite. Les pas de l'inspecteur accompagnés par le choc rythmé de sa canne sur le tablier de bois résonnèrent dans le silence, signalant sa présence à une lieue à la ronde. Plissant les paupières, il scruta la berge en face de lui pour tenter d'apercevoir un éventuel comité d'accueil. En vain. Un unique lampadaire à huile éclairait la façade de la bicoque servant de bureau. Sa flamme jaunâtre peinait à dissiper les ténèbres. Des nappes de brume montaient des eaux et ensevelissaient les berges sous un linceul livide.

Parvenu de l'autre côté du pont, l'inspecteur s'approcha du halo de lumière. Pas la moindre trace de présence, si ce n'est un vieux chat de gouttière juché sur un banc, à l'aplomb du réverbère, qui s'enfuit à son approche. Valentin vérifia que la porte du bâtiment était verrouillée et que nul ne pouvait se dissimuler à l'intérieur. Puis il profita d'une brève trouée dans les nuées pour inspecter les environs immédiats, nimbés de clarté lunaire. On aurait dit qu'une poussière grise avait recouvert les tas de bois, les buissons et les pans de murs encore debout de l'ancienne fabrique. Tout semblait figé par une sorte de gel minéral qui évoquait l'abandon et la mort. Cette sinistre impression ne dura pas, car, l'instant d'après, les nuages reformaient un couvercle opaque et tous les détails du paysage replongeaient dans l'obscurité.

Alors seulement Valentin décida de s'installer à la place que le matou venait de libérer et sortit sa flasque. La dernière gorgée d'alcool qu'elle contenait le ramena à sa longue attente de l'après-midi, tandis qu'il épiait la clinique du Dr Tusseau. Dans son esprit, il ne faisait plus aucun doute que le médecin, d'une façon ou d'une autre, était responsable de la mort de Lucien Dauvergne. L'individu qu'il avait vu quitter les lieux en compagnie d'une belle inconnue présentait ce même aspect somnambulique qu'avait évoqué Félicienne au sujet de son frère. Cela ne pouvait être dû au hasard. Tout portait à croire, au contraire, que ces symptômes étaient liés aux fameux « traitements originaux » dont le médecin se faisait le chantre. En quoi ces derniers consistaient-ils ? Pouvaient-ils avoir poussé le jeune homme, fragile nerveusement, au suicide ? S'agissait-il d'un simple accident ou d'autre chose dont la nature exacte restait encore à déterminer ?

Valentin remuait toutes ces questions dans son crâne, lorsqu'un chien se mit à aboyer quelque part, dans les profondeurs obscures. Comme si elle répondait à un signal, une ombre se détacha des ruines les plus proches. C'était une silhouette élancée qui avançait sans se hâter, se dirigeant droit sur l'inspecteur. Ce dernier se leva de son banc sans quitter l'apparition des yeux.

Nous y voilà ! Véritable rendez-vous ou traquenard, c'est le moment d'être fixé !

L'ombre n'avait comblé que la moitié environ de la distance qui la séparait du policier. Quand un autre noctambule surgit de la nuit. Il débouchait du sentier qui traversait l'île dans sa longueur et permettait de rejoindre, à la pointe orientale, le second accès au chantier, constitué par la passerelle de l'Estacade. Voyant ce point de retraite coupé, Valentin reporta naturellement son attention vers le pont de Grammont par où il était venu.

Les bancs de brume qui dérivaient le long du petit bras de la Seine ne lui permirent pas de s'assurer que cette voie demeurait libre. Cependant, il ne fut pas étonné, dans les minutes qui suivirent, d'entendre des pas qui résonnaient sur la structure en bois. Si son ouïe ne le trompait pas, il y avait là deux autres hommes qui lui barraient désormais toute possibilité de retraite. *Amis ou ennemis ?* Compte tenu des circonstances, la réponse à cette question ne faisait guère de doute dans son esprit. Toutefois, elle se mua en funeste certitude lorsqu'il réalisa que l'un de ces échos de pas s'accompagnait d'un raclement métallique qui sonnait familièrement à ses oreilles. C'était le même son que celui qui avait précédé l'agression dont il avait été victime dans le quartier Sainte-Avoie, le jour où il avait fait la connaissance d'Aglaé Marceau !

Cette révélation aurait pu déclencher en lui une montée de panique. Cela aurait été sûrement le cas s'il n'avait pas anticipé une situation de ce genre. Mais, durant sa longue séance d'observation à Aulnay, il avait largement eu le temps de penser au rendez-vous que lui avait soi-disant fixé Vidocq. Et plus il y réfléchissait, moins il se sentait convaincu par la teneur du billet prétendument écrit par ce dernier. Si l'ancien chef de la Sûreté devait réellement retrouver un de ses informateurs censé le renseigner sur un Vicaire aux abois, pourquoi avait-il convié Valentin à participer à la rencontre ? Cela n'avait pas de sens. Il aurait pu tout aussi bien lui communiquer par la suite les informations obtenues et conserver ainsi le secret de ses sources. Et puis il y avait l'heure et le lieu du rendez-vous. Cette île Louviers où personne ne se rendait à la nuit tombée. Qu'est-ce qui justifiait une entrevue dans un lieu aussi isolé et à pareille heure ? Sinon l'assurance de pouvoir y régler ses comptes sans être dérangé et la facilité de se débarrasser d'un corps en le jetant dans la Seine.

Toutes ces réflexions avaient conduit Valentin à la seule conclusion qui s'imposait : on voulait l'attirer dans un piège grossier. Dans le coche qui l'avait ramené à Paris en fin d'après-midi, il avait donc eu tout le loisir d'arrêter un plan d'action. La facilité et la sécurité auraient pu le pousser à prévenir le commissaire Flanchard et à faire boucler l'île par des collègues et une escouade de sergents de ville. Mais un tel déploiement de forces pouvait ne pas passer inaperçu et c'était prendre le risque d'alarmer celui ou ceux qui en avaient après lui. Or, Valentin avait bien en tête l'attaque dont il avait été victime dans le brouillard ainsi que la fouille de son cabinet secret. Si ces événements étaient liés entre eux, cela signifiait que, pour la troisième fois en quelques jours, on s'en prenait directement à lui. Il ne tenait pas à ce qu'il y en ait une quatrième et pour cela, il ne devait pas laisser passer l'occasion qui s'offrait à lui de démasquer son ou ses adversaires… Quitte à prendre des risques que d'aucuns auraient sans doute jugés démesurés.

Rapidement, les quatre hommes avaient convergé en

direction de leur proie. Tant qu'ils étaient demeurés à distance, dans la pénombre, Valentin avait observé une stricte immobilité, planté juste sous la lanterne à huile. Il avait pleinement conscience de représenter ainsi une cible parfaite, mais il avait pesé le pour et le contre. Avec la bicoque dans son dos, et les deux issues vers la rive droite sous contrôle, il était acculé. Les autres le savaient. Ils n'avaient aucune raison d'attirer l'attention en lui tirant dessus. S'ils l'avaient fait venir dans cet endroit désert, c'était bien parce qu'ils comptaient en finir avec lui en toute discrétion.

En même temps qu'ils se déployaient en arc de cercle pour rendre toute fuite impossible, les quatre hommes avaient fini par atteindre les limites de la zone lumineuse. Valentin put enfin les détailler. Trois d'entre eux portaient des tenues d'ouvrier et le dernier des habits de bourgeois. Leurs visages étaient passés au noir de fumée, mais l'inspecteur n'eut aucune peine à reconnaître celui que ses vêtements désignaient comme le chef. Cette silhouette courtaude, cette rondeur de barrique, ces yeux sournois, profondément enfoncés dans la graisse des paupières. Aucun doute possible : il s'agissait de Grand-Jésus, le rouspant qu'il avait tabassé deux semaines plus tôt, juste avant d'être détaché à la brigade de sûreté par Flanchard. Les trois autres étaient, en revanche, de parfaits inconnus. Deux d'entre eux pointaient en avant de redoutables lames de couteau. Le dernier était une sorte d'hercule au faciès bestial qui brandissait, avec une aisance inquiétante, une lourde masse de carrier. C'était lui qui boitait légèrement. L'une de ses chaussures portait en effet des renforts métalliques visant manifestement à compenser une malformation du pied. Malgré ce handicap, il semblait – et de loin – le plus redoutable des quatre.

— Comme on se retrouve, monsieur le fonctionnaire ! fanfaronna le gros souteneur en braquant sur le policier un impressionnant pistolet de cavalerie. Ce n'est pas très prudent de se risquer seul, si tard, dans des lieux aussi isolés. Surtout quand on prétend donner des leçons aux autres.

Valentin osa un petit rire ironique. Du menton, il désigna le visage de son vis-à-vis qui portait encore les stigmates de la rossée qu'il lui avait infligée.

— C'est plutôt toi, l'ami, qui devrais éviter de sortir le soir. Avec ta gueule toute couturée, si tu venais à croiser un môme, il croirait voir le croque-mitaine en personne.

Grand-Jésus haussa les épaules avec dédain, puis il se tourna vers ses acolytes, comme pour les prendre à témoin.

— Écoutez-le, vous autres ! Monsieur l'inspecteur trouve encore le moyen de faire de l'esprit. (Son regard revint ensuite lentement se poser sur le policier. Une lueur mauvaise brillait au fond de ses prunelles.) Tu peux faire le malin, va ! N'empêche que tu as donné en plein dans le panneau ! Pas mal, le coup du billet signé Vidocq, non ?

Visiblement, le maquereau avait envie de prendre tout son temps. Il entendait savourer ce qu'il croyait être sa revanche. Valentin se dit qu'il devait en profiter pour tenter d'en apprendre le maximum sur les agissements de la bande.

— Comment avez-vous su que j'étais en relation

avec Vidocq ? demanda-t-il, sans perdre de vue le moindre mouvement de ses adversaires.

— Pauvre cloche ! Qu'est-ce que tu croyais ? Que tu pouvais t'en prendre à un homme comme moi en toute impunité ? Ça fait deux semaines que mes hommes ne te lâchent pas d'une semelle. Comme je savais que t'en avais après le Vicaire, quand ils m'ont dit pour Vidocq, j'ai tout de suite pensé qu'en combinant les deux informations, il y avait moyen d'imaginer une fameuse chausse-trappe.

— Sans compter que vous êtes allés jusqu'à vous introduire chez moi pour fouiller un peu partout. C'était risqué. Quelqu'un aurait pu vous surprendre.

Grand-Jésus ouvrit des yeux étonnés. Soit la remarque de Valentin l'avait vraiment décontenancé, soit il possédait un véritable talent de comédien.

— Qu'est-ce que tu racontes ? grogna-t-il en fronçant ses sourcils broussailleux. Contrairement à toi, nous, on n'est pas assez fous pour se jeter dans la gueule du loup.

— Laissons cela. Dis-moi plutôt ce que tu comptes faire à présent.

— Tu es certain de ne pas avoir déjà une petite idée sur la question ?

Valentin se frotta le menton en affectant un air dubitatif.

— Ma foi, c'est bien possible. Cependant je n'arrive pas à croire que tu es assez stupide pour imaginer que tu pourrais t'attaquer à un inspecteur de police sans en payer, tôt ou tard, les conséquences. Tout finit par se savoir à Paris.

L'obèse laissa entendre un ricanement sinistre.

— Pour accuser quelqu'un d'assassinat, encore faut-il qu'il y ait un cadavre. (Il désigna le colosse qui n'avait pas cessé de faire tournoyer son outil dans ses mains, à la manière d'un lutteur de foire désireux d'épater la foule.) Petit-Pierre a pas trop apprécié l'autre soir, quand tu lui as percé la couenne. Sa blessure pissait le sang. Depuis, il ne rêve que de t'avoir à sa merci. Quand il en aura fini avec toi, ton corps sera réduit en bouillie. Les poissons de la Seine auront de quoi faire bombance.

— De la chair à pâté, sûr que c'est ça qu'j'vais en faire ! crut bon de confirmer le dénommé Petit-Pierre avant de cracher dans chacune de ses mains et de lever la masse au-dessus de sa tête.

— Un instant ! intervint Grand-Jésus en bloquant son complice de sa main tendue. Autant éviter les mauvaises surprises. Ta canne-épée, balance-la par ici. J'ai cru comprendre que tu te débrouillais un peu trop joliment avec.

Valentin prit une profonde inspiration. C'était le moment fatidique. Celui dans l'éventualité duquel il avait effectué, deux heures plus tôt, une première et rapide incursion sur l'île Louviers. Histoire de reconnaître l'endroit et de parer à tout mauvais coup. Dans quelques secondes, il saurait s'il n'avait pas fait montre d'un excès de confiance. Si tel était le cas, il n'aurait, de toute façon, guère le temps de nourrir des regrets.

Comme pour obéir à l'injonction de Grand-Jésus qui le menaçait toujours de son pistolet, le policier abandonna la poignée de sa canne et la saisit par l'autre extrémité. Cependant, au lieu de la jeter aux pieds de ses agresseurs, il la leva brusquement à la verticale et s'en servit pour fracasser le lampadaire à huile. D'un seul coup, l'obscurité la plus complète s'abattit sur les cinq hommes.

Profitant de l'effet de surprise, Valentin sortit le pistolet glissé dans sa ceinture et tira aussitôt ses deux coups en direction de l'endroit où se tenait Petit-Pierre. Il voulait être certain de mettre d'emblée le mastodonte hors d'état de nuire, car si une telle force de la nature parvenait à le coincer c'en serait fini de lui. Un râle déchirant suivit les deux détonations, devançant de très peu le choc d'une masse pesante qui s'abattait au sol.

— Malédiction ! piailla Grand-Jésus dans le noir. Ce démon vient de casser la tête à Petit-Pierre. Lui laissez pas le temps de recharger, vous autres ! Tue ! Tue !

Valentin lança son pistolet devenu inutile en se guidant sur la voix. Pour le moment, sa canne-épée ne lui était d'aucun secours non plus, car il ne pouvait tenir tête en même temps à trois hommes dont l'un possédait une arme à feu. Fort heureusement, il disposait d'autres ressources dissimulées sur place lors de son premier passage. Plongeant les deux mains sous le banc adossé à la masure, il en retira une paire de pistolets de gendarmerie déjà armés et prêts à faire feu. Lorsque les deux vauriens, encouragés par les exhortations de leur chef, se rapprochèrent en donnant des coups de couteau dans le vide, ses yeux s'étaient déjà habitués au noir environnant. Un pistolet dans chaque main, un genou à terre pour s'assurer une bonne stabilité, il visa posément les deux ombres en mouvement. Deux flammes jaillirent simultanément des canons. Foudroyés, les misérables s'écroulèrent en arrière sans même pousser un cri.

Distant d'une dizaine de pas à peine, Grand-Jésus

perçut la chute de ses complices. Il sentit un frisson glacé courir le long de sa colonne vertébrale. Un cauchemar ! Il vivait un véritable cauchemar. En l'espace de quelques secondes, ce damné policier venait de tuer ses trois meilleurs hommes. Il se retrouvait seul désormais face à cet ange exterminateur.

Terrorisé, il fouilla fébrilement des yeux l'ombre qui l'entourait. L'autre semblait s'être volatilisé. Serrant son pistolet dans ses deux mains tremblantes, il le braqua en direction de la masse plus sombre de la bicoque et commença à s'éloigner à reculons. Dès qu'il s'estimerait suffisamment loin, il comptait prendre ses jambes à son cou pour gagner le pont de Grammont et se fondre dans les petites rues du Marais.

De toute sa rage et de tout son désespoir, il défiait du regard l'obscurité, tout en redoutant à chaque seconde de voir surgir devant lui son ennemi, comme un diable hors de sa boîte. Le sang battait furieusement à ses tempes, si bien qu'il ne prit pas garde au léger froissement d'herbe, sur sa gauche. Sa panique était telle qu'elle dominait toutes ses autres sensations. Du coup, il ne comprit pas tout de suite d'où venait cette intense chaleur qui enveloppait son corps tout entier. Il fit encore un ou deux pas en titubant. C'était à présent une véritable langue de feu qui lui déchirait les entrailles. Sans qu'il s'en rende compte, ses poings s'ouvrirent dans un spasme incontrôlable et il laissa échapper son arme.

L'instant d'après, Grand-Jésus tombait à genoux dans l'herbe. Sa bouche s'ouvrit toute grande pour happer de l'air avidement, ainsi que l'aurait fait un poisson tiré hors de l'eau. Un hoquet le secoua et il vomit un flot de sang. Sa tête s'inclina sur sa poitrine. Alors seulement l'immonde personnage baissa les yeux et la dernière chose qu'il vit en ce monde fut cette longue et fine lame d'acier qui émergeait de son gilet, à la hauteur du cœur.

27

Journal de Damien

Je me suis trompé.

Je me disais qu'après tout ce temps – des mois, des années entières – le Vicaire devait tenir un peu à moi. Oh ! À sa façon, bien sûr. Violente, exclusive, et laide, et répugnante. Mais enfin j'en étais arrivé à penser cela. Je me disais que c'était pour cette raison qu'il m'avait forcé à tuer Mam'zelle Louise. Pour ne pas avoir à me partager. Parce qu'il ne tolérait personne entre nous deux.

Je me trompais. Je l'ai compris dans les jours qui ont suivi la mort horrible de ma compagne à quatre pattes… lorsque *l'Autre* a fait son apparition dans la cave…

Je me trouvais alors dans un état lamentable. Trop de privations, trop d'épreuves, trop de désespoir et de chagrin. Mes nerfs avaient fini par me lâcher. Mes mains tremblaient en permanence. Et j'avais l'impression qu'une sorte de fièvre me dévorait, même si mon front, quand je le touchais, ne me paraissait pas plus chaud que d'habitude.

Confus, hébété, je n'arrivais plus à trouver le repos. Toute la nuit, je restais assis sur ma paillasse, à balancer inlassablement le haut de mon corps, comme pour me bercer moi-même. Durant la journée, au contraire, je sombrais dans un semi-coma, alternant les courtes phases de veille où je ne parvenais pas à retenir mes larmes et les phases d'évanouissement plus que de sommeil, d'où j'émergeais encore plus épuisé, dans un état de stupeur et d'abrutissement inimaginable.

C'est au sortir d'une de ces pertes de conscience que j'ai réalisé que je n'étais plus le seul prisonnier de la cave.

Ça ne s'est pas fait d'un seul coup. Oh, non !

Je suis revenu à moi par paliers. Un étau enserrait mes tempes. La nausée me donnait envie de vomir et, chaque fois que je tentais de soulever les paupières, des dizaines d'aiguilles me perforaient le cerveau. J'ai roulé sur moi-même pour nicher mon visage dans les couvertures qui puaient le moisi et j'ai placé mes poings serrés contre mes yeux clos. J'ai appuyé longtemps, jusqu'à ce que les taches rouges arrêtent leur folle sarabande. Alors seulement j'ai écarté lentement les doigts.

Des rais de lumière striaient la pénombre de la cave. Il m'a semblé distinguer une forme humaine allongée sur le sol, et j'ai cru être victime d'une illusion. À coup sûr, ma tête me jouait des tours. J'ai refermé les paupières. Attendu que la sensation de vertige s'atténue. Quand j'ai osé un nouveau regard, la forme était toujours là.

Un corps de garçon.

Comme je laissais échapper un grognement en me redressant, *l'Autre* s'est réveillé lui aussi et s'est assis sur le tas de vieux chiffons qui lui avait servi de litière. Des cheveux blonds comme moi. Mais un visage plus farouche. Un caractère plus affirmé.

Oui, un garçon blond… mais pas comme moi. Plus vieux, plus grand, plus fort aussi.

— Qui… qui es-tu ?

Pas de réponse. *L'Autre* me fixait avec attention, mais il faisait comme s'il ne m'avait pas entendu. Mon cœur se mit à bondir comme un beau diable dans ma poitrine. J'étais partagé entre l'incrédulité et la peur engendrée par l'irruption de cet inconnu dans un univers que je croyais figé à jamais.

— Comment es-tu arrivé ici ? C'est le Vicaire ? C'est lui qui t'a enfermé ?

Mais le garçon blond demeurait muet. Il se contentait de me détailler en silence. Aucune crainte dans son regard. Juste une curiosité tranquille, teintée, au fur et à mesure de son inspection, de ce qui m'a semblé être un soupçon d'ironie. Je ne savais pas quelle attitude adopter. Je n'osais pas m'approcher de lui. Son mutisme incompréhensible, au fur et à mesure que les minutes s'écoulaient, me plongeait dans un profond malaise. Qui était-il ? Pourquoi ne disait-il rien ? Représentait-il un quelconque danger pour moi ?

Je ne sais pas combien de temps nous sommes demeurés ainsi, à nous regarder en chiens de faïence, presque à nous défier du regard. Des tas de pensées me traversaient l'esprit. Le Vicaire avait compris que la solitude me pesait et il avait finalement décidé de me donner un compagnon. Ce malheureux allait désormais partager ma captivité. Son désarroi le privait pour le moment de réaction, mais, tôt ou tard, nous finirions par établir un contact autre que visuel. Notre infortune commune ne pouvait que nous rapprocher. Cependant, inexplicablement, je sentais que nous étions trop différents pour pouvoir vraiment nous entendre. Il y avait derrière ce visage fermé une dureté et une sauvagerie qui me nouaient la gorge. Peu à peu, je me suis mis à chercher une autre explication à sa présence dans la cave.

Et j'ai fini par la trouver.

Le Vicaire ne cherchait pas à adoucir mon enfermement. Tout au contraire, il me gardait rancune de lui avoir dissimulé l'existence de Mam'zelle Louise et il avait décidé de me remplacer. *L'Autre*, là, allait prendre ma place. Me supplanter. Qu'allais-je devenir? Que fait-on d'un jouet qui a cessé de plaire?

L'angoisse m'a tétanisé. J'avais l'impression que mon souffle se réduisait à un mince filet d'air. Mes poumons étaient en feu. Je suffoquais. J'ai voulu aller tambouriner à la porte de la cave, appeler le Vicaire pour le supplier de me pardonner. Mais je ne pouvais pas me lever, encore moins marcher. Mes jambes me semblaient en coton. J'étais sans force. En désespoir de cause, je me suis laissé tomber à terre et j'ai commencé à ramper sur le sol de terre battue. Je voulais à tout prix atteindre la volée de marches qui conduisaient à la porte cadenassée. Même si je savais très bien que je serais incapable de les gravir.

C'est à ce moment très précis que *l'Autre* s'est mis à rire.

Un rire blessant, acéré comme une brassée de ronces. Je me suis retourné. L'inconnu s'était campé sur ses jambes, mains aux hanches, et il riait à gorge déployée en me regardant me contorsionner par terre. Dans ses yeux, je me suis vu pareil à un misérable vermisseau. Une petite chose insignifiante qu'on peut écraser sous son talon sans y prêter la moindre attention.

Ainsi, nous fîmes connaissance l'un de *l'Autre*.

28

Tout commence à prendre forme

— Alors comme ça, la tuerie de l'île Louviers, la nuit dernière, c'était vous ?

— C'était moi.

— Foutre ! Quand vous décidez de donner un coup de balai, vous n'y allez pas de main morte ! Je me suis laissé dire qu'à la préfecture, on penchait pour un règlement de comptes entre bandes rivales.

— Ce n'est pas moi qui les détromperai. Autant éviter les explications compliquées. Grand-Jésus en avait après moi depuis qu'un léger différend nous avait opposés. C'est probablement lui qui remuait le milieu, ces jours derniers, pour glaner des informations à mon sujet.

— Je ne vous apprendrai rien en vous avertissant que vous risquez gros si vos supérieurs découvrent que vous réglez vos comptes dans leur dos et en dehors de tout cadre légal. Je suis bien placé pour savoir qu'on coupe désormais les têtes qui dépassent à la préfecture de police ! Ceci dit, nul ne regrettera la disparition de Grand-Jésus. Ce scélérat trafiquait avec les orphelinats pour fournir ces messieurs de la haute en gitons. Puisse-t-il brûler en enfer !

Vidocq appuya sa malédiction d'un geste éloquent de la main. Lui et Valentin se trouvaient dans l'appartement du dernier. Confortablement installés auprès d'un bon feu de cheminée, ils fumaient le cigare en sirotant un vieux cognac mis en fût avant la Révolution.

— Oublions un peu cette crapule, dit Valentin. Si je vous ai demandé de passer me voir, c'est que j'ai du nouveau dans l'affaire dont je m'occupe actuellement.

— Oui, je suis au courant, le suicide du fils Dauvergne.

— Diable d'homme ! Comment avez-vous deviné cela ? Je ne vous en ai pourtant pas soufflé mot lors de ma venue à Saint-Mandé.

— Simples recoupements, éluda l'ancien forçat. Depuis que nous nous connaissons, vous devriez savoir qu'il est quasiment impossible de me faire des cachotteries. Mais j'avais cru comprendre que vous vous intéressiez aussi de près à la disparition de ce forcené, le dénommé Tirancourt.

— Il s'agit en fait de la même affaire. J'en ai eu confirmation ce matin même. La sœur de Lucien Dauvergne m'a fait savoir que son frère et Tirancourt avaient tous deux séjourné, dans les semaines précédant leur mort brutale, au sein de la clinique du Dr Tusseau.

— Comment l'a-t-elle appris ?

— Malgré son jeune âge, c'est une personne déterminée et qui n'a pas froid aux yeux. Je lui avais demandé de fouiner un peu lorsqu'elle se rendrait au Val d'Aulnay où sa mère séjourne actuellement. Elle a réussi à faire parler l'une des sœurs en charge des soins aux pensionnaires. Dauvergne et Tirancourt ont tous deux suivi les cures du Dr Tusseau et se sont suicidés peu de temps après, dans les conditions dramatiques que vous savez.

— Tiens, tiens…

— Je suis convaincu qu'il ne s'agit pas d'une simple coïncidence. C'est la raison pour laquelle je vous ai contacté à nouveau. Avez-vous déjà pu glaner quelques informations utiles sur ce médecin et ses pratiques qui semblent rien moins qu'orthodoxes ?

Aussitôt après avoir reçu le court billet de Félicienne, Valentin avait dépêché un coursier à Saint-Mandé, priant Vidocq de se renseigner sur Edmond Tusseau et de le rejoindre aussitôt qu'il aurait appris quelque chose d'intéressant. L'ancien chef de la Sûreté avait fait diligence car il s'était présenté à sa porte le jour même, en fin d'après-midi.

— Tusseau est un médecin en vue dans la capitale, dit-il après avoir lampé d'un seul coup le restant de son verre. C'est d'ailleurs paradoxal car l'individu est plutôt du genre discret. On pourrait même aller jusqu'à dire qu'il cultive le goût du secret. En dépit de cela, en quelques années, il s'est bâti une clientèle des plus huppées. Ses patients appartiennent à la meilleure société : parlementaires, magistrats, écrivains, banquiers, négociants… Il semble que notre bon Dr Tusseau possède un véritable don pour se rendre rapidement indispensable auprès de ceux qui ont recours à son art.

— C'est en effet ce que m'a laissé entendre Félicienne Dauvergne, confirma Valentin en écrêtant la cendre de son cigare dans une timbale d'argent. Elle prétend que son père s'est littéralement entiché de

Tusseau en l'espace de quelques semaines. Pourtant, je peux vous affirmer que le député Dauvergne n'est pas d'un caractère facile. Il n'est pas homme à accorder facilement sa confiance.

— Il n'est pas le seul à avoir succombé au pouvoir de séduction du médecin. Comme je vous l'ai confié lors de notre précédente rencontre, Tusseau s'est même affiché un temps au bras d'Émilie de Mirande avant de se faire supplanter par le vicomte de Champagnac. Bref, voilà un disciple d'Esculape qui fréquente tout le gratin politique et mondain !

Comme les flammes avaient baissé d'intensité, Valentin se rapprocha de l'âtre. Les braises luisaient faiblement en laissant échapper d'éphémères étincelles. Il entreprit de tisonner le foyer et rajouta deux nouvelles bûches. Lorsque le feu reprit une belle vigueur, il se redressa et se retourna vers son visiteur, appréciant la douce chaleur qui lui enveloppait les reins.

— Si je vous suis bien, dit-il en plissant le front, Tusseau s'est montré suffisamment habile pour s'assurer de puissants appuis. Mieux vaut donc avoir de solides atouts dans sa manche si l'on veut s'en prendre à lui.

— Je ne vous dirai pas le contraire, mon cher. Cela dit, le personnage ne fait pas l'unanimité. Notamment au sein de sa propre profession. L'homme a déjà eu maille à partir avec la Faculté de médecine. C'est d'ailleurs en partie pour cette raison qu'il a abandonné son cabinet parisien pour ouvrir sa fameuse clinique du Val d'Aulnay.

— Voilà qui est intéressant. Qu'est-ce qui justifiait les critiques de ses confrères ?

Vidocq haussa les épaules et étendit lascivement les jambes en direction de la cheminée.

— Ma foi, répondit-il, je n'y entends pas grand-chose en médecine, mais je crois qu'on lui reprochait de recourir à des pratiques thérapeutiques condamnées par l'Académie de médecine. Avez-vous déjà entendu parler du magnétisme animal ?

— Je sais qu'il s'agit d'une doctrine médicale introduite en France, à la fin du siècle dernier, par un médecin viennois du nom de Mesmer. Elle a fait l'objet d'une condamnation officielle peu avant la Révolution, mais certains médecins y auraient encore recours plus ou moins clandestinement.

— Eh bien, votre Tusseau serait du nombre, du moins si l'on en croit la rumeur publique. À la vérité, il emploierait une méthode toute personnelle qui lui a été inspirée par les travaux d'un autre médecin, un certain Alexandre Bertrand. Celui-ci est l'un des fondateurs du *Globe*. Il y assure la rédaction des articles scientifiques.

— Avez-vous une idée de ce en quoi consiste cette fameuse méthode ?

— Pas la moindre ! Mais si j'étais vous, je ferais un tour, un de ces jours, passage Choiseul, aux bureaux du journal. Ce Bertrand pourra sûrement vous renseigner.

Valentin eut du mal à masquer son excitation. Il jeta le reste de son cigare dans le foyer et se frotta joyeusement les mains en se dirigeant déjà vers la porte du fumoir-bibliothèque.

— Pourquoi remettre à plus tard ? J'y vais de ce pas ! Avec un peu de chance, j'y mettrai la main sur ce Bertrand et sinon je me fais fort d'obtenir son adresse.

Toujours vautré dans son fauteuil, Vidocq tira une

profonde bouffée de son cigare et lorgna d'un air chagriné son verre vide et la carafe de cognac. Les reflets des flammes faisaient danser des nuances de cuir et de vieil or à la surface du liquide.

— Vous voilà tout d'un coup bien pressé de courir dans le froid ! Ne voulez-vous pas que je vous dise ce que j'ai appris sur cette comédienne du boulevard, la dénommée Marceau ?

Valentin se figea sur place, presque étonné de la morsure exquise que ce simple nom suffisait à réveiller dans sa poitrine.

— Aglaé ? Vous avez découvert quelque chose d'intéressant à son sujet ?

— Peu de chose à vrai dire, mais plutôt de nature à vous rassurer, car j'ai cru comprendre que la belle ne vous laissait pas indifférent… Mais cette cheminée dégage une chaleur d'enfer. Voilà que j'ai le gosier tout asséché. Vous permettez ? (Il désigna du menton le carafon rempli d'alcool et, sans attendre l'autorisation de son hôte, s'en empara pour remplir généreusement son verre. Puis il s'envoya une rasade et fit claquer sa langue contre son palais.) Mes compliments ! Vous êtes un homme de goût. Ce sont les anges qui vous descendent en gazouillant tout le long du gosier.

— Au fait, Vidocq ! Au fait ! Qu'aviez-vous à me dire au sujet d'Aglaé ?

L'ancien forçat, ancien policier, nouveau négociant et toujours un peu filou sur les bords, esquissa une petite moue ironique. On aurait dit un gros matou régnant sans partage sur son territoire et se délectant du pouvoir acquis sur ses commensaux. Il se mit à réciter en entrecoupant chacune de ses phrases d'une gorgée de cognac :

— La petite est âgée de vingt-deux ans. Arrivée il y a quatre ans de sa Lorraine natale. A rapidement décroché des petits rôles dans différents théâtres du boulevard. S'est fait remarquer par Mme Saqui qui l'a engagée en mars dernier. C'est une fille apparemment sérieuse. Contrairement à la plupart des comédiennes, elle boude les fêtes et les soupers qui suivent souvent les représentations. On ne lui connaît pas de véritable liaison, même si la belle ne manque pas de soupirants. Le dernier en date, d'ailleurs, était le fils Dauvergne. Mais il avait cessé de la rencontrer plusieurs semaines avant sa mort.

— Pas de fréquentation louche ou de relation liée à un quelconque parti politique ?

— Pas la moindre trace. Si cette Aglaé vous intéresse, je peux vous rassurer : la voie est libre. Mais attention, la mignonne ne semble pas du genre facile ! Malgré les indéniables atouts dont la Nature vous a si généreusement pourvu, vous n'avancerez pas en territoire conquis !

Valentin ne prit pas la peine de détromper Vidocq. Peu lui importait au fond que l'autre s'imagine qu'il avait des vues sur la jeune femme. Savoir qu'Aglaé n'avait rien d'une intrigante suffisait à son bonheur immédiat et lui procurait un soulagement appréciable. Une question restait pourtant en suspens : si ce n'était pas elle, qui s'était introduit dans son cabinet secret ? Mais pour l'heure, il avait bien d'autres chats à fouetter. Il se précipita dans l'entrée où il attrapa à la volée cape, canne et chapeau.

— Merci pour toutes ces informations, lança-t-il à travers les pièces. Je file à la rédaction du *Globe*. Profitez du feu et du cognac, vous n'aurez qu'à prévenir le concierge à votre départ. Il a le double des clés et se chargera de boucler l'appartement.

En entendant claquer la porte, Vidocq afficha un large sourire de contentement. Il se versa un autre verre, choisit un nouveau cigare dans un précieux coffret en marqueterie, l'alluma avec soin et en tira de voluptueuses bouffées en se calant bien en arrière dans son fauteuil. *Ah, jeunesse ! Que n'ai-je encore vingt ans, moi aussi !*

À peine quitté son immeuble, Valentin se mit en quête d'un fiacre pour l'emporter au plus vite sur la rive droite. On était vendredi soir, il n'était pas encore sept heures. Avec un peu de chance, la plupart des rédacteurs seraient encore aux bureaux du *Globe* pour arrêter la conception des deux numéros qui paraîtraient le samedi et le dimanche.

L'automne avait consumé ses derniers feux. Depuis la veille au soir, un temps gris et pluvieux s'était installé sur Paris. À cette heure avancée, les rues du quartier étaient désertées. Les rares passants que croisa l'inspecteur se résumaient à des silhouettes pressées, engoncées dans d'épais manteaux. Place Saint-Sulpice, une équipe d'ouvriers s'employait à remplacer les vieilles lanternes à huile à deux mèches par des réverbères au gaz à cinq flammes. Les hommes, forcés de poursuivre leur tâche sous la pluie pénétrante, le regardèrent passer dans ses beaux habits d'un œil torve ou vaguement envieux. Finalement, il dut attendre de rejoindre le palais des pairs, rue de Vaugirard, pour dénicher un fiacre libre. Le cocher sommeillait sur son siège, une toile cirée rabattue en guise de capote sur sa tête et ses épaules. Valentin fut contraint de le secouer pour se faire embarquer.

Il se fit déposer rue des Petits-Champs, à hauteur d'une des entrées du passage Choiseul. C'était dans cette galerie couverte, récemment édifiée à l'initiative de la banque Mallet et vite devenue l'un des lieux les plus fréquentés de la scène parisienne, que *Le Globe* avait installé ses locaux, au numéro 75. Le quotidien, sous la direction de Dubois puis de Rémusat, s'était affirmé comme l'un des principaux organes de résistance à la politique de Charles X et un opposant déclaré au ministère Polignac. Depuis les Trois Glorieuses, la majorité des rédacteurs, orléanistes convaincus, avait quitté le journal et nombre d'entre eux s'étaient vu offrir par le nouveau régime des postes officiels et gratifiants. Placé un temps en liquidation, *Le Globe* venait d'être repris, quelques jours plus tôt, par une nouvelle direction qui souhaitait en faire le porte-parole de la doctrine saint-simonienne[1].

Sans s'attarder à contempler la magnifique verrière ou les pilastres de marbre entre lesquels se dressaient les nombreuses boutiques à la mode, Valentin gagna à grandes enjambées les locaux du quotidien. Là, il découvrit une ruche en effervescence où se croisaient, dans la fumée des pipes et des cigares, toute une faune de journalistes à l'allure bohème et de typographes affairés. L'inspecteur arrêta l'un de ceux-là, déclina son identité et demanda à parler à Alexandre Bertrand. L'ouvrier le dévisagea d'un œil intrigué mais sans manifester de réelle hostilité. Depuis que le gouvernement

1. Courant de pensée en vogue à l'époque, répondant à des préoccupations socio-économiques et prônant une industrialisation morale et une société fraternelle. Son nom vient de son principal théoricien, Claude-Henri de Rouvroy de Saint-Simon, décédé en 1825.

de Louis-Philippe avait rétabli la liberté de la presse, la police n'était toujours pas en odeur de sainteté dans les rédactions, mais du moins n'était-elle plus cataloguée directement parmi les ennemis à abattre.

Au grand soulagement de Valentin, l'homme finit par lui désigner une sorte de cagibi vitré, au fond de la salle de rédaction. Le Dr Bertrand s'y était isolé pour trouver un peu de calme. Il tentait de mettre la touche finale à son compte-rendu des séances de l'Académie des sciences qui devait paraître dans l'édition du dimanche.

Le médecin était un trentenaire au grand front intelligent, aux traits volontaires encadrés par d'imposantes rouflaquettes. Sanglé dans une redingote de laine épaisse, le col de la chemise relevé par une cravate blanche nouée en plusieurs tours, il faisait crisser une plume nerveuse sur le papier, tout en produisant un effort visible pour se concentrer malgré le brouhaha environnant.

Lorsque Valentin eut exposé en quelques mots la raison de sa visite, il secoua la tête d'un air fataliste.

— Misère de moi ! soupira-t-il en jetant sa plume d'oie d'un geste désabusé. Il est décidément écrit que je n'aurai pas une heure tranquille pour achever cet article ! Que désirez-vous savoir exactement au sujet du magnétisme animal ?

— À vrai dire, tout ce que vous pourrez m'apprendre là-dessus est susceptible de faire avancer mon enquête. Mes connaissances en la matière se limitent, à peu de chose près, à ces termes mystérieux et au seul nom de Mesmer.

— Remontons alors au commencement, voulez-vous ? Mesmer a étudié la médecine à l'université de

Vienne. Il est arrivé à Paris en 1778, précédé d'une réputation de guérisseur assez controversée. Très vite, il a développé avec un certain succès une approche thérapeutique originale. Selon lui, il existerait dans l'organisme un fluide magnétique naturel dont les blocages internes seraient à l'origine des différentes maladies. Le rôle du thérapeute serait donc de magnétiser son patient pour condenser ce fluide et le redistribuer à des fins curatives. Pour ce faire, Mesmer a commencé par utiliser des aimants, puis un baquet dans lequel il immergeait plusieurs de ses patients et qui était censé jouer un rôle d'accumulateur. Le fait est que certaines personnes de la meilleure société, soumises à ce bain des plus particuliers, ont manifesté de véritables crises, aux cours desquelles elles perdirent tout contrôle sur elles-mêmes jusqu'à tomber en convulsion. Cette pratique n'a pas tardé à diviser le monde médical. Certains voyaient en Mesmer un vulgaire charlatan, d'autres estimaient au contraire qu'il révolutionnait la médecine.

— Qu'en était-il exactement ?

— Comme presque toujours, la vérité se situe dans un juste milieu. L'erreur du médecin viennois a été de vouloir, coûte que coûte, fonder sa pratique sur une réalité physique et physiologique contestable : l'existence du fameux fluide magnétique. C'est ce qui a conduit à l'opposition, en 1784, de l'Académie des sciences et de la Société royale de médecine. Finalement, fatigué de lutter contre les sceptiques, Mesmer a fini par rentrer dans son pays. Mais déjà, l'un de ses plus fidèles disciples, le marquis de Puységur, avait nuancé son approche. Il fut le premier à affirmer que les résultats positifs obtenus sur certains malades étaient dus au fait que ceux-ci se trouvaient plongés dans un état inconnu de la conscience qu'il baptisa « sommeil magnétique ».

Valentin tressaillit.

— S'agirait-il d'une forme particulière de somnambulisme ?

— Pas exactement, même si les deux états sont sans doute apparentés, répondit le Dr Bertrand qui semblait avoir tout à fait oublié son article inachevé et se laissait emporter peu à peu par son sujet. J'ai passé moi-même de longues années à étudier ces phénomènes et j'y ai consacré plusieurs ouvrages[1]. J'en suis arrivé à la conclusion que le fluide magnétique est une chimère. En revanche, les formes de conditionnement mises en place par Mesmer et développées ensuite par Puységur peuvent s'avérer efficaces en médecine, notamment pour supprimer certaines douleurs. Je suis convaincu qu'elles s'expliquent par une sorte de sommeil lucide où l'imagination et la suggestion jouent un rôle essentiel.

— Voulez-vous dire qu'il serait possible de conditionner des patients pour agir sur leur ressenti ?

— Voire même davantage, opina le médecin. J'entretiens depuis de nombreuses années une correspondance fournie avec plusieurs praticiens en Europe dont l'activité s'inspire plus ou moins ouvertement des travaux de Mesmer. Les principaux sont un prêtre portugais nommé l'abbé Faria et un magnétiseur suisse du nom de Lafontaine. Tous deux plongent ceux qui

1. Notamment *Traité du somnambulisme et des différentes modifications qu'il présente* (1823), *Du magnétisme animal en France et des jugements qu'en ont porté les sociétés savantes* (1826), *De l'extase* (1826).

viennent les consulter dans cette sorte de sommeil éveillé et parviennent non seulement à modifier ainsi leurs sensations mais à induire de leur part certaines actions. Le plus étonnant est qu'au réveil, ces personnes ne garderaient aucun souvenir des actes commis indépendamment de leur volonté.

En entendant ces explications, Valentin ne put réprimer un frémissement d'inquiétude où se mêlait un brin de répulsion. Il ne pouvait s'empêcher d'envisager avec un certain vertige les possibles conséquences de telles manipulations des esprits en matière criminelle.

— Et par quel moyen est-il possible de provoquer cet état de sensibilité exacerbée aux suggestions d'autrui ?

— Excellente question, monsieur l'inspecteur ! s'exclama Bertrand en faisant mine d'applaudir. Je ne pensais pas qu'un simple policier serait si prompt à assimiler ces questions. Cet aspect du déclenchement de la fascination a beaucoup évolué depuis Mesmer. Un autre de mes correspondants, un médecin écossais nommé James Braid, se déclare partisan de nouvelles techniques d'induction. Il prétend parvenir à provoquer le sommeil lucide en fatiguant les centres nerveux. Et pour cela, il propose une méthode inédite visant à altérer les facultés de l'esprit en forçant le regard à se concentrer sur un objet brillant. Il a baptisé cette approche « l'hypnose ».

Cette fois, le cœur de Valentin manqua carrément un battement. Décidément, tout se tenait : les symptômes présentés par Lucien Dauvergne dans les semaines précédant son suicide, les mêmes signes observés chez l'inconnu aperçu à la porte de la clinique du Dr Tusseau, les crises soudaines de Dauvergne et de Tirancourt, la présence dans les deux cas de miroirs à la surface brillante, les mystérieuses cures de Tusseau, son intérêt pour le magnétisme animal, cet étrange sommeil qui permettrait de soumettre un esprit à une volonté extérieure… Au final, quels obscurs desseins le médecin du Val d'Aulnay poursuivait-il ? Existait-il un lien avec Émilie de Mirande et surtout avec le vicomte de Champagnac, en charge de préparer le procès des anciens ministres de Charles X ?

Cette dernière question, surtout, tourmentait Valentin à sa sortie des locaux du *Globe*, car il savait que, si la réponse était positive, ni le commissaire Flanchard ni le préfet de police ne lui pardonneraient la moindre erreur.

29

Où l'on est éconduit tout en faisant d'utiles découvertes

Le lendemain, en fin de matinée, Valentin se présenta à la porte de l'hôtel particulier que le vicomte de Champagnac occupait dans le faubourg Saint-Germain. Les deux jours précédents, grâce à son déplacement à Aulnay et aux informations livrées par Vidocq et Bertrand, son enquête avait progressé à pas de géant. La responsabilité du Dr Tusseau dans les suicides de Dauvergne et de Tirancourt ne faisait plus l'ombre d'un doute. Toutefois, avant de transmettre son rapport au commissaire, l'inspecteur souhaitait éclaircir la nature des relations qui unissaient Dauvergne, Tusseau, mais aussi l'intrigante Émilie de Mirande et Alphonse de Champagnac. Ce faisant, il avait parfaitement conscience d'aborder un terrain potentiellement sensible. Il allait lui falloir marcher sur des œufs.

Le majordome en livrée qui le reçut avait tout du cerbère lugubre et bêtement servile. Il appartenait à cette engeance de domestiques si commune sous l'Ancien

Régime et la Restauration, imbue des privilèges de ses maîtres et qui s'avérait encore plus dure et méprisante envers les petites gens que ces derniers.

Après avoir fait bon accueil à Valentin en le jugeant sur sa mine et la coupe de ses vêtements, il tordit le nez à l'énoncé de ses fonctions et du motif de sa visite. Son premier mouvement fut de lui refuser l'accès sous prétexte que monsieur le Vicomte ne recevait jamais en matinée, et encore moins le samedi. Devant l'insistance de Valentin et l'inquiétant virage, du vert au gris, de la couleur de ses yeux, il finit toutefois par obtempérer et daigna conduire le visiteur jusqu'à une antichambre somptueusement meublée dont les fenêtres donnaient sur un joli parc à la française.

Dans de magnifiques vases en verre de Murano, d'imposants bouquets de lis immaculés diffusaient leurs parfums capiteux et entêtants. Aux quatre coins de la pièce, des sculptures admirables de style Pompadour trônaient sur des colonnes d'ébène et souriaient aimablement au nouvel arrivant.

« Voilà au moins un accueil plus engageant que celui du larbin de service », songea Valentin en caressant machinalement de la paume la joue d'un chérubin de marbre.

Persuadé de n'avoir pas trop longtemps à attendre, le jeune inspecteur dédaigna les banquettes tapissées d'étoffes précieuses et se plongea dans la contemplation des nombreux tableaux qui ornaient les murs. Il y avait là des toiles signées de petits maîtres tels Michel Garnier, Jean-Joseph Taillasson et Louis-Léopold Boilly, mais aussi des œuvres d'artistes plus renommés comme Jean Siméon Chardin ou François Boucher. Certaines étaient de véritables merveilles de délicatesse et témoignaient du bon goût de leur propriétaire.

En se déplaçant de l'une à l'autre, le policier remarqua un détail plutôt incongru dans un salon où tout était manifestement fait pour impressionner les hôtes de passage. L'un des tableaux avait été décroché récemment mais son cadre avait laissé une trace inopportune sur le mur tapissé de soieries rouge et or. Ce rectangle plus pâle au-dessus d'un guéridon de prix, entre les deux fenêtres ouvrant sur le jardin aux pelouses et aux massifs si soigneusement entretenus, attirait inévitablement le regard. C'était une faute de goût assez inexplicable. On aurait dit une verrue mal placée défigurant le visage d'une jolie femme.

Quelque part dans l'hôtel, une pendule égrena onze coups. Ce rappel sonore eut pour effet d'arracher Valentin à son examen de la pièce. Mine de rien, il faisait le pied de grue depuis déjà un quart d'heure, attendant le bon vouloir du fameux vicomte. Sa patience avait des limites qui n'allaient pas tarder à être atteintes. S'il ne s'était pas trouvé chez un pair de France, apparenté à quelques-unes des plus anciennes familles de la noblesse française, il aurait sans doute manifesté bruyamment sa mauvaise humeur, mais en l'occurrence il avait trop besoin des informations qu'Alphonse de Champagnac était susceptible de lui livrer pour prendre le risque de froisser un personnage aussi haut placé. Même si cela lui coûtait, il n'avait pas d'autre choix que de ronger son frein en attendant que le vicomte se décide à lui ouvrir sa porte.

Les minutes continuèrent donc de s'écouler avec une lenteur exaspérante. Valentin prit alors conscience du silence anormal qui régnait dans la vaste demeure. Un silence difficilement explicable compte tenu du train habituel d'une si grande maison. La domesticité devait être nombreuse et, l'heure avançant, de plus en plus affairée. Or, on n'entendait pas le moindre bruit, on ne percevait pas le moindre mouvement. Comme si l'hôtel était inhabité ou bien abritait un convalescent qu'il ne fallait à aucun prix déranger.

Intrigué, Valentin tenait de moins en moins en place. Il arpentait nerveusement l'antichambre, jetant des coups d'œil irrités en direction de la porte par laquelle il avait été introduit. Puis, ne voyant toujours rien venir et n'y tenant plus, il se dirigea à l'opposé et entrouvrit avec précaution la seconde porte qui devait donner sur une des pièces de réception du rez-de-chaussée.

Il découvrit en effet un salon cossu dont les portes-fenêtres se trouvaient occultées par d'épais rideaux. Cependant, malgré la semi-pénombre qui noyait la pièce, il remarqua que plusieurs cadres fixés aux murs étaient recouverts d'une pièce d'étoffe blanche.

Décidément, Alphonse de Champagnac possède une conception originale de la décoration. Étonnant de la part d'un homme qui doit être habitué à recevoir chez lui tout le gratin parisien !

Valentin franchit sur la pointe des pieds le seuil du salon et s'approcha du cadre le plus proche. Il le fixa avec intensité. Pourquoi ce drap ? À quoi rimaient toutes ces bizarreries ? Le tableau retiré du mur dans l'antichambre, le silence oppressant qui baignait l'hôtel, ces cadres dissimulés aux regards…

Le cœur battant plus vite, il leva la main et souleva légèrement un coin du voile pour démasquer… la surface lisse et réfléchissante d'un miroir d'apparat.

L'inspecteur tourna la tête en direction des différentes issues. Toujours pas le moindre bruit. S'il se faisait surprendre, il pouvait dire adieu à sa carrière. Le vicomte devait connaître suffisamment de monde dans les hautes sphères du pouvoir pour obtenir son renvoi immédiat de la police. Mais il devait en avoir le cœur net.

Conscient que sa découverte était tout sauf anodine, il prit donc le temps de vérifier que les trois autres draps dissimulaient eux aussi des miroirs identiques. Tel était bien le cas. Nul besoin dès lors d'être devin pour comprendre que la marque laissée sur la soierie de l'antichambre ne correspondait pas à la trace d'un tableau, comme il l'avait d'abord cru, mais certainement à celle d'une autre glace. Ne pouvant la masquer dans une pièce vouée à accueillir de nombreux visiteurs, on n'avait pas eu d'autre choix que de la faire disparaître.

Tout en quittant le salon, Valentin réfléchissait à toute vitesse. Cette hantise des miroirs reliait de façon indubitable Alphonse de Champagnac aux suicides de Dauvergne et de Tirancourt et aux pratiques du Dr Tusseau inspirées par le magnétisme animal. Du coup, avec l'imminence du procès des anciens ministres, l'enquête prenait une dimension politique extrêmement délicate. Précisément ce que redoutait le préfet de police. L'inspecteur ne pouvait aller plus loin sans en référer à ses supérieurs et obtenir leur accord pour poursuivre ses investigations dans l'entourage du vicomte. Il allait devoir non seulement interroger ce dernier, mais aussi la mystérieuse Émilie de Mirande puisqu'elle apparaissait comme le lien commun entre trois des quatre protagonistes connus de cette ténébreuse affaire.

Résolu à ne plus gaspiller un temps précieux, Valentin se dirigeait déjà vers la porte donnant sur le hall d'entrée, bien décidé à quitter les lieux pour gagner sans délai la rue de Jérusalem, lorsque le battant pivota sur ses gonds. Le domestique qui l'avait reçu une demi-heure plus tôt réapparut, raide comme la justice. L'homme le toisait avec une morgue non dissimulée.

— Monsieur le Vicomte fait savoir à ce monsieur de la police qu'il est au regret de ne pouvoir lui accorder une entrevue. Il vient de recevoir la visite impromptue d'une amie proche, Mme de Mirande, et ne peut faire autrement que de la retenir à déjeuner. Monsieur le Vicomte a ajouté que vous pourriez repasser. Mais pas avant le milieu de la semaine prochaine et de préférence en début d'après-midi.

Devant tant de condescendance, Valentin fut tenté de laisser parler son irritation, mais il parvint à se dominer. À quoi bon ? L'autre aurait été visiblement ravi de constater sa frustration et n'en aurait éprouvé que davantage de plaisir à le raccompagner sur le perron de l'hôtel. Prenant sur lui, il afficha un sourire de circonstance :

— Je vois que votre maître se plaît à cultiver les traditions françaises de la galanterie. Vous lui en ferez mes compliments. Ou plutôt non, je m'en chargerai moi-même lorsque j'aurai prochainement la satisfaction de le soumettre à un petit interrogatoire.

Le majordome tordit le nez. Qu'un modeste fonctionnaire ose prétendre imposer quoi que ce soit à son maître semblait l'horrifier. S'il avait pu saisir l'inspecteur entre des pincettes pour le jeter dehors, il ne s'en serait pas privé.

L'un derrière l'autre, les deux hommes traversèrent en diagonale le vestibule dont les vastes dimensions amplifiaient l'écho de leurs pas sur le carrelage à damiers. Un escalier monumental en pierre de Crussol menait à une galerie en surplomb et aux corridors desservant les pièces du premier étage. En passant à proximité, Valentin perçut un mouvement en hauteur et leva les yeux. Un homme et une femme richement vêtus se tenaient derrière la rambarde en fer forgé et les regardaient passer.

Il n'eut aucun mal à les reconnaître.

Il s'agissait du couple qu'il avait vu, deux jours plus tôt, quitter la clinique du Val d'Aulnay.

30

Le commissaire Flanchard à la manœuvre

Lorsque Valentin parvint rue de Jérusalem, une certaine tension était perceptible à la porte de la préfecture de police. Deux fiacres se trouvaient rangés le long de la façade, dont l'un était déjà occupé par quatre inspecteurs en civil. La portière de l'autre était maintenue ouverte par un sergent de ville. Sur le perron, plusieurs individus discutaient avec animation. À l'instant où le jeune policier arrivait à la hauteur du planton et s'apprêtait à lui demander ce qu'il se passait, la chevelure hirsute et la carrure massive du commissaire Flanchard émergèrent du groupe des causeurs. Le chef de la Sûreté le saisit au passage par le bras.

— Verne, vous tombez à pic ! Nous avons une information de première main au sujet d'un certain Lastours, un agitateur bonapartiste qui joue le bonneteur, boulevard du Temple. Il s'agirait d'une habile couverture pour rencontrer les chefs de groupe de son association clandestine. Je me rends sur place pour superviser son arrestation. Il n'y a pas un instant à perdre si nous voulons lui passer les poucettes !

— C'est que j'ai du nouveau dans l'affaire Dauvergne. Il me faut vous parler sans le moindre délai. J'ai des révélations d'une gravité extrême à vous faire.

— Eh bien ! Où est le problème ? lança le commissaire en entraînant son subordonné sans ménagement. Vous n'avez qu'à monter avec moi. Vous m'expliquerez tout cela en route.

À peine installé dans la voiture, Flanchard cogna du pommeau de sa canne contre la paroi avant de l'habitacle et les deux fiacres se lancèrent au grand trot en direction de la rue de la Barillerie et du pont au Change.

Tout en prenant ses aises sur la banquette, le commissaire tourna vers Valentin un visage débonnaire.

— Alors je vous écoute, mon garçon. Qu'en est-il de cette affaire Dauvergne ? Qu'avez-vous découvert ?

Valentin dut forcer la voix pour dominer le fracas des sabots et des roues cerclées de fer sur le pavage de la chaussée.

— J'ai bien peur hélas que l'affaire Dauvergne ne devienne, très rapidement, l'affaire Champagnac.

— Peste ! fit le commissaire dont les traits venaient de perdre, en une fraction de seconde, toute trace de bonhomie. Vous m'inquiétez, savez-vous ? Que voulez-vous dire par là ?

L'inspecteur s'employa à rendre compte de façon circonstanciée de l'évolution de son enquête et de tout ce qu'il avait découvert depuis qu'il avait remonté la piste du Dr Tusseau. À la fin de son exposé, il conclut avec assurance :

— Pour moi, les choses apparaissent désormais assez claires. Le Dr Tusseau doit avoir mis au point une redoutable technique de suggestion qui fait intervenir des miroirs. Cela lui permet de prendre le contrôle des pensées et des actions de ses futures victimes. Je suis convaincu qu'il a ainsi poussé au suicide le fils Dauvergne et Michel Tirancourt. Le plus grave, c'est qu'il tient à présent sous son emprise le vicomte de Champagnac. Quant à Émilie de Mirande, elle doit lui servir de rabatteuse. C'est probablement elle qui lui fournit ses cobayes humains. Quels buts poursuivent-ils exactement ? Ça, je l'ignore encore, mais nous devrions pouvoir le découvrir rapidement en les plaçant tous deux sous étroite surveillance. Bien entendu, il faudrait aussi contraindre le vicomte à répondre à nos questions.

Le commissaire Flanchard se frotta pensivement le menton. Une ride soucieuse barrait son front et sa main se crispait nerveusement sur le pommeau de sa canne.

— Je dois reconnaître que vous avez abattu de l'excellente besogne, Verne, dit-il après avoir poussé un soupir qui trahissait son embarras. Cependant, vous l'aurez compris, nous nous aventurons en terrain glissant. Pensez ! Un pair de France ! Et qui plus est, en charge d'instruire le procès des ministres ! Il ne s'agit plus d'une simple affaire de police.

— J'en ai parfaitement conscience, monsieur.

— Et c'est tant mieux ! Parce que vous et moi, mon garçon, nous pouvons y perdre notre place. Pour le moment, ne bougez plus d'un pouce. Hors de question de poursuivre votre enquête tant que je n'aurai pas assuré nos arrières. Je vais d'abord en référer au préfet Girod de l'Ain. Lui seul peut nous obtenir l'autorisation d'interroger Champagnac et de pousser plus loin nos investigations. Me suis-je bien fait comprendre ?

— Parfaitement, monsieur. Puis-je simplement vous demander quand vous pensez pouvoir obtenir une audience du préfet de police ? Car le temps nous est certainement compté. J'ignore où en est Tusseau de son travail de conditionnement sur Champagnac, mais si j'en juge par l'état dans lequel se trouvait le vicomte lorsque je l'ai vu à Aulnay, le pire pourrait advenir d'un jour à l'autre.

— Aussitôt que nous aurons appréhendé ce fichu bonapartiste sur le boulevard, je me rendrai chez le préfet de police. À mon avis, compte tenu des possibles implications politiques, lui-même sera obligé de remonter jusqu'au ministre. Il ne faut donc pas espérer recevoir d'instructions avant demain matin au plus tôt. D'ici là, je vous demande de rester discret et de ne prendre aucune initiative malencontreuse. Nous sommes bien d'accord ?

Valentin masqua son désappointement et approuva docilement. Si cela n'avait tenu qu'à lui, il aurait pris le risque d'agir sans attendre le blanc-seing de la hiérarchie. Mais le commissaire Flanchard, en qualité de chef de la Sûreté, était mieux à même d'appréhender les risques. Contesté dans la rue, en proie aux attaques d'une opposition divisée mais particulièrement virulente, le nouveau régime ne pouvait se permettre le moindre faux pas. La couronne de Louis-Philippe oscillait encore dangereusement sur sa tête.

Pour oublier sa déception, le jeune inspecteur reporta

son attention sur le spectacle du dehors. Tiré à une allure soutenue, leur fiacre remontait rapidement la rue Saint-Denis. Il venait de dépasser l'emplacement de l'ancien relais de poste de l'hôtel du Grand Cerf et le cocher avait dû donner de la voix pour écarter les nombreux ouvriers qui travaillaient là à l'ouverture d'un nouveau passage couvert. Dans quelques minutes, les deux voitures des policiers déboucheraient sur les boulevards qui, comme tous les samedis, risquaient d'être fort fréquentés.

— Nous abandonnerons les fiacres à hauteur du théâtre de l'Ambigu, indiqua le commissaire Flanchard après s'être penché par l'ouverture de la portière pour se faire une idée de leur progression. Puis nous irons à pied jusqu'au boulevard du Temple. Je ne tiens pas à ce qu'on nous remarque. Ce Lastours est un malin, toujours sur ses gardes. Ce n'est pas la première fois que nous pensons le coincer, mais jusqu'ici il est toujours parvenu à nous filer entre les doigts.

Valentin hocha la tête sans faire de commentaire. La simple mention du boulevard du Crime avait suffi à rappeler au premier rang de ses pensées le visage d'Aglaé Marceau. Et cette évocation s'accompagna d'un douloureux pincement au cœur. Deux jours déjà qu'il lui avait fait faux bond, répugnant à répondre favorablement à son invitation à venir l'applaudir dans sa nouvelle pièce, alors qu'il la soupçonnait encore d'avoir violé le sanctuaire de son cabinet secret. Mais depuis, Vidocq avait dissipé en grande partie ses doutes. Aussi supportait-il mal l'idée que la jolie comédienne puisse lui en vouloir de son apparente indifférence. Dès qu'il en aurait l'opportunité, il lui faudrait la retrouver et courir le risque d'une franche explication.

Comme les voitures atteignaient les premiers théâtres du boulevard Saint-Martin, le commissaire Flanchard tira Valentin de ses pensées en ordonnant au cocher de faire halte. Il allait être bientôt midi et une bonne partie des promeneurs avait déserté les contre-allées pour investir les nombreux restaurants des environs. Les six policiers purent ainsi gagner à pied rapidement le Château-d'Eau. À partir de là, la voie s'élargissait sur trois cents mètres, formant une sorte de place oblongue et ombragée. C'était la partie la plus populaire des anciennes fortifications, ce fameux boulevard du Temple, avec ses façades baroques, ses salles de spectacle au fronton pseudo-corinthien ou pseudo-byzantin, mais aussi sa fête foraine permanente. Là, les estrades des illusionnistes, les tentes des acrobates et des montreurs de phénomènes attiraient, jusqu'à l'ouverture des théâtres, une foule bigarrée où se côtoyaient, dans une rumeur de fête et de frivolité, l'ouvrier et le bourgeois, le chenapan désœuvré et le bonimenteur en quête de bonnes affaires.

— Pas question de rester groupés, dit Flanchard à ses subordonnés. Nous nous ferions repérer à cent mètres à la ronde. Si mon indicateur est aussi bien renseigné qu'il le prétend, Lastours se tient en face du cabinet de figures de cire de Curtius. Vous quatre (il désigna les inspecteurs du second fiacre), dispersez-vous dans la foule et rejoignez l'endroit de façon à l'encercler discrètement. Mais attention ! Débrouillez-vous pour ne jamais me perdre de vue. Quand je tapoterai le haut de mon chapeau, et seulement à ce signal, vous resserrerez les mailles du filet. Nous ne tomberons sur ce fichu bonapartiste qu'au tout dernier moment. Verne, vous, vous restez avec moi.

Les deux policiers attendirent que leurs collègues en redingotes grises[1] aient disparu dans la foule pour se mettre en marche à leur tour. Il flottait dans l'air de délicieux effluves de saucisses grillées, de sucre candi et de macarons. Les gens se pressaient autour des tréteaux avec une bonne humeur contagieuse. Les uns ouvraient de grands yeux devant un chien dansant en tutu ou un singe savant comptant sur ses doigts. D'autres écoutaient la tirade d'un marchand d'élixir ou les plaisanteries d'un Pierrot funambule. Partout des éclats de voix, des rires. Les annonces des crieurs de journaux, les appels des marchandes de gâteaux en plein vent.

— Vous croyez qu'on va reconnaître notre homme au milieu de tout ce monde ? demanda Valentin en écartant de son chemin un vendeur d'allumettes chimiques en provenance d'Allemagne (*Les plus fiables sur le marché ! Satisfaction garantie !*).

— Pas d'inquiétude, répliqua Flanchard. Je vous l'ai dit, il a cru donner le change en montant un stand de bonneteur. Avec un ou deux complices, il refait les caves au *calot*[2]. La couverture n'est pas mauvaise. Il peut rencontrer ses affidés en toute discrétion et, en même temps, grossir son bas de laine. Mais qu'y a-t-il, Verne ? Vous êtes si pâle tout à coup ! Vous ne vous sentez pas bien.

---

1. Les fonctionnaires de police en civil, censés se vêtir en bourgeois pour passer inaperçus, arboraient presque tous ce vêtement trop uniforme fourni par les services de la préfecture.

2. Sorte de bonneteau qui se jouait avec des quilles creuses et une bille de bois appelée boulette.

Valentin tira un mouchoir de sa poche et essuya la sueur qui perlait à son front. Depuis que le commissaire et lui s'étaient fondus dans la foule, il se sentait vaguement oppressé. Ces odeurs de nourriture, cette clameur, cette fièvre autour d'eux l'indisposaient. Plus les minutes passaient, plus il se sentait gagné par une sorte de vertige désagréable.

— Ce n'est rien, lâcha-t-il en s'efforçant de surmonter son trouble. Je n'ai presque pas mangé ce matin. Ce doit être la faim.

— Eh bien, ressaisissez-vous, mon vieux ! Ce n'est vraiment pas le moment de faire un malaise.

À ce moment précis, des gouttes de pluie se mirent à tomber. Ce n'était pas une averse, à peine un léger crachin, mais qui suffit pour éclaircir les rangs des flâneurs. Plusieurs d'entre eux se réfugièrent en hâte sous les arbres de la promenade ou les marquises des théâtres. Valentin eut la sensation de mieux respirer. Il inclina la tête en arrière et l'eau du ciel acheva de le remettre d'aplomb.

— Nous y sommes, dit Flanchard quelques minutes plus tard en lui assénant un léger coup de coude dans les côtes. Vous voyez le grand escogriffe, là-bas, en habit mauve ? C'est lui, c'est Lastours.

L'inspecteur tourna la tête dans la direction indiquée. À une dizaine de mètres devant eux, il avisa un homme grand et maigre, très brun de poil, en redingote à collet, cravate à triple tour et culottes à carreaux, qui se tenait debout derrière une caisse renversée, avec un rideau en guise de nappe. Plusieurs spectateurs l'entouraient. Avec des gestes lents et décomposés, l'homme posa une petite boule sur la table improvisée et la recouvrit d'une quille creuse. Puis il ajouta deux autres quilles de part et d'autre de la première.

— La boulette ! s'exclama-t-il. Elle passe, la boulette ! La boulette ! La boulette !

Et tout en parlant, il se mit à déplacer les quilles, les faisant glisser sur la nappe sans les soulever, de telle sorte que la boule ne puisse s'échapper. Après quelques passes, il s'interrompit et ouvrit largement les bras.

— Un louis à qui désigne celle où se trouve la boulette ! cria-t-il.

Un homme en uniforme de garde national posa quatre pièces de cinq francs devant l'une des quilles.

— Elle est là, dit-il avec assurance.

— C'est pourtant bien simple, intervint un second spectateur moustachu, avec canne, haut-de-forme et manteau à col de fourrure. La boulette est toujours sous la même quille. Il suffit juste de ne pas la perdre des yeux.

Il souleva le calot qui dissimulait la bille de bois.

— Vous voyez ! clama-t-il, triomphant. Rien de plus élémentaire !

Le commissaire Flanchard avait attiré Valentin un peu à l'écart, sous un platane, comme s'ils voulaient tous deux s'abriter de la petite pluie fine. Il laissa échapper un rire amusé.

— Jusqu'ici, c'était de la comédie, commenta-t-il pour Valentin. Bien entendu, ces deux-là sont dans la combine. Ce sont des *comtes* qui ne jouent jamais vraiment. Leur seul rôle est d'appâter le pigeon. Regardez un peu la suite.

Autour de la caisse, le même manège avait recommencé. Cependant, à l'instant de parier, ce fut l'homme au manteau qui se montra le plus prompt. Et, comme précédemment, il choisit la bonne quille, remportant le double de sa mise.

— Fin des préliminaires, annonça le commissaire Flanchard. La plupart des spectateurs sont désormais persuadés qu'il n'est pas si ardu de trouver la bonne quille. C'est seulement maintenant que les choses sérieuses vont commencer. Au moment où il va bouger les quilles, Lastours va habilement empalmer la boulette. Ni vu ni connu. Le pigeon pourra ponter sur n'importe quel calot, il perdra toujours.

Effectivement, le public s'était pris au jeu. Tandis que le bonneteur mélangeait à nouveau les quilles, plusieurs personnes de l'assistance se bousculèrent avec fièvre pour se coller au plus près de la table. L'une d'entre elles, un bourgeois aux favoris épais, coiffa ses concurrents sur le fil en plaquant une pièce en or devant la quille de droite.

— Raté ! constata Lastours en soulevant cette dernière. Mais je suis bon prince. Je vous joue quitte ou double sur les deux quilles restantes. Laquelle voulez-vous ?

Le bourgeois ayant fait son choix, Lastours procéda à la vérification. Rien, naturellement. Le complice en manteau intervint à nouveau en affirmant que l'homme aux favoris n'avait pas été assez attentif. À l'en croire, il était évident depuis le début que la boulette était sous la troisième quille. Et comme pour en faire la preuve, il la souleva lui-même, dévoilant effectivement la bille en bois.

— Vous avez compris l'astuce ? demanda Flanchard en clignant de l'œil. Le comparse cache entre ses doigts une seconde bille en tout point identique à la première. Il lui suffit de la laisser glisser sur la table au moment où il saisit la dernière quille. C'est par ce même moyen que Lastours communique avec ses contacts. Tout au long de la journée, l'un après l'autre, ils viennent remplacer l'un des *comtes* et glissent des messages dans la seconde bille qui est creuse.

— Ma foi, c'est assez bien imaginé, remarqua Valentin.

— Oui mais voilà, les meilleures choses ont une fin. Il est grand temps de mettre un terme à ce petit manège. Je vais faire le tour des collègues pour m'assurer que le dispositif est bien en place. Quant à vous, rapprochez-vous de Lastours sans vous faire remarquer. Dès que je donnerai le signal, jetez-vous sur lui. Mes hommes se chargeront des autres.

L'ondée avait cessé. Tandis que le commissaire disparaissait dans la foule à nouveau dense de la contre-allée, Valentin se fraya un passage en direction des joueurs. Il s'immobilisa à environ quatre mètres de Lastours qui entamait une nouvelle passe.

Soudain, un appel strident domina tous les autres bruits :

— Gaffe ! Les cognes !

Pris au dépourvu, Valentin ne réagit pas immédiatement. Le temps qu'il réalise la situation, un brusque remous animait déjà la foule. Les gens se retournaient dans tous les sens, se haussaient sur la pointe des pieds ou sautaient carrément sur place pour tenter de voir ce qu'il se passait. Pris dans le mouvement d'ensemble, l'inspecteur aperçut Lastours qui fouillait d'un œil fébrile les rangs des badauds. Son regard croisa le sien.

Avant que Valentin n'ait eu le réflexe de se détourner, le bonapartiste pointa l'index dans sa direction.

— Là ! hurla-t-il. Droit devant !

Malédiction ! Cette canaille m'a repéré !

Ne songeant qu'à capturer Lastours, Valentin se précipita en avant, repoussant tous ceux qui lui faisaient obstacle. Emporté par son élan, les yeux rivés sur sa cible, il ne prêtait aucune attention aux mouvements sur ses côtés. Il ne vit donc pas l'homme habillé en garde national qui se rapprochait vivement de lui, un couteau ouvert à la main.

Par chance, une nouvelle bousculade le déporta brusquement sur la gauche à l'instant même où son agresseur passait à l'attaque. La lame ne fit qu'effleurer son bras, tandis qu'une femme, derrière lui, poussait un hurlement de douleur. À la vue du sang sur sa robe, la panique s'empara du public. Les cris redoublèrent. Il y eut un effroyable désordre, au cours duquel Valentin perdit tout contact visuel avec Lastours et ses complices.

Dix minutes plus tard, lorsque Flanchard et ses hommes parvinrent à ramener un semblant de calme, les bonapartistes s'étaient volatilisés.

— Quel fiasco ! soupira le commissaire. Ce diable de Lastours a encore trouvé le moyen de nous fausser compagnie ! Et vous, Verne, vous n'avez vraiment rien pu faire pour l'en empêcher ?

Valentin passa un doigt à travers la déchirure qui ornait à présent la manche de sa redingote.

— À quelques pouces près, j'ai bien failli ne même plus être là pour vous répondre. Si seulement je pouvais tenir celui qui a donné l'alarme…

— Bah ! Probablement une vigie[1] que nous n'avions pas remarquée. Le plus important, c'est que vous soyez indemne et que la femme qui s'est fait découdre à votre place ne soit pas trop grièvement atteinte. Déjà que le préfet va me passer un savon pour avoir laissé filer Lastours…

Valentin garda le silence. Il l'avait effectivement échappé belle. Cette fois, véritablement, la chance avait été de son côté. Il aurait dû savourer pleinement ce coup de pouce du destin. Pourtant, quelque chose l'en empêchait. Il avait beau se dire que c'était sans doute un effet de son imagination, il ne parvenait pas à s'ôter de la tête que la voix du mystérieux guetteur ne lui était pas tout à fait inconnue.

1. Un guetteur, en argot de l'époque.

31

Recueillement

Ayant quitté Flanchard et ses hommes aux portes de la préfecture de police, Valentin trouva refuge dans le premier estaminet venu. Après être passé à deux doigts de la mort, il avait besoin d'un solide remontant. Compréhensif, le commissaire lui avait donné quartier libre jusqu'au lendemain matin. Tout juste avait-il rappelé d'un ton ferme au jeune inspecteur qu'il devait s'abstenir de toute initiative hasardeuse et attendre le résultat de son entretien avec le préfet pour reprendre son enquête. « Prudence est mère de Sûreté ! » avait-il ajouté en insistant lourdement sur le dernier mot au cas où Valentin n'aurait pas perçu sa tentative de trait d'esprit.

Attablé devant son troisième verre de floc-de-gascogne, Valentin se remettait peu à peu de ses émotions. En l'espace d'une douzaine de jours, c'était tout de même la cinquième fois que sa vie ne tenait qu'à un fil. Il y avait eu d'abord l'agression dans le brouillard, puis sa confrontation avec les membres du Renouveau jacobin dans la cave des *Faisans couronnés*, suivie le lendemain de son duel avec Fauvet-Dumesnil. Deux jours plus tôt, cela avait été le guet-apens tendu par Grand-Jésus et ses acolytes sur l'île Louviers. Et maintenant cette attaque au couteau. Cette fois, les événements s'étaient précipités si brutalement, la confusion au milieu de la foule avait été telle qu'il n'avait même pas eu le temps d'avoir peur. Pourtant, c'était cette dernière agression qui lui procurait rétrospectivement les frissons les plus désagréables. Peut-être justement parce qu'il n'avait rien vu venir et qu'il éprouvait la détestable sensation d'avoir failli mourir bêtement, pour une histoire qui n'en valait pas la peine et qui le concernait si peu.

Pour la première fois depuis qu'il avait intégré la police, il prenait pleinement conscience des dangers inhérents à l'existence qu'il avait choisie. La pensée qu'il pouvait succomber avant d'avoir atteint le seul but qui comptait réellement à ses yeux – mettre un terme aux agissements du Vicaire et rendre sa totale liberté au pauvre Damien – jetait le trouble dans son esprit. Dans le même temps, il réalisait aussi combien sa solitude était grande. Il n'avait absolument aucune oreille à qui confier son désarroi, aucune famille, aucun véritable ami.

Hormis le professeur Pelletier qu'il ne voyait toujours qu'entre deux portes et que ses recherches absorbaient totalement, il n'entretenait plus aucune relation affective avec quiconque. En fait, depuis la mort de son père, il s'était coupé de tous ses congénères, menant une existence d'ermite ou plutôt de moine-soldat. N'avait-il pas tout simplement trop présumé de ses forces ? Existait-il au monde un seul être qui puisse prétendre accomplir de grandes choses en se retranchant du monde des vivants ?

De telles interrogations firent dériver ses pensées vers la seule personne qui lui avait montré récemment des marques d'attachement. Aglaé Marceau. Dès leur première rencontre, il s'était senti attiré par la jolie comédienne, avant d'être troublé par les émotions inattendues qu'elle avait fait naître en lui. La jeune femme faisait preuve d'une liberté d'esprit et de parole qui n'appartenait qu'à elle. Elle osait s'affranchir des conventions, n'avait pas hésité à s'introduire à la préfecture sous un faux prétexte et à forcer sa propre porte pour tenter de le dissuader de risquer sa vie en duel.

Et lui, de son côté, qu'avait-il fait ?

Déboussolé par les sentiments nouveaux qu'il éprouvait, incapable tout autant de les refouler que de les exprimer, il avait saisi le premier prétexte venu pour couper les ponts. Car après tout, était-il absolument certain que son cabinet avait été fouillé ? Il avait eu l'impression, *l'impression* seulement, que ses affaires étaient dérangées. En était-il toujours aussi convaincu ? Avec la tension nerveuse qui était la sienne la veille de son duel, il pouvait très bien avoir déplacé lui-même certains objets sans s'en rendre compte. Par exemple, lorsqu'il avait travaillé plusieurs heures de suite dans son cabinet pour trafiquer les serrures du coffret renfermant les pistolets de duel. Oui, maintenant qu'il s'efforçait de songer calmement au déroulé des événements, il lui semblait presque évident que les choses avaient dû se passer ainsi. De toute façon, Vidocq l'avait pleinement rassuré sur la moralité d'Aglaé. C'était lui qui s'était comporté vis-à-vis d'elle comme le dernier des goujats.

Décidé à réparer sa maladresse, si tant est que la chose soit encore possible, il se fit apporter du papier et une écritoire. D'une main fiévreuse, il rédigea à la hâte un billet à destination de la jeune femme, l'assurant qu'il était navré d'avoir manqué l'occasion de l'applaudir dans son nouveau rôle. Un impondérable l'avait empêché de venir au dernier moment, le genre de contraintes malheureusement inhérentes à sa fonction… Il espérait cependant qu'Aglaé ne lui en tenait pas rigueur et l'assurait qu'il assisterait à l'une des toutes prochaines représentations de la pièce.

Aussitôt sa lettre pliée, il avisa un galapiat qui trompait son ennui en regardant des clients jouer aux dés. Il s'agissait d'un garçon efflanqué d'une douzaine d'années à la tignasse en désordre et aux yeux fureteurs. Valentin lui offrit une pièce de deux francs pour porter sa missive jusqu'au théâtre de Mme Saqui. Comme il n'était pas complètement naïf, il lui promit qu'il recevrait sa sœur jumelle s'il s'acquittait avec diligence de sa tâche et était de retour avant trois heures de relevée. Puis, comme il n'avait rien avalé depuis le matin et que l'alcool commençait à lui tourner la tête, il commanda une solide collation.

Quand il quitta le café deux heures plus tard, Valentin avait le cœur plus léger et l'estomac lesté. Il se demandait toutefois comment occuper le reste de son après-midi. Flanchard lui avait interdit jusqu'à nouvel ordre d'approcher de près ou de loin les protagonistes de l'affaire. À l'entendre, il convenait à la fois de ne pas leur donner l'éveil, mais aussi de s'assurer que la hiérarchie était prête à couvrir les policiers si l'enquête les forçait à s'intéresser d'un peu plus près au vicomte de Champagnac. Condamné à l'inaction, l'inspecteur craignait de trouver le temps long jusqu'au soir. Ce fut le passage d'un corbillard rue du Four qui l'incita finalement à porter ses pas dans la direction du cimetière du Sud[1].

Quand il atteignit la nécropole, la pluie s'était remise à tomber, serrée et lancinante. Un temps de circonstance. Créé en 1824, ce nouveau lieu d'inhumation gardait un aspect champêtre avec ses vastes étendues d'herbe, ses nombreuses essences d'arbres et jusqu'à la maison de gardien qui avait été aménagée dans un des anciens moulins à farine du mont Parnasse. Les pierres tombales, encore peu nombreuses, se concentraient dans la partie septentrionale, comme si les morts n'osaient pas prendre leurs aises et éprouvaient quelques remords à coloniser un espace trop beau pour eux.

Valentin descendit l'allée principale jusqu'à un frêne majestueux bien que dépouillé de ses feuilles. Au pied de celui-ci, une tombe de marbre blanc se distinguait par les nombreux éléments ayant trait aux sciences qui l'ornementaient. Un œil savant pouvait notamment y distinguer un compas, une équerre et plusieurs symboles chimiques de la Table des rapports déposée en 1718 à l'Académie des sciences par l'apothicaire Étienne-François Geoffroy : les esprits acides, le régule d'antimoine, l'acide vitriolique, l'esprit-de-vinaigre, la terre absorbante… Sur tout le pourtour de la stèle couraient les cent quarante premières décimales du nombre pi, telles que calculées par le mathématicien Jurij Vega

1. Ancien nom du cimetière du Montparnasse.

en 1789. L'inscription funéraire tranchait, elle, par sa simplicité. Juste deux noms et quatre dates :

Clarisse Verne 1780-1802

Hyacinthe Verne 1774-1826

La lecture de cette inscription suffit à raviver la mémoire de Valentin. Comme à chaque fois qu'il venait se recueillir ici, une image surgie du passé s'imposa à son esprit. Toujours la même. C'était la tête d'un homme souriant, multipliée à l'infini dans une pénombre épaisse. Une chevelure à la blancheur neigeuse, bien qu'il soit en pleine force de l'âge, encadrait son beau visage. Ses bras se tendaient en une invite précautionneuse et délicate, comme s'il craignait d'effaroucher une petite bête égarée. Ce sourire, ce geste empreint de gentillesse, c'étaient les plus lointains souvenirs que Valentin conservait de son père. Il avait alors une douzaine d'années.

Par la suite, le jeune garçon avait découvert chez ce père solitaire et souvent taciturne des trésors de patience et d'affection. Sans laisser à quiconque le soin d'éveiller l'esprit de son seul enfant, Hyacinthe Verne s'était chargé lui-même de son éducation. Il lui avait transmis sa croyance en la toute-puissance de la raison et son goût immodéré pour les sciences. Quelques années plus tard, alors que les adolescents de son âge se passionnaient pour les récits héroïques ou éprouvaient leurs premiers émois amoureux, le jeune Valentin pouvait consacrer des journées entières à la lecture de certains articles de l'*Encyclopédie* ou à l'étude des ouvrages de Newton ou de Lavoisier. Puis était survenu l'épisode de la chambre avec la découverte du portrait de Clarisse Verne, la jeune épouse de Hyacinthe décédée en couches des années auparavant. Le veuf inconsolé avait réalisé que son fils devait s'ouvrir au monde extérieur. Entre quinze et dix-neuf ans, Valentin avait partagé son temps entre l'appartement paternel et l'officine de Joseph Pelletier, s'enthousiasmant de pouvoir apporter sa modeste contribution aux recherches de cet immense savant.

Durant toutes ces années, Hyacinthe Verne avait veillé sur lui sans relâche. Peut-être l'avait-il même couvé un peu trop, s'efforçant par sa douceur et son amour de lui faire oublier l'absence d'une mère. Il lui arrivait parfois de s'absenter du foyer. Jamais bien longtemps et à une ou deux reprises seulement dans l'année. Cette vieille cousine qui vivait seule en province et qu'il ne pouvait totalement négliger. Chaque fois, Valentin sentait que c'était pour son père un véritable déchirement. Il le quittait en le confiant aux bons soins de son unique servante Ernestine et en multipliant d'inutiles recommandations de sagesse et de prudence. Ses retours, en revanche, étaient l'occasion de véritables fêtes, et il ne manquait jamais de rapporter un présent pour son fils. Pourtant, la santé de sa parente devait le préoccuper car, en grandissant, Valentin avait fini par remarquer qu'il revenait toujours de ces voyages éprouvé et comme marqué par une indicible tristesse.

Comment aurait-il pu alors deviner la vérité ?

En se remémorant ce passé heureux, Valentin sentit une grosse boule se former au fond de sa gorge. Malgré la pluie qui détrempait le sol, il se laissa choir sur l'herbe, à côté de la tombe, et appuya son front contre la pierre froide de la stèle.

Tout avait basculé durant les premiers mois de

l'année 1826. Hyacinthe Verne semblait de plus en plus préoccupé. Lui d'ordinaire si attentif, si calme, devenait distrait et nerveux. Cet hiver-là, il avait effectué pas moins de deux déplacements en province. La cousine était malade et nécessitait des soins attentifs qu'il était délicat d'organiser à distance. C'était durant la seconde absence de son père que Valentin avait lu dans *L'Écho du soir* le récit d'une macabre découverte. Courant janvier, une maison à un étage située dans la commune de Belleville s'était écroulée à la suite d'un glissement de terrain. Le locataire, fort heureusement, était absent ce jour-là et n'avait d'ailleurs pas réapparu depuis. Il s'agissait d'un ecclésiastique qui avait dit s'appeler Martin à son propriétaire, mais dont le véritable nom était probablement tout autre. Quelque temps plus tard, l'équipe de terrassiers employée à dégager les gravats avait constaté que la cave voûtée avait été épargnée par la catastrophe. Lorsqu'ils avaient pénétré à l'intérieur, ils avaient été accueillis par une vision d'horreur. Le cadavre d'un garçonnet d'une dizaine d'années gisait nu à l'intérieur d'une cage métallique. Le malheureux était mort asphyxié.

En lisant ce funeste récit, Valentin avait reçu un choc terrible. Un peu comme un aveugle qui recouvrerait soudainement la vue par miracle et qui aurait les yeux brûlés par la lumière du jour. Ou bien comme un dormeur qui se débat, la nuit, avec un cauchemar et qui s'éveille pour constater que la réalité est encore pire que son rêve. Il savait, lui, que la petite victime avait été la proie du Vicaire. Tout concordait : la disparition d'un membre du clergé, la cave, la cage de métal… Lorsque Hyacinthe Verne avait réintégré son appartement, il avait retrouvé son fils en proie aux plus affreux tourments. Les deux hommes avaient longuement parlé, sans parvenir à se mettre d'accord sur la conduite à adopter. Valentin en avait éprouvé une vive souffrance. C'était la première fois qu'un différend l'opposait à cet homme qui était la bonté même et qu'il vénérait par-dessus tout.

Quelques semaines plus tard, comme si le sort s'acharnait à détruire un bonheur qui n'avait été qu'illusion, il y avait eu ce terrible accident de fiacre. Hyacinthe Verne effectuait, comme tous les matins, sa promenade hygiénique sur les bords de la Seine. Quai Voltaire, une caisse était tombée de la carriole d'un oiseleur et s'était éventrée sur le pavé. Par un malencontreux hasard, l'envol soudain d'une dizaine de perruches avait effrayé les chevaux d'un fiacre qui stationnait à proximité. Pris au dépourvu, le cocher n'avait pu retenir son attelage qui s'était élancé au galop, droit devant lui. Hyacinthe Verne se trouvait sur la trajectoire de la voiture en perdition et avait été violemment heurté à la tempe et à l'épaule. Des témoins l'avaient porté, inconscient, jusqu'à la proche boutique d'un antiquaire et l'on avait envoyé quérir en urgence un médecin du voisinage. Entre-temps, les papiers du blessé avaient permis de l'identifier et de trouver l'adresse de son domicile. Prévenu dans la demi-heure suivante, c'est un Valentin fou d'inquiétude qui s'était précipité sur les lieux. À son arrivée, hélas, son père avait déjà quitté ce monde. Accablé de chagrin, terrassé à la pensée qu'ils n'avaient pas eu le temps de se réconcilier, le jeune homme était resté de longues minutes, silencieux et prostré, devant ce corps déjà figé par la mort et ce noble visage aux cheveux blancs tachés de sang.

Il avait bien cru ne jamais pouvoir se remettre de cette perte cruelle, à l'image de la malheureuse Ernestine, morte de chagrin quelques jours à peine après son maître. Et puis, deux semaines plus tard, alors qu'il avait l'impression d'avoir plongé dans un gouffre du fond duquel il ne pourrait jamais remonter, il avait entrepris pour combler le vide de ses journées de ranger le bureau de son père. C'est là qu'il avait découvert son secret. La vieille cousine n'existait pas. Hyacinthe Verne avait consacré les sept dernières années de sa vie à traquer sans relâche le Vicaire. Par amour pour lui, parce que le bonheur de Valentin comptait plus que tout à ses yeux, cet homme paisible, épris de paix et de progrès, avait forcé sa nature pour se muer en justicier. Lorsqu'il s'absentait quelques jours, c'était uniquement parce qu'il tenait une piste sérieuse et voulait vérifier ses informations sur le terrain.

Cette révélation avait profondément ébranlé Valentin. Comment avait-il pu ne rien voir ? Ne rien deviner ? Était-il si indifférent aux autres, si abîmé à l'intérieur qu'il n'avait pas su rendre à Hyacinthe Verne toute l'assistance que celui-ci lui avait apportée ? C'était pourtant le rôle d'un fils de seconder son père. Un mélange de honte, de douleur et de colère avait alors poussé le jeune homme à se lancer à son tour dans la lutte. Le monstre était toujours là, tapi dans l'ombre. Il était grand temps d'oser l'affronter et de libérer enfin le pauvre Damien de son emprise.

Plongé dans son évocation du passé, Valentin n'avait d'abord pas pris garde au fait que la pluie avait redoublé et s'était transformée en une violente averse. Lorsque enfin il émergea de ses pensées, ses vêtements étaient trempés et son visage ruisselait. Il quitta à regret la tombe isolée et rejoignit le pavillon d'entrée sous l'auvent duquel s'étaient réfugiés les quelques visiteurs du cimetière. Bien qu'il soit à présent à l'abri, des gouttes dégoulinaient toujours sur ses joues, laissant sur ses lèvres un léger goût de sel.

32

Journal de Damien

Durant les jours – les semaines ? – qui suivirent son apparition dans la cave, j'entretins avec l'autre garçon une relation des plus étranges. Dans les premiers temps de mon enfermement, je m'étais imaginé qu'avoir de la compagnie m'aiderait à supporter la captivité et les sévices infligés par le Vicaire.

Chimères !

C'était pourtant ce soutien moral qu'avait su me procurer, un temps, Mam'zelle Louise. Elle avait été ma complice de jeu, ma confidente et – j'ose le mot – mon amie. Aujourd'hui, avec le recul, il me semble que l'affection qui m'avait uni à cette minuscule musaraigne était sans commune mesure avec la médiocre relation qui s'installa entre moi et mon nouveau compagnon d'infortune. Celui-ci avait fini par sortir de son mutisme. Il répondait à mes questions, mais presque toujours par monosyllabes. Comme si je l'importunais, comme s'il répugnait à voir en moi son semblable. Il me donna son prénom, m'apprit qu'il était orphelin comme moi et que lui aussi était tombé dans les filets du Vicaire. Mais ce fut à peu près tout ce qu'il consentit à me livrer. Aucun mot sur son passé. Un être surgi du néant et qui me donnait la désagréable impression de pouvoir y retourner quand bon lui semblerait.

Évidemment, ce n'était pas le cas. *L'Autre* était bel et bien prisonnier, condamné au même sort que moi.

Au même sort ?

Pas tout à fait ! J'avais eu tort, le premier jour, de croire que le Vicaire s'était offert un jouet tout neuf et que le nouveau venu allait prendre ma place. Je ne pouvais me tromper plus lourdement ! Pas une seule fois mon tourmenteur ne lui imposa un acte contre nature. Ni même une simple caresse. Il ne le touchait ni ne l'approchait jamais. Ne lui adressait pas non plus la parole. Quand son désir immonde le poussait à descendre à la cave, il ignorait *l'Autre* et faisait de moi selon son bon plaisir, comme si nous étions seuls tous les deux. Faut-il l'avouer ? Les premières fois, malgré la souffrance, j'en ai presque éprouvé de la joie, du moins un véritable soulagement. Finalement, rien n'avait changé. Je demeurais son préféré. Et lui plaire encore, c'était l'assurance de rester en vie.

Et puis, à la longue, une fois apaisée la crainte d'être éliminé, j'ai senti dans ma chair la morsure de la jalousie. Pourquoi ce traitement de faveur ? Pourquoi moi et pas lui ? Qu'est-ce qui lui valait d'être épargné ? Pourquoi le Vicaire l'avait-il enlevé si c'était pour ensuite l'ignorer ? L'incompréhension et un fort sentiment d'injustice me rongeaient. C'était comme un poison qui diffusait lentement dans le sang et me pourrissait de l'intérieur. Je devenais rancunier, hargneux.

L'Autre devait avoir un don particulier pour lire dans les pensées, car au soir d'une journée où j'avais dû une nouvelle fois me plier aux caprices du Vicaire et où, rencogné sur ma paillasse et en proie à une sourde hostilité, je le lorgnais du coin de l'œil, il a articulé avec une douceur surprenante :

— C'est parce qu'il est parvenu à te mater.

Je sursautai. Ce n'était pas dans ses habitudes de m'adresser la parole. Presque toujours, c'était moi qui l'interpellais et il se contentait de me répondre laconiquement.

J'ai balbutié :

— Quoi ?... Qu'est-ce que tu viens de dire ?

— Tu étais en train de te demander pourquoi le Vicaire ne s'en prenait qu'à toi, répondit-il, tandis qu'une esquisse de sourire ornait ses lèvres. Alors je te disais que c'était parce que tu avais renoncé à lui résister. Il a réussi à te mater.

J'étais choqué et pris au dépourvu. Comment avait-il fait pour deviner mes ruminations intérieures ? Être ainsi percé à jour ne faisait qu'exacerber mon ressentiment à son égard. Je faillis laisser exploser ma colère et me jeter sur lui, quitte à me faire rouer de coups car il était probable qu'il n'éprouverait aucune difficulté à me dominer physiquement. Au dernier instant, cependant, quelque chose me retint. Ce fut son sourire. Ou plutôt ce qui se laissait percevoir derrière son ébauche de sourire. Non pas de la moquerie ou du mépris comme je le redoutais, mais bien une certaine forme de sollicitude.

— Comment voudrais-tu que je lui résiste ? ai-je demandé d'un air buté. C'est un adulte et je ne suis qu'un enfant. Il me frapperait et m'enfermerait à nouveau dans la cage. Et ça, il n'en est pas question ! Je ne le supporterais pas !

— Moi, s'il lui prenait l'envie de me toucher, adulte ou pas, je peux t'assurer qu'il en paierait le prix. (Il fit claquer ses dents en refermant brutalement ses mâchoires.) Il n'en réchapperait pas entier, si tu vois ce que je veux dire !

Je haussai les épaules avec dédain.

— Tu fanfaronnes parce que tu viens d'arriver. Moi, je suis enfermé dans cette cave depuis trois… ou quatre ans. Je ne sais même plus exactement, j'ai perdu le compte. Mais on verra si tu feras toujours le malin quand tu croupiras ici depuis aussi longtemps !

Son sourire s'est accentué. J'ai vu ses dents blanches briller dans la pénombre. Ses yeux gris-vert avaient foncé et brillaient d'une étrange lueur. Quand il a parlé de nouveau, sa voix a sonné étonnamment calme et ferme à mes oreilles :

— Il n'est pas question que je reste prisonnier dans cette cave plus d'un mois. À la première occasion, je fausserai compagnie à ce suppôt du diable.

Sur le coup, je n'ai pas su comment réagir. Pas seulement parce que sa tranquille assurance me prenait au dépourvu, mais surtout parce qu'au fond de moi naquit instantanément, de manière inexplicable, la certitude qu'il n'y avait nulle trace de forfanterie dans son propos. Il se bornait à énoncer d'un ton neutre ce qui ne manquerait pas d'advenir.

Durant les jours qui suivirent, rien ne vint pourtant troubler notre quotidien rythmé par les apparitions deux fois par jour du Vicaire qui nous apportait notre médiocre pitance et remplaçait notre seau d'aisance.

À un détail près.

L'Autre me parlait dorénavant beaucoup plus volontiers. Plutôt avec bienveillance et, en tout cas, sans le moindre accent de condescendance. Au fil de nos échanges, je m'aperçus que nous avions le même âge et que s'il m'était apparu de prime abord plus âgé, c'était uniquement en raison de sa fermeté de caractère. Selon lui, j'avais commis l'erreur fatale d'abdiquer toute volonté de résistance. Le Vicaire avait réussi à ancrer dans mon esprit l'idée d'impuissance. Il était impossible pour moi de lui échapper non pas parce que telle était la réalité, mais parce qu'il était parvenu à m'en convaincre. Lui, au contraire, se disait persuadé que son geôlier commettrait tôt ou tard une erreur. Il la guettait et affirmait que rien ni personne ne l'empêcherait de saisir l'opportunité lorsqu'elle se présenterait.

Je me gardais bien de le contredire, car j'étais trop heureux de trouver en lui une compagnie réconfortante. Cependant plus le temps s'écoulait, plus nous approchions du terme qu'il avait lui-même fixé – le fameux mois ! –, moins son aura brillait à mes yeux. Il pensait réellement ce qu'il m'avait dit au sujet de sa fuite prochaine – cela, je n'en ai jamais douté – mais il s'était trompé tout simplement. On n'échappait pas au Vicaire. Petit à petit, comme moi, il lui faudrait bien se résigner. Nous étions deux poissons pris dans une nasse et nous ne recouvrerions jamais notre liberté.

Le matin du trentième jour, après le premier passage du Vicaire, *l'Autre* s'est agenouillé dans le coin de la cave le plus distant de la porte et a renversé sur le sol tout le contenu de son bol de lait. Je l'ai regardé faire, abasourdi. Comme il commençait à malaxer le liquide avec la terre battue, j'ai fini par l'interroger :

— Qu'est-ce que qu'il te prend ? Tu es fou ou quoi ?

Un sourire évasif a été son unique réponse. Puis il s'est mis à déchirer l'une de ses couvertures en bandes grossières et à les amalgamer à l'espèce de glaise noirâtre qu'il avait obtenue. Il a ensuite malaxé le tout de façon à obtenir une boule de la taille de deux poings réunis. Une fois satisfait du résultat, il s'est assis sur sa paillasse et a tranquillement attendu que la boue se solidifie en séchant. Durant tout le reste de la journée, il n'a cessé de balancer cette sorte de balle improvisée contre le mur qui lui faisait face.

Top ! Top ! Top !

Ce bruit régulier a fini par me taper sur les nerfs, mais je ne voulais pas me fâcher avec *l'Autre* pour un motif aussi futile. Je n'ai pas protesté. J'ai juste fermé les yeux et placé mes paumes contre mes oreilles pour ne plus rien entendre. À la longue, j'ai dû finir par m'endormir, car quand j'ai rouvert les yeux, la nuit était tombée. Il faisait tout noir dans la cave et je ne discernais plus ni bruit ni mouvement. Une angoisse inexplicable me nouait la gorge.

J'étais sur le point d'ouvrir la bouche pour appeler, quand un cliquetis a précédé l'ouverture de la porte. Le Vicaire a fait son apparition en haut des marches, tenant un plateau dans une main et une lampe à huile dans l'autre. Selon un rituel immuable, il a laissé son luminaire sur une caisse, puis est descendu pour déposer une écuelle de soupe et un morceau de pain noir sur le sol, entre nos deux paillasses.

C'est au moment où il se penchait en avant que

l'Autre a brandi la balle qu'il tenait jusque-là dissimulée dans son dos. D'un tir parfaitement ajusté, il a renversé la lampe qui s'est brisée en atteignant le sol, plongeant brusquement la cave dans l'obscurité. Il y a eu un instant d'intense confusion. J'ai entendu le cri de rage poussé par le Vicaire et, dans le même temps, le bruit d'une course précipitée. Je savais que je devais profiter de cet incident pour m'enfuir. Mais c'était impossible. Une part de moi s'y refusait. Qu'arriverait-il si le Vicaire me rattrapait ? Sa vengeance à coup sûr serait terrible. Il m'infligerait les pires sévices. Je suis resté cloué à mon bat-flanc, comme paralysé.

J'ai juste entrevu une furtive silhouette qui passait l'encadrement de la porte. Tout de suite après, le Vicaire a gravi les marches à son tour. La porte s'est refermée et la serrure a claqué.

« Il n'est pas question que je reste prisonnier dans cette cave plus d'un mois. » *L'Autre* avait dit vrai. Il avait su saisir sa chance et même la provoquer. Quant à moi, pauvre Damien, je l'avais laissée passer. Mon cauchemar, décidément, n'aurait pas de fin.

Ce qu'il est advenu par la suite du fugitif, je ne l'ai appris que bien plus tard. Il était parvenu à quitter la sinistre maison du Vicaire et à distancer celui-ci dans un faubourg sordide, au milieu des terrains vagues et des bicoques délabrées. De là, il avait trouvé le moyen d'entrer dans Paris. À bout de forces, persuadé que son poursuivant était toujours sur ses talons, il avait cru pouvoir le semer définitivement, place du Trône, parmi la foule en liesse de la foire au pain d'épice. Mais là, s'imaginant trouver le refuge idéal, il avait commis la bêtise de se glisser sous la première toile de tente venue… Celle qui abritait le palais des glaces.

L'attraction s'était refermée sur lui comme un piège diabolique. Fou d'angoisse, il avait tourné et erré plus d'une heure dans le labyrinthe, se heurtant sans cesse à de nouveaux miroirs, avant de s'écrouler à terre, au bord de l'inconscience. Une voix grave et douce l'avait alors tiré de sa torpeur :

— Que fais-tu là, mon enfant ? Tu as l'air mort de fatigue.

Le garçon avait rouvert les yeux. Un homme se penchait sur lui. Son beau visage empreint de bonté était nimbé d'une auréole de cheveux blancs. Ses lèvres remuaient à nouveau :

— Comment t'appelles-tu ?

L'Autre avait épuisé toutes ses ressources physiques. Dans un ultime effort, il était néanmoins parvenu à articuler son prénom avant de s'évanouir :

— Valentin… Je m'appelle Valentin.

33

Évasion

En sortant du cimetière, Valentin s'était d'abord mis en quête d'un fiacre, mais il avait fini par y renoncer. Peu à peu, l'averse avait perdu de son intensité et il avait préféré regagner son domicile à pied. De toutes les images de son passé, celle qui revenait sans cesse à son esprit, c'était le visage de Hyacinthe Verne, penché sur lui, dans le palais des glaces de la place du Trône. Onze années avaient passé depuis lors, mais le souvenir était toujours aussi vivace en lui.

Lorsqu'il avait échappé aux griffes du Vicaire, il avait eu une chance inouïe de tomber sur cet homme aimant et généreux. Hyacinthe Verne avait perdu sa jeune épouse Clarisse lorsque celle-ci, au terme de sa première grossesse, avait accouché d'un garçon mort-né. Une infection générale s'était déclarée que les médecins n'avaient pu endiguer. Depuis lors, tous les ans, le veuf solitaire se rendait en pèlerinage à la foire au pain d'épice où il avait rencontré la jeune femme pour la première fois. Lorsqu'il avait découvert Valentin dans le palais des glaces, il avait éprouvé de la pitié pour cet enfant perdu, mais avait aussi été frappé de sa troublante ressemblance avec la chère disparue. Cet homme foncièrement généreux l'avait alors recueilli chez lui. Il lui avait donné son nom et l'avait élevé comme s'il avait été de son sang. Et Valentin ressentait toujours comme une déchirure irréparable le fait de ne pas avoir eu le temps de lui montrer combien il lui en était reconnaissant. Le destin lui avait joué le plus cruel des tours en lui offrant, puis en lui enlevant si brutalement ce père adoptif tant aimé.

Quand l'inspecteur atteignit la rue du Cherche-Midi, il était toujours perdu dans sa méditation mélancolique et ne remarqua pas immédiatement les deux hommes en redingote grise qui stationnaient sous le porche de son immeuble. Il était occupé à fouiller ses poches pour en sortir ses clés lorsqu'une voix bourrue lui fit lever la tête.

— Inspecteur Verne ?

À leur canne-assommoir au pommeau plombé et à leurs vêtements si caractéristiques, Valentin identifia immédiatement les deux individus comme des collègues. Le premier était long et osseux. Avec son visage disgracieux, sa mine lugubre, ses poches sous les yeux et son menton prognathe, il ressemblait à un croque-mort. Le second lui rendait bien une vingtaine de centimètres. Courtaud, le nez bourgeonnant et les joues couperosées, il ne devait pas être un adepte de la tempérance.

C'était le plus grand qui avait hélé Valentin et qui le fixait à présent avec un intérêt presque malsain.

— C'est moi-même, répondit le jeune homme. Que voulez-vous ?

Son interlocuteur toussa légèrement. Il se tourna à

moitié vers son collègue comme si, vaguement embarrassé, il cherchait du soutien auprès de lui. Mais comme l'autre demeurait en retrait, silencieux, il finit par laisser tomber :

— Nous sommes envoyés par le chef de la Sûreté, le commissaire Flanchard. Il désire vous entretenir.

Valentin laissa percer son étonnement.

— Le commissaire aurait déjà obtenu une réponse du préfet ? Il m'avait pourtant affirmé qu'il n'y aurait rien de nouveau avant demain matin.

Le policier longiligne secoua la tête et tordit le nez. De rebutant, son visage devint presque hideux. On le sentait gêné aux entournures.

— Je n'entends rien à ce que vous dites, bougonna-t-il. Si vous êtes bien l'inspecteur Verne, nous sommes en possession d'un mandat d'arrêt à votre nom, signé par un juge d'instruction. Le commissaire Flanchard a souhaité procéder lui-même à votre interrogatoire.

Valentin crut que ses oreilles le trahissaient. Un mandat d'arrêt à son nom ? Non, c'était impossible ! Il avait mal compris ou bien il était victime d'un affreux malentendu.

Il protesta :

— M'arrêter, moi ? Voyons, il ne peut s'agir que d'une erreur ! Je suis détaché auprès du commissaire Flanchard pour une enquête des plus sensibles. Nous étions encore ensemble, il y a quelques heures à peine.

— Inutile de discuter ni d'élever la voix, riposta le grand policier après avoir jeté un regard soucieux autour d'eux. Nous ne faisons qu'obéir aux ordres. Suivez-nous sans faire d'histoires et vous vous expliquerez avec le commissaire.

Valentin fut brusquement pris d'un doute. Du vert, ses yeux virèrent au gris et il toisa ses deux interlocuteurs avec un aplomb qui n'était pourtant que de façade.

— Et d'abord, qu'est-ce qui me prouve que vous êtes bien qui vous prétendez être ? questionna-t-il d'un ton soupçonneux. Puis-je jeter un œil sur ce fameux mandat ?

Cette fois, ce fut le fonctionnaire à la trogne rubiconde qui fourragea à l'intérieur de sa redingote pour en retirer un document, le déplier et le présenter à l'inspecteur, sans toutefois le lui laisser prendre en main. Tout avait l'air en règle. Le formulaire imprimé semblait authentique, les cachets étaient les bons et c'était bien son nom qu'on avait inscrit à la plume dans l'espace laissé libre à cet effet. Valentin avait la désagréable impression de vivre un cauchemar éveillé ou d'être la victime d'une mauvaise farce.

— Pouvez-vous au moins me dire ce qui me vaut pareil traitement ? Que me reproche-t-on exactement ?

Le policier aux allures de fossoyeur écarta son collègue. Tandis que ce dernier exhibait le mandat d'arrêt, il avait, de son côté, sorti un cabriolet[1] qu'il laissait pendre négligemment au bout de son poing. Adoptant un ton de procureur, il répondit à Valentin en détachant nettement chaque syllabe :

— Vous êtes accusé d'avoir, il y a quatre ans, commandité le meurtre de votre père adoptif. On vous

1. Ancêtre des menottes. Il s'agissait d'une chaînette à maillons en ressorts, terminée à chaque extrémité par une poignée, qui permettait d'entraver la main d'un prisonnier notamment à l'occasion d'un transfert.

soupçonne également d'avoir indûment capté sa fortune et supprimé le légitime héritier, un dénommé Damien Combes.

Le cœur du jeune homme se figea dans sa poitrine. Il ferma à demi les yeux et respira à petits coups précipités comme s'il manquait d'air et était sur le point de suffoquer. Quand il rouvrit les paupières, il était très pâle. Le sang semblait s'être retiré de son visage.

— Je... je ne comprends pas, balbutia-t-il, le regard perdu dans le vide. C'est... c'est de la pure démence...

Le choc avait été si rude, il était tellement abasourdi, qu'il ne se rendit même pas compte que son vis-à-vis lui entravait le poignet droit en entortillant la courte chaîne tout autour. Ce fut seulement lorsque le second policier ouvrit pour la première fois la bouche qu'il sembla émerger de sa stupeur.

— Tu crois vraiment que c'est indispensable ? demandait l'homme en désignant le cabriolet du menton. Malgré tout, ça reste un collègue.

Le grand maigre le fusilla du regard.

— Nous avons reçu des instructions précises, tu le sais comme moi. Et Flanchard aime pas trop qu'on en fasse à sa guise. Alors si on veut pas s'attirer d'ennuis, on a tout intérêt à faire exactement ce qu'il nous a ordonné.

D'une brusque secousse, il tira sur les poignées de la chaînette, contraignant Valentin à lui emboîter le pas. Son collègue vint se placer juste derrière eux pour pouvoir neutraliser toute tentative de résistance. Tandis que le soir tombait et qu'un allumeur de lanternes, son échelle sur l'épaule, s'approchait du premier bec de gaz de la rue, le trio se dirigea vers un attelage officiel qui stationnait non loin de là.

À peine furent-ils installés à l'intérieur de la voiture que le policier filiforme, d'un geste sec, tira les rideaux des portières, les plongeant dans une demi-obscurité. Un fouet claqua et la berline s'ébranla lentement, dans le fracas des roues qui éveillaient de sombres échos le long des façades étroites.

Prostré sur la banquette, entre les deux policiers, Valentin tentait de rassembler ses idées. Se voir placé en état d'arrestation lui avait porté un rude coup, mais ce n'était rien à côté des charges retenues contre lui. La mort de Hyacinthe Verne, un meurtre ? Qui plus est, un meurtre dont il aurait été l'ordonnateur ! C'était tout bonnement de la folie furieuse ! Presque aussi absurde que cette prétendue spoliation d'héritage. Quant à l'accuser d'avoir supprimé le malheureux Damien, cela frisait le ridicule ! L'inspecteur touchait là aux limites de ce que son cerveau sous tension était capable de supporter. Il se sentait aussi inutile et impuissant qu'une marionnette dont on a coupé les fils.

En poussant un long soupir, il laissa aller sa nuque et le haut de ses épaules contre le dossier. Puis il s'efforça de ralentir les battements de son cœur et de faire le vide dans sa tête. En dépit de son abattement passager, son instinct de survie demeurait toujours en éveil. Alors qu'il n'avait encore qu'une douzaine d'années, c'était déjà grâce à ses extraordinaires facultés d'adaptation qu'il avait pu échapper aux griffes du Vicaire. Le secret, c'était de ne pas se laisser submerger par ses émotions et d'analyser l'adversité froidement, avec lucidité. Or, maintenant qu'il avait surmonté le choc initial, il réalisait que rien dans cette histoire ne tenait debout. Si le commissaire Flanchard avait réellement quelque chose à lui reprocher, comment avait-il pu n'en rien laisser paraître le matin même ? Pourquoi ne l'avait-il pas fait appréhender dès qu'il s'était présenté rue de Jérusalem ? La seule explication plausible était que son supérieur n'avait encore rien contre lui lorsqu'ils s'étaient rendus ensemble boulevard du Temple. Mais du coup, Valentin se heurtait à une autre difficulté. Comment une affaire supposée s'être déroulée quatre ans plus tôt refaisait-elle surface en une demi-journée ? Non, décidément, quelque chose clochait !

Il en était à ce point de ses réflexions, lorsque la voiture fit une légère embardée. Valentin se trouva déporté contre son voisin de gauche. Le rideau de la portière s'écarta et, l'espace d'une fraction de seconde, il entrevit les tours de la Conciergerie. L'attelage venait de s'engager sur le pont au Change pour gagner la rive droite.

— Où m'emmenez-vous ? demanda-t-il avec une pointe de colère dans la voix. Je croyais que nous allions voir le commissaire Flanchard dans les locaux de la Sûreté.

Le policier qui tenait toujours son poignet étroitement entravé répondit sèchement, sans même se donner la peine de tourner la tête vers lui :

— Je n'ai jamais dit que tu le verrais ce soir. Nous avons ordre de t'amener à La Force[1]. C'est là-bas que le commissaire t'interrogera. Demain ou plus tard si ça lui chante.

Valentin ne releva pas le passage au tutoiement tant

1. Ancienne prison parisienne située dans le Marais, rue du Roi-de-Sicile.

l'annonce lui fit l'effet d'un nouveau coup de massue. Ne pas être confronté à Flanchard le soir même, c'était perdre toute possibilité de se voir disculper rapidement. C'était surtout l'assurance de passer au moins une nuit en prison. Et cela, le jeune homme ne le supporterait pas. Depuis qu'il avait passé ces semaines terribles dans son enfance, enfermé dans la cave du Vicaire, l'idée même d'être privé de liberté lui était intolérable.

Durant les minutes qui suivirent, il fit semblant d'être accablé par le poids de la fatalité. Mais tandis que ses gardiens se désintéressaient de lui pour échanger des propos futiles au sujet d'un possible avancement, il se mit à échafauder un plan pour se sortir du pétrin. Une chose était certaine : il n'aurait droit qu'à une seule tentative et s'il voulait réussir, il devait attendre pour passer à l'action que la berline ait quitté la rue Saint-Denis pour s'enfoncer dans les ruelles malcommodes du Marais. Il se concentra donc sur le trajet parcouru à l'aveugle, afin d'être certain de ne pas commettre d'erreur d'appréciation.

Lorsqu'il fut convaincu que le cocher venait d'engager ses chevaux dans l'étroite rue des Lombards, il prit une profonde inspiration et risqua le tout pour le tout. Portant sa main gauche à son gilet, il sortit sa montre de gousset et la laissa échapper. Puis il se baissa et tendit son autre main pour faire mine de la ramasser. Son brusque mouvement déséquilibra vers l'avant le gardien auquel il était relié. Celui-ci grogna avec mauvaise humeur et tira sur son poignet pour obliger Valentin à se redresser.

— Qu'est-ce que tu fabriques ? Tu peux pas te tenir tranquille, non ?

Il n'eut pas le loisir d'en dire davantage. Accentuant le mouvement de son bras vers le haut, Valentin lui asséna un coup terrible à la tempe. Les mailles du cabriolet firent éclater les chairs fragiles. Le policier émit un hoquet étranglé et s'écroula contre la portière. Dans la pénombre, son acolyte n'avait pas perçu tout de suite ce qui se passait. Ce fut seulement lorsqu'il vit s'affaisser la grande carcasse qu'il comprit. Lâchant un juron, il chercha à sortir son pistolet mais l'exiguïté de l'espace et l'affolement lui firent perdre de précieuses secondes. Il venait à peine de poser sa main sur la crosse de l'arme que Valentin s'était déjà retourné et lui portait un coup de tête en plein visage. Les cartilages du nez craquèrent et le fonctionnaire poussa un couinement porcin. Un flot de sang jaillit de son appendice réduit à l'état de chou-fleur.

Valentin profita de son désarroi pour dégager son poignet de la chaînette et ouvrir la portière d'une violente poussée du pied. Puis il enjamba le corps de sa première victime et sauta sur la chaussée. Le cocher n'avait rien remarqué et l'attelage poursuivit sa route sur une dizaine de mètres avant que les hurlements du policier encore conscient ne finissent par attirer l'attention.

Valentin n'avait pas demandé son reste et avait rebroussé chemin au pas de course pour gagner l'embranchement de la rue du Maure. S'il parvenait à l'atteindre indemne, il avait toutes ses chances de pouvoir semer d'éventuels poursuivants dans le dédale des ruelles, des passages couverts et des cours en enfilade qui couvrait l'essentiel de ce quartier du vieux Paris. Il était sur le point de réussir et s'apprêtait à tourner le coin de la rue, lorsqu'un coup de feu claqua soudain dans son dos. Il sentit d'abord un choc à l'épaule. La douleur vint seulement dans un second temps. Irradiante, atroce.

Le souffle coupé, il trouva néanmoins les ressources pour se réfugier dans la ruelle et prit appui contre la façade du premier immeuble. Déjà une sensation d'engourdissement se répandait dans son bras gauche. Il porta la main derrière sa clavicule et la ramena poisseuse de sang. L'écho d'une course précipitée se rapprochait rapidement dans la rue des Lombards. Il ne pouvait rester là, immobile, plus longtemps.

Rassemblant ce qui lui restait de forces, il tituba jusqu'à la porte du plus proche immeuble et pénétra dans un couloir obscur qui puait le renfermé et l'urine.

Il lui restait moins d'une heure pour quitter le quartier. Passé ce délai, toutes les issues seraient certainement bouclées et il se retrouverait fait comme un rat.

34

Aux abois

Ce soir-là, sitôt sortie de scène, Aglaé Marceau se précipita dans sa loge pour se changer. Ayant pris connaissance du billet de Valentin à son arrivée au théâtre, elle n'avait pu s'empêcher de fouiller la salle du regard durant toute la représentation. Il ne lui avait pas écrit qu'il serait là le soir même, mais son impatience de le revoir était trop grande pour qu'elle résiste à la tentation.

Elle avait eu beau écarquiller les yeux, parcourir les premiers rangs des spectateurs au point d'en perdre sa concentration et de saccager quelques répliques, elle ne l'avait pas vu. Pourtant, tout en s'habillant à la hâte, elle espérait encore qu'il l'attendrait à la sortie des artistes.

Lorsqu'elle s'était introduite chez lui le matin de ce stupide duel, elle l'avait senti troublé par sa présence. Aussi n'avait-elle pas compris le silence inattendu qui avait suivi. Lorsqu'il avait dédaigné son invitation, elle avait cru s'être trompée. Avoir pris ses propres désirs pour la réalité. À la contrariété qu'elle avait éprouvée, elle avait mesuré combien cet Apollon ténébreux, dont les yeux avaient parfois cette transparence qu'on ne trouve d'ordinaire que chez les très jeunes enfants, avait su toucher son cœur. Elle avait deviné en lui une fragilité émouvante, bien que dissimulée sous une assurance de façade. L'avait-il perçu ? Était-ce par peur de voir exposée cette fêlure secrète qu'il s'était tout à coup replié sur lui-même, tel un hérisson derrière sa barrière d'épines ?

Après avoir digéré sa déception, Aglaé avait finalement décidé d'en avoir le cœur net. Elle n'était pas du genre à s'effacer sur la pointe des pieds. Si Valentin ne ressentait rien pour elle, il allait devoir le lui dire en face. Elle avait donc résolu d'avoir avec le jeune inspecteur une franche explication, lorsque son billet inespéré était venu dissiper tous les malentendus. Les nuages s'étaient dispersés comme par miracle.

Avant de quitter sa loge, tout à son espoir de le retrouver devant le théâtre, la comédienne jeta un dernier coup d'œil au miroir. Elle voulait être certaine de lui apparaître sous son meilleur jour. Même si elle n'avait pas particulièrement soigné sa toilette ce soir-là, elle fut soulagée de constater que son reflet lui renvoyait une image plutôt séduisante. Elle portait une robe de damas vert d'eau, un camail assorti et un chapeau de peluche incliné sur l'oreille qui lui donnait un air mutin des plus adorables.

Dans le couloir encombré par le va-et-vient des accessoiristes et des figurants, elle croisa son principal partenaire masculin qui tenta de la retenir par le bras.

— Où files-tu comme ça si vite ? Le père Saqui nous invite tous *Aux vendanges de Bourgogne* pour fêter le succès de la nouvelle pièce.

— Ce sera sans moi ! lâcha-t-elle en se dégageant. Comme ça, pour une fois, les mains baladeuses de ce vieux bouc resteront au-dessus de la table.

— Tu as tort de faire ta mijaurée. J'en connais plus d'une qui voudrait être à ta place.

— Qu'elles la prennent ! Je la leur laisse bien volontiers !

Elle s'échappa en riant et se fraya un passage jusqu'à la porte de derrière. Celle-ci donnait sur un étroit cul-de-sac, qu'il suffisait de longer sur une vingtaine de mètres pour rejoindre le boulevard.

En dépit de l'heure tardive, la foule habituelle du samedi soir se pressait encore dans les contre-allées. Devant les façades des théâtres, les spectateurs s'attardaient pour commenter les prestations de leurs acteurs fétiches. Les fêtards invétérés rejoignaient les nombreux cafés des environs ou applaudissaient aux derniers exploits des bateleurs que le mauvais temps n'avait pas dissuadés de monter sur les tréteaux. Toute cette presse attirait les vendeurs de complaintes et les crieurs des canards, ces feuilles imprimées à la sauvette qui reprenaient sur un mode sensationnel les crimes et faits divers relevés quelques heures plus tôt dans *Le Moniteur*, *Le Constitutionnel* ou *La Tribune*. Leurs appels s'entrecroisaient et entretenaient une sorte de cacophonie permanente :

« Condamnation à la peine de mort du dénommé Auguste Timothée Tiercelin, artisan ébéniste, convaincu d'avoir assassiné sa maîtresse à l'aide d'une gouge à bois ! Tous les détails sur la découverte du drame et les trente-deux blessures relevées sur le corps de l'innocente victime ! »

« Scandale politico-financier : un député orléaniste éclaboussé ! Les aveux du commissionnaire Planchon sur les pots-de-vin versés pour l'obtention d'un marché de fournitures aux armées ! Tout ce qu'on vous a caché jusque-là pour la modique somme d'un sou ! »

« Évasion en plein jour dans la capitale : un inspecteur de police arrêté pour un crime vieux de quatre ans échappe à la surveillance de ses gardiens lors de son transfert à la prison de La Force ! Faut-il soupçonner des complicités entre collègues ? »

Au débouché de l'impasse, indifférente aux annonces beuglées à travers la foule, Aglaé scrutait des yeux les personnes qui stationnaient sous le péristyle du théâtre. Pas de Valentin en vue. Elle s'en voulait d'être déçue, mais c'était plus fort qu'elle. Cela lui aurait fait tellement plaisir de le retrouver le soir même. Tant pis ! Ce serait sans doute pour le lendemain ou le jour d'après.

— Eh bien, ma jolie ! Tu cherches quelqu'un ? On dirait bien que ton galant t'a posé un lapin. Je me trompe ?

L'homme qui venait de l'apostropher ainsi devait avoir dans les vingt-cinq, trente ans. Il était habillé avec un éclat tapageur, de la couleur claire de son chapeau au bout verni de ses bottes, en passant par les broderies criardes de son gilet. Des rouflaquettes pommadées, de petits anneaux d'or aux deux oreilles et une longue tresse de cheveux blonds arborée comme un trophée en guise de chaîne de montre complétaient sa panoplie du parfait proxénète. Selon toute vraisemblance, il s'agissait du protecteur de quelques-unes des calèges[1] qui

1. Prostituées, en argot de l'époque.

déambulaient sur le boulevard, le fichu sur les hanches pour provoquer le bourgeois.

La sortie des théâtres constituait pour cette sorte d'individus un terrain de chasse idéal pour tenter de recruter de nouvelles gagneuses. Les plus séducteurs, comme celui-ci, attaquaient leurs cibles frontalement. Les autres agissaient de façon plus insidieuse en employant d'autres femmes comme rabatteuses. Ces dernières se présentaient en général comme d'honnêtes marchandes de toilettes. Elles abordaient les figurantes les plus avenantes et proposaient de leur louer, à un tarif dérisoire, des robes et des bijoux pour leurs sorties dans le monde. Les ingénues qui se laissaient tenter finissaient par s'endetter au point qu'elles n'avaient plus qu'à se vendre elles-mêmes pour échapper à l'enfermement à Sainte-Pélagie[1]. Aglaé avait ainsi connu une jolie débutante, originaire de Tours et prénommée Faustine, qui était passée en moins d'un mois de la scène de l'Ambigu-Comique au trottoir de la rue d'Anglade.

— On n'a pas idée de faire lanterner une gentille fille comme toi, insistait le gommeux en se rapprochant, l'œil canaille et le sourire enjôleur. Mais je peux sans doute remplacer ce butor avantageusement. Que dirais-tu d'une virée à la Courtille ? Rien de tel que la danse et un pichet de vin de Suresnes pour oublier les petites déconvenues amoureuses !

— Merci bien ! répliqua Aglaé, hautaine. Je tiens

1. Prison réservée aux affaires de mœurs et de dettes impayées jusqu'en 1831, où elle devint le lieu de détention privilégié des condamnés politiques.

trop à mes cheveux pour les voir pendre au gilet du premier gandin venu.

Sans se laisser démonter, l'homme avança dans sa direction. Il dégageait un parfum écœurant d'œillet et de tabac froid. Instinctivement, Aglaé recula de quelques pas dans l'étroit passage. L'autre ne sembla pas se décourager pour autant. Il continuait à se rapprocher. De séducteur, son sourire était devenu carnassier. On voyait briller ses dents pointues dans la pénombre. Aglaé comprit aussitôt qu'elle avait commis une erreur en se laissant coincer en retrait du boulevard. Dans ce cul-de-sac obscur, l'inconnu pouvait se jeter sur elle sans risquer d'être surpris et même si elle criait, ses appels risquaient fort de se perdre dans le brouhaha général.

— Allons, allons, ma jolie, grinça le souteneur avec assurance, tu connais le dicton : « Ne jamais dire : Fontaine, je ne boirai pas de ton eau. » Si tu me laisses ma chance, je te promets que tu m'offriras de toi-même bien plus que quelques boucles en gage d'attachement.

À cet instant, une voix impérieuse s'éleva dans son dos :

— Tu as l'oreille dure, à ce qu'on dirait. Je crois que cette demoiselle t'a signifié assez clairement qu'elle n'était pas intéressée.

Le mauvais garçon pivota d'un bloc, l'invective aux lèvres, tout disposé à en découdre. Toutefois, ce qu'il vit en se retournant réfréna immédiatement ses ardeurs belliqueuses. Une silhouette inquiétante se dressait à l'entrée du passage. À première vue, il s'agissait d'un homme élégamment vêtu dont la longue cape noire tranchait avec la pâleur effrayante du visage. Mais, à bien y regarder, l'admirable beauté du nouveau venu, presque irréelle, alliée à son teint cireux et à l'éclat glacé de ses yeux, donnait l'impression d'avoir affaire à une apparition surnaturelle. On aurait dit l'archange de la mort descendu sur terre pour glaner sa moisson d'âmes.

Comme pour renforcer cette sinistre impression, l'inconnu glissa sa main sous le pan de sa cape et menaça d'une voix blanche :

— Si tu ne disparais pas à l'instant, je te brûle la cervelle. Décide-toi, mais fais vite. La patience n'est pas mon fort.

Le souteneur était bien trop impressionné pour remarquer que ce spectre surgi de nulle part tenait à peine sur ses jambes. Et puis si la fille était jolie, elle ne valait tout de même pas la peine de tenter le diable. Sans demander son reste, l'homme préféra filer en prenant bien soin de passer au large de l'ombre inquiétante.

Aussitôt qu'il eut disparu dans la foule, l'inconnu laissa échapper un gémissement de douleur. Sa main qui s'était glissée sous la cape pour simuler la présence d'une arme retomba mollement. Puis l'homme vacilla sur place, pris d'un accès de faiblesse. La comédienne, qui venait seulement de reconnaître son sauveur, se précipita pour le recueillir dans ses bras avant qu'il ne s'écroule au sol.

— Valentin, mon Dieu ! Que vous arrive-t-il ?

Le jeune inspecteur s'abandonna contre son épaule. Son front livide ruisselait de sueur et il était brûlant de fièvre. Seule une volonté hors du commun avait pu lui permettre de donner le change. Mais cet effort avait épuisé ses ultimes forces. Lorsqu'il parvint enfin à ouvrir les lèvres, sa voix se réduisit à un murmure à peine audible et Aglaé dut tendre l'oreille pour saisir des bribes de phrases.

— … mal, trop mal… une balle dans l'épaule… pitié, aidez-moi…

La jeune femme jeta un regard affolé en direction de l'entrée des artistes, toute proche.

— Prenez appui sur moi. Je vais vous emmener à l'intérieur et demander qu'on aille quérir au plus vite un médecin.

Les yeux de Valentin roulèrent dans leurs orbites. Sa main tremblante étreignit la manche de l'actrice. Son souffle chaud se fit haletant contre son cou.

— Non… imp… impossible… la police à mes trousses… besoin d'un endroit sûr… je… je dois… me cacher…

Il délirait. Ou bien Aglaé échouait à percer le sens de ses paroles hachées. Comment ? Lui, un inspecteur de la Sûreté, traqué par les forces de l'ordre ! Cela n'avait aucun sens ! Mais, si fou que cela paraisse, si jamais c'était la réalité, dans quel guêpier allait-elle se fourrer en lui prêtant assistance ?

Pourtant elle lisait dans ses yeux implorants une telle détresse qu'elle cessa de tergiverser.

— Je loue une chambre à deux pâtés de maisons d'ici, souffla-t-elle. En vous appuyant sur moi, croyez-vous pouvoir marcher jusque-là ?

En grimaçant, Valentin passa un bras autour de son cou et parvint à se redresser légèrement.

— Il… il faudra bien.

L'instant d'après, les deux jeunes gens étroitement enlacés faisaient leur apparition sur le boulevard du Crime. La plupart des théâtres avaient fermé à présent, les baraques des bateleurs avaient tiré leurs volets et les noctambules commençaient à se disperser sous les lanternes auquel un vent frisquet arrachait de lugubres grincements.

Peu nombreux furent les attardés qui remarquèrent le couple titubant à l'ombre des arcades. Et ceux qui les virent n'y prêtèrent aucune attention, croyant avoir affaire à quelque fêtard abruti d'alcool que sa malheureuse moitié ramenait cuver dans son foyer.

35

Où Valentin décide de jouer son va-tout

La balle avait traversé entièrement l'épaule, se frayant un passage entre la clavicule et l'omoplate. Par chance, elle était ressortie et n'avait lésé aucun os ni aucun nerf. Le souci, c'était le bout de vêtement qu'elle risquait d'avoir emporté dans la plaie et qui pouvait pourrir à l'intérieur. Il fallait la nettoyer sans attendre pour éviter toute infection.

Après avoir installé un Valentin à demi inconscient sur son lit, Aglaé s'attela à cette tâche délicate dont il l'avait chargée alors qu'ils cheminaient encore dans la rue. Elle fit chauffer une aiguille à tricoter sur la flamme d'une lampe et parvint à force de patience à retirer de la blessure les petits morceaux d'étoffe brûlée. Puis elle arrosa copieusement les chairs meurtries d'eau-de-vie – une bouteille offerte par un admirateur anonyme qu'elle entama pour l'occasion – avant de confectionner un pansement compressif à l'aide d'un jupon déchiré en fines bandes et d'une écharpe de soie.

Durant toutes ces opérations, Valentin garda les

paupières closes et demeura inerte. Seuls quelques gémissements plaintifs et des fragments de mots incohérents lui échappèrent et rassurèrent Aglaé sur le fait qu'il n'était pas tombé dans le coma. Il avait néanmoins perdu beaucoup de sang et, un quart d'heure à peine après que la jeune femme en eut fini avec les soins, il sombra dans un lourd sommeil sans rêve.

Durant les deux jours qui suivirent, sa fièvre persista et il alterna les longues périodes d'endormissement et les courtes phases de réveil agité. Aglaé, qui s'était fait porter pâle pour justifier sa soudaine absence au théâtre et pouvoir veiller sur lui en permanence, avait beau lui faire boire à la moindre occasion quelques gorgées d'une tisane fébrifuge, rien n'y faisait. La comédienne commençait à redouter le pire. Elle se demandait si elle avait bien fait de l'écouter et de s'abstenir de prévenir un médecin. Elle envisageait sérieusement de lui désobéir lorsque enfin, le troisième jour, la température commença à baisser.

En début d'après-midi, Valentin émergea de sa torpeur et put avaler une assiette entière de bouillon agrémenté de quelques morceaux de lard. Cela lui fit du bien. Cependant la douleur qui irradiait dans son dos l'empêchait encore de rassembler ses idées et d'arrêter une ligne de conduite. Il réussit à convaincre son ange gardien qu'il ne pouvait demeurer dans cet état. Elle devait se rendre au plus vite à l'officine Pelletier, munie d'un billet de sa main, pour se faire remettre de la charpie, une bouteille de vinaigre camphré et, surtout, un flacon de laudanum[1] pour apaiser ses souffrances.

---

1. Médicament à base d'opium utilisé pour apaiser la douleur.

Alors qu'elle s'apprêtait à quitter la chambre, il la mit en garde : elle devait s'adresser à Joseph Pelletier et à nul autre. Le pharmacien ne manquerait pas de la presser de questions et de chercher à savoir où se trouvait Valentin, mais elle devait à tout prix garder le silence. Avant de rentrer, il lui faudrait aussi s'assurer qu'elle n'était pas suivie.

Une fois seul, Valentin tenta de passer en revue les événements des derniers jours pour comprendre comment tout avait pu basculer autour de lui aussi brutalement. Mais ça se bousculait sous son crâne. Les images se télescopaient. Il avait l'impression de se retrouver enfant dans le labyrinthe de glaces, environné de mirages impalpables et d'ombres insaisissables. Le portrait de Clarisse Verne éclairé à la bougie, le regard vitreux du comte de Champagnac, la mine contrariée du commissaire Flanchard, le corps inerte de son père adoptif étendu dans une boutique d'antiquités, le sourire énigmatique de Lucien Dauvergne à la morgue, une cage de fer dans une cave noyée d'ombres… Lorsque le tourbillon s'interrompit enfin, il était inondé de sueur et comme vidé de l'intérieur. Il s'était finalement laissé aller sur le flanc, calé contre les oreillers. Fatigué de cette lutte qu'il menait en aveugle, fatigué des rêves atroces qui le poursuivaient depuis tant d'années presque toutes les nuits, fatigué de ce monde insensé où les loups n'étaient jamais repus, où les agneaux étaient traqués sans répit, fatigué des mensonges, des injustices et des souvenirs qui vous brûlaient le cerveau, fatigué de tout.

Pendant ce temps-là, dépassée par les événements, inquiète à l'idée qu'une rechute pouvait survenir en son absence, Aglaé était en proie à des affres d'une tout autre nature. Elle s'inquiétait pour la santé de Valentin, mais elle se demandait aussi dans quel guêpier elle s'était fourrée. Elle avait beau chercher à la repousser mentalement, la pensée qu'elle était sans doute en train de commettre une énorme bêtise ne cessait de la tarauder. Elle parvint néanmoins à s'acquitter de sa mission avec efficacité et diligence. Tel un brave petit soldat.

À son retour, la jeune femme avait en outre réussi à glaner de précieuses informations. Cela ne lui avait guère demandé d'efforts car les gazettes des jours précédents avaient fait leurs choux gras du récit de cette évasion mouvementée en plein Paris et des accusations de meurtre portées à l'encontre d'un inspecteur de la Sûreté. Nombre de journalistes y voyaient la démonstration qu'en dépit du limogeage de son ancien chef, le fameux bagnard Vidocq, ce service demeurait un repaire d'aigrefins et de criminels. Certains appelaient à une épuration d'envergure, d'autres profitaient de l'occasion pour souligner que le nouveau régime ne valait guère mieux que ses prédécesseurs.

Au-delà de ces polémiques, ce qui avait ébranlé Aglaé, c'était la nature des charges pesant sur Valentin. Celles-ci lui paraissaient bien trop graves pour pouvoir recéler une once de vérité. Son être tout entier se rebellait en effet contre l'idée qu'un horrible assassin pouvait se cacher sous des traits aussi angéliques. Toutefois, le portrait sommaire de Valentin que brossaient les journaux – un policier solitaire à l'excès, aux méthodes discutables et au passé obscur – lui avait permis de se rendre compte qu'elle ne savait pratiquement rien de lui. Lors de la soirée qu'ils avaient passée ensemble, la veille de son duel, il l'avait interrogée sur ses relations avec Lucien Dauvergne, l'avait écoutée évoquer ses rêves de jeune actrice ou son engouement pour la cause des femmes, mais il s'était bien gardé de livrer quoi que ce soit de lui-même. Ce silence assourdissant désormais l'intriguait. Elle se remémorait également le luxueux appartement qu'il habitait rue du Cherche-Midi, ses vêtements coûteux si peu compatibles avec le traitement d'un modeste fonctionnaire. Cela aussi la mettait mal à l'aise. Même si sa confiance lui était acquise, elle ressentait la nécessité d'entendre de sa bouche qui il était vraiment.

Valentin, que la prise de laudanum avait arraché à sa gangue de douleur, perçut son trouble et crut nécessaire de la rassurer. Le moment n'était pas encore venu de tout lui révéler de son lourd passé. Il était sans doute encore trop tôt. Mais elle avait pris des risques pour lui venir en aide. Il lui semblait juste de lever pour elle une partie du voile qui recouvrait son passé.

Encore trop faible pour s'attarder sur les détails, il lui raconta donc comment, enfant, il était tombé entre les mains d'un monstre comparable à l'ogre des contes. Il lui parla de Damien, cet autre lui-même dont il avait partagé la captivité durant quelques semaines et qu'il avait dû abandonner lorsque l'occasion de s'enfuir s'était offerte à lui. Non sans émotion, il évoqua sa rencontre avec celui qui était devenu son père adoptif et qu'on l'accusait à présent d'avoir assassiné. Il termina en expliquant qu'il n'était entré dans la police que pour poursuivre la quête de Hyacinthe Verne et mettre enfin un terme aux agissements criminels du Vicaire.

Au fil de son récit, Aglaé était passée par bien des émotions. Quand Valentin cessa de parler, ses traits reflétaient un mélange de compassion, d'effarement et d'incompréhension.

— Comment peut-on vous accuser d'avoir programmé la mort d'un homme à qui vous deviez tout ? s'insurgea-t-elle. Le premier magistrat venu devrait comprendre qu'il y a là une contradiction majeure.

— Je l'ignore. Jusqu'à ces derniers jours, j'ai toujours cru que mon père adoptif avait été victime d'un tragique accident. Cette version des faits n'avait jamais été remise en cause jusqu'alors. Tout ça est tellement fou ! Qu'est-ce qui a pu convaincre la police, quatre ans après sa mort, qu'il s'agissait d'un assassinat ? Pourquoi cette affaire ancienne remonte-t-elle à la surface précisément maintenant ?

— Que voulez-vous dire ?

Tandis qu'ils échangeaient, Aglaé avait disposé sur la table de chevet les produits rapportés de la pharmacie Pelletier et avait entrepris de refaire le pansement de Valentin. Calmé par l'opium, ce dernier s'abandonnait en toute confiance aux soins prodigués par sa bienfaitrice.

— Je trouve pour le moins étrange, répondit-il, que ces accusations surviennent au moment précis où l'enquête qu'on m'avait confiée était sur le point d'aboutir.

— Vous voulez parler du suicide de Lucien ?

— Il ne s'agit pas d'une mort isolée. Je suis à présent convaincu que Lucien Dauvergne n'a été qu'une victime parmi d'autres. Son esprit a été manipulé à des fins criminelles qui restent à éclaircir mais qui pourraient être liées au procès des ministres de Charles X.

Si j'ai vu juste, il s'agirait d'une tentative de déstabilisation du nouveau régime.

Valentin exposa à sa compagne le résultat de ses récentes investigations. Il lui expliqua notamment comment il en était venu à soupçonner le Dr Tusseau de recourir au magnétisme animal et à la sidération par les miroirs pour contrôler l'esprit de certains de ses patients. Et cela avec la probable complicité d'Émilie de Mirande.

— C'est incroyable ! s'exclama Aglaé que les propos du jeune inspecteur au sujet des mystérieux pouvoirs de l'hypnose avaient à la fois fascinée et inquiétée. Vous prétendez qu'on pourrait conditionner quelqu'un pour lui faire commettre des actes dont il n'aurait pas conscience et dont il ne garderait aucun souvenir ? Rien qu'évoquer pareille diablerie me glace les sangs !

— En tout cas, vous mesurez mieux ce que les poursuites diligentées à mon encontre peuvent avoir d'intrigant. On aurait voulu m'empêcher de faire éclater la vérité au sujet de ce complot qu'on ne s'y serait pas pris autrement.

— Que comptez-vous faire ?

Valentin prit le temps de rassembler ses idées. Son front se plissait sous l'effort de réflexion. Cependant, cette fois, une ébauche de plan prit forme dans son cerveau.

— Je dois découvrir avant tout ce qui a pu convaincre un juge de signer un mandat d'arrêt à mon nom. Pour cela, je ne vois qu'un moyen : il faut que j'entre en contact le plus tôt possible avec le commissaire Flanchard.

— N'est-ce pas se jeter dans la gueule du loup ? s'enquit Aglaé, une lueur inquiète au fond des yeux. D'après ce que j'ai compris, tous les services de police sont sur les dents pour vous mettre la main dessus. Les journaux parlent de vous comme d'une brebis galeuse à abattre.

— C'est un risque à prendre. Mais je n'ai pas vraiment le choix. Je dois convaincre Flanchard de m'accorder quelques jours de répit pour aller au bout de mon enquête. Après ça, je suis prêt à répondre de tous les crimes dont on m'accuse. Je saurai bien faire éclater mon innocence aux yeux de tous.

La comédienne avait achevé de désinfecter et de panser l'épaule de Valentin. Pourtant, elle laissait le bout de ses doigts errer, comme par inadvertance, sur sa nuque. Il lui attrapa doucement la main et l'amena à se déplacer face à lui.

— Bien qu'il me répugne de vous mêler à une aussi ténébreuse affaire et que vous en ayez déjà fait beaucoup pour moi, dit-il en adoptant un ton plus grave, je vais devoir encore solliciter votre aide, Aglaé. Évidemment, compte tenu des circonstances et du danger potentiel, je comprendrais fort bien que vous refusiez. Je puis vous assurer que je ne vous en tiendrais nulle rigueur.

L'intrépide actrice n'hésita pas une seule seconde.

— Si vous croyez que je vais me défiler, après vous avoir veillé deux jours et deux nuits quasiment sans dormir et au risque de me faire renvoyer de la troupe de Mme Saqui, vous vous fourrez le doigt dans l'œil ! Qu'attendez-vous de moi au juste ?

— Demain, pendant que je rencontrerai Flanchard,

j'ai besoin que vous surveilliez l'hôtel particulier du vicomte de Champagnac. Ce n'est probablement pas un hasard si mes ennuis ont suivi immédiatement ma visite là-bas. Sans le vouloir, j'ai dû donner un coup de pied dans la fourmilière. Les événements vont probablement maintenant se précipiter. Il reste à espérer qu'il ne soit pas trop tard et que les trois jours que nous venons de perdre n'ont pas déjà été mis à profit par nos adversaires. Si ce n'est pas le cas, je pense que c'est à la clinique du Val d'Aulnay ou à l'hôtel de Champagnac que les choses vont bouger.

— C'est un peu vague. Une fois sur place, que devrai-je faire exactement ?

— Contentez-vous de noter les allées et venues. Essayez d'identifier les éventuels visiteurs. Et si jamais le vicomte quittait son domicile, suivez-le pour savoir où il se rend. Mais prenez garde à ne pas vous faire remarquer ! Je suis persuadé que nous avons affaire à des gens prêts à tout pour arriver à leurs fins !

La lumière déclinait dans la chambre. Par la fenêtre pourtant close, parvenaient du dehors des roulements de tambour, des coups de cymbales et des applaudissements en provenance du boulevard. C'étaient les parades destinées à attirer le public qui commençaient.

Fatigué d'avoir trop parlé, Valentin se rallongea sur le lit et ferma les paupières. Quelques instants plus tard, l'opium qu'il avait absorbé fit son effet et il sombra d'un coup dans les bras de Morphée.

Aglaé, attendrie, le contempla un long moment sans oser le moindre mouvement. Quand il dormait, ses traits perdaient de leur dureté et retrouvaient la pureté et l'innocence de la petite enfance. La jeune femme se pencha au-dessus de lui et souffla doucement sur ses cils pour s'assurer qu'il était vraiment inconscient. Puis, très lentement, elle s'inclina encore et déposa un baiser sur ses lèvres entrouvertes.

36

Des preuves accablantes

Le commissaire Flanchard sortit de la préfecture de police à grandes enjambées, la tête baissée, le front en avant, fonçant comme un taureau furieux. Sans adresser le moindre mot au cocher, il s'engouffra dans le fiacre qui l'attendait le long du trottoir et jeta son maroquin de cuir sur la banquette d'un geste rageur. Son coup de canne contre le plafond fit vibrer tout l'habitacle.

Quatre jours !

Quatre jours déjà que Valentin Verne avait faussé compagnie à ses gardiens et disparu dans la nature. Le préfet de police ne décolérait pas. Il rendait Flanchard personnellement responsable de ce fiasco dont on parlait jusqu'au sein du cabinet ministériel. Le commissaire avait pourtant tout tenté pour retrouver la trace de son subordonné. L'appartement de la rue du Cherche-Midi était placé, jour et nuit, sous une surveillance constante. L'inspecteur ayant été blessé dans sa fuite – cela, au moins, avait pu être établi de façon formelle –, les hôpitaux parisiens avaient été visités, de même que les cliniques. Sans le moindre résultat. La veille, Flanchard avait ordonné à ses hommes d'entamer une tournée des cabinets médicaux et des pharmacies de la capitale. Il commençait cependant à douter d'obtenir un quelconque résultat. Ce diable de Valentin Verne semblait s'être littéralement volatilisé !

Le commissaire frissonna et poussa un soupir où se mêlaient mauvaise humeur et lassitude. Depuis que novembre accablait Paris de ses frimas, les jours raccourcissaient rapidement. En outre, à cause de ses déboires récents, il quittait chaque soir un peu plus tard la préfecture. Fichu métier, tout de même ! Un froid humide s'insinuait jusque dans la voiture et le pas du cheval se répercutait contre les façades, presque lugubre.

Flanchard avait beau tenter de penser à autre chose, sans cesse ses ruminations le ramenaient à l'étrange personnalité de l'inspecteur Verne. Avant de l'accueillir au sein de la Sûreté, il avait pris de nombreux renseignements à son sujet. Il avait consulté des rapports, interrogé des collègues. Les mêmes mots revenaient à chaque fois : un être solitaire, ombrageux, des façons qui ne sont pas de la Maison, un policier pas ordinaire… Lors de leur première rencontre, il avait été frappé par cette sorte de distance que l'inspecteur mettait entre lui et ses semblables. Peut-être, d'ailleurs, sans en avoir conscience. Sa manière trop raffinée de se vêtir, ce regard qui donnait l'impression de vous jauger d'emblée. « Un drôle de type ! Probablement engagé dans la police par désœuvrement », se souvenait-il d'avoir pensé sur le coup.

Par la suite, pourtant, Flanchard avait été bien obligé

de réviser son jugement. Dans l'affaire Dauvergne, Verne avait fait preuve d'une sagacité réellement surprenante. Avoir débusqué le Dr Tusseau et Émilie de Mirande, trouvé une explication rationnelle au mystère des miroirs, rattaché les morts suspectes de Lucien Dauvergne et de Michel Tirancourt à un possible complot lié au procès des ministres, le tout en un laps de temps aussi court, relevait de la prouesse. Et c'était bien cela qui contrariait le commissaire. Les résultats remarquables obtenus par Verne auraient dû suffire à le convaincre qu'il l'avait sous-estimé. Au lieu de cela, il avait cru maîtriser la situation et lorsqu'il s'était agi de procéder à son arrestation, il avait négligé d'y mettre les moyens suffisants. Au fond de lui, il savait que les reproches que lui adressait le préfet de police étaient justifiés. Si Verne avait pu jouer les filles de l'air, il en était pour une large part responsable.

Il en était là de sa méditation, à s'adresser des reproches silencieux, lorsqu'il s'avisa que le fiacre s'était immobilisé. Son esprit était tellement préoccupé qu'il n'avait même pas remarqué le moment où la voiture avait cessé de brinquebaler sur les pavés. Étonné d'être déjà parvenu à destination, il écarta le rideau de la portière. Le crépuscule teintait la pierre de grandes ombres violettes. La Seine prenait ses aises dans le noir en paresseuse alanguie. Le long de la rive, des rats se poursuivaient et poussaient leurs petits cris aigus, vaguement inquiétants dans l'obscurité.

Foutredieu ! Mais qu'est-ce qu'on fout là ? Cette triple buse de cocher s'est endormie sur son siège ou quoi ?

Le commissaire venait de distinguer, sur l'autre

berge, les écluses du bassin de l'Arsenal. Sa voiture stationnait donc quai Saint-Bernard. À l'exact opposé de son domicile par rapport à l'île du Palais[1] !

Persuadé que l'attelage avait été abandonné à lui-même par un cocher somnolent et abruti d'alcool, Flanchard ouvrit la portière et se dressa sur le marchepied, bien décidé à passer un savon au conducteur. Recroquevillé sur son siège, engoncé dans sa pèlerine, celui-ci ne donnait à voir qu'une masse immobile et compacte, coiffée d'un haut-de-forme marronnasse tout cabossé. Il semblait effectivement piquer un roupillon en toute tranquillité.

Flanchard venait de le saisir par la manche et s'apprêtait à le secouer sans ménagement lorsque, contre toute attente, l'homme se retourna vivement et braqua sur lui la gueule menaçante et légèrement évasée d'un pistolet à silex Boutet et Fils. Le brusque mouvement avait écarté le col du paletot et, en dépit de la pénombre environnante, le commissaire n'eut aucun mal à reconnaître les traits réguliers de Valentin Verne.

— Vous ! C'est vous ! Mais qu'est-ce que ça signifie ?

L'inspecteur ne répondit pas. D'une oscillation du canon de son arme, il intima l'ordre à son chef de réintégrer l'habitacle. Lui-même dut réprimer une grimace lorsqu'il descendit de son siège tout en conservant son pistolet braqué. Sa blessure le handicapait encore et il espérait avoir absorbé une dose suffisante de laudanum pour donner le change. Si jamais Flanchard venait à se rendre compte de son état réel, il risquait en effet

1. Autre désignation, à l'époque, de l'île de la Cité.

de tenter de profiter de la situation et les choses pouvaient vite dégénérer. En imaginant cette confrontation, Valentin était parfaitement conscient du péril auquel il s'exposait, mais il était convaincu de ne pas avoir le choix.

Prenant sur lui pour masquer sa douleur, il vint s'asseoir en face du commissaire qui, revenu de sa surprise, le toisait d'un œil noir.

— Vous êtes fou, Verne ! À quoi bon me menacer ? Où croyez-vous que tout cela va vous mener ?

Le jeune homme eut un sourire contrit.

— Veuillez me pardonner l'emploi de moyens aussi barbares, dit-il en désignant son arme du menton. Mais je ne suis pas convaincu que vous auriez accepté autrement de m'écouter.

— Tous les policiers de la ville sont à vos trousses et ils ont reçu l'ordre de tirer à vue, gronda Flanchard en secouant sa crinière léonine. Vous n'avez aucune chance de vous échapper. Croyez-moi, le plus sage serait de me remettre ce pistolet et de me laisser vous conduire auprès du procureur. Je vous promets que je ferai tout ce qui est en mon pouvoir pour qu'il en soit tenu compte le jour de votre procès.

Valentin balaya la proposition d'un haussement d'épaules. Il restait sur le qui-vive, prêt à déjouer toute tentative malencontreuse du commissaire.

— Je n'ai aucunement l'intention de m'échapper, rassurez-vous. Si j'ai pris la liberté de vous conduire ici et à cette heure, dans cet endroit isolé, c'est parce que je désirais vous parler tranquillement, seul à seul.

— Tranquillement ? ironisa le commissaire. Avec une pétoire à la main ? Vous déraisonnez, Verne !

Je n'ai rien d'autre à vous dire que : « Rendez-vous et trouvez-vous un bon avocat pour assurer votre défense. »

— Facile à dire ! Je sais qu'on me reproche d'avoir commandité le meurtre de mon père adoptif, détourné son héritage et supprimé un certain Damien Combes. Rien que ça ! Mais en même temps, j'ignore tout des éléments sur lesquels reposent de telles élucubrations.

Flanchard poussa un gros soupir et se pencha sur le côté.

— Doucement, commissaire ! intervint aussitôt Valentin. Pas de mouvement inconsidéré ! Je ne voudrais pas être obligé de faire feu. Deux meurtres sur les bras, c'est bien assez, vous ne trouvez pas ?

Flanchard interrompit son mouvement et désigna le maroquin abandonné sur la banquette.

— J'ai votre dossier avec moi. Vous verrez que les preuves dont nous disposons sont accablantes.

— Allez-y ! fit Valentin, gagné par une soudaine nervosité. Mais sortez tout cela bien lentement, que je ne perde pas de vue vos mains.

Flanchard s'exécuta avec docilité. Il tira de sa serviette plusieurs documents et tendit le premier, un pli dépourvu de cachet, à son subordonné. Il n'y avait aucune adresse inscrite au recto. Seulement un prénom tracé en majuscules : « Valentin ».

— J'ai reçu ces papiers directement à la préfecture de police, il y a environ une semaine. Aucun mot d'accompagnement, aucune explication. Si vous me laissez attraper mon briquet dans ma poche, vous pourrez en prendre connaissance.

Valentin accepta d'un hochement de tête. Il avait

reconnu l'écriture dès que Flanchard lui avait mis la lettre sous les yeux.

Le cœur battant, il la déplia et commença à lire à la clarté de la flamme tendue par le commissaire. Dès les premiers mots, il sut exactement de quoi il retournait. Cette lettre, il l'avait déjà lue à de nombreuses reprises. Pourtant, il ne put s'empêcher d'aller jusqu'au bout, une fois de plus. Chaque phrase était douloureuse, comme une brûlure qu'il s'infligeait à lui-même.

Valentin, mon cher enfant,

Pardonne-moi d'avoir recours à l'écrit pour m'adresser à toi aujourd'hui. Tu seras peut-être tenté d'y voir un manque de courage. Il n'en est rien. Sache que seul mon ardent désir de te venir en aide et de parvenir à me faire entendre de toi a guidé ce choix. Je sens parfois bouillonner en toi une telle colère, un tel dégoût de toi-même et des autres que j'en viens à redouter ta réaction et, plus encore, la mienne si jamais tu refusais d'entendre raison et me reprochais une démarche que je crois pourtant, aujourd'hui, nécessaire. Face à toi, je redoute de perdre mes moyens, de ne pas contrôler mes émotions. Tu sais à quel point j'abhorre la violence, qu'elle soit verbale ou physique, et je préfère de loin le calme de mon bureau pour rassembler mes pensées et t'écrire ces quelques mots.

Depuis sept ans maintenant, pas un jour ne s'est écoulé sans que je m'interroge sur le moyen de te libérer de tes démons intérieurs. Qui se douterait que sous ce doux visage angélique se cache une âme à ce point tourmentée ? J'ai déployé toutes mes forces, toute ma volonté pour t'arracher à la nuit. Tu serais sans doute étonné d'apprendre jusqu'où je suis allé pour te procurer cet apaisement auquel je sais que tu aspires de tout ton être. Moi qui passe aux yeux de tous pour un paisible rentier tout entier voué à sa passion pour la chose scientifique !

Passons ! J'espère qu'un jour mes efforts finiront par être récompensés. Alors seulement tu sauras !

Pour l'heure, il te suffit d'apprendre que depuis quelques mois j'ai entrepris de consulter régulièrement le Dr Esquirol, le célèbre aliéniste qui dirige la Maison royale de Charenton. Je lui ai exposé ton cas. J'imagine déjà ta mauvaise humeur en lisant ceci. Tu aurais bien sûr préféré que je t'en parle au préalable. Mais soyons francs ! M'aurais-tu donné ton accord ? Certes non ! Et pourtant, aujourd'hui plus encore qu'hier, je suis persuadé d'avoir agi au mieux. Esquirol est un homme de grand savoir et d'une exquise sensibilité. Au fur et à mesure de nos échanges, il m'a suggéré la voie à suivre, sans jamais chercher à imposer son point de vue.

Ce que j'ai en définitive à te dire tient en bien peu de mots : il est temps pour toi, Valentin, de céder la place. Tout au long de ces sept années passées à tes côtés, il me semble avoir avancé comme un aveugle, les bras tendus dans l'obscurité. À présent, mes yeux se sont ouverts à la lumière. Nos dernières conversations, si pénibles fussent-elles, ont également contribué à forger ma décision. Je peux te sauver malgré toi et le Dr Esquirol m'a convaincu que ton état nécessitait une secousse morale salvatrice. Avant-hier, j'ai donc résilié mon précédent testament et rédigé un nouvel acte par lequel je lègue toute ma fortune à Damien Combes. Cet enfant perdu, une fois libéré de ses tourments, aura ainsi les moyens de se reconstruire et de rentrer dans le monde la tête haute. Il le faut !

Je formule des vœux pour que tu acceptes ma décision. Tu sais que tu resteras pour toujours, quoi qu'il arrive, mon seul et unique enfant. L'être que je chéris le plus en ce monde et qui m'aura entraîné bien au-delà de moi-même.

Ton père aimant, Hyacinthe Verne

Valentin abaissa la feuille de papier, les yeux brillants. Très pâle. Quatre ans après, l'émotion était toujours là, à fleur de peau. Ce différend qui l'avait opposé à son père adoptif, les mots trop durs qui lui avaient échappé alors, tout cela le submergeait avec la soudaineté d'un raz-de-marée. La disparition brutale de Hyacinthe Verne l'avait empêché de faire amende honorable, d'oser le premier pas pour effacer leurs divergences et tenter de rapprocher leurs points de vue. Et c'était une blessure toujours ouverte en lui, autrement plus cuisante que celle de son épaule, dont aucun médicament, si puissant soit-il, ne pouvait le soulager.

Le commissaire Flanchard agita les autres documents qu'il avait conservés en main.

— Ce billet était accompagné d'un testament holographe écrit de la même main. Comme il vous l'annonçait, Hyacinthe Verne y léguait tous ses biens à un certain Damien Combes. L'acte porte la date du 26 février 1826, soit moins d'une semaine avant le prétendu accident de fiacre qui lui a coûté la vie. Il y avait aussi un extrait de baptême au nom de ce fameux Damien. S'il est encore vivant, cet individu aurait sensiblement le même âge que vous. Savez-vous de qui il s'agit exactement ? Ce devait être quelqu'un de très proche de votre père adoptif pour qu'il en fasse son unique héritier.

Valentin avait l'impression de vivre un cauchemar éveillé. Il comprenait mieux les soupçons qui pesaient sur lui. Tous ces documents racontaient une histoire cohérente. Tout se tenait, tout l'accusait. Tout était réel et en même temps tout était faux. Quelque chose dans son regard vacilla. Il y avait au fond de ses prunelles comme une obstination de gosse. L'espace d'un instant, il envisagea de livrer l'entière vérité, mais c'était impossible. Trop long à expliquer, trop complexe. Il devait avant tout parer au plus pressé.

— Ces documents sont à moi, lâcha-t-il enfin. Ils ont été dérobés il y a deux semaines environ dans mon appartement. J'avais cru remarquer que des objets avaient été déplacés mais j'avais fini par croire que je m'étais fait des idées. N'empêche ! Je n'arrive pas à comprendre que vous m'ayez retiré votre confiance à la lecture de ces seules pièces. Il n'y a pas là le moindre début de preuve permettant d'étayer des accusations de meurtre ou de spoliation.

— Aussi ne me suis-je pas contenté de cet envoi anonyme, répliqua Flanchard avec calme. Mais je ne pouvais pas non plus l'ignorer. Il y avait là, sinon en effet la preuve d'un crime ou l'établissement d'une culpabilité, du moins la mise en évidence d'un mobile. Alors j'ai pris sur moi de mener ma propre enquête.

Dans les archives, j'ai consulté les différents rapports et procès-verbaux établis lors du décès brutal de votre père. Y figuraient les nom et adresse du conducteur du fiacre qui l'a renversé. Sous le prétexte d'un banal contrôle de routine, j'ai convoqué l'homme à la préfecture. Ça n'a pas été facile mais en lui taquinant la couenne au nerf de bœuf je suis parvenu à lui tirer les vers du nez. Il a fini par reconnaître que l'accident n'en était pas un. Quelqu'un lui a versé une forte somme pour simuler, à l'aide de complices, un emballement de son attelage et écraser Hyacinthe Verne. Vous voyez, il s'agit bel et bien d'un meurtre !

Le cœur de Valentin se mit à cogner dans sa poitrine. Il s'était cru assez fort pour affronter en face la pseudo-vérité de la police. Il s'était imaginé qu'il balayerait sans grande peine des accusations faites de bouts de ficelle et voilà que tout ça lui éclatait à la gueule avec la violence d'une charge de poudre. Ainsi, c'était donc vrai ! La mort de son père n'était pas un accident ! Il n'était plus très sûr de vouloir entendre la suite. Tout à coup, il avait envie d'être ailleurs, de se blottir au fond d'un lit et d'avaler tout le flacon de laudanum. Ne plus se coltiner avec la laideur du monde. Ne plus se débattre, ne plus courir dans la nuit avec des gueules d'épouvante lancées à vos trousses et qui vous happent les mollets. Dormir tout son saoul, dormir d'un sommeil sans rêve, dormir pour oublier.

Et pourtant, malgré ce dégoût qu'il sentait monter en lui, il réussit à surmonter sa défaillance. À faire comme si son pistolet braqué signifiait encore quelque chose, lui permettait de mener le bal et de poser des questions.

— Ce cocher, vous êtes parvenu à lui faire avouer

le nom de ses acolytes ? demanda-t-il d'une voix diminuée.

Le commissaire fixa son interlocuteur droit dans les yeux. Quand il parla, son ton n'était pas celui d'un accusateur, mais il portait néanmoins le poids d'une implacable fatalité.

— Il n'a livré qu'un seul nom. Celui de son commanditaire… le vôtre, Valentin Verne !

Le jeune homme accusa le choc à nouveau. Ses épaules s'affaissèrent et son bras armé se relâcha dangereusement. Flanchard sentit qu'il y avait là une possibilité. S'efforçant de n'en rien laisser paraître, il banda ses muscles, prêt à se jeter sur son adversaire à la moindre inattention. Valentin prit conscience du danger juste à temps. Il discerna les infimes crispations sur le visage de son vis-à-vis. Le canon du pistolet remonta.

— Je n'ai aucun moyen de vous en convaincre, dit-il en affichant un air de défi, mais cet homme a menti. Je suis innocent des crimes dont on m'accuse et je le prouverai !

— Rendez-vous plutôt et faites confiance à la justice royale. Si vous n'avez rien à vous reprocher, croyez-moi, c'est dans votre intérêt. Vous n'allez pas pouvoir jouer très longtemps les fugitifs.

L'inspecteur secoua la tête en signe de dénégation. Il n'avait pas le droit de se montrer faible. Ce n'était plus seulement sa propre existence qui se trouvait en jeu. Il devait rester libre s'il voulait faire éclater la vérité et pouvoir un jour venger son père.

— Je n'ai pas pour habitude de remettre mon sort entre les mains d'inconnus, répliqua-t-il. Si je veux pouvoir me faire entendre, j'ai tout intérêt à ne pas me présenter devant les autorités les mains vides.

— Vous avez quelque chose derrière la tête. À quoi songez-vous, Verne ?

— Deux jours, commissaire, je vous demande seulement deux jours de répit. Le temps de résoudre l'enquête que vous m'avez confiée et d'obtenir les aveux de Tusseau et de ses comparses.

Flanchard fit la grimace.

— Navré, mon garçon, mais ce que vous demandez est impossible. C'est ma place que je joue si je vous laisse la bride sur le cou.

— En ce cas, vous ne me laissez guère le choix…

Ayant prononcé ces mots, Valentin sortit de la poche de sa pèlerine une pesante paire de menottes et les lança au commissaire.

— Passez la chaîne à travers la poignée de la portière et fixez les fers à vos poignets. Et ne faites pas semblant, je vérifierai les cadenas.

— Vous commettez une grave erreur, marmonna Flanchard tout en s'exécutant à contrecœur. Tout ce que vous allez récolter, c'est une nouvelle balle dans la peau. Et cette fois, vous pourriez bien ne pas vous relever.

— Ma foi, c'est bien possible, admit Valentin. Disons alors que le jeu en vaut la chandelle. Maintenant vous m'excuserez mais je ne fais que reprendre ce qu'on m'a volé.

Joignant le geste à la parole, il rafla les documents posés sur la banquette et les remit soigneusement dans le maroquin en cuir qu'il glissa sous son manteau. Flanchard voulut protester mais l'inspecteur ne lui en laissa pas le loisir. Il le bâillonna étroitement à l'aide de son foulard et s'éloigna du fiacre à grandes enjambées.

Tandis qu'il se fondait parmi les ombres du quai, s'élevèrent dans son dos les couinements des ressorts de la caisse et les gémissements étouffés du chef de la Sûreté.

37

Le claque de Thurot

Ce même jour, une heure plus tôt, un autre fiacre stationnait dans une artère cossue du faubourg Saint-Germain. À son bord, Aglaé Marceau ne perdait pas des yeux la façade de l'hôtel de Champagnac. Elle avait passé là une bonne partie de la journée sans rien remarquer de particulier. On aurait dit que le lieu était plongé dans une profonde et étrange léthargie. Les volets des étages étaient demeurés obstinément clos. Nul visiteur ne s'était présenté à l'entrée. Personne ne s'était montré non plus aux fenêtres du rez-de-chaussée ou dans le parc. Pourtant le vicomte appartenait à la meilleure société et sa qualité de pair de France supposait un train de vie et des obligations politiques et mondaines guère compatibles avec une existence de reclus.

La jeune femme en était à se demander si Valentin n'avait pas fait fausse route en l'envoyant faire le pied de grue à cet endroit, lorsqu'un joli coupé se présenta enfin à la grille de la propriété. Deux personnes l'occupaient. Celui qui menait l'attelage, perché à l'extérieur, était un homme en habit de bourgeois, engoncé dans une ample pelisse. Son haut-de-forme laissait entrevoir un visage rond et couperosé, de longs favoris et un large front dégarni. À sa façon quelque peu maladroite de jouer de son fouet et des rênes pour faire pivoter ses chevaux, il paraissait évident qu'il n'était guère habitué à conduire semblable équipage.

L'autre occupant de la voiture était une femme. Installée dans la caisse fermée, elle se pencha par la portière pour jeter quelques mots à son compagnon au moment où celui-ci, après avoir serré le frein de la voiture, descendait de son siège et se dirigeait vers le portail pour en agiter la cloche. Ce mouvement permit à Aglaé d'apercevoir fugacement un beau visage autoritaire, encadré d'abondantes boucles aux reflets cuivrés. Cette apparition correspondait assez bien à la description que l'inspecteur lui avait faite de Mme de Mirande. En revanche, son compagnon semblait trop courtaud et bedonnant pour être le fameux Dr Tusseau.

Répondant au coup de sonnette de l'inconnu, un majordome tiré à quatre épingles vint ouvrir les grilles et le cabriolet pénétra à l'intérieur de la propriété en faisant crisser le gravier de la cour d'honneur.

Aglaé se sentit gagnée par une bouffée d'excitation. Finalement, Valentin avait peut-être vu juste : ses adversaires amorçaient un premier mouvement sur l'échiquier. Désireuse de pouvoir lui fournir le plus d'informations possible, la jeune comédienne pria le cocher du fiacre de l'attendre et descendit de voiture pour longer le mur d'enceinte en adoptant une allure de promenade. Parvenue à hauteur des grilles, elle s'arrêta et fit mine de rajuster les épingles qui maintenaient son petit chapeau sur ses cheveux relevés en chignon. Discrètement, elle risqua un regard en direction du perron. Les deux visiteurs devaient être attendus avec impatience, car un homme en veste d'intérieur, le cigare aux lèvres, les avait devancés en haut des marches pour les accueillir. Il s'inclina avec grâce pour gratifier sa visiteuse d'un baisemain. Le vicomte de Champagnac en personne ? Aglaé ne pouvait en être absolument certaine, mais il était en tout cas évident qu'il ne s'agissait pas d'un domestique.

Craignant de se faire remarquer si elle s'attardait davantage, la jeune femme reprit sa marche sur une vingtaine de mètres environ, puis traversa la chaussée pour rebrousser chemin sur le trottoir d'en face, en prenant bien garde de rester à l'ombre des hauts murs. Elle hésitait sur la conduite à suivre et regrettait que Valentin ne soit pas déjà de retour auprès d'elle. Il l'avait informée de son intention d'attendre le commissaire Flanchard à sa sortie de la préfecture de police pour tenter de négocier un répit. Consciente du danger, elle avait tenté jusqu'au bout de l'en dissuader mais il ne l'avait pas écoutée. À présent, il lui tardait de le voir revenir vers elle sain et sauf. S'il ne réapparaissait pas avant que les visiteurs du vicomte ne prennent congé, que devrait-elle faire ? Demeurer sur place à se morfondre en contemplant ce qui s'apparentait au château de la Belle au bois dormant ? Ou bien, au contraire, changer de stratégie et suivre la voiture de Mme de Mirande ? Elle n'arrivait pas à se décider et formulait intérieurement des prières pour ne pas se retrouver face à ce choix cornélien.

Comme elle atteignait le fiacre, son cocher se pencha vers elle.

— C'est pas tout ça, ma pt'tite dame, dit-il en se grattant la nuque, mais c'est qu'il commence à se faire tard. Votre ami, ce matin, a loué mes services pour la journée. Remarquez que je me plains pas. C'est de l'argent gagné sans trop se fatiguer, mais vous croyez qu'on en a encore pour longtemps à attendre comme ça ? C'est qu'il commence à faire un brin frisquet.

Aglaé prit alors seulement conscience que le soir tombait. Elle frissonna désagréablement. L'air était humide et arrachait aux jardins environnants des odeurs d'herbe et de terre qui aiguisaient la sensation de froid. Un peu comme s'ils étaient arrêtés au plus sombre d'un sous-bois. De grandes ombres mauves s'allongeaient à terre et venaient ronger le bas des murs et le tronc des arbres. La jeune femme avait presque l'illusion d'entendre de minuscules bruits de succion, toute une écœurante gloutonnerie de grignotages infimes. Comme si une sorte de monstre gluant se tenait tapi quelque part, tout proche, n'attendant que l'arrivée de l'obscurité pour les engloutir et les digérer eux aussi.

Aglaé remua la tête pour chasser ces pensées inopportunes. Elle avait décidément trop d'imagination ! Voilà ce que c'était que de jouer d'horribles mélodrames à longueur d'année !

— Il ne fait pas encore nuit, que je sache ! rabroua-t-elle le malheureux conducteur. Nous partirons à ce moment-là et pas avant. D'ici là, inutile de vous plaindre. Mon ami vous a grassement payé.

L'homme grommela une vague malédiction dans sa barbe et resserra autour de lui les pans de son paletot avec mauvaise humeur. Toutefois, lorsque sa cliente se haussa sur le marchepied pour réintégrer l'habitacle, il ne put s'empêcher de lorgner l'éclat de son bas blanc et la finesse d'une cheville superbement tournée. La petite n'avait pas la langue dans sa poche, mais s'il avait eu dix années de moins, il ne se serait pas privé de lui conter fleurette. Faire un tour de galipettes entre ses draps devait vous valoir une sacrée suée, de quoi faire oublier les heures interminables passées à grelotter dans le froid.

Une bonne demi-heure s'écoula sans rien apporter de nouveau. Le quartier, déjà calme dans la journée, s'enfonçait dans une sorte de silence ouaté. Peu de passages, quelques écharpes de brume flottant dans la pénombre.

Tout à coup, des lumières se mirent à danser sur le perron de l'hôtel de Champagnac. Aglaé essuya du revers de la main la buée qui s'était formée sur la vitre de la portière. Deux serviteurs en livrée, des lampes à huile à la main, éclairaient un trio qui descendait les marches pour rejoindre l'élégant coupé. Le maître de maison s'était changé. Vêtu d'une cape et d'un haut-de-forme, il accompagnait ses deux visiteurs. Il embarqua à l'intérieur de la voiture en compagnie de la femme, tandis que l'autre homme reprenait sa place sur le siège du cocher. La comédienne poussa un soupir de soulagement. Voilà qui mettait fin à son dilemme. Il n'y avait plus d'hésitation à avoir.

— Suivez la voiture qui va sortir, souffla-t-elle en se penchant par la portière. Mais surtout, gardez vos distances ! Nous ne devons pas nous faire repérer.

Elle se rejeta brusquement en arrière lorsque le

coupé les dépassa pour s'éloigner en direction de la rue de l'École-de-médecine. Au petit trot, les deux attelages s'engagèrent ensuite rue de la Harpe en remontant au nord vers la Seine. Aglaé fut en partie rassurée de se retrouver dans des artères plus fréquentées. Le risque d'attirer l'attention des occupants du coupé s'atténuait. Ce soulagement s'accompagnait toutefois de sentiments contradictoires. D'un côté, elle se sentait gagnée par le parfum grisant de l'aventure. L'irruption de Valentin dans son existence l'arrachait à la routine et aux vicissitudes de sa carrière de petite actrice du boulevard. Mais d'un autre côté, elle mesurait les risques qu'elle prenait en accordant toute sa confiance à un fugitif et en se lançant tête baissée dans une sombre affaire dont elle ignorait presque tous les tenants et aboutissants.

Ma chérie, il est peut-être un peu tard pour avoir des états d'âme. Il fallait réfléchir à tout cela avant. Maintenant que tu es dans le potage jusqu'au cou, il ne te reste plus qu'à faire ton possible pour surnager.

Au débouché du pont au Change, les voitures s'engagèrent sur les quais et longèrent le fleuve qui luisait faiblement dans les dernières lueurs du crépuscule. Lorsqu'elles atteignirent le palais du Louvre, il y eut un brusque ralentissement. La jeune femme écarta le rideau et risqua un rapide coup d'œil. Deux chalands étaient amarrés à quai, port Saint-Nicolas. Une douzaine de portefaix s'activaient à leur déchargement et transportaient de lourdes caisses jusqu'à un convoi de charrettes qui obstruait le passage. Voyant cela, le conducteur du coupé changea au dernier moment de direction et bifurqua dans la rue des Poulies.

Pour ne pas compromettre leur filature, le cocher d'Aglaé eut le bon réflexe de ne pas l'imiter aussitôt. Il retint au contraire ses chevaux et attendit que le fracas métallique des roues eut considérablement diminué en intensité pour s'engager à son tour dans la voie étroite.

Ils dépassèrent le Louvre, puis la rue Saint-Honoré pour rejoindre la place du Palais-Royal et, de là, gagner la rue de Rivoli. Dans ce quartier particulièrement vivant, les réverbères à gaz étaient déjà allumés et des bruits nombreux et variés, auxquels se mêlait l'écho de conversations, dominaient le ferraillement des voitures sur les pavés. Cela produisait une impression bizarre sur Aglaé, toute cette vie ordinaire qui suivait son cours à l'extérieur du fiacre. Les gens continuaient à mener leurs petites affaires, à fréquenter les boutiques et les cafés, sans se douter que le drame les frôlait sous l'apparence d'une banale voiture de louage. C'était comme d'être plongée dans un rêve au milieu d'une foule de personnes éveillées, à la fois si proches et pourtant inaccessibles.

Cette sensation étrange fit émerger une nouvelle crainte dans l'esprit de la comédienne. Que se passerait-il si Mme de Mirande et ses compagnons quittaient Paris pour gagner la nuit des faubourgs ou une destination encore plus lointaine ? Il était à peu près certain que son cocher refuserait de passer les remparts. Ses chances de le convaincre étaient quasi nulles et si par extraordinaire elle y parvenait, le temps perdu permettrait probablement à ceux qu'elle surveillait de prendre le large.

Étonnamment, alors que quelques instants plus tôt

la crainte de s'être laissé embarquer à la légère dans une équipée déraisonnable la titillait, la perspective de manquer son but lui laissait comme une vilaine amertume au coin des lèvres. Elle ne s'imaginait pas rentrer chez elle à pied, seule dans l'obscurité, pour devoir annoncer son échec à un Valentin forcément déçu. Elle fut donc soulagée, quelques instants plus tard, de constater que son fiacre ralentissait à nouveau l'allure, puis finissait par s'immobiliser tout à fait en faisant gémir ses suspensions.

— J'ai bien l'impression qu'nous sommes arrivés à destination, ma p'tite dame, annonça le conducteur en se penchant vers la portière.

Aglaé ouvrit celle-ci et eut la surprise de se retrouver au centre d'un vaste espace ouvert, faiblement éclairé par quelques lanternes à huile disséminées avec parcimonie au sommet de poteaux en fer forgé. La nuit était maintenant complètement tombée. Toutefois, les cônes de lumière permettaient de distinguer quelques rares silhouettes de cavaliers et d'attelages, des balustrades de pierre et des arbres nus dans le lointain.

— Où sommes-nous ? demanda la jeune femme.

Le cocher haussa les yeux au ciel, comme si la réponse était évidente.

— Place de la Concorde. Là qu'ils ont raccourci le Capet et son Autrichienne, du temps que le peuple avait vraiment son mot à dire.

— Et le coupé, où est-il passé ? Je ne le vois plus.

— Ils se sont arrêtés là-bas, répondit l'homme en pointant son fouet en direction du sud-ouest de l'esplanade. Juste à côté de l'ancien claque à Thurot, près des fossés qui jouxtent les Champs-Élysées. J'me suis dit qu'valait mieux rester à distance, rapport à c'que vous vouliez pas qu'on nous remarque.

— Vous avez bien fait. Mon ami sera ravi d'apprendre que vous avez suivi ses instructions à la lettre.

— C'est pas tout ça, mais vu qu'y fait nuit, j'm'en vas ramener mes bêtes au dépôt. Si vous avez encore besoin d'mes services, adressez-vous à la compagnie et demandez Émile. J'viendrai avec plaisir. Gagner sa journée en s'tournant les pouces en compagnie d'un joli brin de fille comme vous, c'est pas donné tous les jours !

Le cocher ponctua sa remarque d'un clin d'œil égrillard. Puis il remonta sur son siège et donna de la voix et du fouet pour réveiller ses bêtes. Comme si elles sentaient la proximité de l'écurie, celles-ci s'ébrouèrent d'aise et se fondirent rapidement dans l'obscurité. Aglaé ne put réprimer un léger pincement au cœur. Elle était seule désormais.

Tournant sur elle-même, elle s'efforça de se rappeler ce qu'elle savait de la configuration des lieux. Située entre la terrasse des Tuileries et les bucoliques Champs-Élysées, la place de la Concorde adoptait la forme d'un vaste octogone entouré de balustrades et de fossés arborés larges d'une vingtaine de mètres. À chaque angle, se dressait un pavillon, sorte de grande guérite en pierre, dont chacune était destinée, à l'origine, à recevoir des statues allégoriques à la gloire de Louis XV[1]. La Révolution n'avait pas permis d'ache-

1. Il s'agit en fait des socles de pierre, toujours visibles, qui accueillent aujourd'hui huit statues de femmes symbolisant les plus grandes villes françaises.

ver le projet et, dans les années qui avaient suivi, ces socles creux avaient été transformés en habitations. Certains des occupants n'avaient pas hésité à y établir de petits commerces : traiteur, marchand de vin, écrivain public…

Ces logis insolites disposaient en effet d'un attrait rare : un escalier permettait d'accéder, par les sous-sols, à une parcelle de terrain privative installée au fond des fossés. À la belle saison, ces jardins d'agrément, délicieusement ombragés, attiraient nombre de Parisiens, charmés par l'aspect champêtre des lieux. Néanmoins, deux ans auparavant, la plupart des occupants, installés là sans véritable titre de propriété, avaient été expulsés *manu militari*. Il était question depuis de reprendre les travaux d'embellissement de la place, devenue un lieu de promenade prisé de la haute bourgeoisie.

Ayant pris ses repères, Aglaé se dirigea prudemment vers l'extrémité de l'esplanade que lui avait désignée le conducteur du fiacre. À mesure qu'elle s'en approchait, elle distinguait la masse plus sombre du coupé. Ses deux chevaux étaient attachés à un anneau fiché dans la maçonnerie de l'un des pavillons. Elle avait beau écarquiller les yeux, elle ne distinguait personne alentour. La femme et les deux hommes avaient disparu.

Étaient-ils entrés à l'intérieur du logis de pierre ? Pour s'en assurer, Aglaé prit le risque de s'avancer à découvert et de rejoindre l'entrée du pavillon. Elle s'apprêtait à coller son oreille au battant de la porte, lorsque l'écho d'une conversation assourdie l'attira vers l'arrière du bâtiment. Là, une rambarde de pierre bordait l'un des fossés délimitant la place. Le murmure de voix provenait de là. Avec précaution, la jeune femme se pencha et distingua, en contrebas, entre les arbres et les buissons d'un coquet jardin, le halo d'une lanterne et la tache claire d'une robe de femme. Mme de Mirande et ses deux chevaliers servants traversaient le fossé pour gagner un modeste cabanon en bois. Juste avant de disparaître à l'intérieur, un des deux hommes se retourna et leva les yeux vers le haut du parapet.

Réprimant un cri de surprise, Aglaé se rejeta vivement en arrière. Le cœur battant, elle patienta de longues secondes, immobile, agenouillée contre la balustrade, épiant le moindre bruit suspect qui aurait pu signifier qu'elle avait été découverte. Mais tel ne semblait pas être le cas. L'endroit était à nouveau silencieux et tranquille, noyé dans les ombres de la nuit.

La vision de l'abri en bois avait permis à la jeune femme de comprendre ce à quoi son cocher faisait allusion lorsqu'il avait évoqué « l'ancien claque à Thurot ». Elle se souvenait qu'avant de devenir des lieux d'agrément, les pavillons de la place avaient traîné une mauvaise réputation. Tout cela parce qu'un certain Joseph Thurot avait transformé l'un d'eux, sous la Révolution, en un bordel clandestin. Profitant de la protection naturelle des fossés, il avait édifié dans son jardin une cabane pour servir de débit de boissons. En fait, celle-ci dissimulait l'accès à des souterrains creusés sous la place, où des prostituées s'employaient à satisfaire la clientèle en toute discrétion. À la suite d'une dénonciation, le juteux commerce avait dû fermer dans les premières années de la

Restauration[1]. À n'en pas douter, c'était dans ce lieu troglodytique propice aux rencontres secrètes que le trio venait de disparaître.

Aglaé prit le temps de réfléchir à la conduite à adopter. Attendre que Mme de Mirande et ses compagnons réapparaissent ne rimait pas à grand-chose. Ils remonteraient selon toute vraisemblance dans leur coupé et elle n'aurait plus aucun moyen de les suivre. Elle ne pouvait pas non plus se résoudre à regagner son appartement pour y retrouver Valentin. Elle aurait si peu à lui apprendre ! Tandis que si elle parvenait à découvrir ce qui se manigançait là, juste sous ses pieds, elle était convaincue de lui apporter une aide décisive dans son enquête.

Sans s'arrêter au risque encouru, l'intrépide comédienne se décida à rejoindre l'entrée de la guérite d'angle. Une grosse pierre suffit à entamer le bois vermoulu de la porte et lui permit de faire sauter la serrure. Elle pénétra dans l'unique pièce du bâtiment. L'endroit était vide et glacial, humide et décrépi. Une lampe tempête était accrochée à un clou du mur. Sa flamme dansait et charbonnait dans les courants d'air s'engouffrant par les minces meurtrières situées aux quatre points cardinaux.

Aglaé décrocha le lumignon et leva le bras pour éclairer les recoins ombreux. Une porte donnait accès à un escalier étroit et raide, conduisant à une salle identique à la précédente. De là, elle gagna le fossé où la nuit était d'une densité presque palpable, puis le cabanon dont les planches disjointes trahissaient un état

1. L'anecdote est parfaitement authentique.

de délabrement avancé. À l'intérieur, comme elle s'y attendait, une trappe s'ouvrait dans le sol. Elle entreprit de la relever et frémit en l'entendant gémir sur ses gonds. D'autres marches apparurent dans la clarté de la lampe. Celles-ci semblaient moins régulières que les précédentes. Elles étaient creusées à même la roche et s'enfonçaient sous terre.

Aglaé observa une nouvelle pause, l'oreille aux aguets, mais n'entendit aucun bruit. Elle descendit, se retrouva dans une galerie étayée d'épais madriers où elle fit halte encore une fois et épia le silence pour déceler une éventuelle menace. Toujours rien. Le souterrain s'étirait aussi bien sur la gauche que sur la droite. Faisant confiance à son instinct, elle décida de suivre la pente de façon à s'enfoncer encore plus profondément dans le sous-sol parisien. Elle avait parcouru une trentaine de mètres lorsqu'elle atteignit une fourche. Trois nouvelles galeries se présentaient à elle et elle aurait été bien en peine de déterminer la voie à suivre si une vague rumeur ne l'avait pas incitée à s'engager dans le souterrain de gauche.

Celui-ci allait en se rétrécissant fortement. Un homme de taille moyenne n'aurait pu s'y engager sans se courber en deux. Quant aux parois crayeuses, elles suintaient d'humidité et dégageaient une forte odeur de salpêtre. Aglaé en déduisit qu'elle ne devait plus être très éloignée du lit de la Seine. Au bout d'une trentaine de mètres, le faible écho perçu à l'embranchement devint nettement plus audible et la jeune aventurière distingua la voix grave d'un homme qui parlait sur un ton monocorde et un rythme d'une lenteur singulière. Il lui était encore impossible de distinguer ce qu'il disait, mais ce monologue étrange, dans ce souterrain obscur aux relents de tombeau, lui fit courir un frisson désagréable le long de la moelle épinière.

Après avoir franchi un coude du couloir, Aglaé tomba sur une porte munie d'un judas grillagé. Elle ne s'y attendait pas, mais elle eut l'excellent réflexe de masquer aussitôt l'éclat de sa lampe avec son autre main. En prenant garde à ne pas trébucher dans la quasi-obscurité, elle se rapprocha et se haussa prudemment sur la pointe des pieds pour risquer un œil par l'ouverture.

Il s'agissait d'une cave d'assez grandes dimensions. Elle avait dû être construite en des temps fort anciens si l'on en jugeait par sa maçonnerie archaïque. Peut-être un entrepôt secret qui avait pu servir jadis au stockage de marchandises de contrebande acheminées par le fleuve. Quatre torches fixées sur des supports muraux en éclairaient l'intérieur. Leurs clartés ondulantes permirent à Aglaé d'observer une scène tout à fait étonnante. Mme de Mirande et l'homme qui lui avait servi de cocher patientaient, immobiles et silencieux, dans un des angles de la salle. Au centre, sur une chaise au dossier de paille défoncé, l'individu à l'allure distinguée qui les avait accueillis à l'hôtel de Champagnac se tenait assis dans une rigidité de statue. Son beau visage marmoréen, anormalement fixe, faisait face à un miroir sur pied dont la présence en ce lieu était des plus incongrues. Un quatrième homme en redingote brune, qui devait être déjà là quand les trois autres étaient arrivés, se dressait dans son dos. Ses traits émaciés et sa barbe en pointe correspondaient au portrait du Dr Tusseau que Valentin avait brossé à Aglaé. C'était lui qui parlait avec une belle voix de basse, profonde et caverneuse :

— Vous vous sentez lourd, comme cette voûte qui est lourde et vous incite à plonger dans un lourd sommeil. Peu à peu, insensiblement, vous vous laissez aller. Vous fixez la lumière. Elle est l'étoile qui luit dans la nuit noire. Elle est l'astre noir qui vous guide dans la nuit. Mais où est la nuit ? Où est le jour ? Où est le blanc ? Où est le noir ?

Tout en déroulant sa morne litanie, l'homme à la redingote promenait en un lent va-et-vient une lampe à huile au-dessus du crâne de son patient. C'était le reflet de la flamme que celui-ci suivait sur la surface lisse du miroir.

— Vous vous sentez de mieux en mieux. Votre respiration se fait de plus en plus lente. Vos muscles se relâchent. Vous n'écoutez plus que ma voix. Vous ne voyez plus que l'étoile. Ma voix et l'étoile. L'étoile et ma voix. Elles sont vos guides pour sortir de la nuit. Elles vous montrent la voie.

Aglaé retenait sa respiration. La fascination exercée par cette scansion bizarre, par la répétition de certains mots, commençait à agir sur elle-même. Elle se sentait presque flotter dans un état de bien-être paradoxal. Comme si la voix du médecin faisait office de baume et assoupissait sa méfiance. Elle était tellement absorbée par ce qu'elle voyait et entendait qu'elle ne perçut pas les bruits de pas dans son dos.

Lorsqu'elle prit conscience du danger, il était trop tard. Le canon d'un pistolet appuyait sur ses côtes et une haleine chaude lui soufflait ironiquement à l'oreille :

— Pourquoi demeurer ainsi à la porte, ma jolie ? Vous entendrez bien mieux en rejoignant nos amis.

Saisie d'effroi, elle pivota le haut du corps et ne put réprimer un sursaut d'effarement en reconnaissant celui qui la menaçait de son arme. Elle n'arrivait pas à en croire ses yeux.

— Vous, ici ? Je… je ne comprends plus rien.

38

Le complot

— Ça par exemple ! La bonne amie de l'inspecteur Verne ! Du diable si je m'attendais à vous retrouver ici ! On ne vous a jamais appris que la curiosité était un vilain défaut ?

Le commissaire Flanchard avait reconnu au premier coup d'œil la jeune effrontée qui était venue le trouver de bon matin rue de Jérusalem, deux semaines plus tôt, pour lui soutirer l'adresse de son prétendu amant. Ce qu'il n'arrivait pas à comprendre, c'était ce que cette fille venait faire ici et surtout comment elle avait découvert leur repaire secret.

Tout en lui intimant l'ordre d'entrer dans la cave d'un mouvement de son arme, il se sentit gagné par l'inquiétude. Sa rencontre avec Valentin Verne lui restait en travers de la gorge. Il était resté bloqué menotté dans le fiacre plus d'une heure avant qu'un sergent de ville, intrigué par cette voiture abandonnée sur les berges de Seine, ne vienne le libérer. Et maintenant cette fille qui espionnait ses comparses… Tout cela faisait-il partie d'un plan concerté ? Verne lui avait-il joué la comédie en sollicitant un répit ? Si c'était le cas, cela voulait donc dire que l'inspecteur le soupçonnait. Flanchard ne pouvait rester dans l'incertitude. D'une façon ou d'une autre, il allait devoir faire avouer à cette donzelle ce qu'elle savait.

Lorsque Aglaé et le commissaire franchirent le seuil de la cave, la stupéfaction se peignit sur le visage de trois de ses occupants. Seul l'homme assis face au miroir parut ne se rendre compte de rien. Il demeurait pétrifié sur sa chaise, l'esprit visiblement obnubilé par le reflet de la lampe que, pourtant, le Dr Tusseau avait cessé de faire osciller.

Comme la comédienne se dirigeait vers cet inconnu qu'elle pensait être le vicomte de Champagnac, Flanchard lui asséna une bourrade dans le dos pour la forcer à rejoindre le couple qui se tenait dans un recoin de la salle voûtée. Mme de Mirande la regarda approcher avec de la hargne et du mépris au fond des yeux. Son visage hautain se crispait sous l'effet de ses émotions difficilement contenues. Il en devenait presque vulgaire.

— Qui est-ce, celle-là ? s'enquit-elle d'une voix glacée. Et que fait-elle ici ?

Flanchard répliqua avec mauvaise humeur :

— J'ai tout lieu de croire, ma chère, qu'elle vous a tout bonnement suivis. Ce qui, soit dit en passant, n'est guère rassurant. Je vous avais pourtant bien prévenus que nous devions redoubler de précautions. Mais nous reparlerons de tout cela plus tard et ailleurs qu'ici. Pour l'heure, ce qui compte, c'est que notre patient ne soit pas perturbé par ce genre de contrariété.

— Que préconisez-vous ?

— Interrompons là cette ultime séance de suggestion. L'enjeu est trop important pour prendre le moindre risque. Le docteur et vous, allez profiter de ce que la transe est déjà bien installée pour ramener le vicomte à son hôtel. Demain matin, il aura tout oublié. (Le commissaire se tourna vers le compagnon d'Émilie de Mirande.) Vous, vous restez ici avec moi. Nous allons avoir une conversation avec cette petite fouineuse. Il faut qu'elle nous dise qui l'a envoyée et si l'inspecteur Verne a découvert sur nous des choses que nous ignorons encore.

La courtisane opina avec docilité. Toutefois, en croisant Aglaé, un sourire cruel étira ses lèvres. Du revers de son gant, elle releva le menton de la prisonnière et planta son regard aussi acéré qu'une aiguille au fond de ses prunelles.

— Dommage, susurra-t-elle en promenant l'extrémité de ses doigts le long de son cou puis en descendant encore plus bas jusqu'à la naissance d'un sein. J'aurais aimé m'occuper personnellement de ton cas. Je suis persuadée que j'aurais pu tirer de merveilleuses plaintes d'une aussi jolie gorge.

Aglaé se doutait qu'un sort peu enviable l'attendait, mais se l'entendre confirmer ainsi, de cette voix calme et néanmoins empreinte de sadisme, la glaça d'horreur. Elle aurait voulu pouvoir hurler pour se réveiller de ce cauchemar. Mais l'angoisse la laissait sans voix et comme paralysée.

Incapable de la moindre réaction, elle vit Émilie de Mirande joindre ses efforts à ceux du Dr Tusseau pour aider le vicomte à se lever. Champagnac effectuait chaque geste avec une raideur extrême qui n'était pas sans évoquer à la jeune comédienne ces spectacles d'automates qu'elle avait pu observer, naguère, sur le boulevard du Crime.

Une fois le trio sorti, Flanchard fit asseoir sa prisonnière sur la chaise et donna l'ordre à son acolyte de lui nouer les mains derrière le dos. Aglaé mit à profit ce court répit pour essayer de calmer sa respiration et rassembler ses idées. Personne ne savait où elle se trouvait et elle ne pouvait donc compter que sur elle-même si elle souhaitait sortir vivante de ces souterrains. Pour cela, il lui fallait absolument gagner du temps et tenter de leur laisser croire qu'elle en savait plus sur eux qu'en réalité. S'ils se sentaient menacés, peut-être la conserveraient-ils en vie pour pouvoir l'utiliser comme monnaie d'échange. C'était diablement risqué et incertain, mais, dans sa situation désespérée, c'était la seule carte qu'elle pouvait encore jouer.

Forte de cette résolution, elle releva la tête qu'elle avait laissée tomber sur sa poitrine et tenta d'afficher, face aux deux hommes qui la fixaient, un air bravache.

— Qu'espérez-vous donc ? leur jeta-t-elle en priant pour que sa voix altérée ne trahisse pas sa peur. Vous devez bien vous douter que je n'ai pas agi seule. À l'heure qu'il est, l'inspecteur Verne en sait assez sur vos manigances pour vous faire tous arrêter dans les prochaines heures. Vous avez joué, mais vous avez perdu.

L'homme habillé en bourgeois, au visage couperosé et à l'embonpoint affirmé, se tourna vers le commissaire, les sourcils froncés. La veulerie et l'inquiétude suaient par tous les pores de sa peau malsaine.

— Qu'est-ce qu'elle raconte ? maugréa-t-il. Vous nous aviez affirmé que vous aviez la situation sous contrôle et que vous aviez confectionné une efficace muselière pour neutraliser ce maudit inspecteur.

— La paix, Grisselanges ! rétorqua Flanchard. Je suis bien placé pour savoir que Verne est toujours sous le coup d'un mandat d'arrestation. Comment voulez-vous qu'il puisse se faire entendre des autorités ? S'il montre le bout de son nez, il sera aussitôt appréhendé et j'en serai le premier averti.

— Et s'il ne vous avait pas tout dit ? Après tout, il est bien remonté jusqu'à Émilie et au Dr Tusseau. Il a aussi compris que nous avions recours à l'hypnose pour contrôler l'esprit de Champagnac. Il a pu découvrir autre chose… et s'il ne vous en a rien dit, c'est peut-être parce qu'il se méfiait de vous.

Flanchard haussa ses épaules massives et ne se donna pas la peine de répliquer. Il avait toujours su que l'avocat était le maillon faible de leur petite association. Lorsqu'il s'était agi de fournir des cobayes humains au Dr Tusseau, c'était lui qui avait commis une erreur funeste en les orientant vers le fils Dauvergne. À l'entendre, le jeune homme qui fréquentait depuis quelque temps *Les Faisans couronnés* était en rupture avec sa famille et sa soudaine disparition n'était pas censée provoquer de remous. C'était le sujet idéal pour voir si l'hypnose permettait de pousser un homme de qualité à commettre un acte extrême. Selon le Dr Tusseau, le résultat serait beaucoup plus probant qu'avec ce Tirancourt déniché par Flanchard lui-même mais qui appartenait à une classe inférieure. En cas de réussite, il serait possible d'entamer le travail avec leur véritable cible : ce vicomte de Champagnac chargé d'instruire le procès des ministres.

Tusseau, lui, avait parfaitement rempli sa part du contrat et conditionné le jeune Lucien pour qu'il mette fin à ses jours. Mais le choix de Grisselanges s'était avéré désastreux. Bien loin d'accepter le suicide d'un fils rebelle, le député Dauvergne avait fait des vagues. Il avait fait jouer ses relations haut placées pour obtenir l'ouverture d'investigations officielles. Flanchard avait pu réagir à temps et s'était débrouillé pour que l'enquête soit confiée à un policier solitaire, atypique, aux méthodes peu orthodoxes et donc aisé à discréditer si le besoin venait à se faire sentir. Lui, au moins, avait eu la main heureuse !

À bien y réfléchir, ce n'était pas la seule erreur commise par Grisselanges. Si l'avocat s'était montré plus habile, le sort de l'inspecteur Verne aurait été réglé dès sa tentative d'infiltration du Renouveau jacobin. Son exécution aurait permis de mettre un point final à l'enquête sur la mort du fils Dauvergne. Toute la responsabilité serait retombée sur ce ramassis de phraseurs idéalistes qui passaient leur temps à bavasser plutôt que d'agir. De quoi satisfaire le député sans s'exposer inutilement. Mais cet incapable de Grisselanges avait laissé Verne sortir vivant des caves du café et maintenant l'avocat était là, devant Flanchard, à mouiller son froc à l'idée que l'on puisse être sur leur piste. S'il s'était écouté, le commissaire lui aurait volontiers balancé une paire de claques pour lui remettre les idées en place. Mais il se contint. Il y avait plus urgent à faire.

Le commissaire vint se positionner en face d'Aglaé,

glissa son pistolet dans sa ceinture et fit craquer les jointures de ses doigts.

— Je ne vous crois pas assez idiote pour espérer sortir vivante d'ici, dit-il d'une voix qu'il ne se donnait même pas la peine de rendre menaçante. Mais il existe différentes façons de quitter ce monde, disons, plus ou moins douloureuses. Si vous répondez gentiment à toutes mes questions, je vous promets une mort rapide et sans souffrance. Dans le cas contraire…

Aglaé se tortilla sur son siège. La cordelette nouée autour de ses poignets lui cisaillait la peau. Elle essayait d'anticiper ce qui allait suivre et elle sentait une vague de panique l'envahir. Ils allaient l'interroger, la frapper, peut-être pire encore, et elle savait bien trop peu de choses pour les mener en bateau. Très vite, ils allaient comprendre qu'elle était venue seule et que nul ne risquait de se porter à son secours. Ils n'auraient plus alors qu'à la supprimer et à faire disparaître son corps dans ces souterrains où personne ne le retrouverait jamais.

— Première question, annonça Flanchard en s'agenouillant pour faire face au visage de sa captive. Quelqu'un vous a-t-il accompagnée jusqu'ici ? L'inspecteur Verne peut-être…

La jeune femme battit des paupières, comme pour le chasser de sa vision. Trouver en elle les ressources pour dominer sa peur et oser lui résister.

— Ce que je n'arrive pas à comprendre, articula-t-elle lentement, c'est comment vous, un fonctionnaire en charge d'assurer la sécurité publique, vous avez pu prêter votre concours à une telle entreprise criminelle.

Il y avait comme une trace de défi dans sa voix. Flanchard ne comprenait pas. D'habitude, lorsqu'il lui arrivait d'interroger des femmes, les menaces suffisaient. La crainte d'être violentées déliait la langue des plus récalcitrantes. Il ne comprenait pas que cette fille entièrement à sa merci semble s'obstiner à lui tenir tête.

Derrière lui, Grisselanges avait déplié la lame d'un couteau. Ses lèvres retroussées laissaient apparaître ses dents serrées et une grosse veine battait à sa tempe comme une vipère nichée sous la peau.

— Laissez-moi lui couper le nez ou lui titiller un œil, intervint l'avocat. Je vous promets qu'elle sera vite aussi docile qu'un agneau.

— La paix, Grisselanges ! gronda Flanchard pour la seconde fois en se retournant pour fusiller son complice du regard.

La perspective d'abandonner cette fille courageuse entre les mains de son médiocre comparse lui déplaisait tout à coup. Il y avait sans doute d'autres moyens d'obtenir ce qu'il voulait. Sa longue expérience de policier lui avait ainsi appris qu'il pouvait être profitable de se dévoiler en premier. Les confidences appelaient les confidences.

Il se redressa et fit quelques pas circulaires, avant de revenir près de la chaise et de poser ses larges pognes sur les épaules de la prisonnière.

— Je vous tire mon chapeau, ma petite, dit-il, sincèrement admiratif. Vous ne manquez pas de cran. Mais cela ne sert à rien. Dans deux jours, le vicomte de Champagnac doit se rendre au fort de Vincennes pour procéder à la première audition des anciens ministres de cette raclure de Charles X. Nous nous sommes assurés que la cellule du prince de Polignac dispose d'un miroir semblable à celui que vous voyez ici. Vous devinez la suite ? Pris d'un coup de folie, le vicomte va sauvagement assassiner l'ancien président du Conseil des ministres. Bien entendu, cette version ne satisfera ni le camp républicain qui croira à une manœuvre du pouvoir pour éviter des révélations gênantes, ni le camp des carlistes qui accusera le roi d'avoir préféré un assassinat à un procès honnête. La mort de Polignac mettra le feu aux poudres.

— Ça a l'air de vous réjouir, remarqua Aglaé, acerbe. Vous regrettez donc tellement les tueries de la Révolution et de l'Empire ?

Flanchard branla de la tête, comme accablé par tant d'ingénuité.

— Vous me demandiez à l'instant pourquoi j'avais collaboré à une entreprise criminelle. C'était commettre deux erreurs. Premièrement, je n'ai pas collaboré mais tout dirigé. C'est moi qui ai fait la connaissance du Dr Tusseau lorsque des confrères jaloux lui ont cherché des poux dans la tête. Moi qui ai imaginé dans le moindre détail notre petit complot. Deuxièmement, c'est renverser les choses que de qualifier de criminelle notre juste entreprise. Les criminels, les scélérats, ce sont ceux qui ont confisqué le pouvoir au peuple après les Trois Glorieuses. Le duc d'Orléans et toute sa clique de banquiers et de grands propriétaires. J'étais sur les barricades en juillet. J'ai vu le peuple de Paris se soulever contre l'oppression. Pour y gagner quoi au final ? Juste changer de maître sur le trône. Ce sont toujours les nantis qui gouvernent. Eh bien ! Nous nous apprêtons à changer tout cela !

— En plongeant à nouveau le pays dans le chaos ?

— On ne fait pas d'omelette sans casser des œufs,

dit-on. Et la sagesse populaire vaut bien tous les discours de ces veaux qui siègent à la Chambre. Allons ! Assez perdu de temps ! Êtes-vous disposée à répondre à mes questions, oui ou non ?

Aglaé se sut perdue, mais son orgueil l'empêchait d'admettre sa défaite. Elle rassembla ce qui lui restait de courage pour cracher au visage du commissaire.

— Vous pouvez toujours courir !

Une grimace tordit les traits de Flanchard. Il tira un mouchoir de sa poche, prit le temps de s'essuyer soigneusement sans la lâcher du regard, puis il se redressa et recula de quelques pas pour laisser la place à son acolyte.

— Très bien, soupira-t-il. C'est vous qui l'aurez voulu. Elle est à vous, Grisselanges. Faites en sorte de ne pas me décevoir cette fois et de lui faire avouer tout ce qu'elle sait !

Une lueur mauvaise s'alluma au fond des prunelles de l'avocat. Le couteau pointé en avant, il s'approcha de sa proie. Aglaé aurait voulu se lever, essayer de se débattre, de ruer dans tous les sens, mais la vue de la lame effilée lui liquéfiait la moelle des os. Ses jambes étaient comme du coton. Elle craignait de s'écrouler si elle tentait le moindre mouvement.

Grisselanges l'attrapa par le chignon et lui bascula violemment la tête en arrière.

Sa main armée du couteau pointait déjà vers l'œil gauche de la comédienne, lorsqu'un fracas de bois brisé retentit soudain. La porte donnant sur le souterrain vola en éclats et deux silhouettes sombres firent irruption dans la cave. Avant que Flanchard et Grisselanges aient pu comprendre ce qui se passait, une déflagration sèche retentit tandis qu'une odeur de poudre emplissait tout l'espace.

Grisselanges poussa un cri inarticulé en laissant échapper son couteau. Puis il porta une main à sa poitrine, pirouetta sur lui-même et s'écroula comme une masse.

Mais déjà Flanchard était revenu de sa surprise. Tirant son pistolet de sa ceinture, il plongea pour se mettre à l'abri derrière la chaise d'Aglaé, ceintura la jeune femme de son bras libre et pointa son canon contre sa tempe.

Craignant de blesser la prisonnière et pris au dépourvu par la vitesse de réaction du commissaire, les deux assaillants n'avaient pas osé tirer à nouveau pour empêcher sa manœuvre désespérée. À présent, ils se tenaient debout de part et d'autre du miroir, jambes écartées, serrant tous les deux un pistolet dans chaque main.

— Verne ! Vidocq ! s'exclama Flanchard en identifiant, incrédule, les deux nouveaux venus. Comment diable avez-vous fait pour parvenir jusqu'ici ?

— En vous prenant en filature, tout simplement, Flanchard. Vous pensiez sans doute être au-dessus de tout soupçon, mais comme la plupart des criminels, vous avez fini par commettre une erreur. Nul ne peut échapper au lot commun.

— Je serais curieux de savoir laquelle, fit le commissaire dont les yeux allaient et venaient rapidement de l'un à l'autre pour devancer toute nouvelle attaque.

— Tout à l'heure, lorsque je vous ai laissé enchaîné dans ce fiacre, vous avez tenté d'appeler à l'aide malgré votre bâillon. J'ai entendu votre voix déraper dans les aigus, tandis que je m'éloignais. C'est là que j'ai aussitôt compris. Il y a quatre jours, lorsque vous m'avez embarqué avec votre escouade pour participer à l'arrestation de Lastours, un cri dans la foule a donné l'alerte et a bien failli me coûter la vie. J'ai eu la nette impression que cette voix m'était familière sans pouvoir toutefois l'identifier. Et pour cause ! Vous aviez modifié votre timbre pour ne pas être reconnu. Mais là, à quelques pas de ce fiacre où vous veniez de me refuser votre aide, je n'avais plus le moindre doute. C'était bien la même tonalité aigrelette.

— Vous voulez dire que si je n'avais pas tenté d'appeler…

— … je continuerais à tout ignorer du rôle que vous avez joué dans cette sinistre tragédie. À petites causes, grands effets ! Vous qui vous faisiez à l'instant le chantre de la sagesse populaire, je pense que vous apprécierez l'ironie de la situation. Quand j'ai compris que vous m'aviez tendu un traquenard, j'ai repassé toute l'affaire dans ma tête. Si l'on excepte Aglaé, vous étiez le seul avec le préfet de police à être au courant de mon duel avec Fauvet-Dumesnil, à pouvoir profiter de mon absence pour fouiller mon appartement et me dérober ces documents reçus soi-disant d'un expéditeur anonyme. Le seul également à savoir que j'avais découvert l'odieuse manipulation dont était victime le vicomte de Champagnac, ce qui justifiait qu'on cherche à me faire taire.

Flanchard hocha la tête et laissa échapper un sifflement admiratif.

— Mes compliments, Verne. Je reconnais que je vous ai sous-estimé. Ce que je ne m'explique toujours pas, c'est comment vous avez pu faire appel aussi vite à cette fripouille de Vidocq pour débarquer ici en force.

Valentin n'en menait pas large. Depuis que Vidocq et lui avaient enfoncé la porte de la cave et constaté dans quelle situation critique se trouvait Aglaé, il ne pouvait se départir d'un terrible sentiment de culpabilité. C'était à cause de lui qu'elle avait pris tous ces risques et s'il lui arrivait malheur, jamais il ne pourrait se le pardonner. Voilà pourquoi il répondait volontiers aux interrogations de Flanchard, espérant que l'autre finirait par relâcher son attention et leur permettrait d'intervenir sans mettre en danger la vie de la jeune femme.

— J'ignorais encore quel rôle exact était le vôtre aux côtés de Mme de Mirande et du Dr Tusseau, expliqua-t-il, ni si vous aviez d'autres complices. Je ne pouvais pas non plus prendre le risque de vous confondre sans preuve tangible. Il me fallait donc vous placer sous surveillance en espérant pouvoir ainsi démanteler toute la bande. Mais je ne pouvais agir seul et là, la chance m'a servi. Je me suis souvenu que le sieur Vidocq avait l'habitude de retrouver les anciens membres de sa brigade tous les mercredis soir dans un estaminet du Quartier latin. Je me suis donc précipité là-bas en priant le Ciel d'être de retour à temps et que vous ne vous soyez pas déjà envolé. Nous sommes arrivés juste à point pour assister à votre libération et vous emboîter le pas jusqu'ici.

Tandis que Valentin s'efforçait de capter ainsi l'attention du commissaire, Vidocq s'était insensiblement déplacé sur le côté. Son but était de sortir du champ visuel de Flanchard et de s'ouvrir un angle de tir qui ne mette pas la vie de la prisonnière en danger. Il crut être sur le point d'y parvenir, mais son successeur à la Sûreté lui ôta brusquement tout espoir.

— Un pas de plus, Vidocq, et je casse la tête de cette délicieuse enfant !

— Vous feriez mieux de vous rendre, Flanchard ! intervint Valentin. Nous avons intercepté vos complices dans les souterrains. Les hommes de Vidocq les tiennent sous bonne garde et toutes les issues sont sous contrôle. Quant à Champagnac, il est en ce moment même conduit chez le Dr Bertrand, un spécialiste du magnétisme animal et de l'hypnose. Dès que celui-ci aura levé les barrières mentales mises en place par Tusseau, le vicomte pourra confirmer nos accusations. Vous avez perdu la partie. À quoi bon vous en prendre à une innocente ? Laissez-la aller, Flanchard !

Le commissaire parut peser le pour et le contre. Cependant, loin de relâcher son étreinte, il força Aglaé à se lever et, se servant d'elle comme d'un bouclier, l'entraîna à reculons vers le fond de la cave, près d'une grosse roche qui faisait saillie au niveau du mur.

— Désolé de vous décevoir, mon garçon, fanfaronna-t-il à destination de Valentin, mais un Flanchard ne se laisse pas attraper aussi facilement ! Si j'ai choisi ce lieu, c'est parce qu'il possède une double issue. Il y a là, juste derrière, une autre galerie qui conduit à la Seine. Je vais partir par là et j'emmène avec moi cette petite à laquelle vous semblez tant tenir. Si vous renoncez à me poursuivre, vous avez ma parole que je la libérerai une fois sauf. Mais si vous préférez jouer les justiciers à tout prix et rester collé à mes basques, elle sera la première à en payer le prix. Me suis-je bien fait comprendre ?

Valentin enrageait d'impuissance. Il discernait

l'effroi dans les prunelles d'Aglaé et l'appel au secours qu'elle lui adressait en silence. Mais que pouvait-il faire ? Le scélérat était en position de force et il pouvait dicter ses conditions.

— C'est bon, concéda-t-il, la mort dans l'âme. Vous gagnez pour cette fois, Flanchard. Nous vous laissons dix minutes. Pas une de plus !

Plus que le sourire triomphant du commissaire, ce fut la détresse muette qu'il lut dans le regard d'Aglaé qui fit atrocement mal à l'inspecteur. À regret, il abaissa le canon de son arme et, d'un geste résigné, fit signe à son compagnon de faire de même.

Sans les perdre des yeux, Flanchard recula de nouveau en tirant Aglaé dans l'ombre de la roche en saillie. L'instant d'après, ils avaient tous les deux disparu, comme s'ils s'étaient fondus dans la pierre.

39

L'affrontement

Valentin sentit Vidocq se rapprocher dans son dos.

— Ne me dites pas que vous lui faites confiance pour vous rendre votre amie ! Je connais ce genre d'individu, vous savez. Prêt à tout pour sauver sa peau, à commencer par renier la parole donnée.

— Je pense exactement comme vous. Mais nous ne pouvions pas faire autrement que de lui laisser un peu de mou. Perdu pour perdu, il n'aurait pas hésité à abattre Aglaé. À présent, donnez-moi un de vos pistolets, Vidocq. Je vais tenter de les rattraper et de le surprendre. Quant à vous, prenez deux de vos hommes et rejoignez la Seine par l'extérieur.

— Vous ne préférez pas que je vienne avec vous ? Dans le noir, il peut vous tendre une embûche. Nous ne serions pas trop de deux.

Vidocq avait raison, bien sûr. Mais Valentin était décidé à y aller seul. Parce que ce combat était le sien, parce que c'était toujours la même lutte contre le Mal qui se répétait sans cesse. Elle avait commencé des années plus tôt, dans cette cave sordide, quand un gamin d'une douzaine d'années avait osé lancer sa balle improvisée sur une lampe à huile. Et, même s'il parvenait à sauver Aglaé et à neutraliser Flanchard, Valentin savait que rien ne serait résolu pour autant. Le combat ne s'achèverait que lorsqu'il aurait vengé la mort de son père et mis un terme aux agissements du Vicaire… Peut-être même n'aurait-il jamais de fin… Pour la première fois, cette pensée terrible chercha à s'insinuer en lui, à forcer ses barrières mentales. Mais il la repoussa de toute sa rage, de toute la colère qui l'habitait depuis tant d'années. Il n'avait pas d'autre choix que de lutter jusqu'à l'extrême limite de ses forces.

D'un signe de tête, il refusa la proposition de Vidocq, affichant une expression résolue qui ne souffrait pas la contestation.

— Surtout pas ! s'exclama-t-il. À deux, nous serions trop facilement repérables. Et si jamais il parvient à me semer, je compte sur vous pour l'intercepter.

Les deux hommes procédèrent alors à l'échange d'armes et Valentin gagna le recoin de la cave où Flanchard et Aglaé s'étaient évaporés. Derrière la roche qui dépassait du mur, un étroit conduit s'engloutissait dans l'obscurité. Une odeur putride en émanait. On aurait dit l'une des bouches secrètes de l'enfer.

Dédaignant la torche que Vidocq lui proposait mais qui aurait fait de lui une cible facile, le jeune inspecteur s'enfonça avec prudence dans le néant.

Au bout de quelques pas seulement, il sentit son

cœur accélérer et une sueur malsaine imprégner son front et ses aisselles. Sur la crosse en noyer des pistolets, ses paumes devinrent désagréablement moites et une sorte de vertige s'empara de lui. Des papillons pourpres se mirent à voltiger devant ses yeux. Il glissa l'une de ses armes dans la poche de sa redingote et porta la main à sa tempe. C'était le même malaise qu'il avait ressenti lorsque Grisselanges et ses amis du Renouveau jacobin l'avaient entraîné dans une des caves des *Faisans couronnés*, ou lorsqu'il avait pénétré dans l'antre du Vicaire, au cœur du quartier Saint-Merri. Il n'y pouvait rien. Chaque fois qu'il se trouvait dans des lieux clos et sombres, imprégnés d'odeurs terreuses, lui revenaient des images de son enfance et de son terrible emprisonnement. Elles se bousculaient, se chevauchaient comme dans un affreux kaléidoscope. Il lui fallait toujours une ou deux minutes d'acclimatation pour surmonter son trouble et aller à nouveau de l'avant.

Cette fois, ce fut la vision d'Aglaé prisonnière qui l'arracha à ses démons intérieurs. Il s'essuya le front du revers de la manche et reprit sa lente progression.

La galerie était si étroite qu'il pouvait en toucher les parois humides rien qu'en écartant les bras. Le sol irrégulier était rendu glissant par les dépôts de mousse et les nombreux ruissellements le long de la roche. Il devait avancer avec d'extrêmes précautions pour ne pas trahir sa présence. Dans ce boyau resserré, le moindre bruit était amplifié et devait s'entendre de loin. D'ailleurs, lui parvenait de l'avant l'écho de multiples clapotis et des gémissements étouffés. Dans cette atmosphère confinée, plongé dans ce noir d'encre, il était difficile d'apprécier les distances avec justesse, mais Valentin estima qu'une centaine de mètres tout au plus le séparait d'Aglaé et de Flanchard.

Il marqua une courte pause. L'effet du laudanum absorbé en fin d'après-midi commençait à se dissiper. La douleur de son épaule gauche se réveillait. Il fallait qu'il passe à l'action rapidement, tant qu'il en était encore capable. Son plan était simple. Se rapprocher le plus possible du couple sans attirer l'attention, laisser le commissaire reprendre espoir et guetter le moment propice pour lui tomber dessus sans mettre en danger la vie de la jeune comédienne. Cela faisait environ dix minutes qu'il avait repris sa marche à tâtons, lorsqu'un souffle d'air empuanti vint effleurer son visage. Cela sentait la pourriture et la merde. Valentin réalisa que le boyau qu'il suivait devait rejoindre un égout qui, lui-même, se déversait dans le fleuve. Il en reçut la confirmation quelques mètres plus loin, lorsque ses semelles s'enfoncèrent dans une flaque d'eau stagnante. Des détritus informes flottaient à la surface.

Un juron éclata soudain dans l'obscurité. Tout proche. Suivi quelques secondes plus tard de chocs répétés. On aurait dit qu'un dément saisi d'un brusque accès de folie frappait sur une masse métallique.

Valentin plissa les paupières pour mieux voir. Il lui semblait discerner un ovale grisâtre à une trentaine de pas devant lui. Redoublant de précautions, il s'en approcha tandis que le vacarme s'amplifiait et se doublait à présent de grondements excédés. Le halo plus clair correspondait à l'extrémité du boyau qui débouchait dans une large galerie perpendiculaire.

Parvenu à l'intersection, Valentin distingua un mur

maçonné et une rigole emplie d'une eau boueuse. La puanteur le faisait presque suffoquer. Il avait deviné juste. Il venait d'atteindre un des tunnels d'écoulement creusés ces dernières années pour charrier les ordures des nouveaux quartiers de la rive droite.

Les sons de métal heurté se répercutaient le long de la voûte et semblaient provenir de la gauche. Avec prudence, Valentin risqua un œil de ce côté-là. Une pâle clarté éclairait les derniers mètres de l'égout. À la faveur du clair de lune, le jeune homme constata que le souterrain donnait bien sur la berge de la Seine, mais son issue était bloquée par une grille massive. Accroché des deux mains aux barreaux, Flanchard ébranlait désespérément cette dernière, dans l'espoir d'arracher le cadenas et la chaîne qui empêchaient l'obstacle de pivoter sur ses gonds. Ses rugissements de rage et de dépit alternaient avec les plaintes du métal récalcitrant. Sur le sol, juste derrière le commissaire, gisait la malheureuse Aglaé. Évanouie ou simplement vaincue par un trop-plein d'émotions.

Cette vision prit Valentin aux tripes. Il avait joué avec le feu et c'était elle qui s'y était brûlée. Était-ce une malédiction ? Est-ce que tous les êtres qui lui manifestaient de l'affection étaient condamnés à souffrir par sa faute ? Tout commençait à se brouiller dans sa tête, mélange de vains remords, d'angoisse et de douleur physique. Il fallait pourtant qu'il tienne le coup. Encore un peu. Juste assez pour se donner une chance de revoir la lumière. Mais pour ça, il n'y avait pas d'autre issue que de sortir de ce cloaque avec une Aglaé saine et sauve.

Appuyé contre la paroi, il empoigna à nouveau ses

deux pistolets. Cependant il n'osa pas en faire immédiatement usage. Il avait bien trop peur de manquer sa cible avec cette blessure de plus en plus lancinante qui menaçait de perturber sa visée. Quant à tenter de se rapprocher, cela revenait à quitter l'abri de l'ombre pour s'exposer à découvert. Flanchard pouvait se retourner à tout instant et le mettre en joue. Il ne lui restait donc plus qu'une seule carte à abattre. Quitte ou double !

— Flanchard ? appela-t-il. C'est moi, Valentin Verne. Inutile de vous obstiner. Vous voyez bien que vous êtes coincé.

La silhouette épaisse se retourna d'un bloc et plongea avec la souplesse et la rapidité d'un chat pour s'abriter derrière sa captive.

— Verne ? Je vous avais pourtant prévenu que si vous me suiviez…

— Réfléchissez, commissaire ! le coupa Valentin. Vous n'avez qu'une seule balle dans votre arme. Si vous tirez sur Aglaé, à quoi cela vous avancera-t-il ? Vous serez à ma merci. Et si vous utilisez votre pistolet pour briser ce cadenas, c'est Vidocq qui vous cueillera de l'autre côté comme une fleur. Vous voyez, vous n'avez pas d'autre choix que de vous rendre.

Un temps de silence. Puis Flanchard daigna répondre.

— Vous avez l'air bien sûr de vous. Je pourrais vouloir me venger en cassant la tête de votre bonne amie. Qu'en dites-vous ?

— Vous pourriez, mais vous ne le ferez pas, répliqua l'inspecteur tout en priant pour ne pas être brutalement démenti. Vous avez agi jusqu'ici par idéal politique. Vos juges en tiendront peut-être compte. Mais si vous commettez un meurtre de sang-froid, c'est la guillotine assurée ! Allons, Flanchard, pensez-y ! Vous n'êtes pas un vulgaire assassin.

Le commissaire avait forcé Aglaé à s'agenouiller et, à présent, il lui tordait un bras dans le dos tout en la menaçant de son arme. Un rire sarcastique lui échappa.

— Contrairement à vous, Verne, n'est-ce pas ? Avez-vous dit à cette âme innocente que vous étiez un meurtrier ? Sait-elle qui vous êtes vraiment ? Le lui avez-vous dit, Verne ?

Valentin s'insurgea :

— Vous délirez, Flanchard !

— Allons donc ! Vous ne me la ferez pas, pas à moi, mon garçon ! Quand je vous ai choisi pour mener cette enquête, je pensais juste avoir affaire à un policier qui ne respecte pas les règles. Un marginal qu'il serait facile de discréditer. Mais ces documents, dans votre appartement, ce n'est pas moi qui les ai placés là. Comme je n'ai pas inventé non plus ce cocher qui a reconnu avoir été payé grassement pour écraser Hyacinthe Verne.

À mesure qu'il parlait, Flanchard s'enflammait. Oubliant toute prudence, il se redressa pour obliger Aglaé à lui faire face. Ses yeux brillaient d'une étrange lueur et il éructait les mots plus qu'il ne les articulait.

— Un parricide ! Voilà le vrai visage de l'homme dont vous vous êtes entichée, ma petite ! Un vulgaire escroc qui a tué pour le plus bas motif qui soit : l'argent ! Parce que son père adoptif allait le déshériter pour un autre, pour ce Damien Combes qu'il a probablement tué lui aussi. Alors, qui de nous deux est le vrai monstre ?

Profitant de ce que le commissaire se désintéressait de lui pour tourmenter la pauvre Aglaé, Valentin s'était avancé dans le tunnel. Il ne retrouverait sans doute pas de sitôt meilleure occasion. Retenant son souffle, il étendit le bras droit, visa et pressa sur la détente.

Le coup de feu claqua avec un bruit de tonnerre dont les échos se répercutèrent tout le long de la galerie. La balle ricocha sur le mur, à quelques pouces de la tête de Flanchard, et Aglaé poussa un cri.

— Raté ! exulta le commissaire en lâchant la jeune femme et en se redressant, un sourire triomphant aux lèvres, pour faire face à son adversaire. Tssst ! Tssst ! Tssst ! On dirait bien que les mouches ont changé d'âne. Vous aviez deux pistolets, donc deux balles. La première a occis ce lourdaud de Grisselanges et vous venez bêtement de gâcher la seconde.

Tout en fanfaronnant, il avançait en direction de Valentin, sûr de lui, son pistolet ballant négligemment au bout de son bras, contre sa cuisse. L'inspecteur le laissa approcher sans esquisser le moindre geste.

Quand ils ne furent plus distants l'un de l'autre que de quelques pas, Flanchard releva lentement le bras. Il suffisait de fixer ses prunelles ardentes pour comprendre la joie malsaine qu'il éprouvait à l'idée de tenir son adversaire à sa merci. Valentin ne lui laissa pas le temps de savourer son plaisir. Pointant vivement l'arme échangée avec Vidocq, il fit feu presque à bout portant.

Le commissaire ouvrit de grands yeux incrédules avant de se replier sur lui-même, comme une baudruche qui se dégonfle. L'instant d'après, il gisait mort dans la rigole, la face plongée dans la fange qui se teintait rapidement de rouge.

Sans s'attarder à examiner le corps de son ennemi, Valentin se précipita auprès d'Aglaé. Sérieusement ébranlée, la jeune femme s'était à nouveau recroquevillée et tressautait, en proie à de violents spasmes nerveux. Lorsque l'inspecteur s'agenouilla à ses côtés et voulut la prendre dans ses bras, elle ne put réprimer un mouvement réflexe de répulsion.

— Voyons, Aglaé, tenta-t-il de la rassurer, c'est moi, Valentin. Calmez-vous. Tout est fini à présent. Vous êtes en sureté.

La comédienne gardait la tête baissée et son sauveur dut tendre l'oreille pour comprendre les mots hachés qui franchissaient difficilement la barrière de ses lèvres. Sa voix était éteinte, sans vie, ses cheveux emmêlés et sales, sa mine atroce.

— Est-ce vrai… est-ce vrai, toutes… toutes ces horreurs que disait cet homme… toutes ces accusations reprises par les journaux ?

Faute de mieux, Valentin prit ses mains glacées dans les siennes et les serra très fort.

— Je peux vous assurer que Flanchard mentait ou qu'il s'illusionnait lui-même. Je n'ai pas tué mon père pour accaparer sa fortune, ni spolié ou fait disparaître Damien Combes. C'est non seulement faux, mais tout simplement impossible.

Aglaé leva sur Valentin ses grands yeux mordorés où se lisaient surprise et incompréhension.

— Que… que voulez-vous dire ?

— Je n'ai pas pu me rendre coupable de ces crimes pour une seule et excellente raison, répondit Valentin, avec une sorte de fêlure dans la voix. Damien Combes, c'est moi !

40

Où Valentin s'efface

— Oui, Damien Combes, c'est moi. Mais j'ai réussi à oublier cette vérité pendant sept ans.

Valentin avait attendu d'être seul dans un fiacre avec Aglaé pour lui fournir toutes les explications qu'elle était en droit d'attendre. La jeune femme venait de frôler la mort à cause de lui, il était juste qu'elle apprenne ce que le jeune homme n'avait révélé jusqu'alors qu'à une seule personne. L'être qu'il avait le plus aimé au monde et chéri jusqu'à sa mort brutale : son père adoptif, Hyacinthe Verne.

— J'avais huit ans lorsque je suis tombé entre les griffes du Vicaire et douze quand je suis parvenu à lui échapper. Mais une part de moi est restée enfermée dans cette cave. Cela, je ne l'ai compris que sept ans plus tard, lorsque j'ai lu dans *L'Écho du soir* le récit de la découverte fortuite à Belleville d'une des cachettes de ce monstre.

— Je ne comprends plus rien, murmura Aglaé qui retrouvait peu à peu des couleurs. Je croyais que Damien était le nom de cet autre enfant dont vous aviez partagé, durant quelques semaines, la captivité.

Les deux jeunes gens étaient ressortis des souterrains de la Concorde aux alentours de deux heures du matin. Ils étaient brisés par la fatigue et les épreuves. Heureusement, Vidocq avait pris les choses en main. L'ancien chef de la Sûreté avait assuré qu'il possédait encore quelques entrées rue de Jérusalem et qu'il se chargeait d'aplanir toutes les difficultés. Avant la fin de la nuit, Émilie de Mirande et le Dr Tusseau seraient sous les verrous et un rapport détaillé sur toute l'affaire serait déposé sur le bureau du préfet de police. À entendre Vidocq, le reste pourrait bien attendre le lendemain et, de toute façon, les explications seraient plus simples à donner lorsque le vicomte de Champagnac aurait recouvré toute sa lucidité et serait en état de corroborer leurs dires.

Ayant ainsi rassuré Valentin sur la suite des événements, l'ancien policier lui avait ordonné de ne plus songer qu'à ramener Aglaé chez elle et à prendre du repos. Et pour jouer jusqu'au bout les bons Samaritains, il était parvenu – Dieu seul sait comment, à une heure aussi tardive ! – à leur procurer une voiture de louage et ainsi leur éviter une longue marche à travers Paris endormi.

Cependant, en dépit du calvaire que lui faisait endurer son épaule meurtrie, Valentin n'avait pas voulu retarder davantage le moment de se confier à Aglaé. Ces dernières heures, il était passé par tant d'émotions qu'il y avait en lui comme un trop-plein qui ne demandait qu'à se déverser. Et puis, il craignait s'il ne parlait pas sur-le-champ de ne plus trouver les mots par la suite. Son esprit était comme une pièce trop longtemps close qu'il faut vite aérer avant que la poussière ne se redépose partout. Il fallait profiter de ce moment suspendu où sa blessure l'éreintait, l'obligeait à baisser la garde. C'était l'occasion ou jamais. S'il voulait rompre sa solitude, il devait prendre le risque de se mettre à nu, de réveiller d'autres douleurs…

— Ce que je vais vous confier à présent, expliqua-t-il, les joues creuses, le regard fiévreux, je le tiens d'un praticien fameux, le Dr Esquirol. Mon père adoptif l'avait consulté à mon insu. Il était persuadé qu'un aliéniste pourrait me venir en aide. Mais le plus simple, sans doute, est que je reprenne toute l'histoire depuis le début.

« Comme je vous l'ai déjà appris, j'ai été abandonné à la naissance et j'ignore quasiment tout de mes parents naturels. Âgé d'à peine un mois, j'ai été placé chez un couple de forestiers, dans le Morvan. C'est là qu'en juillet 1815, alors que j'étais entré dans ma huitième année, le Vicaire est venu me chercher. Il m'a ensuite enfermé dans la cave de sa maison, dans un faubourg proche de la barrière de Montreuil. J'étais bien loin d'imaginer alors que j'allais passer dans cet endroit sordide quatre longues années de réclusion, victime livrée aux appétits contre nature de ce prédateur en soutane.

Le visage d'Aglaé se crispa à l'évocation du martyre vécu par son compagnon. Une forme de pudeur l'empêchait de se tourner vers lui, mais son trouble était manifeste. Il se traduisait par une respiration plus courte, presque saccadée, qui soulevait de plus en plus vite sa jolie poitrine.

— Quand on est un si jeune enfant, continua Valentin, on ne sait pas encore vraiment ce que recouvrent de grands mots comme le Mal ou la Fatalité. Alors, je cherchais des explications à ce qui m'arrivait et je me persuadais que tout était de ma faute. Il devait y avoir en moi quelque chose de mauvais qui réclamait un juste châtiment. C'est sans doute ce qui était le plus difficile à supporter, cette certitude qui s'était ancrée dans mon esprit que je méritais ce qui m'arrivait. Encore pire que les sévices physiques. Ça, et la solitude !

— Vous n'avez pas tenté de vous échapper plus tôt ?

— Si fou que cela paraisse, j'en étais arrivé à accepter mon sort. Le Vicaire était parvenu à annihiler en moi toute velléité de résistance, à faire de moi son animal de compagnie. Docile et presque reconnaissant du peu de temps qu'il me consacrait. Et puis, un beau jour, après des mois et des années de captivité, il m'a obligé à faire quelque chose d'encore plus terrible que tout le reste.

Valentin s'interrompit, le temps de revivre par la pensée la mort affreuse de Mam'zelle Louise. Sa respiration se bloqua. Un vieux chagrin tapi tout au fond de son âme lui remonta à travers la gorge, comme de la vase qu'on remue au fond d'un étang et qui s'en vient troubler lentement la surface. Aglaé comprit qu'elle devait respecter son silence et se contenta de poser une main qui se voulait apaisante sur son avant-bras.

— Paradoxalement, c'est cet acte de cruauté gratuite qui m'a sauvé, reprit Valentin lorsqu'il fut de nouveau en état de parler. Le choc a provoqué en moi une sorte de séisme intérieur. Comme l'a expliqué bien plus tard le Dr Esquirol à mon père, plutôt que d'accepter l'intolérable, mon cerveau s'est comme scindé en deux. C'est ainsi que Valentin est venu rejoindre Damien dans la cave. À partir de ce jour, nous étions deux en permanence. Il y avait Damien, un être soumis, tout à fait incapable de se révolter. Et puis Valentin, son double rétif, plus fort, plus déterminé. Un seul des deux disposait des capacités pour échapper au Vicaire…

Aglaé tressaillit. Ses paupières s'affolèrent.

— Vous voulez dire que… Non, c'est impossible, voyons !

— Et pourtant si ! fit Valentin qui devinait les pensées de sa compagne. Pour s'arracher à sa prison, ce malheureux garçon emmuré vivant a dû s'amputer d'une partie de lui-même. Damien ne disposait pas des ressources nécessaires pour oser défier le Vicaire. Seul Valentin en était capable. Lorsque Hyacinthe Verne a découvert un enfant épuisé dans le palais des glaces de la place du Trône, c'est bel et bien Valentin qu'il a recueilli dans ses bras. Damien, lui, est demeuré prisonnier quelque part dans une nuit sans fin. Seule la mort du Vicaire pourrait le libérer de ses chaînes.

— Votre père adoptif savait tout cela ?

— Il n'a longtemps connu qu'une partie de la vérité. À force de douceur et de patience, il avait obtenu dès les premiers jours de notre existence commune que je lui raconte mon histoire. Mais je ne pouvais pas lui parler de Damien. Mon esprit l'avait tout simplement effacé, comme il a aussi effacé par la suite tous les souvenirs de ma captivité. C'est Hyacinthe Verne qui a entrepris, en cachette, de reconstituer mon parcours. À partir des minces indices que je lui avais donnés, il a retrouvé la trace de la maison où j'avais vécu dans le Morvan, puis contacté à Paris les sœurs de la Charité qui m'avaient placé là à la naissance. C'est ainsi qu'il a fini par découvrir ma véritable identité et qu'il a même obtenu un extrait de baptême au nom de Damien Combes.

« Ayant ainsi reconstitué un passé que j'avais occulté, il a compris que la capture du Vicaire était la clé pour ouvrir les portes cadenassées de mon cerveau. Sans rien me dire, il a consacré toute son énergie, durant les sept dernières années de sa vie, à traquer ce monstre. Jusqu'à ce jour de l'année 1826 où un simple article dans le journal m'a enfin ouvert les yeux. Découvrir que le Vicaire était toujours vivant et qu'il continuait à tourmenter des innocents a déclenché un nouveau choc qui est venu contrebalancer les effets du premier. Je me suis souvenu de qui j'étais. Mon père adoptif était alors absent. À son retour, nous avons eu une longue et pénible conversation. C'est au cours de celle-ci qu'il m'a avoué connaître la vérité depuis longtemps. J'ignorais alors qu'il avait soumis mon cas au Dr Esquirol, mais, suivant en cela les conseils de ce dernier, il tenta vainement de me convaincre que je devais me réapproprier ma véritable identité, que je ne pouvais plus vivre dans le déni de ce qui avait été. C'est peu de temps après qu'il a modifié son testament en substituant le nom de Damien Combes à celui de Valentin Verne. C'est aussi à ce moment-là qu'il a écrit cette lettre que le commissaire Flanchard a trouvée chez moi sans pouvoir, bien évidemment, en comprendre la teneur réelle.

Le rouge de la confusion monta aux joues d'Aglaé.

— Dire que tout à l'heure, dans cet horrible égout, j'ai failli douter de vous !

— Comment pourriez-vous vous le reprocher ? Les apparences semblaient contre moi. Reste d'ailleurs que je ne m'explique pas les aveux du cocher qui a écrasé mon père. Puisque je suis innocent, il demeure là un mystère qu'il faudra bien éclaircir !

Aglaé lâcha son bras et lui caressa doucement la joue.

— Oubliez un peu les crimes et les mystères, souffla-t-elle. Ils seront toujours là demain, à votre réveil. En attendant, pour le peu de temps que durera encore cette nuit, ne pouvez-vous pas enfin vous accorder quelque repos ?

Et sans plus rien dire, elle se blottit contre son torse et ferma les yeux. Il la laissa faire sans oser toutefois l'enserrer dans ses bras.

41

Le bureau des affaires occultes

Une semaine plus tard, Valentin Verne remettait les pieds pour la première fois rue de Jérusalem, dans les locaux de la préfecture de police. Durant ces sept jours, il avait bénéficié d'un congé exceptionnel accordé par sa hiérarchie en récompense de son rôle déterminant dans la neutralisation de Flanchard et de ses complices, mais aussi pour lui permettre de soigner sa blessure. Le jeune homme avait profité de ce répit pour revoir Félicienne Dauvergne dans la chapelle expiatoire du square Louis-XVI. Tenant la promesse qu'il avait faite à l'adolescente, il révéla à celle-ci toute la vérité au sujet de la mort de son frère. La courageuse jeune fille se montra soulagée d'apprendre que ce suicide n'en était pas vraiment un et Valentin fut profondément ému lorsqu'elle lui adressa de vibrants remerciements.

Le jeune inspecteur retrouva aussi Aglaé presque tous les jours. Leur relation se limitait, d'un tacite accord, à une tendre complicité. Cependant, même aux yeux d'un Valentin si peu familier des méandres de la psychologie féminine, il était évident que la jolie comédienne voyait en lui davantage qu'un bon camarade. Si elle s'efforçait de n'en rien montrer, c'était uniquement par respect pour ses souffrances passées, pour ne pas le brusquer. Lui-même était dérouté par les sentiments confus qui se bousculaient en lui chaque fois qu'il se trouvait en sa présence. Son cerveau ne cessait de lui envoyer des signaux contradictoires. Il se sentait attiré par elle, mais incapable ne serait-ce que de l'enlacer ou de l'embrasser. Il lui arrivait parfois de se demander ce qu'il ferait si elle venait à tenter le premier pas. Mais il échouait à trouver une réponse. Il ignorait tout bonnement comment son corps réagirait. Et parce qu'il doutait de sa capacité à répondre au désir d'une femme amoureuse, il ne faisait rien pour lever l'ambiguïté de leur relation.

Un autre sujet préoccupait tout autant Valentin. Il n'avait encore reçu aucune assurance quant à son avenir dans la police. Il ignorait s'il serait définitivement muté à la brigade de sûreté, réintégré au service des mœurs où il pourrait reprendre son combat contre le Vicaire ou purement et simplement remercié, sacrifié sur l'autel de l'assainissement en cours dans tous les services de police. C'était donc avec un espoir teinté d'anxiété qu'au matin du septième jour, il avait finalement reçu chez lui une convocation officielle pour le lendemain matin.

Pour l'heure, celui qui était toujours inspecteur de la Sûreté faisait le pied de grue dans l'antichambre du nouveau préfet de police. Achille Libéral Treilhard venait en effet d'être nommé en lieu et place de l'incompétent

Girod de l'Ain[1]. Cependant les mauvaises langues prétendaient déjà que le promu symbolisait, par ses deux prénoms, l'incapacité du gouvernement à trancher entre une ligne dure et une politique de conciliation pour éteindre les désordres de la rue. Il se murmurait même que le nom d'un futur successeur circulait déjà dans les couloirs du ministère.

Bien loin de ces basses considérations, Valentin s'absorba dans la contemplation du ballet des greffiers et des secrétaires. C'était un va-et-vient incessant de personnel, de dossiers et de meubles, comme si la nomination d'un nouveau préfet devait obligatoirement s'accompagner d'un jeu de chaises musicales et d'un réaménagement de l'ensemble des bureaux.

Les minutes s'écoulant, Valentin finit par faire abstraction de toute cette agitation autour de lui et revint par la pensée aux ultimes développements de l'« affaire Morphéum », comme l'avaient baptisée les journalistes au cours des derniers jours, en référence au dieu romain du sommeil et des rêves. En définitive, une seule personne impliquée dans ce complot d'un genre inédit aurait à répondre de ses actes devant des juges. Il s'agissait du Dr Tusseau qui, aveuglé par son orgueil et son ambition, n'avait vu dans cette entreprise criminelle qu'un moyen de pousser jusqu'à leurs plus extrêmes limites les potentialités de l'hypnose. Flanchard et Grisselanges étant décédés, Émilie de Mirande était la seule protagoniste de l'affaire qui aurait pu révéler de potentiels liens entre les membres du complot et les

1. Cette nomination intervint en réalité quelques jours plus tôt, le 7 novembre 1830.

nombreuses sociétés secrètes républicaines. Juste après son arrestation, elle avait été enfermée au dépôt du Palais de justice et placée sous bonne garde. Elle avait néanmoins disparu au cours de la nuit, dans des circonstances encore mal éclaircies. Cette séductrice aux multiples conquêtes avait réussi à tromper la vigilance de ses geôliers ou, plus vraisemblablement, à s'assurer la complicité de l'un d'entre eux.

Pour sa part, Valentin avait été rapidement blanchi des charges réunies contre lui. Les documents dérobés par Flanchard puis récupérés par le jeune homme, ainsi que d'autres papiers officiels accumulés au fil du temps par Hyacinthe Verne avaient permis d'établir sa véritable identité. Cela revenait à faire tomber les accusations de spoliation et de détournement d'héritage et à le priver de tout mobile sérieux pour le meurtre de son père adoptif. Ce dernier chef de poursuite n'avait pas davantage résisté au contre-interrogatoire du cocher retrouvé par Flanchard. Il s'était avéré en effet que si l'homme avait bien reconnu avoir été soudoyé pour jeter son fiacre sur Hyacinthe Verne, jamais il n'avait livré le nom de son commanditaire. Et ceci pour la bonne et simple raison qu'il l'ignorait, n'ayant rencontré celui-ci qu'une seule fois, à la nuit tombée, dans une masure abandonnée de la plaine d'Ivry. Persuadé d'une culpabilité qui l'arrangeait bien, le commissaire Flanchard avait tout simplement menti sur ce point pour enfoncer son subordonné.

À cette nouvelle, Valentin avait été soulagé de se savoir disculpé, mais le crime, lui, étant définitivement établi, il avait vite identifié le seul coupable possible. Hyacinthe Verne était un homme de bien, considéré ou aimé par tous ceux qui avaient croisé son chemin. La seule et unique personne qui pouvait désirer sa mort était celle qu'il avait vainement pistée durant sept ans. Le Vicaire ! Cette révélation avait bouleversé Valentin. Plus que jamais il était décidé à retrouver ce monstre et à le châtier pour tout le mal qu'il avait semé autour de lui.

Il bouillonnait en songeant à son vieil ennemi, lorsqu'un greffier vint lui annoncer que le préfet de police était enfin disposé à le recevoir. On l'introduisit dans un bureau assez haut de plafond, partiellement lambrissé de boiseries cirées, aux lourds rideaux de velours. Un poêle à charbon dégageait une douce chaleur qui tranchait avec le froid et l'humidité régnant dans le reste des locaux. Assis dans un fauteuil Premier Empire, le préfet Treilhard, muni d'une loupe et d'une paire de pinces, examinait l'intérieur d'une pendule de bureau. De minuscules engrenages étaient soigneusement alignés sur son sous-main. Lorsque Valentin fit son entrée, il leva la tête en gardant sa loupe collée à son orbite, si bien que le jeune policier eut l'impression d'être scruté par l'œil énorme d'un cyclope.

— Inspecteur Verne ! s'exclama-t-il en daignant enfin abaisser son instrument d'optique pour faire signe à son visiteur de prendre un siège. Savez-vous que j'étais très impatient de vous rencontrer ?

Prudent, Valentin s'enquit d'un ton neutre :

— Puis-je vous demander ce qui justifie un tel intérêt ?

— J'ai hérité de mon prédécesseur un épais dossier vous concernant, dit le préfet en effleurant une chemise qui semblait regrouper de nombreux documents. Y figurent en bonne place le mandat d'arrêt signé contre vous et le rapport établi à ce sujet par le commissaire Flanchard.

Valentin faillit protester, mais Treilhard l'en dissuada en levant aussitôt la main dans un geste d'apaisement. Très brun de cheveux, il avait un visage étonnamment affable, presque mollasson, qui ne collait guère avec ses nouvelles fonctions, ainsi que des yeux bleus dont la transparence conférait à toute sa personne un aspect dilettante et rêveur.

— Cette canaille de Flanchard, aurais-je dû plutôt dire, rectifia-t-il avec un sourire. Je n'ignore pas que vous avez été lavé de ces accusations calomnieuses. En conséquence, la seule question qui vaille est : qu'allons-nous faire de vous à présent ?

Comme il marquait une pause, Valentin se crut obligé de prononcer quelques mots d'allégeance envers le nouvel homme fort de la police parisienne.

— Je suis à la disposition de monsieur le préfet. Après cette fâcheuse affaire, je n'aspire qu'à reprendre le cours normal de mon service.

— Certes, certes, fit Treilhard d'une voix mielleuse, tout en triturant l'un des petits mécanismes d'horlogerie qui reposaient face à lui. Mais voyez-vous, une institution comme la préfecture de police est un peu comme une machine complexe. Pour assurer son bon fonctionnement, il importe que le moindre rouage soit en bonne place et parfaitement en rapport avec les autres pièces qui l'entourent. L'habileté avec laquelle vous avez déjoué le complot de Flanchard et consorts justifierait plutôt votre maintien au sein de la brigade de sûreté. Toutefois, vous n'ignorez pas que celle-ci est l'objet de toutes les attentions du ministre. Il s'agit de rompre avec la triste réputation que lui ont valu naguère des recrutements disons quelque peu hasardeux. Or, toute la publicité faite autour de votre nom ces derniers temps par les journaux ne plaide pas en votre faveur. Trop de bruit, trop d'éclat. Même si tout ceci s'est fait à votre corps défendant, j'en suis parfaitement conscient... Il resterait bien la possibilité de vous réintégrer au deuxième bureau, le service des mœurs, mais votre ancien chef, le commissaire Grondin, n'y est guère favorable. Il fait état à votre sujet de méthodes peu orthodoxes et d'une propension à vous affranchir un peu trop facilement des consignes reçues.

Voilà donc à quoi rimait cet entretien particulier. Le préfet ne l'avait convoqué que pour lui signifier son renvoi. Valentin accusa le coup, mais s'efforça de n'en rien laisser voir. Il n'avait plus qu'une idée en tête : quitter au plus tôt ce bureau dont l'occupant, avec ses manières doucereuses, l'agaçait au plus haut point.

— Si cela peut faciliter les choses, lâcha-t-il sèchement, je m'engage à vous faire parvenir ma lettre de démission avant midi.

Treilhard ne réagit pas immédiatement. Tout en faisant tourner au bout de ses doigts l'un des engrenages de sa pendule, il contemplait en silence, l'air songeur, le jeune inspecteur. Puis il laissa un sourire malicieux s'épanouir sur son visage.

— Les temps changent, inspecteur Verne ! Les découvertes des scientifiques et les progrès de la technique vont bientôt transformer radicalement notre vieux monde. Mais le commun des hommes n'en a pas encore conscience et sa crédulité est une faiblesse que certains n'hésiteront pas à exploiter. Car le crime lui aussi évolue. Comme l'a montré votre récente enquête, les méthodes de nos ennemis seront radicalement différentes à l'avenir. Nous devons nous adapter. J'ai donc décidé de créer, au sein de la préfecture de police, un service spécial chargé de traquer ces malfaiteurs d'un genre nouveau. J'ai beaucoup hésité sur l'intitulé de ce nouveau service, mais puisque votre spécialité semble être l'incroyable et l'inexplicable, il s'appellera le « bureau des affaires occultes ». « Service » est d'ailleurs un bien grand mot puisqu'il se résumera, du moins pour commencer, à un seul fonctionnaire. Vous-même ! À condition bien entendu que vous acceptiez cette tâche, je ne veux en rien vous forcer la main.

Valentin écarquilla de grands yeux étonnés.

— Mais pourquoi moi ?

— Comme je vous l'ai dit, je dispose ici de nombreuses informations à votre sujet. Je sais que vous êtes familier de diverses disciplines scientifiques et que vous avez notamment appris la chimie et la pharmacie auprès du célèbre professeur Pelletier. Je suis convaincu que de telles compétences pourraient être d'une grande utilité pour assurer l'ordre à l'avenir. (Il marqua alors une courte pause avant de reprendre.) Vous n'êtes pas obligé de me donner votre réponse maintenant. Si vous souhaitez un délai pour réfléchir, nous pouvons très bien nous revoir dans un jour ou deux.

Valentin n'en croyait pas ses oreilles. Un délai de réflexion ? Alors que le préfet lui offrait sur un plateau la liberté et les moyens de pourchasser le Vicaire, de combattre le mal à sa façon et de poursuivre ainsi l'œuvre inachevée de son père adoptif ! Son choix était déjà tout fait !

D'une voix reconnaissante, il prononça les paroles d'assentiment que le préfet Treilhard attendait.

ÉPILOGUE

Journal de Damien

À quoi bon coucher tout cela sur le papier ? Que puis-je espérer en faisant crisser ma plume d'oie dans le silence de cette chambre ? Où pourront bien me mener ces chemins d'encre sur la blancheur de la page ? Est-ce une issue que je cherche ? Un passage de l'ombre à la lumière ? Du néant à la vie ?

Ces phrases que je viens de relire ouvrent le journal de Damien. De *mon* journal. Je les ai écrites en avril 1826. Triste printemps…

De saison, cette année-là, il n'y en avait plus vraiment. Comme si le temps se déréglait pour se mettre au diapason de nos âmes égarées. Le printemps faisait triste mine. De la grisaille et des larmes. Et d'abord dans ma pauvre tête. En l'espace de quelques semaines, j'avais retrouvé la mémoire et mon véritable nom, puis perdu coup sur coup mon père et la brave Ernestine. C'était la bourrasque dans mon crâne. La grande sarabande des vents d'automne qui vous effeuillent une forêt entière en l'espace d'une nuit. J'étais comme saoulé par toute cette folie, avec des craquements et des gémissements plein les oreilles. Impossible de fermer l'œil. La nuit, je n'arrivais pas à dormir. Le jour, je me traînais misérablement dans l'appartement vide, rongé par les remords.

Je ne pouvais m'empêcher de songer à la dernière fois où mon père et moi nous étions parlé. Je ressassais nos échanges trop vifs. Je me demandais comment nous aurions pu nous y prendre pour éviter d'en arriver là. Depuis qu'il avait compris que ma mémoire était de retour, il ne cessait de revenir à la charge. Il disait que le Dr Esquirol était formel. Tant que Valentin l'emporterait en moi sur Damien, je ne pourrais pas me réconcilier avec mon passé. Il fallait accepter de briser la carapace, entamer ce que le médecin avait pompeusement nommé un processus de cicatrisation mémorielle.

Seulement, c'était impossible. Au fond de moi, j'étais persuadé que tant que le Vicaire sévirait, Damien ne pourrait pas sortir de cette cave obscure où je l'avais abandonné. Et je n'arrivais pas à trouver les mots pour expliquer cela à mon père. Cela me semblait au-dessus de mes forces. Quant à lui, qui était la bonté et la patience personnifiées, il ne parvenait pas à admettre cette vaine obstination. En adepte du progrès, il croyait aux pouvoirs de la médecine et je sentais qu'il m'en voulait de rejeter la solution qu'il m'offrait.

Lorsqu'on m'a appris sa mort, je m'en suis terriblement voulu. Cet homme m'avait tout donné : un toit, un foyer, une éducation, un nom. Je lui devais ma présente existence. Et pour la première fois qu'il attendait quelque chose de moi en retour, j'avais été incapable de lui donner satisfaction. Cette fois-là – la dernière où nous nous sommes vus avant sa disparition brutale –, nous nous étions séparés presque fâchés. Pourtant je ne souhaitais pas le faire souffrir. Ce que je voulais à ce moment, ce que je veux peut-être encore maintenant, je n'en sais trop rien. J'imaginais sans doute que je reprendrais le cours de ma véritable existence quand celui qui avait été la cause du mal serait puni.

Durant les jours qui ont suivi l'enterrement, dans ce cimetière du Sud qu'il avait lui-même choisi pour faire transférer la dépouille de sa chère Clarisse, j'ai bien cru que je m'enfonçais moi aussi, sans retour, dans une nuit éternelle. Et puis, au bout du compte, non. Le néant n'a pas voulu de moi ou bien alors c'est moi qui l'ai repoussé. Il faut croire je possède une force vitale que la pire adversité ne peut réduire. Comme le plongeur qui touche le fond, si proche de se noyer, et qui donne un coup de talon pour remonter à la surface, je suis parvenu à m'arracher aux ombres qui menaçaient de m'ensevelir à mon tour.

Valentin avait encore une tâche à mener à bien. Il lui fallait mettre un terme aux crimes du Vicaire, reprendre la traque là où Hyacinthe Verne avait été contraint de l'abandonner. Mais, en mémoire de lui et pour racheter ma faute, je me devais aussi d'entreprendre ce long cheminement à travers mon passé. Si je ne pouvais reprendre l'identité de Damien Combes, du moins m'était-il permis d'écrire son histoire, de tenir le journal de sa descente aux enfers. Il me fallait trouver l'issue à l'intérieur du labyrinthe, découvrir le passage de l'ombre à la lumière.

Ce journal, aujourd'hui, il est là devant moi. Une

liasse épaisse de feuillets dont les plus anciens ont déjà jauni. J'y trace ces dernières lignes avec le ferme espoir que tout cela n'aura pas été totalement vain. D'ici un instant, quand je poserai la plume, un pan de ma vie se refermera. C'est mon père qui avait finalement raison : je devais trouver le courage de redescendre dans cette cave et d'y tendre la main à Damien. C'était nécessaire parce que j'ai longtemps trimballé en moi une vague culpabilité. Et c'est un sentiment dans lequel on peut finir par se complaire et qui peut vous rendre fou. Tout cela est derrière moi à présent. Je sais ce qu'il me reste à faire. Tôt ou tard, un homme se dressera en travers de la route du Vicaire et peu importe, au fond, qu'il se prénomme Valentin ou Damien. Ce qui doit être accompli, il le fera !

Tout à l'heure, je glisserai cette dernière page à la suite des autres, je les lierai ensemble et je quitterai l'appartement pour me rendre auprès d'Aglaé. J'ignore encore si quelque chose est possible entre nous, si mon corps est capable sans se rebeller d'accepter les caresses et les étreintes, mais il me semble que cela vaut la peine, au moins, d'essayer. Pour la rejoindre, il me faudra traverser la Seine. J'emporterai le journal avec moi. Pour le lui faire lire ou bien pour le jeter dans le fleuve.

Je ne sais pas. J'hésite encore…

Note de l'auteur

Lorsque j'ai commencé à imaginer les aventures d'un policier chargé d'élucider des affaires occultes qui me fourniraient un prétexte pour évoquer les nombreuses découvertes ou inventions du dix-neuvième siècle, la période de la monarchie de Juillet (1830-1848) s'est rapidement imposée à moi. Ces années furent décisives à bien des points de vue. Essor scientifique, développement des techniques contribuèrent à susciter la grande expansion économique qui devait s'épanouir sous le Second Empire. En même temps, la misère des classes les moins favorisées et la diversité des oppositions engendraient une grande instabilité politique et conduisirent à l'usure des institutions héritées de l'Ancien Régime. Il y avait là un terreau plus que favorable à l'écriture romanesque.

Comme le montre l'arrière-plan historique du roman, la monarchie de Juillet s'ouvrit d'ailleurs par une époque de désordres et de troubles. Dans la rue se succédèrent grèves, manifestations et émeutes. Pour y faire face, Louis-Philippe et son gouvernement hésitèrent d'abord entre deux politiques : « la résistance » et « le mouvement ». Le procès des anciens ministres de Charles X constitua, de ce point de vue, la première grande épreuve que dut affronter le régime nouvellement en place.

Si l'on excepte le rôle que je prête au vicomte de Champagnac (personnage de fiction), toutes les autres références à cette affaire politico-judiciaire sont conformes à la réalité historique. Il y eut bien, par exemple, des émeutes en octobre 1830 au cours desquelles les républicains marchèrent sur Vincennes avec la ferme intention de lyncher les prisonniers. Durant tout le procès qui s'ouvrit le 15 décembre devant la Chambre des pairs, au palais du Luxembourg, l'insurrection menaçait et il fallut avoir recours à la ruse pour exfiltrer, avant le prononcé de la sentence, les quatre anciens ministres menacés par la populace en armes. Ces derniers sauvèrent finalement leur tête et furent condamnés à la détention perpétuelle, assortie de la mort civile pour le prince de Polignac, ancien chef du gouvernement. Le pouvoir de Louis-Philippe sortit, en définitive, affermi de cette épreuve.

Toutes les notations relatives à l'histoire du magnétisme animal et de l'hypnose sont également véridiques. En particulier, le Dr Alexandre Bertrand que Valentin rencontre dans les locaux du *Globe* a bel et bien existé. Comme indiqué dans le roman, il sera l'un des premiers à réfuter les théories du « fluide » chères à Mesmer pour privilégier le rôle de l'imagination et de la suggestion dans la pratique du « sommeil lucide ». À noter toutefois que si le médecin écossais James Braid se trouve bien à l'origine de l'emploi du terme « hypnose » et qu'il est tout à fait plausible qu'il ait pu entretenir une correspondance avec Bertrand, ses apports essentiels quant aux nouvelles techniques d'induction sont plus tardifs (d'une dizaine d'années) que ce qui a été indiqué ici pour les besoins de l'intrigue.

Enfin, comme toujours, je livre ci-dessous quelques éléments bibliographiques, afin de permettre au lecteur curieux ou féru d'histoire de découvrir plus en profondeur cette monarchie de Juillet que le chancelier Pasquier (1767-1862) qualifiait de « l'un des sujets d'étude les plus instructifs et les plus saisissants qui se puissent rencontrer ».

Léon Abensour, « Le féminisme sous la monarchie de Juillet. Les essais de réalisation et les résultats », *Revue d'histoire moderne et contemporaine*, 1911, n° 15-2, p. 153-176.

Laure Adler, *La Vie quotidienne dans les maisons closes, 1830-1930*, Hachette, 1990 ; rééd. Fayard, 2013.

Jacques Aubert, Michel Eude, Claude Goyard *et al.*, *L'État et sa police en France, 1789-1914*, Librairie Droz, 1979.

Dominique Barrucand, *Histoire de l'hypnose en France*, PUF, 1967.

Henri Beaulieu, *Les Théâtres du boulevard du Crime. Cabinets galants, cabarets, théâtres, cirques, bateleurs, de Nicolet à Déjazet (1752-1862)*, H. Daragon, 1905 ; rééd. Hachette Livre/BnF, 2013.

Jean-Marc Berlière et René Lévy, *Histoire des polices en France. De l'Ancien Régime à nos jours*, Nouveau Monde Éditions, 2011.

Jean-Marc Berlière, *La Police des mœurs*, Perrin, coll. « Tempus », 2016.

Philippe Berthier, *La Vie quotidienne dans "La Comédie humaine" de Balzac*, Hachette, 1998.

Georges Bordonove, *Louis-Philippe, roi des Français, 1830-1848*, Pygmalion, 1990.

Gabriel de Broglie, *La Monarchie de Juillet*, Fayard, 2011.

André Castelot, *Louis-Philippe, le méconnu*, Perrin, 1994.

Sébastien Charléty, *Histoire de la monarchie de Juillet (1830-1848)*, Perrin, 2018.

Frédéric Chauvaud, *Les Experts du crime. La médecine légale en France au XIXe siècle*, Aubier, 2000.

Louis Chevalier, *Classes laborieuses et classes dangereuses à Paris pendant la première moitié du XIXe siècle*, Plon, 1958 ; rééd. Perrin, 2002.

Robert Darnton, *La Fin des Lumières. Le mesmérisme et la Révolution*, Perrin, 1984.

François-Laurent-Marie Dorvault, *L'Officine, ou Répertoire général de pharmacie pratique* (éd. 1844), Hachette Livre/BnF, 2013.

Anne Martin-Fugier, *La Vie élégante ou la Formation du Tout-Paris, 1815-1848*, Fayard, 1990.

Pierre Gascar, *Le Boulevard du crime*, Hachette/Massin, 1980.

René Gast et Guillaume Rateau, *Album secret de Paris*, Éditions Ouest-France, 2019.

Adolphe Gronfier, *Dictionnaire de la racaille. Le manuscrit secret d'un commissaire de police parisien au XIXe siècle*, Éditions Horay, 2010.

André Jardin et André-Jean Tudesq, *Nouvelle histoire de la France contemporaine*, tome 7 : *La France des notables, la vie de la nation, 1815-1848*, Seuil, 1973.

Didier Michaux, « Le magnétisme animal. Constitution d'un phénomène et de sa représentation », *Bulletin de la Société française d'hypnose*, janv. 1986, n° 2-3, p. 361-403.

Frédérick Myatt, *Encyclopédie visuelle des armes à feu du XIXe siècle*, Elsévier Sequoia, 1980.

Gabriel Perreux, *Au temps des sociétés secrètes. La propagande républicaine au début de la monarchie de juillet (1830-1835)*, Hachette, 1931.

Hervé Robert, *La Monarchie de Juillet*, PUF, coll. « Que sais-je ? », 1994 ; rééd. CNRS Éditions, coll. « Biblis », 2017.

Bruno Roy-Henry, *Vidocq, du bagne à la préfecture*, L'Archipel, 2001.

Jean-Noël Tardy, *L'Âge des ombres. Complots, conspirations et sociétés secrètes au XIXe siècle*, Les Belles Lettres, 2015.

André-Daniel Tolédano, *La Vie de famille sous la Restauration et la monarchie de Juillet*, Albin Michel, 1943.

Jean Tulard, « La Préfecture de police sous la monarchie de Juillet », *Annuaire de l'École pratique des hautes études*, année 1964, 1964, p. 427-431.

Eugène-François Vidocq, *Les Voleurs*, Éditions de Paris, 1957.

Eugène-François Vidocq, *Les Mémoires authentiques de Vidocq*, Archipoche, 2018.

Découvrez un extrait du prologue du nouveau roman d'Éric Fouassier, disponible aux éditions Albin Michel

Le Bureau des affaires occultes

2

Le Fantôme du Vicaire

Prologue

[…] Conformément aux indications reçues, la bicoque en rondins se dressait derrière, dans la partie du jardin qui jouxtait les plantations de l'école de botanique. Un abri d'ailleurs, plus qu'une cabane. Des murs couverts de torchis et sans fenêtres, un toit de chaume. Plus loin, en avant, à travers les arbres, les verrières d'une orangerie reflétaient le ciel tourmenté et semblaient jouer à cache-cache avec l'astre nocturne.

— Nous y sommes, chuchota Bordelais en se hissant sur la pointe des pieds pour atteindre l'oreille de son compagnon et se faire entendre en dépit des mugissements du vent qui avait encore forci. À partir de maintenant, plus un mot. Tu m'laisses mener les opérations. Mais si jamais tu vois qu'ça tourne vinaigre, alors là, pas d'hésitation : tu tombes sur notre type à bras raccourcis.

La Tocasse approuva du chef en grimaçant un sourire. Sitôt qu'on parlait bagarre et force brute, il se sentait dans son élément.

Sans plus attendre, l'un derrière l'autre, les deux mauvais garçons franchirent le seuil de la cabane. Aussitôt, l'odeur les assaillit. Lourde, musquée, sauvage. Elle imprégnait tout l'espace et était tellement présente qu'elle semblait presque palpable. Les nouveaux arrivants furent si surpris qu'il leur fallut quelques secondes pour s'habituer et commencer à examiner les lieux.

Ils se trouvaient dans un local exigu et dépourvu de meubles, mis à part une petite table bancale remisée dans un coin. Des seaux, des balais et des râteaux s'entassaient en désordre contre un mur. Parmi cette panoplie triviale figurait aussi un objet singulier : une longue perche au bout de laquelle s'enroulait une boucle en fil de fer. Cela faisait penser à une sorte de collet, mais de taille démesurée. À l'opposé de tout ce fatras, une trappe s'ouvrait dans le plancher. Son panneau relevé laissait entrevoir l'amorce d'un escalier. Une lampe quinquet était pendue à un crochet. Sa flamme dansait et charbonnait dans le courant d'air qui s'engouffrait par la porte demeurée entrouverte.

Bordelais décrocha le lumignon, s'agenouilla et tendit le bras par l'ouverture pour éclairer les recoins ombreux. La volée de marches aboutissait à une porte en bois massif, renforcée par des traverses métalliques. Un solide cadenas devait d'ordinaire en défendre l'accès mais il pendait, ouvert, à un anneau scellé dans le mur.

Le petit homme en redingote se redressa, un rictus mauvais au coin des lèvres. Il posa son index sur sa bouche et fit de nouveau signe à son acolyte de le suivre. Les deux hommes s'engouffrèrent dans l'étroite ouverture et descendirent prudemment les marches de pierre. L'odeur les avait accompagnés sous terre. Elle était même encore plus présente, presque suffocante. Un remugle bestial qui faisait penser à l'haleine d'un chien après qu'il a rongé une charogne. Sans pouvoir réprimer un frisson de dégoût, Bordelais poussa la lourde porte et eut la surprise de se retrouver à l'air libre.

Sa première impression fut presque agréable. La puanteur se diluait. Il s'y mêlait le parfum printanier de l'herbe humide et des arbres aux feuilles naissantes. Avec la Tocasse à ses côtés, il avança de quelques pas sur un sol de terre battue et tourna sur lui-même pour se repérer. Le tandem se trouvait au centre d'un espace ceint de hauts murs. Une dizaine de mètres de long sur quatre de large. Quelques rochers et un arbre mort en occupaient le centre. C'était tout. À part les nouveaux arrivants, il n'y avait pas âme qui vive.

— Bizarre, lâcha Bordelais entre ses dents serrées. Il devrait déjà être là.

— Où qu'on est exactement ? demanda son compagnon tout bas. (Un étrange malaise s'emparait de lui à la vue de l'enceinte qui les entourait de toutes parts.) On dirait... oui, on dirait une sorte de fosse.

Bordelais ne répondit pas. Ses petits yeux scrutateurs venaient de repérer une ouverture basse dans le mur opposé à l'entrée. On aurait dit le début d'un tunnel. Un orifice ténébreux, à la fois insolite et vaguement inquiétant.

Il s'apprêtait à s'en rapprocher pour mieux voir, lorsqu'un claquement sec les fit soudain se retourner tous deux en même temps. La lourde porte aux renforts de métal venait de se refermer brutalement. Bordelais se montra le plus réactif. Il poussa un juron et se précipita à toutes jambes pour tenter de faire pivoter à nouveau le battant. Peine perdue ! L'accès à l'escalier était désormais interdit. Quelqu'un venait à l'évidence de boucler le cadenas de l'autre côté.

La Tocasse avait mis un peu plus de temps à réaliser ce qu'il se passait. Toutefois, quand il comprit qu'ils se retrouvaient tous les deux bloqués au fond de cette fosse inhospitalière, il courut à son tour pour prêter main-forte à son comparse. Avec des ahans de bûcheron, il tira de toutes ses forces sur la porte, puis chercha à l'ébranler dans tous les sens pour la déloger de ses gonds. Mais ses efforts s'avérèrent inutiles. L'appareil demeurait bien en place et semblait tout spécialement conçu pour résister à une force encore plus colossale.

Tandis que la brute s'escrimait ainsi vainement, Bordelais s'était détourné. De la sueur perlait à son front barré par une ride soucieuse. Son esprit retors moulinait à toute vitesse. De nouveau, son regard perçant vint se fixer sur le trou noir, de l'autre côté de la fosse. Il se sentait attiré irrésistiblement par celui-ci et en même temps une angoisse sourde montait en lui. Ce n'était plus seulement une sensation de crainte irraisonnée. L'ouverture évoquait désormais à ses yeux une bouche d'ombre béante, avide et monstrueuse, toute prête à les dévorer.

Et tout à coup, il comprit.

Un frisson glacé lui courut le long de la moelle épinière. Il eut l'horrible impression que tous ses os se liquéfiaient. En un éclair, tout fit sens : ce lieu de rendez-vous insolite, l'absence de celui qu'ils étaient venus rencontrer et cette odeur carnassière qui lui agressait les narines.

— Pute borgne ! hurla-t-il d'une voix de fausset déformée par la peur. Laisse tomber cette foutue porte, la Tocasse ! Ramène-toi au pied du mur, vite !

Le grand type aux mains d'étrangleur se retourna, interloqué. Il n'eut même pas le temps de se demander quelle mouche avait piqué son partenaire. La seule vision de ses traits déformés par la peur suffit à le mettre en mouvement. Il le rejoignit en quelques foulées.

— Plaque-toi contre la paroi et fais-moi la courte échelle ! ordonna sèchement Bordelais. Faut qu'on sorte de ce trou à rat au plus vite !

La Tocasse s'apprêtait à s'exécuter sans poser de questions, lorsqu'un rugissement impressionnant retentit dans le dos des deux hommes. Il faisait beaucoup trop sombre au fond de la fosse pour distinguer autre chose que des ombres confuses à plus de quelques pas. Cependant, à l'instant même où Bordelais posait son pied dans les mains entrelacées du colosse, il ne put résister à la tentation de jeter un bref regard par-dessus son épaule. Il eut la nette sensation que le trou d'ombre venait de cracher quelque chose dans leur direction. Une masse indistincte plus dense que la nuit, qui fonçait droit sur eux en grondant.

Le sang de Bordelais se figea dans ses veines. Il cessa de respirer, le souffle bloqué, oppressé par une terreur inconnue.

Avec l'énergie du désespoir, il se hissa en prenant appui sur les épaules de son comparse et lança ses mains à l'aveugle vers le haut. Ses doigts crochèrent le faîte du mur, à l'instant même où un choc brutal se répercutait le long de ses jambes. Son point d'appui se déroba brusquement et il se balança dans le vide, mobilisant toute son énergie pour ne pas lâcher prise. Du sol montait jusqu'à lui une cacophonie effrayante : grognements, plaintes, coups, déchirements. Puis, dominant tous les autres sons, un affreux hurlement d'agonie.

Au bout de quelques secondes, Bordelais parvint à se stabiliser. Son corps cessa son mouvement de balancier et il put incliner la tête pour regarder ce qui se passait sous ses pieds. La lampe s'était renversée mais sa mèche brûlait encore et une vision d'horreur s'offrit à ses yeux.

Le corps disloqué de la Tocasse gisait dans une mare écarlate, sa canne-assommoir brisée à ses côtés.

Son visage avait gardé l'expression d'une frayeur abominable, ses yeux, injectés de sang, semblaient vouloir jaillir de leurs orbites. Sa langue, bleuie et gonflée, dépassait de ses lèvres. Une plaie impressionnante s'ouvrait au niveau de son bas-ventre, par laquelle ses intestins se répandaient sur la terre battue.

Un ours brun à la carrure monstrueuse lui tournait lentement autour. L'animal assénait de temps à autre de rapides coups de griffes au cadavre, comme s'il cherchait à s'assurer que sa proie avait bien cessé de vivre. Sa gueule hérissée d'énormes dents jaunes et toute maculée de sang laissait encore échapper de sourds grondements.

En dépit de sa posture délicate, Bordelais poussa un soupir de soulagement. Il l'avait échappé belle. À quelques secondes près, il aurait pu subir le même sort que ce gros balourd. Dire que cet imbécile se croyait invulnérable avec ses muscles saillants et sa petite tête! Et voilà qu'il n'était plus maintenant qu'un misérable pantin désarticulé! Il n'avait sans doute même pas eu le temps de comprendre ce qui lui arrivait.

La petite crapule ricana nerveusement. Dieu merci, lui pouvait compter sur sa bonne étoile. Il n'avait plus qu'à se hisser à la force des bras. Rien de surhumain pour un poids plume comme lui. Dans un instant, il serait tiré d'affaire.

— Que voilà une situation des plus inconfortables! Il ne faudrait pas attendre bien longtemps avant que les muscles ne tétanisent. Oui, vraiment, une bien fâcheuse situation!

La voix douce, faussement apitoyée, précéda l'apparition de l'homme au bord de la fosse. De sa position en contrebas, Bordelais ne distinguait qu'une silhouette aveugle. Juste un torse et un crâne qui

dépassaient du parapet et se découpaient mal sur le ciel en guenilles. Malgré cela, il ne nourrissait pas le moindre doute sur l'identité de celui qui se tenait là, tranquille, affectant un détachement teinté d'ironie. La colère se mêla presque instantanément en lui à la terreur.

— Putain d'enfant de Marie! pesta-t-il, les mâchoires crispées. Tu es la pire ordure que je connaisse!

— Tssst! Tssst! Tssst! enchaîna la voix suave. Ne vous a-t-on jamais appris, mon fils, qu'il était malséant de jurer? Je ne crois pas que Notre-Seigneur vous pardonne de mêler le nom de sa mère à vos ridicules vociférations. Je suis même tout à fait certain du contraire. Et il se trouve que je suis son très humble et très obéissant serviteur… le docile exécutant de sa sainte volonté.

Tout en parlant, l'apparition avait levé les mains derrière sa nuque et détaché la croix dorée qui ornait sa poitrine. Puis elle se mit à psalmodier une prière en latin, empoigna le crucifix dans sa main droite et s'en servit comme d'une masse pour marteler méthodiquement les doigts du misérable suspendu au-dessus de la fosse.

Du même auteur :

Bayard et le crime d'Amboise,
Le Masque, 2017.

Le Piège de verre,
JC Lattès, 2017 ; rééd. Le Masque, 2018.

Le Disparu de l'Hôtel-Dieu,
JC Lattès, 2018 ; rééd. Le Masque, 2019.

Par deux fois tu mourras,
JC Lattès, 2019 ; rééd. Le Masque 2020.

La Fureur de Frédégonde,
JC Lattès, 2020 ; rééd. Le Masque 2021.

Le Bureau des affaires occultes, t. 2 :
« Le Fantôme du Vicaire », Albin Michel, 2022.

PAPIER À BASE DE FIBRES CERTIFIÉES

Le Livre de Poche s'engage pour l'environnement en réduisant l'empreinte carbone de ses livres. Celle de cet exemplaire est de :

200 g éq. CO_2

Rendez-vous sur www.livredepoche-durable.fr

Composition réalisée par Soft Office

Achevé d'imprimer en avril 2023 en France par
MAURY IMPRIMEUR – 45330 Malesherbes
Dépôt légal 1re publication : mai 2022
Numéro d'imprimeur : 270019
Edition 10 - avril 2023
LIBRAIRIE GÉNÉRALE FRANÇAISE
21, rue du Montparnasse – 75298 Paris Cedex 06

75/7329/9